选择留恋，美丽的风景看不够。

——彝族谚语

马边

乡村记忆

MABIAN
XIANGCUN JIYI

夏书龙 著

成都时代出版社
CHENGDU TIMES PRESS

图书在版编目（CIP）数据

马边乡村记忆 / 夏书龙著 . -- 成都 ：成都时代出版社，2023.10

ISBN 978-7-5464-3285-4

Ⅰ．①马… Ⅱ．①夏… Ⅲ．①散文集－中国－当代 Ⅳ．① I267

中国国家版本馆 CIP 数据核字（2023）第 176201 号

马边乡村记忆

MABIAN XIANGCUN JIYI

夏书龙/著

出 品 人	达　海
责任编辑	李可欣
责任校对	蒲　迪
责任印制	黄　鑫　　陈淑雨
书籍设计	成都惟文文化传播有限公司

出版发行	成都时代出版社
电　　话	（028）86742352（编辑部）
	（028）86615250（发行部）
印　　刷	成都市兴雅致印务有限责任公司
规　　格	170mm×240mm
印　　张	21.25
字　　数	300千字
版　　次	2023年10月第1版
印　　次	2023年10月第1次印刷
书　　号	ISBN 978-7-5464-3285-4
定　　价	78.00元

乡关何处

张成明

如果我没记错的话，"乡愁"一词源于二千多年前中国第一部诗集《诗经》。由此可见，作为身负几千年农耕文明的民族，乡土、乡村、乡情、乡愁，历来是我们挥之不去的集体记忆和文化情结。特别是近年来，随着国家乡村振兴战略紧锣密鼓地加速推进，附着于乡村一脉的乡愁、乡情等语汇，已成为公众热词。

"日暮乡关何处是，烟波江上使人愁。"那些春雨笼罩下炊烟缭绕的大小村落，不仅是我们世代相传的生产生活空间，还是我们追终怀远，寄托乡愁、延续乡情的重要依凭。然而，我们可以预料的是，随着时间推移，一些蕴涵着中华文化神韵的传统村落将消失于异地搬迁或重建中。

因此，深入挖掘、认真梳理全省乡村历史文化，留下乡村记忆，重塑乡情乡愁，不仅是我们文化自信的培根固本之举，还是我省乡村文化振兴的一项基础性工作，也必将推动全省乡村文化创新性继承和创造性发展。

为乡村立传，为乡愁塑形，正是四川乡村文化艺术院启动《四川乡村记忆》这一全省首部乡村历史文化丛书的初衷。我们寄望于这部丛书以跨界写作的笔法、文学叙事的方式、图文并茂的文本，让乡愁有形可依、乡情有章可寻，从而助力全省乡村文化振兴。

我看青山多妩媚，料青山见我应如是。

聊此为序。

（作者系四川省县域经济学会名誉会长，四川乡村文化艺术院院长。）

倾听乡村

历史烟云，波谲云诡。曾经被称之"西南夷"的古老马边，历史是灰色的、苦涩的，甚至是残酷的。无数美丽古老的乡村，隐藏于二千多平方千米的巍峨山峦，有多少欲望和财富的追逐，隐藏于沟壑山谷？有多少美丽动人的传说，人们一说再说？

马边自古被称作"冒险家的乐园"。古时候这里兵戈杀戮、匪患猖獗、恶棍横行、地痞抢劫时有发生。曾经这片邪恶和暴戾肆虐的河山，历代统治者鞭长莫及。美丽的乡村，混杂着贫瘠、无奈、辛酸、血泪。山岳屈辱，村庄苟且。

然而，她却是肥沃丰饶、娴静美好的，是盛开在大山深处一朵灿烂的花。冒险家争夺其富饶的宝藏，军事家青睐其战略要塞，平民百姓纷纷奔向这片沃土，寻求维生的希望……

马边县的建置历史并不久远，相较于犍为、乐山等建置较早的毗邻区县，仅仅如新生的婴儿。然而，这不妨碍马边乡村精神的独立完整，不妨碍其历史的丰富多彩，故事的扑朔迷离。风微起，吹皱了一池春水……

一

　　蜿蜒盘旋在崇山峻岭里的道路，是绾结马边乡村的情愫。延伸了千年的道路史，便是小凉山的进化史，也是马边乡村进化与演变的历史。作为一位支援马边的"支边人"，我在马边生活了几十年，亲身经历了马边这片土地上，道路的变迁。从风华正茂到苍颜白发，弹指一挥间。向往曾经一往情深、满腔热忱。如今，已是"少小离家老大回，乡音无改鬓毛衰"了。思乡之情日益强烈，故乡却日益遥远。我对马边熟悉、理解的程度，远远胜过魂牵梦绕的故乡；内心深处对于马边的记忆，远远胜过对故乡仁寿的记忆。

　　山路弯弯，曾是作家们笔下的浪漫与温婉，对于马边而言，在峰峦叠嶂里，蜿蜒蛇行的羊肠小路，却是镶嵌在村民心灵深处的一道道疤痕。许多年以前，站立在大山的中央，面对无穷无尽的崎岖山路，我常常会想起"松下问童子，言师采药去，只在此山中，云深不知处"这几句诗。正如当年的贾岛，内心充满一份禅意，云雾深处，总会有心灵的去处。而今，云雾深处路重重啊，何曾有尽头？永远都是翻不完的高山、跨不尽的深涧。生存的脚步一代连接一代，子子孙孙无穷尽。

　　生存、发展乃至战争，无不与道路休戚相关。风云际会的古代马边，只要克服了道路这道大坎，历史便会峰回路转，柳暗花明。明朝万历十五年（1587），撒假、安兴、杨九乍"三雄"之乱，四川总督徐元太派李献忠等将领率军赴马边征讨。李献忠率领的军队，因不熟悉道路，被叛军引诱至马边的山谷里，三千兵甲，如泥牛入海。

　　后来，汪京吸取同僚兵败的惨痛教训，战争所到之处，道路便修建到那里，步步为营，坚壁清野，终于取得征剿战役的最后胜利。自始至终，参加征剿叛军的汪京清醒地知道如此偏僻的马边，通衢大道，才是朝廷军队顺利进入的保障线，是朝廷掌控边地的不二抉择。所以，他担任首任同知后，一马当先，开启了轰轰烈烈筑造"公路"战役。

为筹集资金，汪京带头"捐薪"，历尽艰辛，克服难以想象的困难。终于打通马边通往叙永（宜宾）的官道，史称"叙马驿道"。这是马边千百年来的第一条官道。千年来封闭的状态，破茧成蝶。从此马边与外界联系更紧密了，社会不断发展和进步，古老落后的马边，千年来的"羁縻"统治时代宣告结束。

二

"边地莺花少，年来未觉新。"然而，偏僻的马边乡村并非不毛之地，崇山峻岭里皆是莺飞草长，俨然江南风光。

二千多年前的周朝，马边便有土著人居住，在茹毛饮血的时代，如同蝼蚁一样的生灵，生长在这里，死亡在这里，与朝代更替无关，与帝王的英明或荒淫无关，也与叱咤风云、改写历史的英雄豪杰毫无关联。

然而，时代在变革，人类在进化，不知缘于何时何代，"打开万担坪，世上无穷人"的谚语，成了神话一样的存在。村庄里关于探宝、寻宝者虚掷生命的案例不胜枚举，耳熟能详。虽然虚妄，却常常突兀惊悚。"烟客、匪客、棒客"横行，民不聊生，血泪浸染着马边河。

清末民国时期，各类军阀，纷至沓来，荒山沟谷里，拼夺厮杀的枪炮声，犹鸣山谷。

然而，如潮水一样涌入马边的，岂只是牛鬼蛇神一般的贪婪？作家李伏伽称涌入马边的那些"外河人"，数以万计，他们绝大多数都是寻找生存机会的普通百姓。

李伏伽在《旧话》中提到："'外河人'分三种，一是清朝初年，在湖广填四川的大移民中，由湖北、江西和安徽等省迁移来川的。马边城虽小，但同乡会馆很多，如江西人的抚州馆，安徽人的荣禄宫，湖北、湖南人的湖广馆就是明证。""再一种是小商贩和'挑儿客'，他们由犍为县清水溪贩运或帮人担运山里用的盐和酒锅，洋广杂货，一路上翻越鸳鸯二坡、蔡安二山、卡房坡、麻路冈、观音岩、分水岭等大山坡，用三五天时间，经过二百一十里，到达马边。然后，再由马边把山里的茶叶、笋干、五倍子、牛羊皮等山货担出去。要是他们身体结实、又运气极好，如不生病，不遭土匪，不为袍哥、地头蛇骚扰的话，那么搞个五六年，他们有机会赚取一大笔本钱，就可以在城里开一个铺子做生意，并且讨个老婆，成家立业，成为本地人了。""而更多的是外地破产或逃荒的农民。每年春荒时候，都可看到这样的逃荒者，他们有的是单独的，什么也没有，也有的是一家子拖在一起，丈夫挑着箩筐，一头装些破烂，另一头装着一个或两个三五岁的小孩，妻子背着一捆破棉絮，身后跟着一个更大一些的孩子，他们大多来自安岳、乐至，也有从较近的资阳、仁寿来的。他们有的帮人打短工、担木桶下河挑水卖；有的到偏远山区，搭个棚子，开荒垦地。这样久了，也成为马边的居民了。"

多年以前，我工作的民主镇，是马边最偏僻的地区，却是"外河人"聚居之所。那些栖息在山涧或沟壑里，生命如草芥般的村民，心态卑微，行为苟且。他们之中大多数人，皆是上辈从外地迁徙进来的"外河人"，其中一些来自我的故乡仁寿。我每每跟随学生沿着陡峭弯曲的山路，踩着村庄里的泥泞去家访，那些或倚山而建，或临水而栖，或被绿树掩映、矗立于秋风里飘摇的茅屋，便是学生温暖的家。家长们会告诉我，他们不是本地人，他们来自何处。他们来马边的缘由五花八门。他们生活在村庄里，已有二代甚至三代人了。说这些话的时候，他们声音是弱弱的，眼神是怯怯的，甚至喉咙也是哽咽的。他们已经不清楚，他们的祖辈背井离乡的真实原因。时间久了，我逐渐知道，他们祖辈有逃荒者、躲债者、甚至有个别是背负命案的犯罪者……于是，在我的脑海里，浮现出他们祖辈们颠沛流离，饥渴劳顿的逃往马边悲惨的原始形态。

他们叙述时，表情羞怯，情绪低落。这样的时刻，我也会产生"他乡逢故知"的感觉，滋生出"同是天涯沦落人"的心境。后来，我才知道，我的岳父，在他三岁时，被他父亲用箩筐从安岳挑进马边。他在马边的村庄生活了一生，死后也埋在马边的村庄。《旧话》里，李伏伽也告诉我们，他们家也是"外河人"，是清初由安徽六安迁来的。

马边，一个偏僻、不为人知的地方，一个刀口舐血、老无所依之地，是生存艰辛、悲遏苦难、恐惧惊怵的种种人生的汇集。强势者，汪洋恣肆；卑微者，苟延残喘。想象，无穷无尽；希冀，冉冉如新；梦想，地老天荒。

马边又是多元的、开放的，如山洪奔放热烈，如幽谷温润多情，颜色并不苍白，魅力氤氲在田野的暮色里。

三

"天若无霜雪，青松不如草。地若无山川，何人任平道。"马边县城，缘自一座军事城堡"赖因寨"，自诞生那一刻起，便与硝烟有关。先是古老的军事阵地，后是"马湖之边"。

古老的马边县城，坐落于马边河流域最宽阔、坦荡的河谷地带，从明朝设立马湖府安边厅，便修城筑城墙，成为平定"三雄"之后的军事机构所在。言说马边县城历史，绕不开赖因寨，更绕不开汪京。至今，在马边崇山峻岭里，与汪京有关的遗迹很多很多，与汪京相连的故事，家喻户晓。县委大门外，残存着一节短短的河堤，便是明朝时期汪京首建"马湖府安边厅"的古老遗迹，在这段平凡而古老的河堤上，历史曾经风起云涌！

汪京是马边可圈可点的重要人物，造城，功不可没；修路，福荫百代。

马边小县城，是大山深处的内核。海拔仅四五百米，北有周武山，属于峨眉山脉延伸；南有黄毛埂，连接莽莽大风顶；东倚黄连山；西靠炮台山、马儿山。山山皆有出处，处处山脉连绵。马边县城如众峰拱合的一片恬静沃土。一条灵秀钟毓的河流，缓缓流淌，如丝如带，缠绕其间，温婉如玉，人间仙境。

县城背后的炮台山上，苍黑的土炮台，还默默屹立在匆匆的时光里。伫立在炮台旁边，我仿佛听见了古代战争里轰然炸裂的炮声。

马边本土作家李伏伽在《旧话》中，提到炮台山是"旧时的营垒所在"，"山梁上折向东有三座炮台，居高临下拱卫着县城，炮台里安有铜炮"。

三门土炮曾经是马边县城的守护神。近年，炮台山已打造成了炮台山公园，成为马边人理想的休闲场所，爬上炮台山公园游玩的百姓也很多。我曾经多次伫立在炮台旁，俯视尽收眼底的马边县城，仍然能够深刻感受到被称之为"大将军""二将军"的铜炮，是如何威武护佑着县城里的普通大众。

历史的云烟转瞬而过，峰烟过处，山川依旧是那片山川吗？

四

诞生过野蛮的土地能够生长出文明之花吗？

在追溯马边乡村记忆的过程中，乡村历史的光泽，如日月一样存在。一个名曰"官帽舟"的地方，一个"陪太子读书"的农家子弟贺昌群，勤勉耕读，最终走出大山的桎梏，走向全国历史学巅峰。他灿烂夺目的光芒，激励了一代又一代的马边人。

出生于马边县城西街子的李伏伽，历尽磨难，刻苦攻读，成为四川省著名作家。李伏伽为桑梓创办马边中学，执意要在"恶之土壤"里，培育出"善之花"。走出马边的李伏伽又满怀深情的两次回归故里，担任马边中学的校长。在西街子古街，在留下童年足迹的家园，面对莘莘学子，他疲惫奔波，呕心沥血，可感苍天。西街子外的水碾坝，那里的六道水碾，曾经是他幼年时期心灵的慰藉。当年河边的水碾房早已消失了踪影，如今，仍然以慈母一般的胸怀接纳了他。当年的李伏伽，蜗居于碾坝的牛棚里，不知道当时的他，是怎样的心情？

贺昌群、李伏伽两位马边中学的创始人，他们矢志于"在泥泞的恶土里，遍种善之花"，开启了马边教育的先河，丰碑巍峨，善缘永传。我曾经多次去追寻两位先贤的足迹，试图在学术和道德上，寻找先贤人生华章的某些契机。

两位先贤是马边乡村两本无字的"天书"，即便是目不识丁的乡野鄙夫，也能够领会其中最深奥的内容。两位先贤是马边乡村熠熠闪烁的光芒，光耀乡村的田野和绵延的群山。

此刻，我突然领悟了"能读无字之书，方可得惊人妙句；能会难通之解，方可参最上禅机"的真正意义。

五

"人间四月芳菲尽，山寺桃花始盛开。"

独特的地理区位，也会缔造独具魅力的文化。十九岁奔赴马边，支援马边的教育事业，走遍了马边的山山岭岭，我太熟悉马边乡村的一草一木了，我的血液里有马边山岭里溪水流淌的声音……

清代周斯才两度到马边，留给马边六卷《马边厅志》，民国时期马边县长余洪先的《马边纪实》，李伏伽的《旧话》，记录了马边大风顶的宝藏，荞坝贡茶佳话，石丈空鏖战，彝族悬托石佛的亘古奇谈，苏坝走马坪保卫战的烽烟，大竹堡"乐群垦社特支"的光芒……

"一切景语皆情语"，马边这片热土，村庄如珍珠，散落于峰峦逶迤里；传说如轻风，弥漫稻菽丰稔的田野……

"沧浪之水清兮，可以濯吾缨；沧浪之水浊兮，可以濯我足。"如诗如画的马边河，清花亮绿的河水，洗涤了我的灵魂。

行走在镶嵌于山峦间的田野，聆听马边乡村的歌谣，漫谈马边乡村故事。

我心怀崇敬！

目录

CONTENTS

马边乡村记忆

001　道路史

019　深山县城

038　红椿村小记

053　传奇走马坪

073　大王山下

091　云上苗岭

111　钟灵官帽舟

131　大风顶探奇

149　明王寺趣史

165　记忆挂灯坪

171　荞坝荣光

目录

马边乡村记忆

CONTENTS

187　大小凉山第一寨

203　穿越石丈空

212　世外梅林

231　下溪山水间

249　古寨三河口

266　土门雪口

283　荣丁千年

300　幸福向阳村

319　后记

道路史

2020 年 12 月月底，小凉山深处的马边彝族自治县沸腾了，马边历史上一件具有划时代意义的大事即将发生。在人心振奋、殷切企盼的日子里，偏僻的马边山乡，家家户户夜不能寐。2021 年 1 月 1 日，凌晨钟声响起的时刻，马边第一条高速公路——仁沐新高速马边支线，正式通车！

时间如蜗牛一样缓缓爬行，终于抵达了 12 月 31 日晚 7 点，马边高速城北收费站，车水马龙，人声鼎沸。人们脸上洋溢着幸福，欢乐兴奋难以自制。不少当地群众早早驾驶车辆，抵达了收费站，自发地排列成队，翘首等待。品牌各异、颜色不同的车辆，从收费站一直排拢县城，足足有好几千米。夜幕降临了，车灯闪耀着一道道光柱，点染山峦苍穹，见证这壮丽耀眼的历史时刻。

当晚，我也驱车排列在车水马龙里，我也抑制不住内心的狂喜，必须抢在第一时间内，亲自驾驶车辆，奔驰于刚修好的、属于马边土地上的高速公路。几个小时的等待，人们却毫无倦色，站立各自小车旁边，抽烟、喝茶、聊天。夜色里，我们能够感受彼此的激动之情。其实，许多人跟我一样，冒着严寒等待，唯一的希望，是第一时间见证这具有历史意义的瞬间！

那天晚上，漆黑的山岔口，寒风呼啸，横吹竖扫。虽然离凌晨，时间还很早很早，可是人们出奇地耐心，很轻松、很愉快地谈笑风生。丝毫没有平时遭遇堵车时那种烦躁和焦灼或者怒不可遏。

有人拿出手机拍照，有人忙着拍视频，发朋友圈。那晚，马边人的朋友圈，全是高速公路通车的趣闻逸事、激动心情，是元旦钟声响起那一刻，浩浩荡荡的车流，在高速公路上风驰电掣的狂喜！虽然人们洋溢着同样的幸福和快乐，但是感受却各不相同。

喜欢舞文弄墨的我已辍笔多年，激情慵懒，文字变得生疏。那天，抵达乐山，洗漱完备之后，躺在床上已经凌晨两点了，却久久难以入眠。这样的时刻，必须着墨抒怀。我翻身起床，也发了一条朋友圈：

> 倏尔凌空飞，继而深涧鸣。
> 人在沟边走，水在深涧行。
> 畅达如宏剑，何处是楼兰？
> 劈山又斩雾，挥刀向天堑。
>
> 清溪如咫尺，转瞬抵乐山。
> 崎岖四十载，英雄泪沾襟。
> 自此别囧途，天寒浑不知。
> 千年不毛土，一夜花漫山。

文中所言清溪，正是马边邻近的犍为县清溪镇。高速公路贯通后，距离马边50余千米，车程仅需40分钟。而这之前，同样的路程需在崇山峻岭里蜿蜒辗转，斗折蛇行140余千米，耗时3个多小时。

马边与犍为相隔咫尺，从古至今，却孕育出了不同的内涵。犍为自汉武帝时建置设郡，历史悠久、交通便捷、经济发达，是古代文明的象征。而大山深处的小马边，相对闭塞、交通滞后、环境险恶，一定程度上是落后与愚昧的体现。

饥不裹腹的饿汉，最大的愿望是吃饱喝足；寒冬腊月，衣不蔽体者，穿得暖和便是最大奢望。在马边乡村记忆里，改变交通落后的状态是天大的愿望，盼望了千年！

不是马边人，是无法体会当时马边人欣喜若狂的心情。

马边的道路史，是一部辛酸史、一部进步史，是马边乡村记忆的历史线条。

一

我与马边乡村道路的初识，缘于一个平凡人的爱情故事。

多年前的一天，我站立在故乡的老黄桷树下，收到了师范学校邮递的支援马边的通知书，从此，我与陌生的马边有了不解之缘。

我远房一位长者，平时我们称呼"九老爷"。九老爷须发皆白，瘸腿，步履蹒跚。在我幼时的印象中，九老爷沉默寡言，极少说话。九老爷不坐板凳、不坐椅子，总见他坐在门槛上，卷叶子烟、抽叶子烟；抽完又卷，卷完又抽……

烟雾常常萦绕于他饱经风霜的脸庞，然后，裹着圈儿，盘旋在他的头上。听说我要到马边工作了，九老爷的话匣子被打开了，他说到马边要翻越安家山和蔡家山，要经过荣丁，还要爬一道石梁子。这些完全陌生的地名，让我惊讶迷惑。

后来，我才知道，九老爷年轻时候，先是当"挑儿客"，有了一点积蓄之后，便开始自己做点小生意，从仁寿贩卖盐巴至马边，回趟又将马边的中药材、牛羊皮贩卖进内地。他生意规模很小，每趟需亲自背运货物。二十世纪二三十年代，马边与全国的形势一样，进入了混乱时期。各类军阀，走马灯一样出入马边，充斥着战争、杀戮、动荡和劫掠。

当时，从犍为进马边，要翻越安家山、蔡家山、周家山、大堰上、石梁子等地方。沿途巍峨险恶，陡峰悬崖，比比皆是。杀人越货、抛尸荒野的惊悚事件，遍布山野小径。走一趟马边生意不知会遭遇多少军阀土匪，如果遇到《水浒传》里单枪匹马剪径为生的"棒老二"，往往是九死一生。

九老爷回忆往事的时候，平时淡定从容的眼神，渐渐消失了，一丝丝的哀伤，紧随叶子烟的烟雾弥漫开来。九老爷一开始生意还算顺利。后来，在马边西门水碾坝乡，九老爷遇到了美丽漂亮的小玉姑娘，她的秀发如瀑布一样飘逸，眼睛如马边河水一样清澈，善良温柔，能够融化冬天里的冰雪。漂泊奔波、生死难舛、将脑袋系在裤腰带上的九老爷，坚硬如铁的内心，突然被融化了。小玉清秀的脸庞红扑扑的，眼眸羞涩，有小鸟依人的眷恋。两人彼此回眸之际，演绎了平凡人一见钟情的场景，两人从此便私定了终生。

"昔我往矣，杨柳依依"，九老爷每次离开马边，两人皆如生离死别一般，心如刀绞。九老爷重回马边，两人总是喜极而泣，缠绵缱绻。多年以后，九老爷暗下决心，再跑最后一趟生意，便与心爱的姑娘结婚，从此终生厮守，永不分离。

九老爷最后一次惜别马边，小玉乌黑的眼睛噙满了泪水，送九老爷过了马边河，过了石梁子，过了火谷街。女人的泪水，浸湿了九老爷胸前的衣衫，九老爷的心柔化成了小溪里涓涓的流水……

三个月后，憧憬幸福和甜蜜的九老爷，匆匆赶回马边。他翻越安家山，过了蔡家山。不知道为什么，他越是接近马边，越是感觉忐忑不安。过了火谷街，便进入马边地界了，幸福的时刻，真的即将来临了吗？想到这里，九老爷心尖都在战栗。

然而，这次九老爷没有遭遇土匪，也没有遭遇剪径的"棒老二"，九老爷在离马边城不远的石梁子上，遭遇了国民党残部，被抢走了倾其所有购买的货物，最为要命的是九老爷还被抓了壮丁。

九老爷忘不了心爱的姑娘，几次逃跑，都未能如愿脱身，还被打伤了腿，落下了终身残疾。

多年以后，解放军进了马边，九老爷终于回到了马边水碾坝。可是，小玉姑娘伤心绝望等了多年，后被家人逼迫，嫁给了别人。悲恸欲绝的九老爷，见了小玉姑娘最后一面，拖着残疾的双腿，一路乞讨回到家乡仁寿，终生未娶。

脑海里萦绕着九老爷缠绵悱恻的爱情故事，怀着对山区道路的敬畏，我踏上支教马边的漫漫旅途。

后来，在朋友处借阅了马边作家李伏伽的自传体小说《旧话》，我才知道，当年九老爷走过的崎岖山路，那个弥漫辛酸、痛苦和爱情的道路，正是作家李伏伽当年背负行囊，一步一步走出马边大山的那条道路。

二

二十世纪八十年代，仁寿县城到马边城，已经通了客车，总计300多千米的里程，需要一整天。中途要穿过井研、五通、犍为、沐川几个县。当时，路途虽然漫长，但相较于九老爷身处的年代，早已是天壤之别了。

如今，马边通高速公路了，仁寿到马边的里程，进一步缩短至170千米。当年的行程，如今只需不到3个小时，差距惊人。

那年，师范学校租了一辆小方头客车，这是八九十年代普遍流行的客车型号。学校派人把四十名支教者，亲自送往马边。客车到了犍为县的岷江边，那时，还没修犍为岷江大桥，各类车辆，必须在一个叫沙嘴的渡口，渡船过江。远远地望见江面一艘庞大渡船，如一座大山，在波涛汹涌的岷江上缓缓漂过来。正是八月天，烈日炎炎似火烧，江水滔滔奔涌翻滚。20余辆小车大车，在引航员的指挥下，次第登上宽阔的舢板。然后，岸上下了客车的乘客，踩着一晃一摇的踏板，依次上船，挤在车与车之间的缝隙里。渡轮的汽笛声，高亢空寥，填满了整个岷江河谷。

突然，人流中出现了一阵骚动吵闹的声音，继而又平息了。后来，我才知道，我们这群奉命支教的师范生，并非人人都心甘情愿。有几位同学想不通，想趁上渡船之机，把领队的老师，推进滔滔的岷江河，以泄心头之愤恨。之所以最终没酿成重大事件，是因为师范学校的领导高瞻远瞩，未雨绸缪，安排的护送者是两位年轻力壮的体育老师，身板威壮、孔武有力。

那个时代，中国伤痕文学异军突起，我也醉心于文学梦想，坚信"读万卷书，行万里路"的至理名言，因而我是主动请缨支教的。突然见其他同学的反应，如此之强烈，平静的内心也开始忐忑，马边真有那么恐怖吗？

车过犍为县城，便到了清溪，立刻想起了感动我多年的诗歌，"峨眉山月半轮秋，影入平羌江水流。夜发清溪向三峡，思君不见下渝州。"如今，诗歌所描绘的美丽风景，突兀于眼前。我身心浸满激动的情绪，透过玻璃车窗，搜寻诗歌美好的意境。突然，有人指着远方大片大片的乌云喊道，"看，前面的天空，好低好矮！"等大家引颈伸头，饶有兴趣往前面观看时，驾驶员却淡淡地说，"这哪里是什么天空，那是马边的大山。"

一瞬间，聒噪喧嚷的车厢，死一般的寂静。

有了这段蓦然而至的插曲，我感觉立刻坠入了深渊。车辆渐渐爬进大山，天空变得日益昏暗。客车如一头笨拙的黄牛辗转蜿蜒在山巅和沟谷之间，转来钻去，如捉迷藏。驾驶员告诉我们，安家山上坡十五千米、下坡十五千米。蔡家山上坡十五千米，下坡十五千米。我在仁寿浅丘地区长大，哪里见过如此令人绝望的大山？我听得心惊肉跳，肌肉抽搐。

客车精疲力竭，我们疲惫困顿。车厢里半数人在晕车，哇哇的呕吐声、痛苦的呻吟声，不绝于耳。

从此，我便留下了晕车的毛病。多年来，只要翻越蔡、安二山，必定晕得翻肠倒肚。

翻越蔡、安二山有多少年，我晕车就多少年。在死去活来的痛苦感受里，根本无暇顾及沿途所经的地名，更无心欣赏沿途秀美的风光。如今，高速公路马边段，仅有 40 余千米，隧洞多达 13 个。我每经过一个隧洞，便清楚地看到了隧洞名字。终于知晓了，曾经辗转了多少山岭，以及这些山岭的名字。

有一次，坐客车上了沐马高速，有暇凭窗俯瞰，高架桥下，隐隐绰绰的小公路，如蚯蚓一样爬行于山谷之间。沿途横卧竖躺的田野，云雾缭绕，炊烟袅袅，风景如画。这些便是多年来晕车经过的公路吗？正在疑惑之际，突然，我看见了一株高大的黄桷树，挺拔屹立在公路边缘。

这株参天的大树旁，当年还发生了一段令人唏嘘的故事。

那年，暑假之后返马边，从仁寿直接到马边的车票，早已售罄。我匆忙赶往犍为，搭上了犍为至马边的末班车。核准 37 人的客车，塞满了 50 余人。高矮不同，肥瘦各异的男女，如货物般硬塞在走道上。闷热、汗臭、呕吐、呼叫、争吵混杂，车厢仿佛快爆了。山势越来越险峻，超载的客车，吃力地爬行，挣扎式的轰鸣声，如死亡的哀鸣。许多地方的公路，皆是从崖壁上开凿出来，狭窄如线。"一夫当关，万夫莫开"的地方，比比皆是。

突然，客车"嘎"的一声，紧急刹车。一位穿花短裤，赤裸半身的彪形大汉，横亘于公路中间，不让通行。高大魁梧的身材，裸露的块状肌肉，仿佛要爆裂开来。"力拔山兮气盖世"，让人立刻想起电影里山寨王拦路抢劫的镜头，"此山是我开，此树是我栽，想要从此过，留下买路钱。"

此刻，车厢内的呕吐、争吵、呻吟等声音，瞬间摁了暂停键。难道光天化日之下，会有人冒天下之大不韪，在朗朗乾坤的太平盛世，拦路抢劫？

那个年代，客车驾驶员仿佛"天之骄子"，在各行各业之中，

▲ 修建中的沐马高速公路

处于强势地位。见多识广的中年驾驶员，从未遭遇过如此紧急的状况，他愣了一下，瞬间反应过来了。他不由分说，操起坐凳旁的铁搅棍，猛扑下车，一闷棍横扫过去，彪形大汉的头颅上，立刻鲜血迸涌。

"哥哥——"一声稚气的呼喊，从前面传来。不远处的黄桷树下，站着一位20岁左右的学生，身材单薄、面容清瘦、表情沮丧。他的身旁，堆放着被盖、瓷盆等包裹。

满脸鲜血的高大壮汉，远比驾驶员威猛许多，年龄也比驾驶员更年轻。但是，彪形大汉并没还手，他一手握住驾驶员手里的铁棍，一手示意黄桷树边的兄弟，赶紧挤上车。头颅上的鲜血，滚落下来，经他黧黑的脸庞，又继续流淌，滴落在宽阔的肩臂，如地图上的山川河流。

争吵之中，我才知道学生刚刚大学毕业，分配到马边县城工作。他们在黄桷树下等客车，已经三天了。每趟客车都爆满，三天来，没有一位驾驶员停过车。今天是他报道的最后期限，弟弟寒窗苦读，终成正果了，如今，弟弟不按时报道，便无法安排工作，多年的拼搏奋斗将功败垂成。哥哥心急如焚，最后决定自杀式拦车，拼死也要把弟弟送上客车。

二十世纪八十年代的农村，考上大学分配工作，多么弥足珍贵啊！它深藏的价值，不亚于生和死！

弟弟上车了。鲜血满面、浑身是血的哥哥，突然跪在公路上，给驾驶员叩头，给替他说话的乘客致谢……

多年以后，我在马边县城遇见了这位弟弟，与他谈及此事，仍然唏嘘不止。后来，我也调进县城，他已经是重要部门的一位领导了。偶尔，在马边县电视台上，见他坐在主席台上讲话，我便想，这位前景光明的领导，一辈子也忘不了这段凄苦的经历吧？他比谁都有更深刻的体悟：在马边偏僻的乡村，公路蕴含的深刻价值，对于个体的人生和社会的发展何等重要。

沐川到马边这条公路，最早修建于 1961 年。当年参与修建公路之人，如今大多数皆已作古。或许，历史太过久远，民间对于修建这条公路的传言，也很难考证。县志及相关资料，更是很少见其踪影。有一次，遇见一位年近九旬的老人，无意之间聊起修建安家山、蔡家山这条公路的事情。老人口齿还算清楚，他说，这是一条救命路啊！我被惊得吓了一跳，为什么称为救命路？救什么人的命？是救马边人的命吗？老人慢吞吞地说，当时，抢修马边到沐川的公路，是需要从马边运粮食出境，去救饥荒。于是，便抢通了这条公路，当时被称为"救命路"。

但这条路的现实意义远远超过人们的想象，因为抢修"救命路"，马边人担挑背磨，翻越蔡、安二山的艰难日子，从此结束，马边道路史，翻开了崭新的历史篇章……

然而，蔡家山、安家山仍然是压在马边人心头两座沉重的大山，是制约马边发展的严重桎梏。1990 年，省道 103 线贯通，马边开启了走荣丁、利店、舟坝、黄丹、沙湾到乐山的漫长旅程。后来，103线舟坝段连接高笋、卡房坡的公路开通。

然而，人世间的故事，却总有无数的巧合。如今，沐马高速公路所经的路线，完全是当年翻越蔡、安二山老公路所经路线。梦魇一般的蔡、安二山，以崭新的姿态，再次撞击马边人脆弱的心灵，唤醒马边人沉睡多年的历史记忆。

然而，有所区别的是，当年辗转崎岖，盘山环绕，生不如死。今日隧洞高架，一马平川，风驰电掣。我突然想到，有机会重新翻越一次蔡家山、安家山老旧的公路，我会否如当年，晕车呕吐，瘫苦得死去活来？

几十年来，定格在蔡、安二山的晕车呕吐，会不会是一种错误心态的历史呈现？

三

然而，探究马边的道路史，一条修建于明朝的叙马驿道，才是马边道路史上最早的出境通道，是马边交通史最早的开端。

这条叙马驿道，马边称之为"汪公路"。

如今，从马边县城出发，一道缓缓的长坡，沿山沟蜿蜒逆流而上，行驶至八千米处有石桥，名"八一桥"。而今，已是马边县城3路公交车的终点站台。过了八一桥，公路立即崎岖陡峭，九曲环绕，缓缓地钻进烟遮山腹地。站上烟遮山，远远瞭望，朝晖斜阳之下，从县城逶迤而来的公路，如丝如缕。在清幽翠绿的山峦间，乳白色的云岫，袅娜纤细，徜徉于蜿蜒曲折的公路上，氤氲于我们的脚下，如清凌凌的水波，洗濯公路旁的山坡，神秘幽深，恍若仙境。

这条马边通往新市镇的公路，修建于1957年，是马边第一条名副其实的出境"公路"。翻过烟遮山后，下山路程不到十分钟，公路旁的红沙崖上，便能看见明朝遗迹"汪公路"，带着历史厚重感的大字，岩层褪落不少，字迹却依稀可辨。

这是来自400年前，马边历史烽烟里，大明王朝的声音啊！

明万历年间，万历皇帝与众大臣，因"立太子"之事，争议斗争了多年。四朝重臣、二朝首辅杨廷和，因之被削职为民，回四川新都养老。杨廷和的儿子状元才子杨慎，被放逐滇南三十年。悲愤欲绝之中，有了"滚滚长江东逝水，浪花淘尽英雄"的千古绝唱。而"前无古人，后无来者"的万历皇帝，自己"罢工"自己，也成了千古奇葩。

"立太子之争"，以万历皇帝的失败而告终。为此，万历皇帝"怠政"了二十八年。这期间的明朝，社会混乱、民生凋敝、边关烽烟不断，成为明朝由盛到衰的转折点。西南边陲的马边彝族人撒假，黄琅的安兴、雷波的杨九乍联合起兵，在西宁堡、流黄川、赖因乡（今马边县城）、荣丁乡等地大肆抢劫杀虐，史称"三雄之乱"。

马边顿陷战祸纷乱之中，百姓生灵涂炭，流离失所。

四川总督徐元太命都司李献忠、守备刘纪祖、指挥尹从寿，率三千兵前往讨伐。然而，马边的险山恶水，如龙潭虎穴。因为不谙山区道路，且轻信"三雄"的诈降，眨眼之间，朝廷的三千官兵，便在马边的山岭里，如泥牛入海，消失得无影无踪。

"三雄"狡猾残暴，民众多死于非命，尸骨如山，民愤极大。四川总督徐元太再次发兵五万，亲征马边。"溪云初起日沉阁，山雨欲来风满楼"（《马边厅志略》），小凉山麓的马边黑云压城，风雷滚动。

"汉胞修路、彝胞毁路"，民国时期，时任马边县长的余洪先在《马边纪实》，记载着这段流传大小凉山的古语。处于奴隶社会的大小凉山，彝族奴隶主主宰一切，他们从自己的利益出发，根本不愿意汉族等外部势力融入大小凉山。而险恶的地形、封闭的交通，是巩固他们长期统治的"杀手锏"。试想，山峰如笋，直刺青天；漫山遍野，荆棘密布；杂草簇拥，密如蛛网，哪里有路可寻？而"三雄"等叛军，长年生活在深山密林，翻山越岭如履平地，跨溪飞壑健步如飞。两相比较，在残酷的战争平台上，孰优孰劣，分晓凸现。

徐元太亲自出征，平定"三雄"叛乱，马湖府同知汪京，全程参加了平叛战斗的谋划决策。面对群峰巍峨，万仞绝壁，深渊涧壑，汪京读懂了这句流传大小凉山谚语所包含的内涵与价值。他知道，长途跋涉而来的朝廷军队，艰难的道路，是扼杀咽喉的利刃，是取得平定叛乱战争胜利的关键。在汪京的极力主张下，朝廷军队吸取失败的教训，扬长避短，采取步步为营，稳扎稳打的战略，不断蚕食叛军的军事力量，战争节节胜利，先后擒获了撒假、安兴、杨九乍等叛军头目。

"三雄"叛乱平息后，朝廷在马边成立了马湖府安边厅，任命汪京为首任同知。曾经在刀光剑影里，饱受血与火的洗礼的汪京明白一条重要的道理，动荡不安的马边，屡屡发生战争灾祸，是不可避免的。然而，最大限度扼制烽烟与杀戮，确保马边地方平安，朝廷的军队能够以最快的速度进入马边，道路是最有力的保障。

金戈铁马的杀伐之声，犹震耳畔，尸骨遍野的凄惨场面，犹在眼前。强烈的责任感，让汪京心生豪迈，打通马边至叙州府的快速通道，成为他的不二抉择。

汪京在任期间，倾力于马边至叙州府驿道的修建，府库里粮饷不足，汪京带头捐献一年俸禄，并四处奔波，募化银两。汪京亲自带领赖因乡百姓和永宁军，开山劈路，凿岩成道。历时一年，从马边县城出发，经烟遮山、靛兰坝、荞坝、野毛溪、中都、新市镇直抵叙州府的"叙马驿道"终于圆满建成。

在靛兰坝老街背后，有一座起伏的小山峦，如今，尚有几百米保存较好的驿道遗迹。红色的石板台阶，错错落落，缓慢地爬上了山脊。每道台阶上，皆有磨刀石一样的凹槽，光滑而细腻，久远的历史时空里，到底存留了多少古人屐屦？

马边老百姓亲切地称这条道路为"汪公路"，这是对汪京为官一方，造福于民的高度褒奖，是汪京不朽功德的历史见证。如今，在这条"汪公路"上，美好的历史佳话，仍在源远流传。马边与屏山交界处的野毛溪，隔河对面是刀削斧劈的红色悬崖，典型的丹霞地貌，被称之为红溪岩。这是当年汪公路必须经过的地方，远远望过去，汪京亲题的"永赖同功"四字，十分耀眼。

汪京在悬崖

▲ 明朝"汪公路"遗迹

绝壁雕刻这四个字，是什么意思？根据《马边彝族自治县志》和有关史料记载，因为老百姓将"汪公路"三字，刻在烟遮山下的崖壁上，百姓将功劳归于汪京一人。而汪京则认为，修建叙马驿道，非他一人之功，是永宁军和赖因寨百姓共同的功劳。

2019年，马边发生了一场特大洪水，红溪岩上发生垮塌，四百多年的古迹，带着历史的回音，彻底镕铸进了大山。然而，美丽的佳话，却口口相传，永远驻留百姓心中。

往事越千年，充满传奇色彩的汪公路古迹，渐行渐远。如今，沿着汪公路的轨迹，修建的马新公路，车声隆隆，风驰电掣。历经四百年漫长久远历史的叙马驿道，总算走进了现代文明。

四

在大小凉山，还流传一句谚语，"大凉山山小，小凉山山大"。初一听，这不是很矛盾吗？

大小凉山紧密相连，因为交通制约，多年来，我没有机会去大凉山，叨念了几十年的古老谚语，却无缘亲身感受其中表述的实质内容。

2018 年，我有幸参加"名家看四川甘洛行"采风活动。甘洛乃大凉山门户，当我踏进甘洛的广袤大地，恍然之间，"大凉山小、小凉山大"的感慨，立刻填满心胸，那一刻我终于明白民间谚语的高度概括力，是如此精准明确。

站在大凉山的土地上，无数的山丘，总是矗立在远方，如躺卧在田野边的一群群牛羊。而马边深处的大山，每一座都是高不可攀的摩天屏障，横亘于前。"蜀道难，难于上青天"，这其实也是马边县、乡、村道路的真实写照。

曾经的靛兰坝乡，与县城相隔仅有一座烟遮山，公路边上交通标识，显示里程为 18 千米。二十世纪九十年代，一场大火将靛兰坝乡的老街化为灰烬，重建家园的居民，纷纷修建房屋于交通便捷的公路两侧。以路为市，这是二十世纪八九十年代，偏僻山乡集镇最普遍的现象。后来，发生了一起严重的交通事故：一辆载货大车，从烟遮山下一路而下，快进入集市口时，刹车突然失灵，货车冲进以公路为街的市场，当场压死了五人。此后，政府修建了专门的贸易集市，有效地遏制了更多类似事故的发生。

靛兰坝往东行六千米，有座桥称之"漫水桥"。以前没修石拱桥的时候，有一条小溪水总是从公路上漫过，过往的车辆，必须趟水而过。或许，此乃称之"漫水桥"的缘由。如今，桥头上有座楼房，老板开了多年农家乐，曾经生意兴隆，人流如织。桥对面有两户农家，二十世纪八十年代，我刚参加工作时，他们便居住于此，不过当年是简陋的茅草屋，如今是宽敞的小楼房。

那些年，从漫水桥到民主乡的公路，只修到了困牛埂，便成了断头路。我每次从县城坐车至漫水桥，便要下车，开启18.5千米的长途跋涉，这样艰难的路程，我走了十二年。

最尴尬难受的是，当我气喘吁吁、热汗淋淋赶了18.5千米，快要走拢桥头时，远远望见白色的客车，从桥上呼啸而过。或者，我提前赶到这里，已经等了二三个小时，望眼欲穿的客车，却迟迟不见踪影。终于等到有客车抵达了，我们欣喜若狂地跑过去，师傅摁下车窗，伸出头来，轻描淡写地说，"挤不下了"。然后，一踩油门，扬长而去……

从漫水桥往民主乡街镇，要经过一个地方，此处的公路几乎皆从悬崖上开凿出来的。坡陡、弯曲、狭窄，人们俗称为"凉蜂腰"，可见其如何之狭窄。那年，我带学生去县城参加中师、中专升学考试。有几个学生爬上了一辆手扶式拖拉机，车至凉蜂腰，翻下了悬崖。这里留存给我的历史记忆，充斥着危险、恐惧、惊悚、焦灼、不安……

多年以后，这里的道路，已经进行了数次升级改造，路面已经拓宽了许多。然而，我无数次驱车经过这里，仍然心悸胆寒。悬崖峭壁下，深谷里是流水的奔涌咆哮，夏蝉在沟谷里高亢鸣叫，偶有一只白色的惊鸟，倏然冲向高空……

五

《马边彝族自治县志》大事记栏，载有一件"小事"，令人瞩目，"1956年9月，用人力自清水溪背回尿素2.8吨。"瞬时，我眼前立刻会浮现出一幕幕无比悲壮豪迈的场景：在茫茫的山峦里，一群驮夫，艰难地行走100多千米山路……

他们不是电视、电影里演的"马帮"，而是马边农村被称"背二哥"的一群人。

那时，"背二哥"是马边山区农村最普遍的运输方式，也是马边最普遍、最需要的职业。如今，当年的"背二哥"，大多数已经到了风烛残年，他们慵懒地坐在椅子上，晒太阳、抽烟，慨叹唏嘘着马边交通变化，发展速度迅猛等。当年，家家户户修房建屋、卖粮食买化料，哪一家离得了"背二哥"？

"背二哥"有一副木制的"背架子"，货物放在架子上，堆放高过人头。"背二哥"的脚步，缓缓向前，如一座小山丘般缓缓移

▲ 2021年1月1日，仁沐新高速支线沐马高速公路正式通车

动。一双铁鞋，名为"马架子"，套在鞋上，铁鞋底层，镶有浅浅的铁锥，踩在泥泞里，会有深深的印痕。半人高的"打杵"，下端也镶嵌着铁锥，插进稀泥滑地，也稳如泰山。还有，"背二哥"疲惫需要"歇气"的时候，便将打杵插在屁股后面，背架子便稳端端地倚靠其上。铁鞋"哐哐"的声响，缓慢而又深沉。

此刻，我眼前又浮现出当年的场景：夕阳西下，一群负荷沉重"背二哥"躬身前行的身影，渐渐出现在山坳口，宛如伏尔加河的纤夫。

随着时代的发展，古老的马边山乡，关于"背二哥"的记忆，已成为山区里的历史符号。

2018 年，因为工作安排，我参加了脱贫攻坚的督查，我走遍了全县所有乡镇。我们的任务是去贫困户家里，逐一核实他们的收入情况，生活改善的状况，以及干部帮扶的措施是否到位等。当年矗立眼前的天然屏障，总有一条条乡村道路，扶摇直上，攀爬至高耸入云的山巅。曾经刺破峰峦，曾经望而却步，曾经荆棘密布，曾经高不可攀。如今，乡村公路直跃峰顶，俯冲深谷，肆意恣行。遍布山野的网状公路，如大山的筋脉，串联着每一座山峦，串联着零散的房舍。

每逢周末，我总喜欢开车到马边的乡村，沿着弯曲的山村公路，攀登搜寻，领略壮美的风光。每每爬上一道高峰，许多桃花源似的村庄，田野平坦，土地丰肥，恬静富足，安闲惬意。

"躲在深闺人未识"的美丽村庄，被阡陌的乡村道路，刻画得斑斓壮丽，突兀的秀丽景象，丰姿绰约，让人流连忘返！

深山县城

一

我栖居于深山峻岭的马边小县城，一晃已有数十年了。如马边河水里一块小小的石头，清静闲逸、平淡如初。然而，在我这凡夫俗子的眼光里，小县城的岁月，生动而魅惑。有山有水，有血有肉。宁静、闲暇、温柔、多情，仿佛一种隐居的人生。

一个不足五万人的小县城，静悄悄藏匿于苍茫的群山之中。一条蜿蜒流淌的河流，三面绕城而过。河水缠绵清澈，河烟绵缥袅袅，城在水域之中，水在城市里，酷似深山里珍藏的"水上城市"。

县城地处马边彝族自治县民建镇，是马边县政治、经济、文化中心。《马边厅志略》载，向北距离乐山 160 千米，向东距离宜宾 200 余千米，向西、向南便是巍峨苍凉的古代大小凉山了。

一千多年以来，在山峦叠嶂、路途险恶的古代马边，最具代表性的重大历史和文化事件，基本上都发生于此。

《马边彝族自治县志》载，马边河发源于峨边、美姑交界依子垭口南侧，经美姑县挖黑区向东，至大湾处进入马边县境。经挖候库乡至沙腔、梅子坝乡的交界处，汇合西来的三河口河继续向东，穿峡谷至苏坝河口处，汇合南来的高卓营河始称马边河。

马边河至苏坝急转向北，经建设乡，直奔如今县城背后的炮台山。沿着炮台山麓旋转，形成了巨大的冲积扇，曾经是峥嵘崎岖的马边山区一片珍贵的"平原大坝"。河谷荒滩，河烟缭绕。如今的马边县城，便矗立在这"平原"之上，鳞次栉比的楼房、宽阔笔直的马路，一排排华贵的霓虹灯，车水马龙，人流如织，商场密集，人市喧嚣。沿河而建的小县城，与河水亲近依偎，有血浓于水般的簇拥融合。如此水中有城，城中有水。常常让我脑海里，冒出江南水乡的场景。我突然明白了位于海拔三千米之上的西藏林芝地区，为何被誉为"西藏的江南"。

的确，马边县城的历史渊源、民俗风情，总是与奔腾咆哮的马

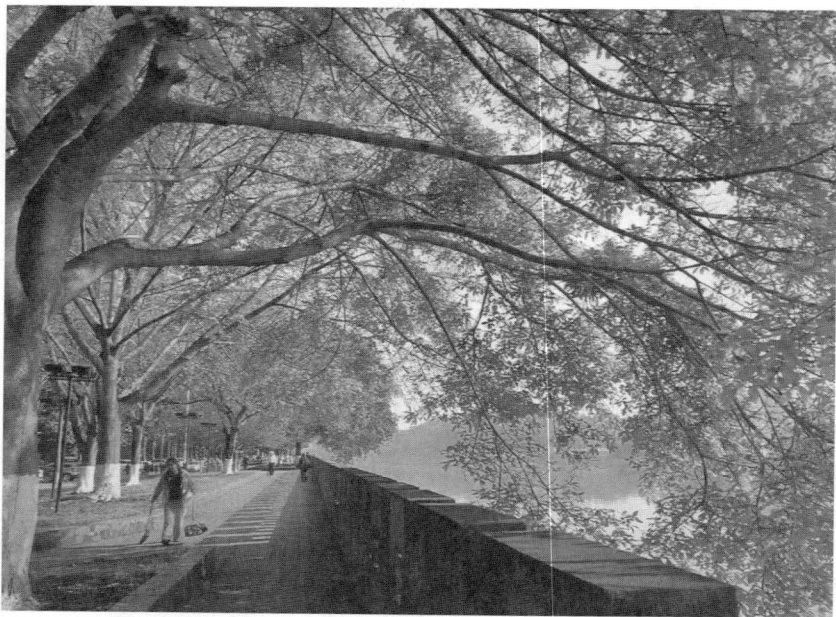

▲ 如今马边县城十里长堤的滨河公园一角

边河有着剪不断、理还乱的联系。《山海经·海内经》载，"洪水滔天，鲧窃帝之息壤以堙洪水，不待帝命。帝令祝融杀鲧于羽郊。鲧复生禹，帝乃命禹卒布土以定九州"。这是关于人类生存面临的最大挑战遗留的最早神话。上古时期，黄河泛滥，哀鸿遍野，传说鲧奉尧的命令治水，他采取"堵截"之法，九年未成，洪水仍然泛滥。鲧被革去职务，流放到羽山，后被祝融所杀。然而，洪灾仍然威胁着人类的生存。于是，舜派遣鲧的儿子禹，继续治理凶狠的洪水，解救苍生。禹吸取父亲鲧失败的沉痛教训，他将整个中国大地视为整体板块，并进行合理的分割。将天下分为冀州、青州、徐州、兖州、扬州、梁州、豫州、雍州、荆州共九州，从此，在九州大地有了巨山与沟壑，这便是中国被称为"九州"的来源。禹以山岳河谷为基础，采用"疏顺导滞"的方法，将滚滚洪流逐渐疏导进大江大河。治理洪水十三年，禹留下了"三过家门而不入"的佳话。最后，成功治服了桀骜不驯的黄河，开启了中原文明先河。秦朝时期，秦昭王派任李冰担任蜀郡太守，李冰治岷江滚滚洪涛，创下了千年奇功。他采取"分水鱼嘴，外流内灌"的方法，创造了都江堰水利工程的奇迹，造就了广袤四川的"天府粮仓"。

而今，关于马边县城的记载，我接触过的马边县志及所有文献资料，皆如此表述："马边河从南向北，呈 S 形贯穿县城"。在古代马边人朴素的传统意识里，马边河是马边县城构成元素中必不可少的重要内容。小县城里人们千年来的生活，痛苦与悲伤，苦难与幸福，皆与这条穿城而过的马边河休戚与共。

今日奔腾咆哮的马边河，是历史上汹涌了千年的马边河吗？今日的马边县城，是从千年历史中挣扎而来的马边县城吗？

2004 年，我在马边县委政研室工作，见证了马边县城的规划与设计事宜。当时，马边县委、县政府聘请苏州设计院规划的马边县城，以马边老县城为轴心，沿河流两岸往南、北延伸了足足六千米，可谓马边县城历史上的鸿篇巨制。

邻河而居，人类生存的重要源点，不管是在悠久的历史长河中，还是在今天的现代文明社会，马边县城就是矗立在河边的一个小城市，河流的禀性和漂泊感，一直荡漾在马边县城璀璨夺目的历史里。

马边县城最早的名称，有史可载，始于宋朝。《马边彝族自治县志》载，"宋治平二年（1065），宋将王文揆在今县城处建赖因寨，隶嘉州犍为县"。《宋史》载，"初，赖因寨本夷地，治平间，把截将王文揆始据险立寨，侵耕夷人山坝，名赖因。庄夷人诉之。事闻，有旨以其地归董蛮，既而寨民私赂之，以偿其侵地之税，于是蛮人每岁至赖因，谓之索税"。

"赖因"便是马边县城最早的名字，赖因寨仅仅是一个普通的寨子。赖因是彝语音译，表示牛棚的意思。

宋史中"把截将"王文揆，属于当时民间的武装头领，他私募家兵，驻扎在夷地，不享受朝廷的俸禄。"把截将"王文揆，以其强大的军事实力，在马边山区维持着一方平安，左右着马边社会的发展。当时，被称之"牛棚"的地方，其实仅是炮台山下的一个荒滩，是彝族先民的牛棚。有历史资料言，王文揆把这片荒滩买下来，开始修建房屋，建立了最初的赖因寨。王文揆为边塞平安做出了贡献，按照宋朝当时的政策，朝廷对他进行招安，他"迁转及出官"，当了首任"知寨"，成为朝廷体制内的官员。朝廷任命地方部族首领和民间势力，委托其管理所辖边远地区，这正是唐宋时期对边塞进行羁縻统治的一种有效形式，用民间力量来维护边远地区的社会状态，稳定边塞。

王文揆据"赖因"以前，马边县城之处，仅仅是彝族先民拴牛羊的地方。荒凉沙滩上、几间破败的棚子，只听见牛羊哞哞，河水汹涌的声音。

在这片河滩上，赖因寨的建立，开启了小县城最初的形态，建立了基本雏形。不断有汉族的居民，渐渐加入到这个行列。赖因寨渐渐发展壮大，成为马边山区最大最早的政治文化中心。从此，在这片杳无人迹的沙滩上，没有了牛羊哞哞的生机与活力，没有了水流滔滔的闲适与自然。从此"牛棚"里有了人间的烟火，也有了利益争夺和穷兵黩武，有了弓马弋猎的刀戟之音。

没有历史记载当时的赖因寨是一种怎样的形态，寨里最大的容纳人数是多少。即便是明朝时期，汪京首造马湖府安边厅城的时候，所覆盖的范围，仅是今日马边县城北门桥与彩虹桥这样狭小的范围。作家李伏伽在《旧话》描写的是二十世纪三十年代的马边，"马边县城是很小的，全城只有一条由北到南的'正街'和一条与它相接的西街。此外就只有不多的几条狭窄的弯曲小巷了，城里也不过五百来户人家，还比不上内地一个大镇"。可以想象，古代马边县城被称之为"牛棚"的时候，该是多么微不足道，如尘如蚁。

二

马边县城雏形的建立，要追溯到明朝。据《马边彝族自治县志》载，明朝万历年间，马湖府沐川长官司腻乃（今马边瓦候库）人撒假，僭称"西国平天王"，与黄琅彝酋安兴、雷波彝酋杨九乍，号称"三雄"。"三雄"多次攻打西宁堡、流黄川、两河口、赖因乡、荣丁乡等地，先后掳走数万人。叛乱规模宏大，导致民不聊生。顿时，小凉山乌云密布，血雨腥风，百姓号啕，四处逃命。

明朝万历十五年（1587），马湖府推官吴时泰和沐川长官司向上奏本。朝廷命都司李献忠、守备刘纪祖、指挥尹从寿等率军三千，前往征讨。然而，"三雄"十分狡猾，假意投降，诱使官兵深入箐地。李献忠等人信以为真，不幸中计，三将阵亡，官兵全军覆没。明朝万历十六年（1588），兵部尚书兼四川总督徐元太亲任大元帅，命总兵李膺率兵五万，前往征讨。经历大小无数次艰难的深山恶战，历时两年时间，将"三雄"相继擒杀，最终平定了这场叛乱。

汪京作为徐元太重要的谋宦，随部队前往凉山征讨"三雄"，出谋划策，立下了汗马功劳。平定"三雄"的叛乱之后，朝廷"增设马湖府安边厅，建城赖因乡，御名新乡镇。时夔州别驾襄阳汪君擢知兴安州，以督抚公保留，晋马湖郡丞，管理安边事。"（尹廷俊《建新乡镇记》）

汪京被朝廷委任为马边首任同知，享四品服俸。他上任伊始，"见赖因为山川全胜，地脉至峨眉正西，迤逦盘旋而至。环山面面

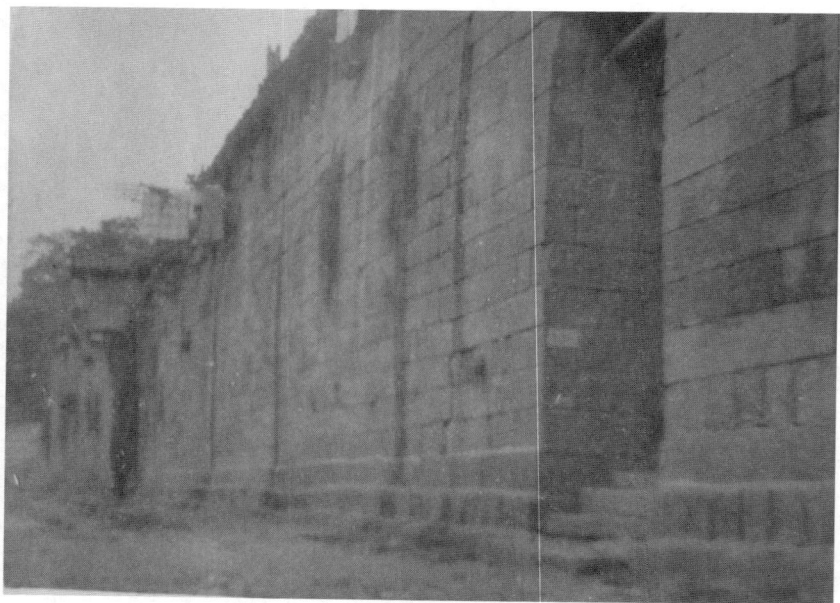

▲ 明代的古城墙遗迹

皆拱秀，江水绕城下，如围带然。""乃天造地设，以待王公设险也欤。"（尹廷俊《建新乡镇记》）

汪京带领赖因居民，开启了艰难困苦的造城运动。据《马边彝族县治县志》载，"在筑城中，民工的衣服单薄，发给布衣，患病的请医疗。并叫官厨为病号熬稀饭，干活好的赏酒犒劳。他还叫官厨推豆腐以解决民工的吃菜问题。汪京大得民心，只用了一年零一个月的时间，就筑好了周长450丈的城墙，而且还建了安边厅署、学宫、府库、寺庙等。"

古老的赖因寨，自此有了一县之城的雏形。

如今，县委大院外的滨河公园，有一道200多米长的古老河堤，便是明万历年间，汪京初次造城修建的古城墙遗址。我曾经无数次走下那段历史的河堤，青苍的块石，苔痕斑驳，城墙的石缝之间，塞满了泥尘和蕨草，荒芜而沧桑。我常常能够从中感受明代波谲云诡的历史片段。两株苍茫的黄葛树，虬根曲绕，密如蛛网，利爪一般，盘扣于古城墙的罅隙里。苍劲的枝杈，旁逸斜横，像位哲学家一般，注视着河面。潮涨潮落，云卷云舒，古老的历史，已有数百年的高龄。古老的城墙，历经五百年的汹涌洪流，冲撞、剥蚀，依然屹立在风口浪尖。这道古老的河堤，成为马边县城内至今保存最好、最古老的历史名胜。

从清嘉庆年间周斯才著的《马边厅志略》，能够窥视到清朝时期马边古城的规模与状况。马边厅城西靠炮台山，其余三面被马边河环绕。马边厅城有东、西、南、北四道城门。县城内，从北到南，依次修建了"城隍庙""都司署""马边厅署""照磨署""文庙""武庙"。今日马边中学山坡，建有"文昌宫""奎星阁"。马边厅署的大东门处，建立有"儒学署"。政府机构、庙宇等一应俱全，完全具备了一个小县城的功能。一个小县城，破天荒地呈现在荒凉千年的河滩上，破天荒地留存于历史的文字记载里。如今县委办公大院外 200 多米护城河堤的遗址，是马边历史里最早的见证。

从此，马边县城开启了新纪元。

三

一个盘踞深山的县城，为什么总让我想起江南的水乡？码头渡口、渔翁蓑笠、一叶扁舟，这些江南水乡的元素，能够与深山里的马边小县城沾上边吗？

据《马边彝族自治县志》载，早在北宋英宗治平年间，马边县城处首建赖因寨时，便设置了南、北两道渡口。至清朝时期，北门渡口称之"北关渡"，南门渡口称之"南关渡"。

"北关渡"位于今天的北门桥，当时，正处在今北门口后方观音阁山埂嘴上，史料记载，此处曾经有一块巨大的岩石，从山埂嘴奔泻直下，斜插进了北门河道的正中央。巨石横亘河中央，截堵了行洪的河道。每年七八月，马边暴洪时节，县城常因之遭遇洪灾。据《马边彝族县治县志》载，马边县城最大一次洪灾，在清光绪二十八年（1902），河水流量高达每秒 3790 立方米，洪峰高达 10 米以上，县城水位高达 7.4 米。河水从南门河堤漫进县城，县衙内水深数尺，文件档案遍浮水面。今日的三九广场以下，居民的房屋尽数被洪水冲走，造成数百人死亡，仅火神庙（今民建镇政府）捞出的尸体，就多达三十余具。

1938 年，时任县长的余洪先主编了《马边纪实》，详细记载了马边河道治理的情况与细节，当时到马边担任县长的余洪先面临两项重要的任务，一是处理"彝务"的问题。因为当时彝汉之间的矛盾、纠纷和战乱频频发生，一方平安是首要任务。二是处理马边县城的洪灾问题。那时，县长每年必须亲自挂帅，亲临现场，指挥疏浚马边河的河道，炸毁阻挡行洪的巨石，防止洪灾的发生。

"北关渡"曾有个"鱼桥"的传说，传说有一对农村夫妇，夜半孩子突发急病，需要立即进县城医治。夫妇俩慌慌张张地赶到北门码头，正逢艄公不在，河面也不见渡船。孩子奄奄一息，命在旦夕，深夜里，夫妇俩呼天抢地，叫天天不应、叫地地不灵。突然，河面掀起巨波大澜，一阵浪涛翻江倒海之后，只见一根巨木，突然横亘于河面，直抵县城岸边。夫妇俩喜出望外，不管三七二十一，踩上巨木便过了河。孩子得救了，夫妇俩抱着孩子回家的时候，脱鞋休息，发现鞋底上粘有许多鱼鳞。他们恍然大悟，原来他们踩着的不是巨木，而是鱼身，是鱼神可怜他们，救了他们的孩子……

这个传说貌似不太可信，仔细思索，却带着许多悲凉和辛酸，古代的人们，生存于滔滔江河边上，舟舆不通，出行艰难，河流是一道难以逾越的天然障碍。

"北关渡"是通往犍为、沐川、乐山的要津，南来北往的都是远行商旅。每当夕阳西照，行人商贾，长途跋涉，渐次抵达马边。码头上立刻人流攘往，繁忙喧嚣。河水清澈，码头倒映于清澈的水中，如绝妙的风俗小景，难怪被誉为马湖八景之"北关晚渡"，被历代的马边人津津乐道，抒写情怀。清乾隆五十七年（1792），马边通判徐宗仁写诗赞云"南客争北渡，北人渡向南。熙熙与攘攘，两两复三三；夕照横修竹，山城没晚岚；篙师行倦役，牵揽入寒潭。"至今，这些动人的篇章，一直铭记在马边人心中。

"南关渡"位于今天南门"乡愁一条街"中段。悬崖峭壁红岩子脚下，数十株百年黄葛树，倒影横卧在清澈荡漾的江面上。晨烟迷蒙的清早，金色的太阳从莲花山上斜抹而下，瞬间，江面波光粼粼，码头上金碧辉煌。进城的男女老少，络绎不绝。农夫们或背驮木柴，或手提鸡鸭，排成长长的队伍，依次渡船进城。一幅浑然天成的江南风景画，让人流连忘返。古人誉之龙湖八景之"南门早樵"。徐宗仁曾有诗曰："逦逦南山麓，樵苏趁早程，一肩残月白，十里晓风清；梵寺蒲牢吼，丛林鸟鸟雀惊；行歌时互答，虚谷应声声。"

"烟销日出不见人，欸乃一声山水绿。"河流是通衢，码头如大门，一叶扁舟在河面上，流水清澈，欸乃之声，徜徉在马边河的柔波里，如历史空间里，行色匆匆的叹息。

四

物换星移，日月斗转。

马边县城的历史，进入二十世纪八十年代，那时，我刚到马边参加工作。当我们从中坝老车站步行到了张坝街，直抵当年的北门渡口，不见了码头，也没有了充满历史感的一叶渡舟。呈现于我眼前的一座钢缆大桥，凌空于奔涌不息的马边河上，如一道别样的风俗小景。县城里的老人告诉过我，北门桥经历的岁月沧桑。1953年，县人民政府采取定点爆炸的方式，铲除了千百年来横亘于河中的巨石，重新疏浚了航道。1962年，北门渡口经历了鸟枪换炮，一叶扁舟换成了庞然大物一般的机动船，甚至能够载运车辆，渡进县城。轰鸣的汽笛之声，响彻北门桥的上空，划破了马边河千年来一叶轻舟的宁静。1969年，县人民政府在北门桥上修建了钢缆渡桥。北门渡口的历史，走过了一叶扁舟、机声隆隆之后，跨入了现代文明的"桥梁"时代。只听钢缆吊桥的叽嘎作响，不闻当年的欸乃之声。

第一次踏上这座钢缆吊桥，我感到无比新奇而刺激，快乐又惊心。

▲ "北关渡"修建了北门吊桥

据《马边彝族自治县志》载，1986年，县城南门石拱桥建成通车，如"一道卧虹"横跨在马边河东西两侧，取代了当年"南门早樵"的南门渡口。充满诗意和历史感的渡口码头，如今已经消失在岁月长河里。

二十世纪九十年代，这座钢缆吊桥的北端，修建了一幢仿古三层楼宾馆、红漆圆柱、飞檐斗拱、雕梁画栋，屹立在碧波荡漾的河边。一道钢缆横桥凌空河面，古色古香的建筑，微波中的倒影，美轮美奂，相映成趣，成为当时马边的地标性建筑。后来，我见过一本精美的摄影相册，是乐山各区、县的标志性风景照片，当时，马边选用的便是北门吊桥以及旁边的仿古建筑。这张精美的摄影照片，以其独特风光，吸引往来游客，为马边县城代言了20余年。

这是马边山区最普遍的人行铁索吊桥，叽嘎叽嘎作响，一摇一摆摇晃，韵味悠长。吊桥下有一片沙滩，长满青翠的铁苋草，绿油油地延伸到了河水边。河水清澈，或濯足或浣衣，皆心旷神怡，美不胜收。铁索桥凌空飞渡，人流攘往，背篼负篓，极易唤起遥远的记忆和慨叹。对岸西城，夕阳西下，余辉倾洒，长空一色。夜幕四合的时候，坐在微风习习的草坪上，凝望渔夫的灯火，聆听河水里流淌的梦想，那种惬意与美好，一直荡漾在我心里，至今仍然眷恋那段美好的时光。

钢缆吊桥叽嘎叽嘎的响声，代替了划船艄公欸乃之声，告别了码头与渡船，县城居民的生活与奔腾的河流渐行渐远。千年的渡口和码头成了没有声音的历史和故事，留在马边记忆深处，珍藏在历史的褶皱里。

2004年，政府拆除了有40年历史的钢缆吊桥，修建了20米宽的平板水泥大桥，之后彩虹桥、廊桥、红旗大桥等应运而生。彻底颠覆了偏远小县城的传统概念，小城逐渐踏上现代城市的文明之旅！

"今人不见古时月，今月曾经照古人。"如今，马边县城已扩张数十倍，历史早已翻开了新的篇章。马边河流淌依旧，历史意义上的北门、南门早已是县城的核心枢纽地带。然而，马边人仍然沿习当年称谓，"北关渡"称北门桥，"南关渡"为南门桥。

▲ 二十世纪八十年代的马边县城

五

一切深山里的地域，具有代表意义的文化与历史，皆藏匿在一座城市里。

偏安一隅的马边小县城，区域太过偏僻，道路太过险恶。在马边的历史长河里，与中华文化巨匠驻足的光辉脚印，与中华民族灿烂文化的某些标识，完全沾不上关系。没有华夏英烈、学界贤哲的雁过留痕，寻觅不到古代圣人金光闪耀的言辞，聆听不了哲学泰斗惊人的智慧，旷世诗人的千古绝句、魅力华章，也没机会皴染这片壮美的山河。因而，古老的马边小县城，虽然有多情的炽烈历史，却无法成为中国历史的某一个极小的焦点，吐纳某个时代的声音。

然而，"一方山水，一方风情"。马边小县城自从诞生那天起，便以其独有的文雅气韵、妩媚深情，吸纳贤达志士，为之呕心沥血，倾其一生。他们的人生之舟，常常搁浅在偏僻的马边山乡。

汪京，便是马边历史第一人。

马边人已经清楚地明白，汪京对于马边县城，具备开天辟地般的历史价值。如今，马边县城雕刻了许多充满现代文明意识的塑像，如县委大门小广场上的"转转酒"雕塑，彝汉干部群众的促膝谈心；西街子公园里屹立的"支格阿龙射日"彝族神话再现；南门桥头的"月亮的女儿"，彝族人幸福的生活图景；红旗新区的芦笙舞曲，表现苗乡群众的欢乐之歌……这些林林总总的雕塑，不过是一些文化的意象、符号、传说，是一种历史的情愫和人文精神的体现。然而，迄今为止，马边真正的历史人物雕塑，唯有南门口滨河公园"乡愁一条街"矗立的汪京雕塑像。

汪京是湖北襄阳人，明朝万历年间的进士，是著名文学家汪道昆的得意门生。汪京曾任夔州别驾、兴安州知州，是平定"三雄之乱"的重要谋臣。汪京担任马边首任同知后，筑造河堤、修建城墙是他呕心沥血的杰作之一。马湖府知府尹廷俊，在《建新乡镇记》中详细描绘了造城的艰难经历："汪君悉心殚力，手画足驱，夙夜督理。缗办于官，工因于佣，曲为劝相，寒者布，病者药，间出内疱为粥为腐，市村酤以劳之，于是梓者、陶者、拽者、负者载土而转，石者运甓，而垩涂者林若子来也。"

汪京筚路蓝缕、历尽艰辛开荒筑城，是实现马边厅治、设立同

▲ "南关渡口"的汪京雕塑

知衙门、确保马边平安的需要。防治马边河的洪水，根治马边河水患，也是必须面对的现实。当时，马边县城这片河滩上，大片平整而肥沃的土地，横卧于水边。对于马边县城而言，水患猛于虎。每年七八月份，咆哮的洪水，汪洋恣肆，人们辛苦一年的所有积蓄，常常被洗劫一空。暴戾的洪水，便是人间的浩劫，是马边县城无法破解的魔咒。即便是现代社会，每当洪水季节来临，县城居民仍然如临大敌，谈洪色变。2019年，一场洪灾，淹没了大半个县城。规划设计好的防洪河堤，仍然挡不住50年甚至100年难遇的特大洪灾。

马边厅城的建成，成为马边历史的新起点，奠定了马边500年

历史的基础。"筑城九百雉，赐名马边"（《马边厅志略》），标志僻壤荒芜的马边，自此进入朝廷的视野，正式纳入朝廷的管理体系，逐渐走出大自然的"蛮荒"时代，无人问津的"边疆"从此变成了"内地"。汪京让荒凉千年的马边"牛棚"，蜕变成了一座历史的城池，他是马边县城当然的"鼻祖"。马边的历史，从朦胧、混沌、空白，变得日益具体和可以触摸。千年的生态河滩，荒芜寂寥、沉默孤独的村庄，有了历史的影像和声音。

六

220 年后，清代贤达志士周斯才任马边厅通判，成为载入马边历史的又一重要人物。通判周斯才在马边的灿烂人生，不仅仅局限于他炽烈的奉献情怀，以及治理马边的雄才大略，还因为他两次出任马边通判，熟悉马边的山川人文、地理风貌，他也清楚知道马边自建立以来，历史记载的空白。他呕心沥血，主编《马边厅志略》，成为马边历史上最璀璨的华章。

周斯才，字受谦，号梦溪。江苏上元县（今南京江宋县）人，周斯才曾是国子监监生，嘉庆六年（1801）至嘉庆十三年（1808）两次到马边厅任通判。"幼嗜读书，研究经史，尤精于《左氏春秋》，博及文艺，兼长骑射。"

周斯才在马边担任通判期间，生活简朴，勤于政事。周斯才办事公正，秉公执法，深受彝、汉民众称道。嘉庆七年（1802）冬，他设簿募捐，筹款重修文昌宫。同年，汉人李逢春杀死彝民一家 7口，引起了大规模的彝汉争端。周斯才摒弃民族隔阂，坚持秉公处理，将双方的肇事首恶李逢春、刘万林等公开正法，成功平息了这场争端。嘉庆八年（1803）正月，黑彝奴隶主纠集叛军从甲排冈经狮子头侵扰三河口，三河口300多户居民拼命逃散。三河口场被烧光，后叛军又直逼马边厅城。马边城中人心惶惶，慌乱出逃者众多。周斯才镇定自若，"命招乡勇，开仓碾谷，赈恤贫民，督修城垣，制造军械，手草露布，羽檄交驰。亲信街巷，镇抚百姓。"稳定了马边城，等待援军，成功平定叛乱，令人刮目相看。

周斯才出身书香之家，精通琴棋书画。著有《筱园诗抄》《谁斋》《寄园》等诗文集。清朝钦定《熙朝雅颂集》选录了他《筱园诗抄》中的六首。他在马边期间，足迹遍布马边山乡，创作了许多关于马边的诗句。"鸡公岭、核桃坪、蔡坝子、双河坝、芦稿溪"等偏远山乡，至今许多马边人都不知晓的地名，却出现在他的诗句里。"千岩万壑自邃古，木魅山精走豺虎。芟夷樵径乱山颠，置身榛莽惊日午。神禹往迹浸湮世，柯斧谁寻伊何岁。苍虬颠倒卧烟露，为栋为梁都不计。中封柱痒'宗动'齐，谁开鸟道绝天梯。舍身蚁附魂飘荡，怕听鸣涧万仞低。世路险夷恒对待，畏途那意频遭殆。人力既竭鬼神泣，耸立不觉形骸在。欲下茑萝蹊几曲，卷石不堪容侧足。盘旋木末鸟呼人，似戒颠危审立躅！"（《冈外行》）这首诗生动地描述了当时马边至三河口，沿途的险峻艰难，无疑是一首马边的"蜀道难"。这些美妙的诗句，极大地丰富了马边县城的内涵，填补了自汪京建城以来，无缘文人墨迹的遗憾，成为马边文化和旅游的宝贵资源。

然而，周斯才最卓越的贡献，是主编《马边厅志略》（共六卷），十万字，从天文、地理、人物、彝民四个方面反映了马边的县情。按照"分野、节序、气候、灾异、山川、古迹、形胜、疆域、沿革、坛庙、乡场、津梁、城垣、公廨、学校、典礼、边防、营制"等类别，逐一陈述，追溯马边的历史，囊括各个领域。为了撰写好此书，他"综考旧史，旁稽遗帙，近征官牒，博采乡评，搜多剥之碑，译侏离之语。"想以此"表扬郅治，振励民风，备史氏之典章，成此邦之实录。"

《马边厅志略》是马边历史上第一次以史志的方式，展现马边的地貌风俗、历史演变，是马边历史上第一本志书，是马边迄今为止最珍贵、最系统的历史文献和人文资料。

没有周斯才主编的《马边厅志略》，马边的历史，该会是多么平庸、乏味和空洞。

七

江河滔滔东流，阳光照耀岁月。二十世纪三十年代，马边县城的历史上，走进了一个马边人和他的书。他就是马边本土作家李伏伽以及他的作品《旧话》。

李伏伽于清光绪三十四年（1908）生于马边县城西街子，此刻的中国历史，正经历着波澜壮阔的大变革。马边同盟会成员曹受宜等七烈士，在马边英勇就义。几年之后，马边发生了三件重要的大事，一是屏山马边的"同志军"攻打马边厅城；二是马边保路同志会成立，围攻马边县城；三是驻扎在马边城的清军，垂死挣扎之余，终于倒戈受降。在僻壤的马边随着封建帝制的破灭，很快改旗易帜。马边历史自此进入民国时期。

李伏伽的父亲是前清秀才，因病早逝，李伏伽成长的经历，磨难坎坷。他对故乡的感情特别复杂，一生痴爱生养他的马边小县城，却又怨恨小城里的世态炎凉。

李伏伽撰写的《旧话》，在激情又简约的字里行间，屡屡毕现民国时期的马边现状：社会秩序混乱不堪，街上到处有人寻衅滋事，打架斗殴，皆是常态。鸦片猖獗、土匪肆虐、杀人越货、抛尸河流、这些令人惊悚的事件，频频出现。军阀势力来去如流水，战争的硝烟，如锯齿般反复切割、蹂躏着深山里的小县城。

《旧话》以作者的命运为主线，从文学的视角，透视了马边县城的深重灾难，各种恶势力之间的争斗与倾轧，蝇营狗苟及普通民众不堪言说的困厄与悲哀。此外，《旧话》还详细记载了李伏伽两度回到马边中学当校长，致力桑梓的虔诚之心，以及"挽边区罪恶之狂澜"的宏图大志。李伏伽美好的愿望，常常被残酷的现实击碎，流淌着理想破碎的忧伤。李伏伽最终心力交瘁五递辞呈，请辞校长职务，满怀痛苦离开了故乡。一半火焰一半冰，一半深情一半怨恨。滴血的心坎，该是怎样一番无言的悲恸？

一部《旧话》里的市井马边，纷纭而杂乱，表现了一个县城的人间烟火。

李伏伽的《旧话》，让不为人知的深山小县城，从此有了文化，有了精神。

八

因为汪京、周斯才、李伏伽，深山里的马边县城，从此变得更加真实鲜活、更加有血有肉、更加充满人文情怀。他们从不同的视角，缔造了他们内心深处的马边县城。

如今，马边县城早已走出了灾难的历史。深山小城有了现代文明的高速公路，不断发展壮大，有了十里长堤的滨河公园，小城人过上了富裕生活，即便是县城的"鼻祖"汪京，发挥天才的夸张手法，也万万难以想象今日马边县城的辉煌景象。马边河水流淌依然，高楼林立的县城里，大街小巷迎面而来都是笑意盈盈的人群。太平盛世，马边小城里的幸福，流淌成一条源源不断的河流，祥瑞、宁谧、幸福、恬淡。一有闲暇，我便跟随幸福的河流，徜徉于十里长堤的滨河公园，感受河水的温馨，微风的轻柔，生活的甜美。我常常驻足徘徊在北门桥、南门桥、以及新建的"乡愁一条街"，在小县城的历史角落和缝隙里，搜寻古人之幽情，感受城市之觉醒。每当这样的时刻，先辈们的遗留足迹和炽烈情怀，热血的牺牲精神，犹如英雄豪迈的史诗，浮现在眼前。

于是，我又一次激情澎湃，感慨万千。我想起了滕王阁和王勃，想起了岳阳楼和范仲淹，想起了枫桥渔火和张继……

红椿村小记

马边县劳动镇，地处马边县城之北。

奔腾咆哮的马边河，经劳动镇形成冲积扇，河域宽阔平坦。沿河两岸，高坡低谷之间土壤肥沃，庄稼丰美，自古便是马边河沿岸生存向往之美好乐土。劳动镇柏林村石牌子组，有一处岩墓群，称"石牌子岩墓"，至今仍有保存较为完好的四道墓穴。省、市考古专家曾多次前往考证，确认该墓群乃东汉时期所置，与乐山大佛崖墓群属同一段历史时期，1998 年被乐山市人民政府列为市级文物保护单位。

这是劳动镇最早有汉族人居住的古遗迹，也是马边河流域最早有人类居住的佐证之一。早在汉朝时期，汉人已经迁入马边，并深入到小凉山腹地，马边是其中重要的历史通道。

《马边彝族自治县志》载，三国时期，蜀汉政权在犍为郡（今犍为县）与越西郡（今凉山越西县）之间，建立了新道县，很多历史资料也明确记载了这一历史事件。然而，新道县址的具体位置，至今还是谜。从犍为郡去越西郡，最便捷的路线，应该在马边县的境域内。试想，当年的马边河流域，这片物华天宝的沃土，蜀汉大军的旗帜，该是如何遍布沿河两岸？军旗猎猎，车喧马啸，尘嚣飞扬。

然而，马边这段最古老的历史，在岁月的长河里消亡了。消亡得无声无息，甚至无丝毫踪迹可寻。曾经的新道县，成了一个历史的名字，一个千古的疑案，成了马边历史的遗憾。

南北朝时期，蜀主李寿引"僚人入蜀"，四川广阔的西南片区，为"僚人所据"。据《华阳国志》载，"蜀土无僚，乃是始从山出，自巴至犍为，梓潼，布满山谷，大为民患"。当时，僚人凶悍、野蛮、落后，处于氏族社会，生产力极其低下。据历史学家的研究，"僚人入蜀"事件，使四川的社会文明至少倒退了300余年。至今，劳动镇红椿村来龙组岩壁上仍保存有"僚人凿墓"古遗址，成为"僚人入川"的历史遗迹。马边为僚人占据，而劳动镇红椿村，土地肥沃，当然是重点区域，应该遍布僚人。

劳动镇与马边县城紧密相连，劳动镇政府所在地，与县城仅相隔五千米。2020年沐马高速未通车之前，从马边县城去往乐山，劳

▲ 劳动镇官田坝村古僚人崖墓

039

动镇是必经通道。车水马龙，熙熙攘攘的山区小镇，拥挤而忙乱了几十年，俨然一个历史的重镇，一个重要的关隘。

红椿村地处劳动镇的西岸，中间相隔奔腾不息的马边河。远远地望去，高大威猛的崇山峻岭，形态各异、姿态万端。山峰与山峰之间，如荷莲的花瓣，向内环拱，彼此相连，如绾结蠕动的弧线，环围出一道道山湾。青翠的土地、温馨的港湾，如慈祥母亲的襁褓，哺育了红椿村一代又一代的村民。

红椿村之名源于一个优美的传说。相传，红椿村的普子沟，生长着一株古老的红椿树。红椿树有多高，没有人知道。红椿树有多大年龄，也无人知晓。红椿树超过了高耸入云的大山，直冲天宇。这株高耸入云的红椿树，成为村里的长寿树。红椿村祖祖辈辈的村民，口口相传着同一句话，"我的爷爷说，他小时候，红椿树便这样高大挺秀了。"

关于椿树，明朝风流才子唐伯虎，曾经作《椿萱图》，并题诗曰"漆园椿树千年色，堂北萱根三月花。巧画斑衣相向舞，双亲从此寿无涯。"以椿树比喻父亲，祝愿父亲如椿树般长命百岁。庄子《逍遥游》云："上古有大椿者，以八千岁为春，八千岁为秋"。天下剑门翠云廊的"张飞柏"，传说乃张飞任巴西郡太守时所栽植，至今，已过 2000 多年。可见，上古时期的椿树，乃长寿树之极品，普天之下，各类树木，皆望尘莫及。

红椿村是古人以"红椿"而命名的，显然是有深思熟虑的考究，其代表着健康、长寿、幸福、美好。

一

红椿村的党支部书记、村主任魏云华是我多年的老朋友。有一天，他突然告诉我，说红椿村有一条"巨龙"！猛然之间，我吓了一大跳，差点回不过神来。我惊讶地望着他，他继续说，村委会的那片半岛似的小山丘，名叫"龙神岗"。龙神岗酷似龙头，龙嘴已伸进马边河河水里。而龙的身躯，则是从老村委会处，沿着缓缓扭曲的山坡，往西北攀延而上。然后，抵达大佛脑山之后，扭头向南，经两火岩、白花崖、至水碾坝的白崖山、马边县城炮台山，绵延到县城南门桥下，继续往东南弯曲，延伸至的黑儿秋，再到建设乡五一村，龙尾则是猫猫寺。马边河南门桥下，有一道鳞甲般的石谷，突兀着冒出水面之上，便是龙背的尾鳍。

这是我一生听闻的最大的"巨龙"，绵延达二十千米，可谓奇大无比。最让人惊奇不已的是，马边县城南门桥下，河水里果然真有两三百米的裸露石块，酷似鳞鳍。突兀于水面之上的形态，浑然天成，清晰明了，毫无人工雕琢之痕迹。

然而，更为惊讶的情节还没有结束。传说，很多年以前，村里修建通村公路，在红椿村老村委会的山脊处，挖土机挖了三天，山脊下的河沟里，居然流了三天的血水。人们传说修路挖伤了龙的身体。还听附近村民说，那三天夜深人静的时候，村民总感觉有凄婉声音，如泣如诉。再仔细倾听，声音仿佛从地底深处传出来的。人们一下明白了，这是受伤的巨龙，在痛苦地呻吟、哀鸣。

龙是中华民族的图腾，中华民族以龙为骄傲，自称龙的传人。历史记载，孔子在研究周礼的过程中，遇百思不得其解的难题，他从山东曲阜长途跋涉，步行五百千米，到周都洛邑，拜访了老子。几月后，孔子又千里迢迢回了曲阜，可他什么话也没说。弟子们忍不住问他，老子是怎样一个人？孔子回曰："鸟，吾知其能飞；鱼，吾知其能游；兽，吾知其能走；走者可以为罔，游者可以为纶，飞者可以为矢曾。至于龙，吾不能知其乘风云而上天。吾今日见老子，其犹龙邪！"

老子是道家学派原始宗祖，他的思想博大、深邃，一望无际，连伟大的思想家孔子，也对他充满敬佩，如龙神在天，象无形，音稀声。孔子言辞里"龙"的形象，其实并没有具体形象。乘风沐云，直上天宇，吞吐云雾，变化莫测，见头不见尾，来无影去无踪，说有就有，说无就无。

然而，红椿村这尊"巨龙"，形神兼备，可察可触。龙头、龙身、龙鳍，甚至龙尾，似我等凡胎俗眼，皆可以耳闻目睹。

我决定跟随魏支书，走一趟红椿村，领略偏远马边一个平凡的村庄，浸润了千年的人文与风俗。

二

40 多岁的魏支书，精明强干，能说会道，对红椿村的情况如数家珍。村里哪座山有传说，哪个山垮里有典故，哪段高坡有奇特的怪石、珍贵树种，甚至哪一家有病人，他都了如指掌。在他的描述里，红椿村绚丽缤纷，色彩斑斓，充满无穷魅力。他一边当驾驶员，一边沿途详细介绍，完全是一名博学的优秀导游。

一条弯曲的公路，带我们走进了种满苞谷的山坡，沉甸甸的苞谷棒子，挂在苞谷秆上，烘托着喜气洋洋的丰收气氛。在一片苞谷坡地上，矗立着两根耸立云端的石柱，引起了我们的注意。石柱呈棱形，高约 5 米左右，柱的顶端，如一顶气派的官帽。立柱的后面三四米远处，是杂草丛簇的坟茔。立柱左侧，有白色石碑，上面刻着"1998 年被列为市级文物保护单位"。

附近的村民告诉我们，这地名叫"罗家坝"，是罗家人的祖坟，清朝年间就有了。坟墓乃气势宏伟的双棺坟，显然是有钱有势、有身份有地位的大户人家。查看墓碑，乃建于清朝道光年间。虽为双棺坟，但墓碑上却只有"皇清淑德上寿罗门陈氏"字样，再无其他内容。

一位过路的村民告诉我们，逝者是一位女性，却是一个"狠人"。马边民间将有能力、有作为，影响一方的人中龙凤，称之为"狠人"。这位逝者，乃女中豪杰。女子在马边一带"吃得开"（混得好），当时连县城横行霸道的李双林，也惧怕她，对她礼让三分。

我一听他说李双林，便知道他说辞混淆，缺乏真实性了。《马边彝族自治县志》载，李双林在民国时期横行马边县城，是恶贯满盈的土匪头子。按照推算，李双林来到人间，横行马边县城的时间段里，这位女中豪杰已躺这座坟墓里一百多年了。

清朝道光年间，难道马边女人的地位很高？"三从四德，贞节牌坊，缠足"等林林总总，我们耳闻目睹的历史内容，难道不是真

▲ 红椿村罗家坝古墓的石望柱

实的历史？

翻越了相关资料，我了解到坟茔前的立柱，称之为"石望柱"，或称"林门柱""神道柱""华表"。在墓前几百米处立石望柱者，往往是身份显赫的官宦，而且需受到朝廷的许可。难道墓地里埋葬的女人，曾经是马边的官宦，或者是呼风唤雨、叱咤风云的"狠人"？受到官方许可，立石望柱以展示荣耀？

我脑海里满是谜团。蹊跷的答案，却在历史的迷雾里……

三

我走出种满苞谷的山坡，站上高处瞭望，红椿村的沃土，平躺横斜，阡陌不规则，纵横又零乱。然而，山坡与沟谷之间，银白色的乡村公路，如线如缕，在绿意荡漾的庄稼地里，任意穿梭。农民驾驶三轮摩托车甚至轿车，来到地里，侍弄庄稼。如今，农民已经挣脱了几千年的历史形态与概念束缚，实现了华丽转身。苍莽的田野里，水龙头仿佛人工降雨，漫天飞舞的水花，似喷泉、瀑布。火红炙热的骄阳里，郁郁葱葱的庄稼，如沐春雨，茁壮成长。

翻过了山垭，便进入了红椿村的水果基地——郁郁葱葱的"李子园"。"李子园"的位置，是传说中"巨龙"的颈下部位，继续往上，直抵高耸的大佛脑山。硬化了的田间公路，在山坡上任意盘旋，如蝶舞蜂飞的线条，如云海中挥洒的彩虹。

魏支书告诉我，红椿村以蜂糖李、脆红李作为产业发展的重点。如今，"李子园"已经栽种了5万多平方米的蜂塘李和脆红李。产品味美质优，远销成都等地，供不应求。魏支书说，红椿村还将继续延伸产业，站在乡村振兴的战略高度，把红椿村离县城近的地理优势发挥好、发挥足、搞出特色。充分利用红椿村土地资源，继续扩张"李子园"规模，把全村农户带动起来，使红椿村的山坡上，花果飘香，成为马边人休闲娱乐的乐园。

"李子园"的果实，沉甸甸地挂在李子树枝头，似火的骄阳，成熟的光芒，金灿灿的喜悦。

过了"李子园"，又爬上了一道山坳，眼前是一片银杏林，株株银杏树，皆笔立挺拔，直参云天。魏支书说，此地名为"银杏林"。这时，山坳里突然吹来了清凉的风，银杏叶漫天飘舞。过了"银杏林"，峰回路转，我们又站在山峰的东面，马边河抑扬顿挫，斗折婉转，以历史的姿态，奔跑如初。历历在目的坡地，一弯绕过又一弯。青翠的庄稼，碧嫩绿翠。

在这片平凡的土地上，一辈又一辈的红椿村人，如马边河的流水一样，匆匆来，匆匆去。著名作家萧红在《呼兰河传》中言"呼兰河这小城里边，以前住着我的祖父，现在埋着我的祖父。"红椿村人的祖先们，在这里出生，在这里生活，死后也埋在这片坡地上。

魏支书指着远处坡底说："那便是巨龙的头部，叫'龙神岗'。"我顺着他指的方向，果然，龙神岗酷似龙头，栩栩如生的戏水的姿态，深得天地之韵律，造化之机巧。龙头后的山坡，层层高抬，蜿蜒扭曲，往更高的山坡，涌动而上，抵达我们身后的山峰"大佛脑"。"大佛脑"因山形酷似大佛的头而得名。山顶上有一个大平坝，曾经坝上有座寺庙叫"龙头寺"。传说，大佛脑是龙身开始，庞大的龙身顺着山脉，向南辗转绵延，至马边县城。神龙怀抱之中，便是红椿村一塆又一塆的坡土。

龙乃吉祥的象征，红椿村乃吉祥之地。

然而，神龙羽翼襁褓之中的红椿村，真的是人间富贵地吗？

四

红椿村山坡，处处有典故，每一道风景，皆是传说。

红椿村的公路，一直往深山里盘旋，直抵红椿村最高、最深的山谷。传说中参天吉祥的红椿树的生长地方，便在这道沟谷里。如今，翠绿参天的大树很多，却不见传说中那株红椿树。林茂繁密的沟口，有一股清澈、凉爽的溪水，从杂草丛簇的石隙里缓缓流出。村民告诉我，看似无路的径口，实际上有一条狭窄的小路，通往沟谷里的白洋岩、扇子湾、马老埂、白洋坪、岩湾头等垮口。上百户的红椿村人，曾经居住在沟谷里面。马边脱贫攻坚之后，村民已经全部搬迁出来，在公路边修建了房屋。

于是，我们踩着荆棘，继续往前行，突见一道高耸的峭壁，赫然有上下重叠的两个巨大岩洞，径口均有五六米，红椿村人称之"上洞子、下洞子"。据当地村民说，每个洞子的径深达10多米，能容纳好几百人。而上洞子和下洞子之间，是一根金扁担，是红椿村的镇宝之物。如果金扁担不幸被盗走，上、下洞子便会轰然倒塌。

然而，贪婪是人的本性。千百年来，寻找金扁担的人们，总是冒险盗宝，因地势太狭窄，十分危险，许多贪婪的盗宝者，往往滚落悬崖，摔死在岩下的沟槽里，从古至今，摔死者不计其数，此处也被称之"死人槽"。

上、下洞子这座山的顶端，向北为劳动镇的井池沟，向南为水碾坝的芦稿溪，再往前，便深入到彝族聚居区了。马边历史上，由于物质极度贫乏，抢劫杀掠乃家常便饭。彝汉纠葛、军阀劫掠、土匪猖獗，乃等闲之事。红椿村的先民们，也曾饱受战乱之苦。他们曾在山顶上设置了三道碉楼，远远瞭望监视前来劫掠的敌人。但三道碉楼是无法抵御外侵的。碉楼的作用，如西周时期周幽王设置在骊山的烽火台，仅仅是传送敌讯。

我很想爬上山顶，察看碉楼痕迹。然而，树林杂草，丛丛簇簇，如株似网，吞噬了曾经的羊肠小道。我们只能站在山下，遥看苍翠浓郁的山埂，以及山峰顶端云朵飘絮般的蓝天。这三道碉楼，红椿村百姓称之"观碉"，"观"字是我想象的，询问当地居民，均不知道是哪个字？查阅北斗地图上却是"关碉"二字。

我脑海里想象着当年的场景，当一道碉楼发现了敌情，便立刻点燃了烽火。瞬间，二道、三道碉楼的烽火，也熊熊燃烧起来了。于是，沉寂而忙碌的红椿村人，第一时间获得了救命的信息"棒客来了"。

红椿村民常常称土匪为"棒客"或"棒老二"。

"棒老二来了——"

山巅上一声惊叫，山应谷鸣，红椿村立刻紧张起来，瞬间，进入战备状态。

然而，有了"关碉"，红椿村人的安全就有保障了吗？

当土匪渐渐明白了红椿村的备战措施，他们往往选择在晚上行动。于是，在碉楼放哨的青年小伙，首当其冲，成为攻击目标。凶残的土匪，常常把放哨人的尸体，从碉楼甩到红椿村的山崖下。凄厉的惨叫，划破了红椿村的宁静。后来，三个放哨人的尸体掉落处，冒出了三块重叠的石头。

至今，这三块石头还屹立山脚下。村民们说，重叠的石块与石块之间，居然都是悬空的，特别奇怪。

我顺着村民指引的方向，举目望去，树木掩映里，三块石头令人尊敬的真容有些隐约，由于时间紧迫，没有机会亲临，瞻观神奇的三块石头。

村民还告诉我一件真实的事情。那是集体生产的时候，全村二十多人在山脚下的苞谷地里,唱"打鼓草歌"薅草。中午收工刚回家,村里突然传来山崩地裂的声音,红椿村的山河皆在颤动。村民以为地震了,立刻跑出门来,只见刚才薅草处,浓烟滚滚,山坡垮塌了……

20多人差点命丧滑坡泥土里。

红椿村人说,是三块石头显灵,救了全村二十多名村民的性命。

这样惊险传奇的故事,红椿村还有很多。

退休教师李志国告诉我,很多年以前,李家是红椿村的大户。李家有大庄园,修得宏大气派。一天晚上,土匪悄悄摸进了红椿村,直奔李家大院。当时,按照计划,是先安排土匪逐一堵住各道大门。可是,土匪很快发现,他们犯了一个致命的错误,李家大院的门太多,总计有48道门,而土匪只来了40人。还有8道门无人去堵,门不堵死,怎么抢劫?人手不够,谁来抢劫?李家庄园又有多少家丁壮男?土匪心中疑惑起来。此刻,李家的小儿子洗完了澡,正坐院坝里纳凉。他发现了敌情,大声厉呼"打棒老二"。在深山里横行了多年的土匪,一时间,居然进退失据了,只得仓皇逃窜。

自此,红椿村声名远播,各路土匪不敢再觊觎红椿村,被土匪骚扰多年、心惊胆寒、匪患猛于虎的红椿村,后来,居然安稳了许多年。

五

传说,朱元璋曾经兵败陈友谅,只身逃往深山,他跑了一天一夜,终于甩掉追兵。他精疲力尽,倒头便睡。当他醒来的时候,发现头冠如伞盖的椿树,不断调整着位置,总是为他遮挡住炽烈的太阳。朱元璋感叹道:"若不是这棵椿树,我恐怕晒死在这里了。椿树真是护驾之王啊！"从此，椿树成为天下的"树王"。

红椿村的不同凡响，处处彰显着椿树的品质。树干挺直、冠大叶浓、吉祥、长寿、奉献、顽强生存、不屈不挠，宛如红椿村的历史传统和文化。

多年前，我在马边县委宣传部编辑《马边民族报》，主编安排我去红椿村采访老党员、老主任李志会。那时，村里有两百亩梯改田，年年因缺水源无法栽插。李志会打工挣了十万元，他打算捐用这笔资金，给村里修建几千米引水堰，将溪流引进干枯的秧田。然而，正当此时，李志会突然患病，医生诊断为心脏病，生命危在旦夕。是用钱治病，还是继续修建引水堰？

李志会选择后者，他带病指挥，抢在干旱季节之前，成功修建了那条引水堰，深山沟清澈的溪水，通过几千米的引水堰，源源不断流淌进了干枯的粮田里……

现在的红椿村是由红棒村、来龙村、群利村合并而成的。当时的老红椿村，特别偏僻，我在劳动乡政府干部的陪同下，顺着羊肠山道，步行几个小时，才到了老红椿村，采访患病的李志会，查看流淌溪水的引水堰和稻田。青翠稻苗，已经茁壮葳蕤。我十分感动，回来写了篇报道，很快便刊发在《四川农村日报》上。

我询问魏支书，这位让人敬佩的老主任李志会的情况。他说，老主任李志会，已经去世多年了。我心里咯噔一下，立刻有些沉闷。我脑海突然空白，缓了一会儿，又问，引水堰还在用没有？魏支书说，还在用啊。我长长地舒了口气，内心终于有些释然，只要引水堰还在使用，清澈的溪水就会源源地淌进稻田里。老主任便是红椿人心中的那株"红椿树"，他会永远活在红椿村人的心里。

二十多年了，我再次去看了那条引水的堰渠。时间太久了，引水堰埂上杂草丰茂，堰沟里长满稀疏的水草，条石布满水迹的苔斑。岁月沧桑，我突发奇想，当年采访时，留在这条引水堰上的脚印还有吗？

这时，远远地看见公路上有位白发苍苍的老大爷，手推轮椅走过来了，轮椅上坐着同样白发苍苍的老婆婆。他们到了我们面前，便停了下来，老头子帮老婆婆移动身子，体贴入微的动作，显示他们是一对感情和睦的年老夫妇。他们主动与魏支书打招呼，满眼都是对年轻支书的敬佩。魏支书告诉我，老头叫李云魁，老婆婆名刘福珍。刘婆婆瘫痪了许多年了，作为丈夫的李大爷，细心照顾，无半丝怨言。每天，他总是推着妻子出来走一走，呼吸新鲜空气，晒晒太阳。长年累月，从未间断，感动了许多人。

风烛残年、相濡以沫，患难与共、不负彼此。云朵飘飘的蓝天下，苍绿碧翠的山野，银白色的乡村公路上，看见他们远去的身影，我居然泪眼潸然。他们是红椿村最朴素、传统的人文元素，是红椿村美好风景中最灿烂的一处。

六

巨龙的龙身，过了大佛脑山，便是两火岩山。两火岩因岩石鲜红如火，故得此名。两火岩是两道并行的山峰，比两边的山峰稍显低矮一些。两火岩继续南移，山峦也缓缓凸耸，绵延跌宕，回肠荡气，这便是白鹤岩山了。

白鹤岩的崖壁，乃壁立千仞的丹霞地貌。红色的石壁上，有乳白花纹，远观极似一对飞翔的白鹤，栩栩如生，故名白鹤岩。后来，悬挂于高岩悬崖上的一对白鹤，只剩下一只了，当地百姓传说，当年法国传教士来到马边，在白岩山对面的凤凰桥，施展魔法，盗走了一只白鹤，类同于马边河中坝场的爆花滩上，被传教士盗走一对金鸭子，在马边区域流传极广。

蔚蓝的天空下，白鹤岩山屹立在鲜红的悬崖上，自由飞翔的"白鹤"，依稀可辨。

我们驱车到了白鹤岩山脚下，走进红椿村的肉牛养殖场。按照程序，我们进入了消毒通道，通过烟雾喷洒，进行了全身消毒，才进入养殖场内。

在马边山区，我参观过许多的养殖场，几百头的牲畜，被圈养在栅栏里，零乱无序、腌臜熏人。而眼前的状况与想象有着天壤之别，宽大的顶篷，撑起了一片阴凉。山风吹拂，凉爽舒适，丝毫没有酷暑的炽热。250余头膘肥体壮的黄牛，或躺卧或站立，或咀嚼或养神，或吞食槽里食物，或饮用槽边的清凉水，皆舒适悠闲。每头牛都按照栅栏的顺序，整齐排列，丝毫没有杂乱零碎之感。这么大的养殖场，管理得如此井然有序，精细入微至如此程度，需要多少工作人员？一询问，全场仅三个工人。红椿村这个养殖场，已经全部实现了机械化。马边偏僻山区，平凡的红椿村，机械化程度之高，令人咋舌。

我们跨出养殖场的大门，顺着山坡的石梯，走到养殖场下方坡坎上。原来，这里是一个有机化肥厂，主要的原材料，便是坎上肉牛养殖场的牛粪。

看着堆积如山的有机肥，我有些心忧，询问销售情况。魏支书告诉我，这些有机肥，供不应求。仅仅满足马边山区有机蔬菜基地，都还远远不够。再说，红椿村的"李子园"发展起来了，有机肥生产量更加不足。

红椿村的养殖场和有机肥生产厂，受到了县委领导的关注。魏支书告诉我，县委主要领导曾多次到红椿村指导工作，充分肯定了红椿村高规格、高起点发展村集体经济模式。红椿村已被评为"乐山市乡村振兴示范村",附近区县还到红椿村考察取经。

更令人惊讶的是红椿村班子的眼光,魏书记还告诉我,肉牛养殖场建于 2018 年年底,当时全国遭遇了猪链球菌,一时间,猪肉价格一翻再翻。许多人开始大兴土木,大建养猪场。而正是在这年,红椿村也争取到了绍兴越城区帮扶马边的资金。一是跟风兴建养猪场,二是兴建养牛场。当时的情况是猪肉价格已飙飞到每斤 38 元左右,而肉牛的价格,基本保持在每斤 50 元左右。是选择建养猪场,还是养牛场,成为村委会的两难选择。红椿村村委一班人,敏锐地嗅出了猪肉价格飙飞上天的危机。通过反复的讨论和论证,红椿村人作出了正确决策。成功躲过第二年猪肉价格大幅下降的风险,红椿村村委眼光可谓高瞻远瞩,不同凡响。如今,红椿村肉牛养殖场年产值高达 600 余万元。

白鹤山下,有一红色浑圆巨石,当地人称之"屙米石"。传说,大石有小洞穴,能够"屙米"出来,故得此名。古代,红椿村人如果揭不开锅了,便端起碗来接米,每满一碗,便没有米了。很多贫穷人家,因而受到了接济。后来,"屙米石"的事情,被龙头寺的小和尚知道了,也来接米。可是,每次只能接一碗。小和尚从龙头寺上下来,要走两火岩,过白鹤岩,一趟路需很长的时间,小和尚便想一次多接点。他找来錾子,将小洞穴錾成了大孔穴。然而,大了的洞穴,再也没"屙"米出来了。

这个有趣传说,立刻让我联想到白鹤岩下的畜牧养殖场和有机肥厂。全村的贫困户,能够在这里得到入股分红,老百姓能够在此获取利益。在时代大潮里,红椿村集体经济不断壮大,活力不断。这不就是传说里的"屙米石"吗?

传奇走马坪

二十世纪九十年代初，我在民主镇工作了八年，满以为做出了些成绩，能够调进马边县城了。然而，教育局一纸调令，让我到苏坝区中学工作。我心怀忧郁，变卖家里衣柜等大型家当，租来一辆手扶拖拉机，载着铺笼帐被、锅碗瓢盆等必须品，翻越烟遮山，穿过马边县城，沿马边河逆流南上18千米，抵达苏坝。

因为从荞坝到苏坝，必须直穿马边县城。朋友们便笑侃，既然进了县城，为什么又要从县城里出来？

我心里虽然有些酸涩，却微笑地调侃道："钱锺书先生《围城》的经典名言'婚姻如一座围城，城外的人想进去，城里的人想出来'，你们不知道吗？"

于是，大家便呵呵一笑。

我知道，这是"煮熟了的鸭子，嘴壳子硬"。那个年代，马边交通极不便利，通信困难，在乡镇工作的教师，大多数皆以调进县城为光荣。许多教师一生的终极目标，便是调进县城工作。然而，千军万马过独木桥，似我等文弱书生，要想顺利进城，每天挟着书本，踱着方步走进教室，给县城的学生上课，在当时，只能是梦想，丝毫不切合实际。

于是，我便与苏坝这片土地，有了不解的缘分。

一

苏坝东连民主镇，西连烟峰镇、梅林镇，南接高卓营乡，北倚建设镇。自古以来，苏坝的地理位置一直十分重要。国家"撤区并镇"之前，三河口区、大院子区、苏坝区的八个乡镇，都必须从苏坝通过，《马边彝族自治县志》载："扼三区关隘，锁八乡咽喉"。

苏坝街镇在马边河的沟谷地带，两岸高山重叠，拥挤偏狭，如一道缝隙。欲寻觅一块平坦的地方，比去贫穷人的家里，搜索到珍宝可能性还要小，苏坝街镇，可谓寸土寸金。

依山而建的苏坝街镇，犹如马边河畔的"山城"。当时，苏坝乡政府的二层小楼，便屹立在河边，是全街镇最低洼处，遇到大雨，便会与咆哮的马边洪水进行亲密接触。每年七八月，马边河涨洪水，苏坝镇政府小楼便首当其冲。2001年7月28日，一场百年罕见的特大洪水，将苏坝镇政府小楼完全冲毁。政府小楼里所有的资料历史，不幸毁于一旦。然而，苏坝的街道，倚着山势，渐渐往高而去，最终幸免于难。

苏坝的街道，密密麻麻的房屋，拥挤地排列，屋檐衔接，瓦角交错，抬头看不见天空。狭窄的石板小街，如一道缓缓的石梯，次第往上，渐次抬升。沿街的门市，面积大多在十多平方米，商贩们总爱把摊位摆出门市，占用街道的边角，狭窄的街道拥堵不堪。

据《马边彝族自治县志》载，清朝时期，苏坝是苏姓人家的垦地，故得此名。然而，也没有资料显示，如今的苏坝，还有多少姓苏的人。关于当时苏姓人家的历史情况，经过走访和查阅资料，我没有获得更多的信息。清朝时期，在现今苏坝走马坪，首建了"走

▲ 苏坝街的吊桥

马场"。1940 年，在苏坝走马坪建置，称宁边乡；1951 年，称团结乡；1952 年，称走马坪乡；1958 年更名为走马坪公社；1972 年，治所从走马坪迁到今日的苏坝街镇，更名为苏坝公社；1984 年复乡建制；2018 年为合并袁家溪乡，始称苏坝镇。

1971 年 12 月，马边至苏坝河口的公路通车。苏坝的历史进入了公路时代。然而，轰隆的车辆，只能在苏坝街对面的公路上往来穿梭。苏坝街镇的人们，下了客车，要经一道简易的铁索吊桥，横跨马边河，方能进入苏坝街镇。

每逢赶集，摇摇晃晃的铁索吊桥，发出嘎吱嘎吱的声音。桥的两端，成了人口聚集、生意繁华之所。

二

苏坝中学，位于苏坝主街后面的山坡上，离街有 500 米左右。毫无规则的石板铺筑的石梯路，扭曲歪斜，往坡上延伸，沿途的坡路，密布着树木的枯枝与新芽，簇丛杂乱，让人遐想"深山寻古寺"的妙韵。课余饭后，行走在这些石板小路上，一晃就是三年。

那时，苏坝挨邻的袁家溪、烟峰、沙腔、建设乡镇，皆没有集市贸易。苏坝的集市贸易，覆盖四五个乡、方圆上百里。众多村民挤到苏坝街上，采购商品、贩卖农副产品。苏坝的"刚需"，在全县各乡镇中压力最大。苏坝场镇生意异常火爆，每逢集日，街上拥堵不堪，人满为患。

四邻八乡到苏坝赶集的村民，多数是身披"查尔瓦"的彝族。当时，这些彝族村民绝大多数居住在高远陡峭的山巅之上。晨曦初露的时候，他们会拿起电筒、穿上胶鞋，钻进浓烈的朝雾里，行走在荒草没膝的山径上。他们或背一只乳猪、几只公鸡、几张羊皮子。为了按时到街上赶集，他们天不亮就要出发，往往会走一二十千米的山路，翻山越岭，跨越江河，早早赶到苏坝的街上。他们的胶鞋和裤脚皆是湿漉漉的，而浑身汗流浃背，衣衫都湿透了。经过一大早的奔波，他们显然有些倦怠。于是，他们在拥挤的街上，找一个空隙地儿，买一碗白酒，席地而坐，开始喝酒取暖。

不一会儿，彼此相识的男男女女，越聚越多，自成圆圈，喝起了"转转酒"，抽起了兰花烟，小憩会儿，疲惫解除之后，各自散去，办个人的事。

虽然我在马边生活了许多年，但是皆在汉族地区工作，与彝族同胞接触机会较少。如今，在苏坝的大街上，摩肩接踵，皆彝族村民。学校的学生 80% 也是彝族，我与彝族各界有了零距离的接触和交流。遍街响亮着彝语，我虽然听不懂，但从他们的语气和表情里，能够强烈地感受到他们快乐或悲伤的心情。

彝族村民皆披毡衫，彝族人称"查尔瓦"。查尔瓦既是取暖的服装，也是席地而坐、大地作床的地毯，是彝族村民的"贴心宝贝"。这让我想起古希腊哲学家、犬儒学派代表人物第欧根尼所追求的生活。简单、朴素、了无牵挂、轻松而自在。

彝族村民生活于云天一线的云雾深处，终日与群山和云雾相伴，与树林花草为邻。他们抽兰花烟、喝泡水酒，数着山峰过日子、数着牛羊过日子、数着日出与日落过日子，是否太过单调和寂寞？每逢赶集，他们坐在大街上，喝"转转酒"的畅快劲儿，或许在他们很少做梦的岁月里，时常出现。

拥挤的苏坝街，最吸引人眼球的却是身穿折叠裙，婀娜多姿的彝族姑娘，她们如彩蝶一般，在人流里穿梭，是苏坝街场上的风景，点缀着苏坝街场的美丽。身材高挑者，如幽幽的翠竹；体格健美者，挺拔壮美。端庄的脸庞，既娇艳甜美，又妩媚羞涩。幽黑清澈的眼眸，温柔似水，又有几分旷野里的希冀，让人心生怜爱。

2002年，著名作家高缨到马边苏坝采风。那天正是端午节，多年来，苏坝约定俗成的习俗，端午这天，所有的彝族村民，皆会穿上新衣服，上街赶集，在街上购物玩耍，直至暮色四合。漫山遍野的彝族村民，从四面八方拥到苏坝街，挤爆了苏坝狭窄的街道。铁索桥的两端，村民摩肩接踵，堵塞喧嚣。

年近八旬的高缨老师，对彝族人民有着深厚的感情，他撰写的系列小说，反映了凉山彝族村民的生活。因而被大小凉山彝族群众称之为"彝族魂"。二十世纪七十年代初，他的连环画《达吉和她的父亲》，在全国引起轰动。此刻，在高缨老师深情的泪花中，苏坝街上，遍街抽兰花烟，说彝族语言的彝族村民，仿佛是他久别重逢的亲人。他主动与他们搭话，询问他们的生活情况，关切之情，溢于言表。在高缨老师慈祥的目光里，那些高耸英雄结、身披"查尔瓦"的中年男人，便是他作品里"达吉的父亲"；那些顶着头帕的小姑娘，便是他作品里的"达吉"。步履蹒跚的高缨老师，噙着泪水的目光，追逐满街彝族村民的脚步。他甚至要与那些美丽的彝族姑娘一起合影。然而，这些纯朴的彝族姑娘害羞地躲避着照相机的镜头。直到乡政府的工作人员耐心地向她们介绍了高缨老师的情况，她们才欣然应允。

然而，那些年的我，每当课余劳作之后，往往会想起自己多舛的人生，许多无奈与艰辛，许多扎心的辛酸，总会不时涌上我心头。这样的时刻，我会满脑子一团乱麻。我不知道该如何摆脱这如魔似幻的梦魇。于是，我便走进苏坝街的集市，庞杂的喧嚷和嘈杂的气流，迅速吞噬了我。瞬间，我融入了滚滚红尘，恍若梦游一般。我甚至意识错乱，意识不了自我的存在。人生意义上的我，是一种真实的存在吗？如山坡上的云雾，如河流的水烟，消失了又存在，存在了又消失，无限循环，说有就有，说无就无。

彝族人对待生活的旷达与洒脱，时时撞击我的人生逻辑，逐渐改变了我的生活。后来，在苏坝狭窄的街道上，在苏坝广袤的山岭里，我逐渐认识了一个充满梦幻的真实苏坝。多少年来，无数壮丽的故事，一直在苏坝这片热土上演，洗涤着我的心灵。

三

苏坝街镇对面，是一道陡峭的山坡，爬上山坡，便是苏坝白杨槽村。白杨槽村后面有座白杨槽山，海拔1000米以上，皆是茫茫无绪的森林。因其偏僻，一直无人问津。后来，马边修建了全县最大的官帽舟水电站，通往梅林镇和三河口镇的公路，便改线白杨槽村，偏僻宁静的山村，突然华丽转身，成为车辆喧哗的闹市。公路沿途，村民的房屋渐渐连成一片。

当年，苏坝历史上一件具有重大意义的事件，曾经发生在白杨槽村。

1986年6月1日，一个平凡的日子，白杨槽大埂组云盘儿山，村民吴胜元带着十岁的小女儿上坡点苞谷。当他点到山岩边时，在山背上玩耍的女儿突然大声惊呼"快来看呀，这是啥子？"吴胜元以为女儿出了什么危险，立刻甩开锄头，飞奔过去。只见一个毛色灰白的动物，正在一拢竹林旁边拔竹笋。吴胜元来不及多想，他一边呼叫挨邻的村民，一边冲过去。那动物见势不妙，夺路而逃。吴元胜追了300米，一把拖住动物的尾巴。不想那动物瞬间转身，猛地咬住了吴胜元的左脚，吴胜元痛得一放手，摔下2米多的深沟。此刻，吴胜元已经意识到，这莫不是大熊猫？但他又觉得不是特别像，有点像熊还是野猪？

附近的村民闻讯赶来了，大家一窝蜂追了过去。吴胜元简单包扎了一下伤口，忍着疼痛，爬上坎时，却见村民们围聚在狮子头的一块田边，那个动物已经深陷在水田里，不能动弹了。村民们拿着石头砸向田里，有人甚至高喊，回家拿火枪。

吴胜元立刻冲过去，大声喊道："这是大熊猫，你们打不得！"

听了吴胜元的呼喊，大家才恍然大悟。仔细一看，那动物双耳直立、身上毛色黑白相间，果然与电视里看见的大熊猫一个模样。

据专家考察，马边大风顶约有64只大熊猫。但是，绝大多数马边人没有目睹过大熊猫真容。于是，村里立刻沸腾起来，不一会儿，便围聚了几百人。人们奔走相告，四邻八村的人，纷纷赶到白杨槽。

冷寂的白杨槽山坡上，站满了满脸惊喜的人们。老人们说，白杨槽村，自盘古开天地以来，恐怕从来没出现过如此热闹宏大的景象。

乡政府第一时间报告了县林业局，县林业局专家立刻赶赴白杨槽村，将大熊猫接进了县城。经过伤口处理后，立即送往成都，并留在了成都动物园。

因为苏坝镇第一时间发现、并救了这只大熊猫，于是，大熊猫被取名为"苏苏"，既是送给苏坝镇人民最丰厚盛情的礼物，也是一份隆重的历史纪念。从此，跟随苏苏的历史轨迹，苏坝的名字，走进世界许多地方。

苏苏在苏坝获救，苏坝却沾了苏苏的荣光。

苏苏的儿子科比出生时正值1992年西班牙巴塞罗那奥运会，时任国际奥委会主席的萨马兰奇闻讯后，非常高兴，随即给这只大熊猫取名为"科比"，与当年的奥运吉祥物同名。科比的女儿、苏苏的孙女晶晶，在2008年北京奥运会上，成为"奥运五福娃"之一，"福娃晶晶"声名远播……

苏苏家族，与世界许多重大的活动联系在一起；与世界和平友谊联系在一起；与人类幸福祝愿联系在一起，苏苏家族的辉煌，天下皆知。

苏苏家族，成为人与自然的和谐共存的象征，成为友谊、和平、积极进取的精神代表，成为人类和平发展快乐的真诚祝愿。

而这一切，皆与苏坝镇有关，与苏坝镇的白杨槽村有关。

有时，我常臆想，苏坝镇是不是应该在当年村民发现苏苏的地方，立一块很大很大的石碑，昭示这份光荣。让人类与自然和谐相处的理念，存载于山壑的历史之中；让后人知道，苏苏家族与世界体育、世界和平难以割断的联系。

从这个角度而言，偏远的马边，苏苏是值得纪念的。

▲ 苏苏在成都动物园

四

言说苏坝镇的过往，不能不说走马坪。即便撰写马边全县的史志资料，历史也少不了走马坪那辉煌的一页。

走马坪是著名的"走马坪保卫战"的战场。曾经有过的历史烽烟，惊天地、泣鬼神。

那一天，我跟随一名姓魏的学生去走马坪，那里是他居住的家。

从苏坝中学到走马坪，只有半小时的路程。这一天，天空细雨霏霏，沿途的山坡上，空气润泽、植物鲜嫩，满眼的春光。

烟雨迷蒙里的走马坪，紧密挨邻的青瓦木房，两排并列，成了一条有历史感的小街。遥远的往事，隐隐浮动于潮湿润泽的空气里。古老的木板墙壁，萧条凋敝，依稀有许多过去的影子。

学生的爷爷年逾七旬，当年亲自参加过走马坪保卫战。魏爷爷精神矍铄，两目深陷，神态若有所思。跟我聊谈走马坪，他话如臾水，突突往外冒。于是，关于走马坪的过往，以及"走马坪保卫战"的壮烈篇章，立刻展现在我眼前。

传说很早以前，走马坪曾是一块长方形的草坪。因村民总爱在草坪上赛马、跑马得名"走马坪"。清朝光绪三十四年（1908），夹江人彭劲农、巴县人彭金门、合川人张孔修再加上一些留学生，集股二万银元，带着垦民到马边烂池子、观慈寺等地开办乐屏垦社，从此开启了马边创办垦社的序幕。马边荒芜的土地，成为冒险家们的寻宝乐园。一时间，马边兴起了大办垦社热潮。在这样的时代大背景下，清政府在走马坪建起100米长的山区小集市，取名"走马场"，成为当时苏坝的街场。

那时，走马坪是方圆百里唯一的贸易集市，东南通袁家溪、民主羊子坪，南面通烟峰、大院子，抵雷波，北面直通马边县城、西面走沙腔到三河口。来往客商，络绎不绝。

民国时期，混乱不堪的马边，盛产"大烟"。"大烟"生意在马边的泛滥程度，令人惊讶。民国末年马边县长贺德府曾感叹道："马边县没有种鸦片、做鸦片生意和吸食大烟的，恐怕只有衙门外的一对石狮子了"。每年农历四五月间，正是彝区"大烟"收获季节，犍为、宜宾等内地烟贩，纷纷云集走马坪赶"烟会"。他们将盐巴、布匹、各种铁器工具，源源不断运送到走马坪。小凉山腹地的彝区群众则用大烟、羊皮等与汉族烟贩进行实物交换，走马坪成为马边最大的"大烟"商贸集散地。

马边兴起垦社热潮后，大批的垦民不断涌来。各类商会、匪帮、军阀，纷纷占据走马坪。1939 年，国民党军长吕超派遣其侄子吕镇华（川军旅长）率兵众，占领走马坪、玛瑙（今民主镇）一带，兴建"抗建垦社"，成为长期盘踞走马坪最强大的势力。

走马坪的历史上，曾经走过百年烟雨繁华。然而，真正能让走马坪占据马边历史一角的，则是马边民主改革时期的"走马坪保卫战"。

当年，我在县委宣传部编辑《马边民族报》时，曾经刊登过参加平叛斗争的老干部徐加达老先生撰写的《走马坪保卫战》一文。后来，我陆续接触到不少反映平叛斗争的文章，不同程度地展现了马边这段历史的悲壮场面。

今天，我之所以要浓墨重彩地记载这段史诗般的战争场景，不仅因马边各类史志资料中，这段历史总是笼统含糊，语焉不详，尤其是对历史事件的背景与关键之处，往往因种种原因被忽略，仅呈现一鳞半爪，反而让真实的历史朦胧不清。另外，还有一个极其重要的原因，这次走马坪之行，我受到了深深地触动，人生价值，有了方向性的逆转。

五

1956 年初，马边的天空，乌云密布，黑云压城。按照《四川省凉山彝族州民主改革实施办法》《凉山彝族州民主改革实施办法》《关于保护娃子（奴隶）的暂行条例》等新政策和文件规定，"废除奴隶制度，解放奴隶，实现人民的人身自由和政治上的平等"等政策，迅速在马边农村普及推广。

然而，马边民主改革运动刚刚拉开了序幕，少数黑彝奴隶主不甘失去等级森严的奴隶主家支统治，他们开始垂死挣扎。一场革命与反革命的最后较量，在大小凉山山区轰然展开。偏僻平淡的走马坪，瞬间成为枪炮轰鸣、拼死鏖战的疆场。许多革命烈士的鲜血，洒满走马坪的山岗……

天空里弥漫着阴霾，各种惊天噩耗，频频传进马边县城。刚刚获得解放的广大民众，顿时一片惊魂。

2月2日，涉水坝乡工作队27人下村工作，遭到叛乱分子袭击，牺牲1名工作人员。

2月3日，上千名叛乱分子围攻团包子驻军和工作队，彝族干部立觉干干，壮烈牺牲。

2月4日，叛军放火烧毁高卓营、白家湾、羊子坪和大院子区政府住房。

2月6日，三河口区工作团、挖黑口区工作团被两千多名叛乱分子包围，工作队200余人，在弹尽粮绝的情况下组织突围，47名干部、民兵、彝族积极分子、参战队员在蔡坝子壮烈牺牲。

2月10日，大垭口乡工作队20余人遭到叛乱分子袭击，牺牲一名彝语翻译、一名彝族干部；向日坪、袁家溪、走马坪受到叛乱分子骚扰……

一切毫无征兆，突然之间，电闪雷鸣，风卷残云。马边民主改革的大好形势，陡然之间，将会发生惊天的大逆转吗？

当时最危急的状态是：全县很少的武装力量，早被县委派驻各区、镇，开展民主改革工作了。县城空虚，驻军几乎为零。如此仓促的叛乱，如何应对？而凶残的叛乱分子，早有预谋，气势汹汹。全县的形势降到了冰点。

为了减少伤亡，县委明确指示，各乡的民改工作队，迅速回撤走马坪。

然而，叛军步步紧逼，毫无空隙。至2月12日，奴隶主耍子木干、立布罗子为首的叛军 2000 余人，潮水一般涌过来，瞬间包围了走马坪。

当时，走马坪属区委、区政府驻地。坪前有一道弯曲溪沟，溪沟对面是一道悬崖绝壁，称之为"盘桶岩"，与走马坪隔沟相望，直线距离不足 200 米。右方有两座山，称之"龟儿寨山""天堡寨山"，背靠"碑坪大山"。这些重要的战略据点，皆被叛军攻占。潮水一般涌来的叛军，已将走马坪围困如铁桶一般。

弹丸之地的走马坪，成为马边县城最后的战略防线。

叛军占据着走马坪周围的山林，并封锁了出入走马坪的关隘。密集的子弹，从四面八方射来。牛角号、军号、夹杂着疯狂的吆喝声，遍布山岭。叛军张狂之极，企图一举拿下走马坪，直逼马边县城。而狭小的走马坪内，各乡撤回的工作人员、民兵、进步群众，总计不到 300 人，每人一支步枪五发子弹，每挺机枪只有两百发子弹。敌众我寡，力量悬殊，走马坪随时面临全军覆没的危险！

以陈立乾、周廷玉、程明礼、严汪甲甲、陈国民五位同志组成的战地临时党委，沉着冷静，组织军民严守阵地、奋起反击，多次打退了叛军的冲锋。

万分庆幸的是，叛军中有很大部分是被叛乱奴隶主蒙蔽裹胁的彝族百姓，大多数没有经过训练，战斗力相对较弱。工作队则牢牢固守着走马坪街镇，区机关大院、区粮站以及走马坪背面至高点大铺子碉楼，重点把控着阵地前后左右开阔的地段，阻止叛军再继续往前推进。

六

白彝奴隶主耍子木干和黑彝奴隶主立布罗子，两人思想反动、极其顽固，也十分狡猾。他们以重兵压境，在盘桶岩、龟儿寨、碑坪、天堡寨、狮子头等主要山头，形成铁桶般围困，四面夹击，仿佛志在必得，逼迫困守的工作队实施突围。然后，他们又悄悄在通往县城的彝跳水、白杨朝、火药库、团包子、金鸡嘴设置重兵。一是截断工作队的增援力量，二是等待工作队按照他们的意图，向县城方向突围，钻入包围圈，将工作队员全部消灭于金鸡嘴一线，他们能趁机直奔官帽舟，攻下马边县城。

走马坪工作队临时党委，识破了叛军的阴谋，他们制定了坚守待援的战略思路，组织力量牢牢把控各关键据点，阻止叛军贸然实施大规模的武装袭击。

狡猾的叛军一计不成，又生一计。他们对走马坪附近的农村实施烧杀抢掠。向日坪、金竹坝、汤家坪、流秀溪、大后槽、施家坪等农村，悉数被掠被毁。团包子、火药库、苏坝等人口密集区，也无一幸免。走马坪方圆数十里农村，硝烟狼藉，一片火海。叛军烧了三天三夜，上千户农民的房屋，化为灰烬，百姓呼天抢地，四处逃窜。

狡猾而疯狂的敌人，旨在逼迫工作队出战，并伺机一举消灭工作队。工作队员个个义愤填膺，力请出战，打击敌人的嚣张气焰。此刻，工作队指挥部面临两难选择，贸然冲动，如卵击石，必遭全军覆没，失守走马坪，马边县城不保，沿途几千群众也将家毁人亡。继续坐守阵地，不让叛军的阴谋得逞，成为工作队的不二选择。

叛军越来越猖狂，他们四面挑衅，甚至多次派出小股叛军，悄悄潜入我军阵地，妄图火烧走马坪街镇的房屋，让工作队员和人民群众失去掩体，完全暴露在枪口之下。叛军躲在盘桶岩半山腰的林子里，居高临下，不断向走马坪街房、阵地放冷枪，打死打伤工作队员。

工作队员段华贵，曾经参加过淮海战役，担任过解放军排长。他在解放战争几十场大、小战役中屡建奇功。参加民改工作后，奉命带领十余人，从大垭口撤退，却被三百多名叛军包围。段华贵为了掩护同志们突围，他端起机关枪，不顾生命危险，冲向敌营。身上的棉衣被打了好几个大洞，居然没有受伤，一时传为神奇……

走马坪已经被围困了整整十天，援军仍然未到。叛军嚣张气焰日盛，战斗陷入艰难的困局。身经百战的段华贵，充分意识到了当前困境。他向指挥部建议，带一支小分队，奇袭龟儿寨叛军指挥所，给敌人迎头痛击，压制敌人，减轻我军坚守待援的压力。

2月21日午夜，段华贵带领20名精兵强将，在黑夜的掩护下，往敌营龟儿寨摸去。当他们摸索到半山腰时，发现一小股叛军，在岩腔内吞云吐雾，吸食大烟。他们没有惊动眼前的敌人，悄悄地往上摸，上山顶时，天已拂晓了。叛军很快发现了他们，瞬间"啊吼"声震天，惊动了龟儿坪、碑坪、火药库、盘桶岩的敌人，各处密集的火力点，从四面八方向小分队射击。段华贵沉着冷静，指挥着小分队，边打边撤退。当他们退至大铺子时，聚集包围他们的叛军，已高达数百人。眼前，必须经过100米的开阔地带，若强行突破，小分队将全部暴露在敌人火力之下，必有重大的伤亡。于是，小分队又绕到区政府对面的右侧，用深沟和灌木作掩护，待夜幕降临后撤回走马坪。

然而，敌人的包围圈越缩越小，猛烈的枪弹，雨点般在头顶呼啸。情况万分危急，段华贵命令副队长李大伦带领小分队，跳入3米多深的阴沟草丛里隐蔽。他单枪匹马，独自与敌人周旋，他边打枪边换地方，将敌人火力全部集中在他身上。小分队的同志们脱险了，全部安全地撤回了走马坪，然而侠肝义胆的英雄段华贵，却渐渐陷入绝境，最后壮烈牺牲。

七

小分队主动出击，夜袭龟儿寨的行动，震慑到了叛军，他们放肆的挑衅、偷袭等行径大为收敛，包围圈也回撤到 300 米以外的山头上。敌人步步紧逼的压力，立刻缓解。英雄段华贵的壮烈牺牲，为走马坪赢得了宝贵的空间和时间。

然而，走马坪仍然在敌人的万千围困之中，眼前面临巨大的困难是，弹药严重不足，且邮电线路早就被叛军破坏，四面的交通完全中断，走马坪真正陷入了孤军作战的严重窘况。工作队几次派遣彝族干部化装成百姓报信，却都石沉大海、杳无音讯。于是，战士们又利用竹片和木片，写上"走马坪危急，请求增援"的文字，抛入走马坪溪水里。希望木片或者竹片，能够流出走马坪，顺着马边河，流进县城区域，把走马坪万分危急的消息报告给县委。然而，几天过去了，仍然没有任何反馈信息。

走马坪已被围困 13 天了，工作队弹药极度匮乏，崩盘之势，一触即发，形势万分危急。于是，指挥部再次派遣彝族干部马克加加、汉族干部赖廷培、民兵干部魏树林冒死向县委送信。

那晚，月黑风高。三人顺着山路，摸黑前进。居然巧妙地躲开了团包子、彝跳水、苏坝、小江子等叛军重兵把守的要道。他们总算长舒了一口气。心想，过了金鸡嘴，便出了敌人的包围圈，大家心里暗暗激动。

然而，出金鸡嘴只有一条独路，暗暗高兴的他们，刚刚抵达金鸡嘴，很快便傻眼了。他们发现，有五六个持枪的叛军，横卧在大路上吸烟。一时间，大家都愣住了，他们都清楚地知道，无论怎么样，也无法悄悄绕过这道关口了。

无法绕开、无能力敌，又不可偷渡。想要渡过关口，已是山穷水尽。

然而，走马坪还在敌人重重围困之中，危如累卵。工作队的同志们焦急地等待他们从县城搬来援军。走马坪早已命悬一线，瞬息之间，将面临全军覆没的危险。

拼死也要冲过关去，这是大家脑海里不约而同的不二决择。

三人不敢在路上行走，他们偷偷地沿着路边水沟，小心翼翼挨靠过去，隐隐约约能够听见叛军的说话声了。突然，一个熟悉的声音，传进魏树林耳朵里，天啦，原来，六个哨兵里，有他熟悉的人。

真是天无绝人之路。

三人迅速调整战略，由魏树林冒充本地农民，前去搭讪，希望他们放行。如果不幸被识破，则不用管魏树林的安全了，其余两人迅速开枪，打死哨兵冲关，只要有一个人活着冲出去，就能把求救信送达县城。

此刻，大家抱着必死的决心，心里涌起悲壮豪情。

"风萧萧兮易水寒，壮士一去兮不复返。"魏树林果断跳到路上，他抱着必死的决心，大摇大摆地走过去。

"谁？"立刻听见拉动枪拴的声音。

魏树林答道，"是我，我是金鸡嘴坡上的魏树林"。

叛军见只有他一人，又未带枪，而且还相互认识，便放松了警惕，问："天这么黑，你出来干啥子？"

魏树林说："娃儿饿得哭，出来打点鱼回去给娃儿吃。"

叛军说："只要不干其他事就好办。"还给魏树林抽大烟，说"抽两口，再去打鱼。"

此刻，魏树林的心尖都快跳出来了，心想，只要能够顺利过关，抽两口大烟算什么。他吸了两口后，呛得直咳嗽，引得叛军大笑。

等他们笑过，魏树林抹着眼泪，对叛军说："娃儿等着吃鱼，一会儿我在河里摸鱼，有踩水声，你们不要开枪喔。"

几个叛军哈哈大笑，说："魏家，你去吧，我们不开枪。"

魏树林迅速返回原地，三人一声不响地从叛军的眼皮底下涉水而过。

马边县委获此消息，立刻命令刚刚抵达马边县城的乐山市八八团的一个连和乐山民警大队，按照他们报告的情况，兵分三路，直奔金鸡嘴、大罗埝、苏坝，逼进走马坪。

处在生死边缘的走马坪，终于获救。

走马坪保卫战的胜利，成为马边民改时期平叛战役的转折点。

在魏爷爷断断续续的叙述里，走马坪保卫战的所有细节，在我脑海里越来越清晰。英雄们舍生取义、气壮山河的牺牲精神，深深地感动了我。

最让我深感幸运的是，眼前这位平常的老人，便是故事里视死如归、大义凛然，走到金鸡嘴岗哨，随时准备牺牲的魏树林！

这真是一场深情的缅怀，更是一场与历史的亘古奇遇！

离开走马坪的时候，我再次紧握魏爷爷的手，我仿佛顿悟了什么，可我又说不清楚是什么。

然而，一趟走马坪的缅怀，我走出了沉沦的泥潭。回到学校里，开启了人生的新模式，放弃气馁，继续努力。三年后，我因为写作上取得成绩，被调进了县城从事文化建设工作。

八

一晃多年过去了，后来因为工作上的原因，我到苏坝的机会很多，亲眼见证着苏坝镇日新月异的变化。如今，在金鸡嘴修建了一座桥，公路顺着河岸，一直延伸到了苏坝街场上。此外，在羊坝、小江子处，石拱大桥横跨公路两岸。今日的苏坝镇，已是四通八达。

苏坝街的拥挤和热闹，依然如故。最大的变化，是当年浑身湿淋淋、汗水和露水于一身的彝族村民，如今骑着摩托车、三轮车、甚至开着小汽车到苏坝街上赶集。依然拥挤的摊位，彝族的商贩越来越多了。

我也无数次带着崇敬的心情，去走马坪这片英雄的土地上，缅怀那段英雄的历史。与英雄魏爷爷在一起，聆听老人聊聊那段撕扯

▲ 今日的走马坪街道

心灵的情愫，我每次都能受到鼓舞，激起内心的波澜。

后来，魏爷爷离开了人世，有机会的时候，我仍然去走马坪。一道雄关的古战场，场景依旧。青翠的山峰，淡若剪影。一道弯曲的溪流，从走马坪前环绕蜿蜒，向西流入马边河。溪沟对面的"盘桶岩"，悬崖绝壁，郁郁葱葱。龟儿寨山、天堡寨山，仍然是虎踞龙盘的模样。背后是碑坪大山，巍峨高耸，凛然云天。那些飘动的云雾，如乳白色的蚕丝，柔软如飘带，绾结在山腰间，氤氲在岩缝里。

山坡上，疯长的藤草，杂乱繁盛；田地里，多彩的荞麦花，盛开正妍。

大王山下

一

"大风顶上熊猫，大王山里猴王。徜徉竹林花海，仿佛醉卧天堂。青梅煮酒一杯，送你走南闯北……"《彝唱三叹》的歌声，飘荡在大小凉山的崇山峻岭里，深情、婉转、情意绵绵。

歌词中的大王山，位于马边北部的大竹堡乡境内，与峨边平等乡相连。巍巍的大王山，高山深壑，林海茫茫，幅员辽阔，面积120 平方千米。然而，《马边彝族自治县志》载，大竹堡乡境内只有几道山峰，海拔 2634 米的杉子埂、2493 米的大花埂，海拔 1786 米的望乡台，以及海拔 1945 米的大窝凼，却不见大王山的名字。翻阅清朝时期马边通判周斯才的《马边厅志略》、民国时期马边县长余洪先的《马边纪实》，皆无大王山的名字记载。

大王山的名字，始于二十世纪八十年代末九十年代初。1998 年国家天然林禁伐前，木材是马边财政的主要来源，称之"木头财政"。据林业相关人员介绍，1990 年以后，大王山丰厚的木材资源，突然进入了财政的视野，县林业部门将横亘在马边与峨边之间的这道山系，统称为大王山。

大王山上有岩曰"瓢水岩"，岩下有池子曰"雁鹅池"。《马边彝族自治县志》载，雁鹅池乃大竹堡河的源头。传说，有一对雁鹅，长年累月在池水游玩。如果谁惊动了雁鹅，雁鹅会在池水里展翅扑腾，大竹堡的天空，会立刻下起倾盆大雨。大竹堡河从雁鹅池潺潺湲湲地流下来，贯穿大竹乡，经镇江庙、下溪注入滔滔奔流的马边河。如今，传说中的雁鹅，不知道是否安在？在百年一遇历史高温的2022年，那对沉静的雁鹅，是否应该展翅扑腾一番，闹出一点狂风暴雨。

马边的大竹堡乡，与今日的峨边的平等乡（清朝属沐川，1955年被马边接管，1970年划给峨边），近在咫尺，中间仅隔一座大王山。如今，从马边到峨边，驱车必须绕行荣丁、利店、舟坝、黄丹、茨竹、轸溪、五渡、毛坪，可谓路途迢迢。然而，历史上马边人到峨边，只需经大竹堡仰天窝，翻过大王山顶，便到峨边的平等乡了。那时，不通车舆，峨边与马边，或许更似邻居和兄弟，因大王山的"通衢大道"，彼此之间，往来或许更加频繁，两地多舛的命运，休戚与共的历史，也许更加密切。

遥望巍峨的大王山，仰视高耸入云的山峰，我脑海立刻浮现出了一幅原始、苍凉的画卷，行色匆匆的人们，在崎岖陡峭的山岭里艰难爬行，斗折蛇行的道路，如负重积久的日月，沉重的脚步，徒步于莽莽的原始森林。古人站立高山之巅，回过头来，俯瞰荒凉的山坡上，树木荆棘里，常常偃卧无数块状的田野，辛苦的农民，日复一日，耕耘土地里的庄稼。孤苦如棚的茅屋，稀疏无力的炊烟，细细缕缕地冒出，袅袅飘进浩瀚云空。影无影，形无形。如消逝的日子，如漫长历史的轻轻一抹。

大王山上有座山峰，名曰"关陡山"。站上关陡山的山巅，能够遥望远处的峨眉山。孤峰屹立，直插云霄，与关陡山遥相对立，如一对孪生兄弟，鹤立鸡群，以极端的高度，以超俗的目光，碾压万里山川。多年来，大竹堡民间流传一句话："先有关陡山，后有峨眉山"。传说，当年有位道法高深的道长，云游至马边大竹堡乡境内，远远望见关陡山，风景旖旎，岚光山色，氤氲弥漫，仙山气象。又见大竹堡乡境内，庙宇极多，知道本地人崇尚道教，心地极善。道长喜出望外，决定在关陡山修建道观，修行道法，承传千年的道缘。他发现关陡山以东的犀牛山上，有许多青色的条石，灵动光泽，极具眼缘，正是修建庙宇的天然石材，道长决定将石材运送上关陡山。这天凌晨刚刚3点，道长便起床，开始在家里施展道法，一切准备就绪。他开始默念神咒："灵宝天尊，安慰身形。弟子魂魄，五脏玄冥。青龙白虎，队仗纷纭。朱雀玄武，侍卫我真。急急如律令。"道长在家念念有词，施展道家秘诀"河南法"，犀牛山上大大小小的条石，全部变成了大小各异的"猪儿"，沿着桃儿坪，向关陡山方向缓慢推进。道长念经速度越来越快，那些"猪儿"越走越快，甚至能够跑动起来。道长念经的速度就慢下来，"猪儿"的速度就变慢下来。晨曦初露，道士驱赶的"猪儿"，已经走上关陡山半山腰，到了小山凹处，眼见胜利在望，而道长早已热汗淋漓。道长施法已进入最关键时刻，他仿佛力挑千钧，泰山压顶。突然，山坡上走来一位上山打笋子的村民，他一眼瞥见那些石头，在树林里奔跑蹿跳，立刻吓慌了，大声惊呼："不得了啦，石头跑起来了。"瞬间，"事实"被"点"穿了，道士的"道法"陡然失灵了，刚才欢快的蹦跳的"猪儿"，立刻停留在原处。在家施展道法的道长，立刻口吐鲜血，功亏一篑。后来，道长放弃了风光如画的关陡山，离开了大竹堡。峨眉山成了他的落脚之处。

如今，道长施法驱逐蹿跳的"猪儿石"，还秩序井然地排列在关陡山的半山腰。大竹堡乡中心小学退休教师胡同贵告诉我，他曾经亲自爬上去，看见过几十砣条石，顺着关陡山的方向，一字排列，果真如传说中的"猪儿"，形象逼真，灵动自如，令人难以置信。胡老师还告诉我，至今，那道凹形的山垮，长年阴郁潮湿，雾霭弥漫。站在垮凹处，总能听见异样的声音，在山间回荡，却又说不清楚具体是什么声音。有一次，他迷失在那道垮凹里，被村里人救了回来。人们传说，道长遗留的神奇道法，以一种奇异的方式，演绎这段不为人知的历史。

在大竹堡乡的民间传说里，关陡山的失意泯灭，哑然无声，与峨眉山的扬名海外、千年辉煌之间的因缘巧合，皆缘于清早上山打笋子农户一声平凡的惊讶呼叫。

从此，峨眉山水甲天下，倍受世界青睐，拥有世界瞩目的光芒；关陡山默默无闻，简略平凡，藏在深山无人知。

二

坐我对面的胡老师，今年66岁，已经退休多年。他是大竹堡乡本地人，谈起大竹堡的历史典藏，风土人情，如数家珍。莽莽的大王山，植被丰饶，竹林遍山。大竹堡的地名，因大王山主产大竹，因而得名。《马边彝族自治县志》亦载，大竹堡竹笋产业，自古以来，便是此地经济收入的主要来源。每年春、秋季，往往淫雨霏霏，漫山遍野的竹笋，又胖又壮地冒出泥土来。笋农便钻进竹林深处，将鲜嫩的竹笋，扳摘回来，马边俗称"打笋子"。而打笋子的农民，被称之为笋农。一年之中，春天打的笋子，称之为春笋，或者三月笋；秋天打的，则称之为秋笋，亦称八月笋。打笋的季节，大王山附近的村民，便会放下手中的农活儿，带好生活用品，从四面八方汇集而来，聚集在大竹堡的街上，稍事休息之后，便开始爬大王山。背上驮着紧紧捆绑的包裹行囊，仿佛背了一座小山丘。到了大王山原始森林的边缘，他们便砍伐一些小竹木，拿出行囊里的塑料雨布，搭建一个简易"小屋"，仅作短暂的栖身之处。

多年前，我因为工作原因，上笋山见过这样的小棚子，仅能屈身容纳一至二人遮挡风雨，其简陋不堪的状态，甚至远不如农村的鸡圈和牛棚。那些从竹林深处钻出来的笋农，往往衣衫褴褛，满脸灰垢，犹如难民。打笋子的活儿，其艰辛困苦的程度，远远超出一般想象。后来，每当餐桌上出现与竹笋相关的菜肴，我情不自禁会想起笋农，想起打笋人搭建的小棚，便有一种难言的滋味，浸染内心的情绪。唐朝诗人李绅的诗句"锄禾日当午，汗滴禾下土，谁知盘中餐，粒粒皆辛苦"最真实具体的展现，立刻呈现于眼前。

事实上，这仅是我自作多情、一厢情愿的悲悯之心。对于参与打笋的农民，每年打笋的季节，却是屈指翘盼的日子，是他们幸福与甜蜜的憧憬。二十世纪八十年代初期，我曾经见过这样的情景，农民成群结队上山，成群结队地归来，他们把收获的笋子背回街道上，卖给商人。他们颤抖着双手，从商贩手里接过钞票，那是一年之中，一笔非常可观的收入。此刻，一向卑微游离的眼神，突然变得坚定刚毅，曾经躬弯的腰背，突然会挺拔很多，畏葸的步伐，也突然豪迈起来。

二十世纪八十年代初的山区，种田的农民，除了种好田，口粮有保证之外，基本上没有任何行业能让他们有这样可观的经济收入。春秋两季打笋子时节，他们贫穷的窘迫，捉襟见肘的生活，便会有较大的缓解。夜幕降临了，他们褪下湿润的衣衫，躲进漆黑如墨的小棚，倒头便睡，彼此厚重如雷的鼾声，即便山摇地动，也是听不见的。山坡上的野草，在悄悄地生长，黑夜的虫儿，一直在鸣叫，他们一无所知。然而，太阳还未冒出山尖，晨曦刚刚吐露一*丝丝*意味儿时，他们一定会准时醒来，然后翻身起床，不用洗脸和梳头，一头钻进莽莽的大王山腹地，开始新一天的劳作，新一天的向往。

胡老师说，公路修进了大王山后，一拨拨收鲜笋的商贩，开着车辆，挺进了深山老林，坐守收笋。随着中国经济快速发展，鲜笋的价格，一路狂飙。在强大经济利益刺激下，农民打笋子的热情与日俱增。每年打笋子是大竹堡最热闹、大王山最繁忙的时候，一万多人聚集在山坡上，吃喝拉撒。这是一个庞大的群体，一道纷繁芜杂的人间烟火。由于鲜笋的市场价格连连走高，笋农们更是欢天喜地，满眼散发幸福无比的光芒。

然而，有人的地方，便有利益、有纷争。二十世纪九十年代末，笋农中收入多者一天可上千元。在巨大的利益诱惑下，吃喝嫖赌等恶劣风气，渐次进入了笋山。辛苦一天的收入，不少人一夜消费殆尽。欺哄黑诈、恃强凌弱、哄抬物价、强买强卖、群殴打架等事情时有发生。

管理笋山曾经是马边社会的重大难题。每年打笋季节，相关部门会提前制定预案，乡政府和公安局专门落实人员，靠前管理，坐镇大王山，实施笋山一站式管理。确保笋农利益不受损，各种社会沉渣不再泛起笋山，保证笋山的安全和谐、井然有序。

如今的笋山，秩序井然。而那一段历史的记忆，在大竹堡人心里，却刻骨铭心。

三

乾隆二十八年（1763），山东巡抚阿尔泰调任四川担任总督。

之前，阿尔泰在山东七年，疏浚了兖州、沂州的灌溉沟渠，修建了五龙河，灌溉高苑、博兴、惠民诸县，农民种上了水稻。他治理水利，改造良田，造福于民。政绩斐然，赞誉之声颇多。

上任伊始，如何在四川这片土地上，再做出骄人政绩，再上台阶，成为阿尔泰一直考虑的重要问题。

清乾隆二十九年（1764），阿尔泰获得一份重要报告，成了突破口。报告说小凉山下的马边，有良田万顷，千里沃土，荒芜已久，无人耕种。他吩咐永宁道的道台孟端、普安营参将哈廷梁两人领队，率领泸州州判阮树、叙州府丞王启煜、马边营都司李云龙等人奔赴马边，进行实地考察。他们千里迢迢，赶往马边以后，通过实地考察，果见马边地广人稀，野草丰茂。他们惊喜万分，组织人力物力勘测量算。得出的准确结果，连他们都不敢相信，马边居然有荒芜的耕地"十万零六百余亩"，远远超过了当时屏山县征粮的全部田亩数。这是一笔巨额的财富啊！

阿尔泰如获至宝。这是回馈朝廷的最佳机会，是调任四川有所作为、做出卓越成绩的大好途径。于是，阿尔泰亲自上书朝廷《分设马边疏》，请求朝廷对马边进行分治。果然，乾隆皇帝听闻此事龙颜大悦，下旨将川秧、苁坝、下溪等原属于屏山县的地盘，单独划出，再加新建的官湖、回龙、烟峰等乡，单独成立马边厅。在阿尔泰的力主下，四川各级官员纷纷响应，大批外地的流民涌入马边，成为马边荒凉乐土上最早的"垦户"。

马边最早的垦荒历史，必须提及被阿尔泰安排勘查田地的孟端。孟端当时是永宁道的道台，四品官员，是介于省与府之间最重要的地方长官。他不辞辛苦，亲自组织丈量田地，前后招募了一千五百多户垦殖户，成绩斐然。当时，马边荒凉原始，千里无人烟。他在《新垦马边记》中称之为"狐狸豺狼之所""猿愁鸟绝之遥"。后来，周斯才在《马边厅志略》亦载，"草昧初开，躬履险阻，陟冈度隰，极备辛勤，计口授田，分疆划井，留边数月，民至今蒙乐利焉"，马边当时的荒芜状态，令人不寒而栗。

马边这轮大规模垦地活动，持续了十余年，著名作家龚静染先生在《昨日的边城》这样描述："乾隆二十九年（1764），上中下田地共76顷18亩6分7厘，征收丁条银215两2钱5分7厘；到乾隆三十年（1765），上中下田地共1377顷75亩4分2厘。征收丁银1386两7钱4分8厘。"仅仅一年时间，不言而喻的显著成果，令人惊讶。孟端在《新垦马边碑记》中写道："海宇承平日久，户口激增，到处地虞人满，荆楚豫章黔粤巴蜀之民，携妻负子，奔走偕来，愿受一廛为氓。"颇多自豪之色，毕显于言辞之中。多年无人问津的深林密箐、苍凉不毛之地，一日之间，花开满山，繁荣富庶。《马边彝族自治县志》亦载，"乾隆二十九年（1764）设厅时，原额老粮户李、林、张等1076户，至嘉庆十年（1805），详报花户13000户，39908人，至光绪二十年（1894）马边厅人口41812户，107709人"，成为马边自清朝以来的鼎盛时期。

大王山下的大竹堡，正是开垦新土地重要的乡镇之一，《马边彝族自治县志》载，清朝在大竹堡建乡建场，可谓史无前例，足见当时开垦带给大竹堡的繁华与喧闹。"大竹堡开发已有250年历史，它的发掘推动了马边建厅（县）"。自此，大竹堡乡的古老历史，开启了发展的新纪元。

四

清末，中国几千年的封建帝制，即将寿终正寝。黎明前的社会，却更加黑暗。中原大地，烽火连天。风云动荡，混乱不堪。马边山区的民族隔阂日益加剧。民族矛盾日益突显，争斗厮杀，连绵起伏，大批汉族垦民逃离马边。到了民国时期，又遇四川军阀混战，割据防区，马边遭受了锯齿般的割锯。民不聊生，人口急剧减少。至1933年，县府呈文称：土地仅存五分之一，人口损失四分之三。全县人口降至8807户，36245人，其中汉族4289户，17134人，达到马边历史的最低谷。

当年人潮涌动，开垦种粮的热潮，也逐渐泯灭、消匿。没了耕耘喧闹的场景，没了锄头碰撞的声音。万亩荒原无人耕种，马边大地上，再次上演历史的轮回。

然而，否极泰来，马边历史这段最艰难低谷，一些先知先觉者，智慧的眼睛却重新审视希望的曙光，他们已经意识马边将又一次迎来契机。据《马边彝族自治县志》载"清光绪三十四年（1908），夹江人彭劢农（解放后任第二、三届四川省政协副主席）、巴县人彭金门、合川人张孔修、杨耿光等留学生集股二万元，带垦民深入烂池子、观慈寺开办乐屏垦社"。1913年，原清末中国驻英使馆参赞、富顺人陈秋潭，联合马边张敏之，在油榨坪开办"马边富民垦务公司"，新一轮马边垦地活动渐渐开启。

抗日战争爆发以后，山河破碎，国土沦丧，西南边陲成为国民政府期待的最后阵地。"1937年10月，四川省政府拟定了开发雷马屏等县的三年计划，确定马边等12县为四川边区第一屯垦区，第一期开发地带是马边"（龚静染《昨日的边城》），随即，制定了《四川省政府垦荒大纲及实施细则》，从土地所有权、交通、水利便利、社会治安、低息贷款等方面，对承垦者予以奖励。沉睡的马边荒原，立刻风起云涌。国民党军政要员、社会实业家、各地方士绅纷纷加入垦社阵营，成为各垦社的创办人。据《马边彝族自治县志》载，"到解放前夕，马边县境内共有垦社17家，垦民5278户，

16414人，垦种土地57878亩，年收入垦租2813石"。

1929年末，天空阴雨绵绵，大王山上浓雾弥漫，朦胧迷糊。国民党军官廖旭龄、肖武郎带领军队和部分垦农，进驻了大竹堡。他们在马边大竹堡召开村民大会，在大竹堡境内成立了"拓边垦社"，成为马边境内创办最早的几个垦社之一。据大竹堡乡中心校退休老教师胡同贵介绍，拓边垦社的廖旭龄系黄埔军校学生，当时，大竹堡人称廖旭龄为"廖参谋"，但是，没人知道早在1929年，他是国民党哪支部队的参谋。《马边彝族自治县志》也载录了廖旭龄1929年创办大竹堡拓边垦社的事宜。胡老师说，在拓边垦社，廖旭龄的威望很高，是大竹堡拓边垦社的实权人物，他掌控着拓边垦社垦务等一切事宜。至今，大竹堡乡还有许多关于廖旭龄的精彩传说。

据胡同贵老师讲，大竹堡垦社与马边其他垦社的工作程序一样，"垦社的区域内设事务所，建督导区，下设村组，形同地方建制。社部还有垦务，训导、财会、军事等科组。"（《马边彝族自治县志》）在拓边垦社里，廖参谋制定了严厉的规章条约，规范垦民的行为。禁止打架闹事、抢劫财物、偷鸡摸狗等劣恶行径。一经违反，轻者去修路、架桥、修堰、修碉楼等工地上，罚做"义工"，以示惩戒。如出现抢劫、打架致人死亡者，一律枪决。廖旭龄处事公正客观，对待外来人员与本地村民，一视同仁，从不偏袒，各行各业人员都对他心服口服。胡老师说，廖旭龄管理军队，纪律严明，要求士兵不准私闯民宅，不准欺男霸女，违者就地枪毙。

据《马边彝族自治县志》载，大竹堡拓边垦社，曾将马边茶制成"龙湖凤眉""红龙井""改良沱茶"等名优商品茶，还和邻近的乐群垦社协同引进漆树，试种胡椒、发展桐椊等。众多资料显示，廖旭龄创办管理拓边垦社，做了许多有益民众的善事。

当时，一个垦民耕种7～10亩荒坡。原始粗放，毁林开荒，刀耕火种，垦民的生活相当困苦。时任雷马屏垦务局长的任映仓撰文描述垦民"食无存粮，病无药医，御寒无衣被，入夜不举火，其生活颠簸困苦，盖非言语所能形容于万一也。"

然而，拓边垦社则截然不同。胡老师听老年人讲，廖旭龄对困难的垦民十分关心，赠送粮食、油、肉，帮助村民修房建屋等等。每至春节，垦社便会集中垦民，在大竹堡学校的操场开会，对表现突出的颁发奖金、奖品。在廖旭龄的精心管理下，拓边垦社在大竹堡成立以来的十多年的时间里，稳定了大竹堡的社会秩序，社会治安良好，人民安居乐业。

五

1938 年 11 月，国民党退伍军人魏旅长与重庆金融界人士吴晋航联合投资，将大竹堡拓边垦社、观慈寺垦社、荣丁烂池子垦社收并，统称"乐群垦社"。吴晋航原是四川军阀 24 军军长刘文辉的幕僚，因为他出资最多，是第一大老板。于是，他派自己的弟弟吴晋英去管理。吴晋航还聘请他一直赏识的赵忍安为乐群垦社的总务主任，总揽一切事务。

吴晋航对赵忍安十分赏识信任，成了中共乐山中心县委在垦区开展组织工作发展武装力量的最佳契机。

时任中共乐山中心县委书记的侯方岳在回忆录中说，早在 1936年，赵忍安经同学介绍，认识了共产党员侯方岳、川康地下党领导人车耀先、甘树人、甘道生、侯泰阶等人，通过与共产党员广泛接触，他思想进步，后被批准加入了中国共产党。

共产党员赵忍安到了乐群垦社，成了乐群垦社实际的负责人。他便立即启动党的组织工作，1939 年 3 月，赵忍安组建了"乐群垦社特支",担任第一届特支书记,隶属中共乐山中心县委领导。据《马边彝族自治县志》载,乐群垦社特支成立以来,做了四件事:一是宣布不收地租,鼓励群众自行开荒种粮;二是禁止种植和贩卖鸦片;三是通过重庆民生轮船公司总经理卢作孚,购进二百支步枪和一些子弹;四是和彝族上层人士红扯儿"打牛"为盟。同时,经赵忍安介绍,特支还吸收了徐德富、张问因、王民三位新党员。杨玉枢担任联络员,进入马边联系特支,传达指示。

然而,一个意想不到的新情况突然发生了。

据侯方岳书记的回忆材料,赵忍安在乐群垦社开展组织工作不久,乐群垦社突然又派来了一个副经理,名叫王文运,是侯方岳的同乡。王文运是个流氓、花花公子,品质很坏,是彻底的反共分子。侯方岳是共产党的干部,王文运早就知道。而侯方岳与赵忍安在乐山的接触,有时候也碰上过王文运。赵忍安是共产党员身份,遭到了王文运怀疑。正在这个关键时刻,赵忍安订的《新华日报》,又被王文运发现了。为了安全起见,也为了工作的顺利开展,中共乐山中心县委将赵忍安调往南充,由杨玉枢接任特支书记。1949年后,赵忍安曾任上海市人民银行行长,1983年,他受乐山地委党史办的邀请,撰写《我们想在那里建立一个革命根据地——记乐群垦社特别支部的一段工作》,回忆了这段历史。

杨玉枢是四川广安人,曾经在川军部队中工作。据侯方岳书记的回忆材料,为了不引起王文运的怀疑,党组织利用了王文运对工作的怠慢,又分两次将李治平、聂世毅两名共产党员调进了乐群垦社。

李治平是乐群垦社特支的组织委员,具体负责马边大竹堡拓垦区的组织工作。据李治平同志的回忆材料,因乐群垦社管辖在峨边县和马边县地区,故党的活动在两县的部分地区,而乐群垦社特支的领导中心,在峨边观慈寺垦区。1940年春,乐群垦社特支书记杨玉枢的妻子龙文凤，以家属的身份随杨玉枢到乐群垦社。她的回忆材料提到，杨玉枢刚到乐群垦社，没有像赵忍安那样受到器重，党的工作短时期陷入了僵局。

一次，垦社需要到雅安购买枪弹，嘉定到雅安，路途迢迢，且沿途匪患严重，没人愿意去。杨玉枢认为，这是党抓武装的机会，也是取得垦社信任和器重的契机。于是，他主动报名接受任务。他将银元系在身上，装扮成穷困之人，一路乞讨到雅安。在地下党组织的帮助下，买好枪支，找好筏子。他机智勇敢，巧妙躲过了匪徒的层层关卡和沿途追袭，费尽千辛万苦，终将枪弹运回嘉定。从此，垦社负责人对他刮目相看，提拔他担任二分社副主任，也有了更多空间开展党的工作。

乐群垦社特支在杨玉枢的带领下，不断发展。1940年初，特支有党员10余人。开办了垦民训练班，并利用哥老会的形式，组织了地下武工队。据特支组织委员李治平回忆，当时在大竹堡，特支向群众宣讲抗日形势，宣传抗日必胜的道理，并教小学生唱抗日救亡歌曲。还在垦社中组织读书会、办儿童识字班。"很长一段时间，天刚亮，抗日的歌声（《大刀进行曲》《流亡曲》）把老百姓从睡梦中惊醒。"特支一方面对贫苦垦民进行阶级教育，一方面对垦社上层做统战工作。

杨玉枢的机智勇敢，取得了吴晋航的充分信任，又升他当三分社主任，不久又将他调到总社，负责保卫工作。此时，乐群垦社覆盖的面积达400平方千米，包括大竹堡、观慈寺、温水凼、烂池子、白蜡坪等地，垦民有3700余人，耕地达67000亩，拥有枪支300支，子弹1万余发。为了保护同志，给党筹集经费，中共乐山中心县委派出傅承均、刘家言、肖汝霖、赵永琮、陈士英、李秋平等到大竹堡，成立"彝汉贸易社"，开办"彝汉小学"，筹建"青年建国垦社"。

1941 年，因吴晋航手下的两派斗争愈演愈烈，发展到了彼此枪战。据龙文凤的回忆材料，当时矛盾的焦点，集中在种植、贩卖鸦片问题上，垦社分为新派和旧派。旧派主张种植、贩卖鸦片；而新派则主张禁烟种粮，并向群众宣传鸦片的危害性。"做鸦片生意的人，全是国民党大军官和地主恶霸，杨玉枢他们知道后，就不许通过，烟贩们则用武力压服。从此新旧两派的矛盾更加尖锐。""还听说有个姓曹的叛变分子，在山中买卖鸦片，看到玉枢他们的言行，产生了怀疑，知道共产党才有这样的表现，若不除掉眼中钉，对贩卖鸦片不利，因此，又去成都告密，说异党分子在山中组织暴乱，成都特务准备再到山中抓人，嘉定地委知道了，就通知同志们先后撤退了。"

龙文凤的材料显示，1941 春，她奉命撤离乐群垦社到重庆。杨玉枢撤离的时间是 1941 年的夏天。1948 年，杨玉枢在重庆华蓥山地下党发动的武装起义中，壮烈牺牲。

六

《马边彝族县志》记载中，廖旭龄在大竹堡拓边垦社的历史，与民间流传存在许多偏差。我从大竹堡搜集材料归来，为了写这篇文稿，多次打电话咨询胡同贵老师及相关人员，寻找历史的某些契合点。我又打电话给马边历史学者文联辉先生，他很热心，帮助我查阅了《沐川县志》《峨边彝族自治县志》中的相关详细内容，一并转发于我，并帮助查阅了当时中共乐山中心县委书记侯方岳、乐群垦社特支书记杨玉枢的妻子龙文凤、乐群垦社特支委员李治平三人的回忆录。从他们的回忆材料里，没有发现廖旭龄揭发赵忍安的话语。而《马边彝族自治县志》载："由于观慈寺是鸦片通道，赵忍安禁种禁运鸦片，便断了分场长魏弼周、廖旭龄的财路，且引起靠种植鸦片发财的奴隶主的不满，遂由廖旭龄出面告发赵忍安是共党分子。加上赵忍安订的《新华日报》被副经理王文运发现了，党组织为了不使赵忍安暴露身份，便将他调到南充工作。"关于乐群垦社特支的撤离，《马边彝族自治县志》载："廖旭林被陈志民打死了，陈志民被乐山县政府逮捕，垦社解体。由于廖旭龄曾控告过赵忍安，中心县委为保护干部安全，指示特支党员全部离开垦社了。"

然而，在大竹堡民间，关于廖旭龄的死，至今却流传着一段精彩的传说。据胡同贵老师讲，当时人们称廖旭龄为廖参谋。他曾经带领民众铲除鸦片，并且怜悯贫穷弱小，做了许多利于民众的好事，当时，他受到彝族民众广泛称赞，便是最有力的证明。

据胡老师讲，1948年冬，廖旭龄与土匪头子周开富商议，共同反对蒋介石事宜，周开富满口答应，一定听从廖参谋统一指挥。于是，廖旭龄便带着兄弟六人，翻越大王山，亲临峨边观慈寺与周开富商议谈判。

然而，廖旭龄等七人刚到观慈寺，便被周开富的数百名士兵包围，一阵乱枪将七人杀害，这一天的时间是农历冬月二十八。

廖旭龄等七人被周开富阴谋残杀的噩耗传入大竹堡后，大竹堡的垦民及武装人员一千多人，义愤填膺，翻越大王山，奔赴观慈寺，以迅雷不及掩耳之势，包围了周开富的老巢，激烈的枪战之后，周开富从暗道逃走。廖旭年龄等七人的尸体被抬回大竹堡境内，掩埋在牛石堡的山坡上。周开富逃脱以后，反共活动日益猖獗，杀害了许多革命群众。直到1951年4月，平叛斗争进入尾声，躲在观慈寺

▲ 当年廖旭龄带领兄弟六人，翻越的大王山

的国民党 18 师师长周开富，被解放军击毙于盘岩洞内。

胡老师还说，刚解放的时候，廖旭龄的妻子肖玉兰，还住大竹堡街上，上级派人到了她家，打开廖旭龄珍藏在家里的木箱，发现有共产党的书籍。后来，肖玉兰被组织派人接回成都，并且安排了工作。

廖旭龄自 1929 年来到马边大竹堡，在这僻壤之地创建了拓边垦社，风雨飘摇将近二十年。当廖旭龄带着兄弟六人，翻越大王山踏上这条不归路的时刻，不知道那天的天气怎样？不知道他可曾站在山顶，回望耕耘了二十年的大竹堡？他冥冥之中是否有难舍的依恋？他哪里会知道，此去再也见不了大王山上空的太阳，人生将会画上句号。从此，他与大竹堡深刻的因缘，如大王山上的云雾，飘进了天空成了虚无。

历史的真相泯灭殆尽在无穷无尽的时空里，永远的大王山，可曾有过云雾缥缈的记忆？

七

而今，大王山下的仰天窝，以特立独行的姿态，再次进入大竹堡乡村历史的视野。

从大竹堡街背后，一路上坡，公路便在山间里盘旋，这便是上大王山的蜿蜒道路了。公路狭窄，弯道是公路的全部。然而，沿途景色如画。跟随我们上山的胡同贵老师，生怕遗漏每一个风景点，沿途的典故，说也说不完。关陡山、牛心子、天奶、马老壳、犀牛凼、雁鹅池、鹿儿池。胡老师还带领我们观看垦社遗留的碉楼。山坡上，存留的那些碉楼，断垣残骸，默默无声，诉说大竹堡历史上曾经的血火烽烟和峥嵘的岁月。

行进 26 千米后，我们上了仰天窝。

仰天窝又叫大窝凼，是偃卧在大王山下几千亩的大草坪，海拔1600 多米。因为在宽阔的大草坪上，呈现一些浑圆的大窝凼，人仰躺在窝凼里，仰望天空，故名"仰天窝"。仰天窝的名字显然比大窝凼更富有诗意，想象的空间也更宽阔辽远。我便想，古代居住在仰天窝的人，没有事的时候，便躺在大窝凼里看天空吗？胡老师还告诉我，当年廖旭龄带着兄弟六人，便是从这条路上翻过大王山，前往峨边观慈寺，不幸遇害的。胡老师还介绍说，过去仰天窝曾经住着三百多户人家，古代土匪横行的时候，仰天窝是大竹堡乡镇的前哨，一旦发现大王山上土匪出林，仰天窝的"邦子"立刻响起来。瞬间，"铛——铛——"的邦子声音，立刻响彻群山，村民们便立刻拿起锄头，一起往山坡上冲，呼啸震天的呐喊，如山谷间大自然疯狂的咆哮，常常让凶恶的土匪胆怯、畏缩、迟疑，甚至退回大王山的密林深处。

如今，让仰天窝火热起来，人们不惜千里迢迢前往观看的是大草坪上的小石林，被称之为"仰天窝石林"，是一道独特的风景线。这对旅游资源贫乏的马边而言，十分值得珍惜。仰天窝的小石林共有五六处，分散布局，或零落点点，或成片成团。远远望去，如草

▲ 仰天窝石林

原上散漫游荡的一群骏马，如蓝天里飘浮的一团云雾，如苍穹里星罗棋布的星点。近观，则形态各异，千奇万端，松涛林海、参差柱石，走兽飞禽、牛羊猪狗，皆奔放粗犷，生动逼真。留恋的感觉涌上心头，仰天窝的美丽风景，成为大竹堡历史的新起点。

漫步在仰天窝风景区，云雾涌起来了，大王山下，整个大竹堡被覆盖遮掩得严严实实。如大竹堡的历史一般扑朔迷离，成了一说再说的民间奇谈。

此刻，我脑海里响起了"铛——铛——"的邦子声。

云上苗岭

一

马边县城通往民主镇，已经新修了一条快速公路。从县城出发，走国道 348 线，至苏坝的公路再到金鸡嘴，折而往东，通往民主镇，故称之"苏民路"。因苏民路的正式通车，载歌载舞的民主镇村民，欢天喜地，津津乐道苏民路如何便捷快速，这种情绪深深地感染了我，我也按捺不住内心的激动，带着妻子驱车前往。

之前，通往民主镇的老公路，是从马边县城往东走马新（新市镇）公路，上八一桥，翻越烟遮山，穿过靛兰坝，经穿牛鼻至漫水桥。这 24 千米的公路，属于马边县的一条出境县道。公路相对宽敞笔直，一路风驰。

然而，车到漫水桥，往右拐出县道，进入一条乡道，便是当时通往民主镇唯一的公路。公路逆水平溪河，一路上行，通水平溪、过奈何桥、翻越困牛寺，然后，婉转俯冲七八里长坡，抵达民主镇。这 18.5 千米的乡村公路，路基仅 5 米宽。1982 年 7 月，我刚参加工作时，便行走在这段曲折的公路上，转瞬之间，已奔波了几十年。

梦想和青春，抛洒在这条艰难的道路上，一路皆是千回百转，斗折蛇行，心有千千结。

然而，在 1990 年前，民主镇境内并没有通客车。坐客车抵达漫水桥之后，需步行三个多小时，方能到达民主街镇。路途上有一地名叫"奈何桥"，有一所村小学，名"奈何桥小学"。奈何桥这奇怪的地名，缘于学校旁边一座简易平凡的石板小桥，名"奈何桥"。

这座土桥的名字，为什么会如此诡异？是否曾有某种传说或者典故？我在民主镇工作了八年，每每询问，却无人知晓，至今仍然不知所故。民间有传言，人死后去阎王处报到，要走一条路叫黄泉路，要经一条河叫忘川，要过一座桥叫奈何桥。过了奈何桥，有一个土台叫望乡台，望乡台边有个老妇人在卖孟婆汤，忘川边有一块石头叫三生石，喝了孟婆汤会让你忘了生前一切……

我脑海里弥漫着这些诡异的传说，心里便有丝丝的惊悸、慌乱。每次跨上奈何桥，步伐会迈得更大些，节奏会频繁加速，心里总会产生某种莫名的不适。

那年，我刚满十九岁，满怀豪情，从仁寿到马边支教。在几年满怀希望的追逐中，经历了许多艰难曲折的磨难，方知自己是如何年少轻狂。我越来越感觉，自己瘦弱单薄的身躯，托不起大山的志向。曾经的梦想，坠落进了滚滚红尘。那时候，我的奋斗目标，便是尽早离开民主镇。

如今，我早已离开民主镇，辗转数次调动，已经在马边县城工作生活了许多年。然而，离开民主镇多年之后，我却突然产生了强烈的"民主镇情结"。在民主镇工作八年，当了几年的中学校长，回首曾经的奋斗轨迹，那段人生，真有那么令人不堪吗？

前两年，我因工作到了民主镇，看见民主镇中学的校史展览馆里历任校长简介，有我的照片和名字。陡增了无穷的沧桑感，当年在民主镇中学兢兢业业的情景，立刻涌满心头。我对曾经在民主镇奋斗的历史，在感情上有了更加真切的认同。更为重要的是妻子是民主镇人，女儿在民主镇出生，这些皆是人生最美好的重要节点。我知道，我与民主镇的缘分，缠绵纠结，剪不断。

梦想曾经坠落的地方，也曾经是梦想滋生的地方。

二

如今，我驱车从马边县城出发，溯马边河往南，沿国道 348 线，车行十余千米，便到了苏坝的金鸡嘴。金鸡嘴折而往东，有条小溪汇入马边河，小溪最早的源头，便是民主镇的小谷溪村羊子坪组。蜿蜒曲折的小溪，沿途多数地方，皆荒无人烟。苏民路便是沿这条小溪，涉深壑、冲山坳，逢山开路，遇水架桥，修建而成的。劈山凿崖、大刀阔斧的痕迹，清晰可见，沿途比比皆是。

沿着宽阔畅达的苏民路，驱车急行十余分钟，便到民主镇小谷溪村了。

我们把小车停靠在村委会地坝，举目瞭望，周围皆是重叠的山峦。新修建的村委会是幢二层小楼，屹立于宽敞的田坝里。硬化了的地坝和道路，银白的光泽，从村委会往四面伸展，酷似一株巨树的根系，扭曲串行至一道道山脊、坳口。农民别墅式的小洋房，矗立在公路两旁，招展着今日新农村的全新景貌。水泥道路，在田野里纵横交错，韵味精致。几只小鸟，在天空时起时落，留恋着稻田里香甜的诱惑。风光秀丽，迤逦如画。

这哪里是当年的小谷溪？三十多年前，从民主街上出发，到小谷溪村，翻山涉水需要三个多小时。当时，小谷溪是民主镇境内条件最差、最偏远的村庄，在民主镇中学教书八年，我只去过这一次。

因为要劝说一辍学的学生，回校读书。那时，小谷溪的雨水太多，晴天极少。出门便是稀泥烂路，泥可没膝。那天，我们行走在乡村道路上，敞放的大猪、小猪，一路皆是。猪屎满地，恶臭熏天。苍蝇乱窜，一路皆是嘤嘤嗡嗡的声音。行走在道路上，背皮发麻，难以忍受，简直快要疯了。我们只得急中生智，一脚踏进小河里，淌水前行，总算避免了翻肠倒肚地呕吐。

当年我劝回校的学生，很多年以前，已经举家外迁至湖北了。然而，我和妻子，仍然情不自禁要在村里闲逛逗留，潜意识里在搜寻当年小谷溪的山川、溪流，以及那些茅草屋的影子。在水泥板掩埋的泥土下，寻觅曾经的脚步和记忆。然而，我失望了，如今的小谷溪，一切皆是那么陌生，一切变化如此翻天覆地，不可思议。

我印象里的小谷溪，到处是片片田畴，金灿灿的稻谷，裹挟着温煦的风，扑面而来皆是粮食的馨香。让人想起"天府之国""天下粮仓"这些词汇。或许，当初得名"小谷溪"，便是因为这道溪谷到处都是稻田吧。

如今，站在小谷溪村地坝里，我们已然"找不着北"了，甚至看不出学生当年住房的位置。我们似乎不甘心，顺着排排别墅式的新房，挨家挨户去询问，仍然不见记忆中的山坡和房屋影子。

我们知道，国家加大了脱贫攻坚力度，民主镇业已实现全村脱贫，"住上好房子，过上好日子，养成好习惯"的脱贫目标基本实现，而小谷溪村成了全县的典范。修公路、改河道、土地整理、坡改田土，小谷溪的河山彻底变了模样。农户屋前屋后整洁卫生，客厅寝室窗明几净。家家户户，热情周到，满脸的幸福。

我们每走进一农户，新颖的房屋，格局皆一样，清洁卫生，干净整洁，热忱幸福的表情皆一样。每走一户，我们都耐心询问学生的名字，然而，该学生搬迁已三十年了，根本没人知道他的名字。

我不禁有些潸然，感慨不已。岁月弹指一挥间，曾经属于学生的村庄，抹去了他的身影和名字。如风、如烟、如灰、如尘，杳无音讯，没有一点记忆。

小谷溪曾经留给我最美好的记忆，是一道飞虹的高洞子瀑布。

村民告诉我，高洞子瀑布的位置，在我们走过的公路边上，这让我惊讶不已，完全出乎想象。在我的记忆里，高洞子瀑布上方的小河，几千米的河床，皆是光滑平整的石板。清澈透明的流水，薄薄浅浅的一层，斜斜缓缓的沫流而去，演绎了"清泉石上流"的妙境。我们躺在光滑的石板上，任流水洗涤抚摸。内心变得温柔起来，惬意舒爽，一直铭记在我心中。

今天看见的高洞子瀑布，因为新修的公路挤压，河谷萎缩狭窄，如饥寒羸瘦的老者。乱石丛簇里，当年"清泉石上流"的景象，已不见了踪影。

关于小谷溪的变迁，我还想再啰嗦几句。2018年，我参加了县脱贫攻坚督查，统计结果显示：小谷溪是全县唯一贫困户超百分之五十的村。省、市每轮抽样检查，全省直接免抽必查的村，唯有小谷溪村。小谷溪贫困的现状，已经铭刻在省、市、县主要领导的记忆里，每次到马边都会到小谷溪村。小谷溪村的脱贫，在全县、全市、乃至全省，既是重点，也是难点。

打通苏民路，成为小谷溪村"芝麻开门"的那道历史"神符"，公路通，万事通。小谷溪关于加快发展、关于美好幸福的未来，皆随公路的畅通，沿着预先规划的发展思路，逐渐步入正轨。月光立刻照进了现实，往日最偏远村，跃身成为民主镇的"门户"。多年"小媳妇熬成了婆"，小谷溪村一夜变了天。帮扶马边的中央纪委勇挑重担，统筹协调，吹响了小谷溪村脱贫攻坚的号角，各种帮扶力量如涓涓细流，源源流淌进小谷溪。诗人罗国雄有诗赞曰：

　　"溪生百谷，流水肩负神职，溪神既是农神，也是爱神。在唐家埂易地扶贫搬迁小区，下派干部陈劲松、柴杰，正在指挥水，回流进螺蛳壳里的小满。山色葱茏，溪水荡漾。仿佛自来水龙头一打开，就能重启蛙鸣。让雷声滚过田野，抓一把闪电，萤火虫点亮不灭的火把，照见一粒粒乡愁，灌浆后的饱满……"

　　伫立小谷溪的青山绿水之间，我有所顿悟，方知今日的小谷溪为什么没有了记忆中苍凉的田野牧歌，没有了充满诗意的"清泉石上流"；奔腾咆哮的高洞子瀑布为什么没有了当年的豪迈和洋洋洒洒。

▲ 曾经的高洞子瀑布

三

离开小谷溪村，很快便到了民主镇街，车上的里程表显示 38 千米，与走莜坝方向没有明显里程的差别，而所耗时间却减少了一半。

民主镇地域辽阔，人口逾万。民主街场，历史悠久。据《马边彝族自治县志》载，清朝乾隆时期，称"玛瑙场"，隶属莜坝乡。民国时期，因境内有大谷溪、小谷溪、柳木溪、三岔溪、顺天溪共五条小溪，故名"五溪乡"。1951 年，境内设生产乡、民主乡、玛瑙乡、向日坪乡。1958 年，四乡合并称民主乡，"民主"一名，沿用至今。民主镇东邻屏山县的夏溪、屏边，南连雷波西宁，西与马边苏坝接壤，北倚建设、靛兰坝。改革开放后，全国乡镇机构改革多次，民主乡因为地处偏僻，相对独立，皆无合并增减。当年为乡，今日为镇，称谓不同而已。

民主镇街场地处一道宽阔的深沟，两条极小的溪流，左边发源于蓼叶坪村，右边发源于小房子村。两条小溪由西向东，缓缓而来，在民主镇街处融合汇集，称"玛瑙河"。玛瑙河继续向东流淌 9 千米，汇入屏山县夏溪镇的夏溪河，继而汇入金沙江。

民主镇街场，便矗立于玛瑙河三条小溪交汇处。因两条极小溪左右环绕了一座小山，远远望去，酷似一个奔跑的马头。民间曾有"玛瑙"为"马脑"之说法。

当年的民主街，小青瓦房、实木板墙、青石板街。1 万多人的大镇，适逢赶集的日子，往往人头攒动，摩肩接踵。男人皆穿蓝色的中山服，女人身着白底碎花上衣。村民们站在古老的石板街上，脚边铺排一张白色塑料口袋，上面摆满了各类水果和蔬菜。他们不吆喝、不叫卖，极少听见高声的喧哗与争吵。卖菜者女性居多，她们清丽瘦削的脸庞上，呈现着天然纯粹的笑容，没有商贩眼神里的焦灼与不安，没有投机者的如饥似渴。她们的眼眸，晶莹亮泽，一早跋山涉水赶到街上，眼睛里蓄满了湿润温情的晨露。卖菜，仅仅是她们平平淡淡生活中常见的一幕而已。

不一会儿，街上突然出现了服饰斑斓的女人，头帕上绣有红、黄、绿花纹图案；青蓝色的上衣，后背、前胸、衣领、袖口都有花鸟纹饰；腰系花围腰，扎腰带；百褶筒裙，裹着绑腿，戴着手镯；银玉饰品，雍容华贵。

这群多姿多彩的苗族女人，来自民主街后的苗寨，她们穿梭在古色古香的民主街，如灿烂的花朵在人群里猛然绽放，如纷飞的彩蝶，在绿意里翩跹，至今仍然是一道靓丽的风景线。

▲ 二十世纪八十年代，云上苗岭花枝招展的苗族小姑娘

当年，有部电影的主人翁，背上电视机，爬坡上坎，到了电视信号强的高山坡上，打开电视机，屏幕上却已星星点点，"晚安"两字赫然在目。那年，电视剧《霍元甲》风靡全中国，因民主镇借用的屏山夏溪镇的电网，常停电。我也跟随过街上背电视机的人，爬上民主街后的高山——如今被称之为"苗寨"的地方。

我第一次到苗寨，便是以夜行者奇特的经历。

或许，为了看电视连续剧《霍元甲》，心情太过急切，我便这样迷迷糊糊，跟随那些人，气喘吁吁地爬上了苗寨。在苗寨里，他们居然找到了电源。然而，满怀希望地打开电视机，屏幕上只有白色花斑，虽然有电，却没有电视信号。

我又茫然失落跟随人流，回到了街上。人生总会有遗憾，之后，便是遗忘。身处荒凉的山峦，人生日益倦怠，漫长而庸俗的日子，取代了曾经的豪情万丈。迷惑不解的征途，需要《十万个什么》进行注解。梦想和愿望，似"一江春水向东流"。

不想，一位成绩优异的学生，因为超过了 18 岁的中考年龄，被取消了中师、中专考试资格。愤然离校的她，性格极其内向，心理严重自卑。我生怕她发生意外，便赶赴她的家。踏着泥可没膝的羊肠小道，又一次风尘仆仆进了苗寨。

也就是这天，我有了重大的发现，这个学生的家，正是多年前，我跟随背电视机的人流，进入的那个家。我又一次看见了那位须发斑白的奇怪老头。后来，我才知道，老人曾经是一位水利专家，他利用山溪水的高落差，自己发电自己使用，已经有许多年。

四

今天，我们驱车，沿着陡峭的山区公路，又一次上了苗寨。

在民主镇高山之巅的苗寨，如今彰显着重要价值和意义。以苗族聚居区而言，这里是乐山市唯一的苗寨，居住着 1300 多人，占乐山市苗族人数的 90% 以上，成为今日苗寨的看点。从地理位置上讲，苗寨属于岷江水系和金沙江水系的分界线。著名诗人罗国雄有诗云"金沙和岷的儿女，在寨外分手，它们途经屏山、雷波、马边、沐川、犍为，在宜宾找到失散已久的亲人，被长江那匹锦缎，拉着体温一致的血肉，去赶梦的海……"

读着诗意盎然的文字，我眼前浮现出了许多动人的画面：天空一滴水，掉落苗寨外分水岭的山脊。从此，一分为二，一滴向西流进马边河，汇入岷江，另一滴向东流入玛瑙河，进入金沙江。原本亲如一体，如今只得噙泪道别，挥手自兹去。遥远的宜宾三江口，是兄弟重聚的地方。

我笨拙的字句，无法描绘诗人婉约凄楚的意境。每当伫立分水岭，望山峦跋扈，云蒸咆哮，便会想起那水滴，内心便会莫名的震颤。

如今，新建的苗寨，常年云烟缭绕，仙气袅袅，被称之为"云上苗岭"。

多年前，在马边县报当记者时，我曾无数次登上云雾之中，慨叹和追寻一道历史的痕迹，在这高与天齐的山岭，为什么会单独聚居一千多名苗族人？

我有位学生是苗族人，在民主镇政府工作。因体态壮硕，形象雍容，举手投足之间尽显大气，被人们戏称之"苗王"。他告诉我，1944 年冬，云南省永善杉木林村苗民朱明光夫妇，最先迁入苗寨。

当时的苗寨山岭，太过荒芜，没有人烟。一家人悄无声息地落脚栖居，犹如飞鸟嘴里掉下的一粒种子，没人发觉他们的存在。春天来了，种子发芽了，花开了，有了生命的果实。后又陆续有 7 户共 20 多人，从永善搬迁而来，他们成了民主苗寨里最早的村民。

"无端更渡桑乾水，却望并州是故乡"，过尽千帆，阅毕人间冷暖，无奈的疲惫和哀戚之后，回望遥远的故乡。记忆不深不浅，渐渐稀释。在丰硕从容的秋季里，云上苗岭，成了他们的新故乡。

这种复杂的故土感情，常常让我无端激动。民主镇支教的八年，"浸透了奋斗的泪泉，洒满了牺牲的血雨"。然而，曾经眺望云端的志向，永远驻留于山的那一边。这片土地，是我人生的起点，也会是我人生的终点吗？

再后来，我接触过民主镇境内许多村民，我惊讶地发现，他们的父母或祖辈，绝大多数来自大山以外。从内地迁徙至马边，再迁往最偏远、艰苦的民主镇境内，人生该有多少辛酸悲凉。

李伏伽《旧话》把这些从外地到马边奔生的人，称之为"外河人"。从前有一首民谣唱道："好个马边城。山高路不平，好个红花女，嫁与外河人。"翻阅马边的历史，当年涌入马边热潮真实的原因，与当时兴起的创办垦社相关，而李伏伽描写的马边县城，仅如冰山一角。在马边广阔的山水里，"外河人"的情况，远非如此。

民主镇境内的山山岭岭里，"外河人"遍地皆是。一位朋友告诉我，他母亲曾是地主家的女儿，父亲却是他母亲家长工。小姐爱上了家里雇佣的长工，遭到了父母的强烈反对。于是，两人便私奔，几经周折，逃至马边民主镇，生儿育女过了一生。

长工的勇敢不容置疑，深闺小姐的勇气，却更加可敬可嘉！问世间情为何物，直教人生死相许。于是，我抽空去拜访了两位老者。长工身份的父亲，已经辞世，小姐身份的母亲，已经七十高龄了。

说生活、谈岁月，回忆人生，戏说生活中的某些期待，她苍老的面容上，总是带着淡淡的微笑，没有痛苦，也没喜悦，没有人生得失的某种总结。她说："人生在世，何须言说得清楚呢？"语气平缓，不紧不慢，好像在回忆一件年代久远、距离遥远的不经意的小事情。

是呀，"人生到处知何似，应似飞鸿踏雪泥"，老人能够无惊无喜，而我内心却擂起了密集的鼓点。当年主动请缨支教马边，内心为什么产生了动摇？在人生路口，我是否应该如此犹豫和徘徊？漫长的岁月，渐渐消减了这些迷惑，无声无息地生存，成了最后的答案。

"一蓑烟雨任平生"，此刻，一切仿佛都已经释然了。

老人告诉我，在民主镇偏远的小山村里，1949年前搬迁来了许多"外河人"。因为躲避仇家、躲避债务，甚至有躲避追逃者。当然，大部分人瞄准了偏远的荒坡荒地无人耕种，举家搬迁来，解生存危机……

于是，我彻底败北，心灵深处，承认了人生的凡俗与平庸。我要像生活中的多数人一样，在荒芜的地方悄悄地、静静地度过余生。如一株小草经历了春天和夏天；如一滴雨水落于苍茫；如一粒尘灰融入峰谷；如一道清风飘过山野。不用在乎天地间是否有过我存在的痕迹；不用理会，人世间是否有我丝丝的呻吟与呢喃。在巍峨绵绵的大山深处，我什么也不是。

到民主镇不几年，我也结了婚。享受着平凡世界里一个平凡人的幸福生活。偶尔，我也会莫名其妙地焦躁不安。夜深人静，我也会失眠。辗转反侧，常常惊醒熟睡的妻子。黑夜里，妻子会伸过手来，抚弄我蓬松的头发，轻声地问："怎么啦？"我说："他们又来找我了。"妻子很奇怪，忽地坐起来，问道："他们是谁？"我说："人生、事业、梦想、成功、失败、生老病死……"

五

民主镇的东北部，是绵延不绝的山峦。崎岖陡峭的山路，一直抵达一条奔腾咆哮的河流，这条河便是夏溪河。夏溪河从南而北，流向金沙江，如一道区域的分界线，西为民主镇境内，东乃屏山县夏溪镇境内。

夏溪河西岸，茫茫几十平方千米，波澜起伏的沟涧巨壑，横卧竖躺着民主镇的东湾、三河、油房、光明等几个大村，占据着民主镇境内的半壁江山。

当年的这几个大村庄，一年四季，阴雨绵绵，陡峭的道路，永远都是泥泞稀泥。崇山峻岭里，浓雾弥漫。即便天空有太阳的光芒，光芒里也飞扬着细雨的气沫。我在民主街镇的学校工作，若要下一次村庄，需要极大的勇气，要有"下定决心，不怕牺牲"的攻坚克难精神。

当年我没有去那几个村庄，还有一个更重要的原因，这几个村的历史，十分静默、荒凉无音。没有民间的故事和传说，没有著名的人物。他们是大自然的山峦，山峰有千年？河水有万年？但山峰没有表述，河流没有应答。

离开民主镇多年以后，我突然产生新的想法，去走一走这片山峦，去看一看这片土地。

去年，在县城中学教书的杨长富老师，邀请我到他老家油房村作客。杨长富当年是民主中学的学生。他参加工作离开油房村已有几十年，而他父亲和兄弟，还居住在油房村，过着山区农村人朴素的幸福生活。

　　从民主街镇到油房村，正要经过东湾、三河这几个村，正是我内心想去看看的山川沟壑。于是，我欣然同意，驱车前往。

　　此刻，民主镇的公路建设，已实现了村村通、组组通，小车能够开进家家户户的院坝。天空明净，阳光温和，洒满银亮的公路。当年在阳光明媚里，也能够感受水雾的空气，如今怎么没有了？车上学生马孝林、蒋吉荣等笑着说，老师这是翻了许多年的"老皇历"了。如今，民主镇的天空，阳光总是照耀着群山。空气干燥，如农民晒干了的粮食，牙齿咬得"嗑崩"响。

▲ 民主镇雪峰村的"网红路"

　　几十年来，没能鼓足勇气，用双脚丈量的山川沟壑，如今，我亲自开着小车，钻进了这片崇山峻岭，自由驰骋，心旷神怡。

　　小车一路上坡，山随路转，沿途皆是银灰色的水泥道路。青枝绿叶，山坡蔚然深色。山坳、沟谷皆风景如画。这是一片纯色自然的生态山峦，一路的行走，如在翻阅一幅幅色彩绚丽斑斓的画卷。山外有山，一山高过一山。大沟套小沟，溪水交错。而生动如画的群山里，居住的人口，不拥挤，不稀疏，与山水的融洽，恰如其分。远方的山峰上，时时能够望见银灰色的云岫，如薄薄的丝带，一小节一小节缠绕于山峰的内弯。当小车沿着公路，盘旋抵达那道山弯的时候，我们如钻进了云岫里，成了山峦的一部分，如仙如诗，妙不可言。

一路经过了几个村，沿途皆询问本地村民村名的来源，皆言不知道。村里有什么典故，皆说没有。村里历史上，发生了什么重大历史事件，也没听人说过。

晋朝时期，不为五斗米而折腰的陶潜，一首《归去来兮辞》，辞别"以心为形役"的腐烂官场，回归故里，却发现了一个惊人的去处——"桃花源"。村民居住在桃花源里，目的是躲避秦始皇暴政。岁月荏苒，已经过去了几百年，生活在桃花源里的村民，有"粮田、美池、桑竹之属。阡陌交通，鸡犬相闻。"从此，没走出过桃花源，他们不知道秦朝已被推翻，历史经历了西汉，又过了东汉。不知道中原大地上，有过三国的历史烽烟，有了魏晋的统一。不知道中原大地，社会曾经纷纭，英豪如此辈出。秦始皇之后，有项羽、刘邦、曹操、司马氏……

难道民主镇这段生态的山峦，人类的历史轨迹，真如桃花源一般，是一段历史的空白？

总是在不断地绕过山垴，总是在不断地俯身溪谷。过了东湾村，又过了三河村，方进入油房村地界。越走山谷越狭窄，溪谷越细密，越有钻进深山之意味。我脑海里常常闪现电影《智取威虎山》中"夹皮沟"的场景。然而，沿途却没有发现大片的原始森林，山坡上皆是葱郁碧绿的庄稼。公路沿途的青翠里，总是单独居住一家一户的农户，且不乏有二层小楼房。鸡鸣狗吠之声，总能够传遍几个大垴沟，偶尔有农民锄头相碰的铁器之声，也能够在山谷里回荡成美妙的音乐。一路上我都在想，千年以前的村庄，是不是与今天一样？

一个美丽的地方，如果没有传说和故事，便仿佛少了历史和文化，再漂亮的风景，也会很苍白。

于是，我便询问学生们，他们家族居住在民主镇境内，有多少代了。他们的回答，让我顿悟，曾经的困惑，豁然开朗。他们说，民主镇境内的村民，搬迁于此，祖辈皆不超过四辈人。因为地方条件太过艰苦，来此的大多是逃难、躲避灾难、甚至逃避刑法者。他们不会长期居住于此，条件一旦稍有改变，他们又会举家迁走。村民的频繁流动，历史没有沿袭，文化缺少传承，村民不知道地名的来源，也就不足为奇了。

于是，一生或一辈人的故事，在岁月的长河里，瞬间变成了一个历史的小点，之后渐渐成了历史的空白。

杨长富的父亲一眼认出了我，他说杨长富考上师范，有了工作，一辈子都要感激我。当年，杨长富丧失信心，辍学在家，是我的鼓励，让他重新回归校园，后来，考上了师范院校。

我教书十二年，这样的事情，是很平常的。而学生对我的敬重过多，往往略显拘束。总是说些感激的话，让我感觉他们心里上的负担是不是太重了？于是，我常常告诉他们，努力教书，是我的工作，用不着这么感激，一辈子放在心上。你们今天的成就，是你们努力的福报。历史翻篇了，现在大家皆是朋友，不用喊我老师了。学生们便说："那怎么可能哦，一日为师，终生为父。"

杨长富的父亲告诉我，从油房村到夏溪镇，有地名叫"团结"，过去叫"团鱼溪"。团鱼溪有街道、油房、东湾、三河这几个村的村民，当年买卖蔬菜粮食、购买油盐酱醋等生活用品，皆在团结街上赶集。

"团鱼溪？团结就是解放前的团鱼溪？"我惊讶地问。

他们说："是啊！"

我一下全明白了。之前我看见《马边彝族自治县志》记载，

1950 年 6 月，面对以陈超为首的 4000 多国民党残匪的叛乱，解放军采取"三撤三进"马边城的战斗，消灭了国民党叛匪的几千主力。其余土匪四窜乡间，危害乡民，6 月 15 日，乐山军分区命令 88 团、89 团和 90 团各在 2 营抽调两个连，90 团 1 营 3 个连及团属炮兵连一个排，组成屏、沐、马剿匪支队，由 90 团副团长任选国统一指挥，在各县守备部队的配合下，机动清剿。吕镇华匪部在马边被合击后，率残部千余人结集于中都石角营（今新市镇）一线，被解放军击溃，余匪逃到团鱼溪。

难道这团结就是掩藏在那段历史里的团鱼溪？

我在杨长富的父亲眼里，得到了肯定的答案。我喜出望外，回程之时，便开车去往团鱼溪。希望在团鱼溪寂静祥和的山峦中感受当年战火纷飞。寻觅枪炮轰鸣的声音，存留在古老深谷里的历史记忆。

从油房村往团鱼溪方向行走，是一段走出深山的旅程，一路皆出沟口，一路皆俯冲而下的道路。狭窄的沟口，往下一道，便会宽阔一些，再往下一道，会更加宽阔明亮，如此循环，直至抵达了团鱼溪。

历史上的团鱼溪，难觅踪影。如今的团结村，是一个小小街镇，依旧屹立于一较大的山嘴上。高大的楼房，错落参差。山村小街模样，精致玲珑，在灿烂的天空下，有些小鸟依人。街沿口，坐着几位六七十岁的老人，纳鞋底，摆闲话。守着门市的商户，忙里偷闲，在门市前打着麻将。整洁的街面，毫无零乱之感，一尘不染。

我们在团鱼溪停了车，在街上走着，缅怀之意，涌满心头。

据《马边彝族自治县军事志》载，吕镇华在新市镇被击溃之后，逃窜到团鱼溪。6 月 27 日，屏山、沐川、马边剿匪支队 93 团 3 营两个连，正面佯攻。88 团 2 营、89 团 3 营，由玛瑙（今民主镇）至屏山县夏溪迂回。90 团 1 营，插中都两出团鱼溪。瞬息之间，盘踞团鱼溪的吕镇华部被包围得严严实实。在炮兵配合下，连长周春之率领全连，冲入团鱼溪街上，敌人见势乱作一团。激战5个多小时，歼敌500余人，其中毙160人，伤69人，俘330余人，缴获迫击炮炮弹10发、轻机枪5挺、步枪279支、短枪34支、冲锋枪5支、各种子弹2030发、望远镜2具、鸦片109斤。

这是平定马边国民党残匪的一次重大的胜利，号称两千多人的吕镇华部主力，至此全军覆没，团鱼溪战斗，实现了马边剿匪战役的最后胜利。

参观完了街上以及学校，无数的历史情节，荡漾于胸，犹自激动不已。

然而，当我驱车从团鱼溪继续往山外走。六千米直奔夏溪河的里程，却彻底改变了此刻激动的心境。

公路外面，皆是万丈悬崖，深不见底。车上人大声惊叫，大声嚷嚷，不能看公路外面。而我的双眼，稍往外觑，立刻身心失衡，脑海空芒茫一片，手里的方向盘，仿佛要失去控制一般，情不自禁往公路边旋转。我只得回转头来，将车开慢，稍稍稳定情绪，下定决心，两眼只盯住公路。可是，走了几步，余光却偏要往公路外瞥觑，方向盘又开始飘忽，又停顿片刻，再次把控自己的情绪，双眼紧盯住前方银灰的公路。如此反复，如临大敌，战战兢兢，汗如雨下。

六千米的道路，如行二万五千里长征。

如此险峻之地，我突然想起了一个问题，当年叛匪吕镇华，为什么会退守团鱼溪？或许，他是凭借天险之地，做最后的挣扎？同时，我也明白了当年剿匪支队与解放军，为何要分兵三路，从民主镇和中都方向进行穿插，形成犄角包围。如果单凭正面进攻，那将是一场多么惨烈、悲恸的战斗啊，将会牺牲多少解放军战士！深沉大壑里，将埋葬多少英雄豪杰的壮烈尸骨！

当年的团鱼溪战斗，是一场辉煌的胜利，以最小的牺牲，换取了最大的胜利，《马边彝族自治县志》记载，这次战役解放军总计牺牲3人，其中1名班长、2名战土。

六

如今，伫立苗寨，岚光山色，尽收眼底。

西有大谷溪、小谷溪的"谷溪河谷"。北有东湾、三河、油房村，沟幽深涧，人行其中，如历穿越。东抵夏溪镇，九千米的柏油路，代替了当年"二十四道脚不干"山路；龙央坪村，红遍大江南北的"网红公路"，迎接往来游客，人定胜天的精神，感动着许多的游人。此刻，我想起了《晏子春秋》所载的一个典故：春秋时期，齐景公带领大臣，登上牛山，看见山河壮美，江山如画，突然放声恸哭，说："河山如此壮美，然而，我终究会死去，像流水一样会离开他们，可是，我怎么舍得呢？"

万里山河万里景，万年山河万年情。人生几十载，平凡如你我，又如何？

密如蛛网的乡村公路，摩托车和轿车在蓝天白云下自由徜徉，在城市与村庄之间穿梭。城市与乡村的距离缩短了人心与人心的距离也缩短了。今日的苗寨，成了民主镇的代言，是马边人幸福的打卡地。

"当灯笼高悬，彩旗飘飞，花杆矗立，群山起舞，尘埃之上的事物，比如羊群，比如凋零的花朵，在玛瑙村高海拔的爱情里，再次听从内心的召唤，从一把把岁月的刀锋攀岩而上，直至葱茏的峰顶，真正打通春天的灵魂，在天空养马，筑白云的巢，放牧缥缈炊烟，胸中留出一两幅山水画的位置，把内心的温度调低，低到山泉的度数，再从高处往下看，地上的倒影如昔日，慢慢隐去似有似无的痛。"

诗人罗国雄的诗歌，再次鸣响于耳旁，内心掀起的波澜，犹如远山汹涌的云雾，激情磅礴，弥漫云空。

山坡上，突然有人唱起苗歌《拦门酒》，"一道道拦门酒，摆到了寨门口。你从远方来，累了喝一口。喝了拦门酒，苗乡苗寨任你走。拦门酒，苗家拦门酒，喝了人长寿……"

聆听着这熟悉的歌声，逝去的青春，立刻浮现眼前，我已泪如雨下。是伤痕，也是赞礼；是人生某种念怀，也是某种崭新的时代诱惑。

远处，群山巍峨。起雾了，巅峰似岛屿，滚滚叠浪，蒸腾九霄。缥缈烟波，时结时散，隐隐绰绰。而云雾之上，则是历史的天空。此刻，喜悦的心情，弥漫在古色古香的苗寨。

歌声里，我仿佛闻到了"拦门酒"浓郁的醇香。

钟灵官帽舟

一

如今，从马边县城到建设镇的官帽舟，已很是轻松便捷了。2004 年马边彝族自治县委、县政府聘请苏州设计院，设计了《马边彝族自治县城的详细规划》。县城最南边的端口，选在了建设镇的官帽舟。2014 年，马边县城通了公交车，县城最南端的站口，便在官帽舟。官帽舟成了马边县城南端最后的边缘区域。

对于建设镇官帽舟，马边人对此充满了复杂的情感，既对官帽舟敬重有加，又羡慕忌妒。二十世纪三十年代，官帽舟出了一个"狠人"（大人物）——贺昌群。贺昌群是著名的史学家，史学研究著述宏富，在中国史学

▲ 贺昌群照片

界名望很高，1949年后曾担任国家图书馆馆长。在中国文学史上，他的名字，常常与沈雁冰、郑振铎、叶圣陶、周建人等中国顶尖文人联系在一起，是马边人的自豪与骄傲。改革开放以后，官帽舟又出了一个"狠人"——张学军。张学军曾任广东省检察长，是迄今为止，马边人芸芸众生中，行政级别最高的人物。张学军远离故土多年，仍然情牵桑梓，为家乡的发展奔波。募集过不少资金，为官帽舟修建大桥、医院、学校，做了许多公益事业，倍受故乡人的爱戴。

两位如此杰出的人物，他们赫赫有名，在马边的崇山峻岭里，已然家喻户晓，激励着一代代马边的仁人志士。然而，贺昌群和张学军，在不同的历史时间里，为何偏偏出生在小小的官帽舟，这让马边人迷惑不解，这难道这仅仅是一种历史性的巧合吗？

马边处于西南边陲的小凉山麓，偏荒古远，荆棘丛林，舟舆不通，人迹罕至。自古乃山高皇帝远之地。据《史记·西南夷列传》载：滇王与汉史者言曰"汉孰与我大？"留下"夜郎自大"的笑话，至今已有两千年历史。关于当时夜郎国的"首邑"在什么地方，历史上有颇多争议。但是，《史记》所载的"西南夷"，所指不过贵州、云南、四川西南边境，皆是交通困厄，鸟兽横绝之所，所谓"蜀道之难，难于上青天。"司马迁则不以为然，曰"道不通故，各自以为一州主，不知汉广大。"交通如此闭塞，环境如此封闭，经济社会如此困顿落后，"夜郎自大"乃在情理之中。然而，在马边这样狭窄僻壤落后之所，小小的官帽舟，居然鹤立鸡群，横空出世了两位国家级的杰出人物。灿烂的光芒，闪亮在马边浩瀚无垠的星空里，让马边人多少有几分扬眉吐气。

中国几千年的历史进程，证明了一个极其特殊的现象。许多改变中国历史、改变人类社会的重要人物，他们的卓越才智和重大的成功，与他们后天的努力，以及种种机会运气相关，正如孟子所言

"天时、地利、人和"也。

二

今天，我带着异样的心情，再访官帽舟。

官帽舟所属的建设镇地处马边县城最南端，是马边县城的"南大门"。建设镇幅员面积广阔，属全县大镇之一。清朝时期，境内设官湖乡，民国时期设永善乡、丹凤乡和安富乡。1951年，境内设翻身乡、建设乡、永乐乡。1956年三乡合并为建设乡。而今，变乡为镇，更名建设镇。镇政府的驻所在官帽舟街道上坎，距县城不足六千米。

山清水秀，风光秀丽。

我独自驱车，沿清澈的马边河逆流而上，几分钟便抵达了官帽舟。

马边河河水奔腾咆哮而来，途经苏坝镇，一路奔驰欢歌，千回百转到了官帽舟。然后，顺着陡转的山势，打了一个回旋，旋转成优美的弧线，整个河道立刻宽阔起来。河面的东部，形成了巨大的冲积扇，这里便是官帽舟所指的特定区域。

官帽舟的街道，沿着河流的方向，分布在河流的边缘地带。

老街临河一边的住户，双手推开窗户，清花绿亮的河水，立刻扑面涌来，清波荡漾，水烟袅袅，晃动眼帘，润泽而温馨。多年以前，家住官帽舟的伍克非老先生，是一位退休教师，生前致力于马边历史的研究，搜集整理了不少马边的历史材料，成为《马边彝族自治县志》和各类文史资料的重要参考材料。他殷殷切切之心，特别令人感动。他生前便居住在官帽舟的河水边。那时，我代表《马边民族报》，与马边民间历史学者文联辉先生等人，多次去他家采访。

站在他的小屋里，轻轻地推开窗户，迎面而来的河水，清波荡漾，真有一种特别美好、温馨、令人心生异样的感觉。眼前的马边河，已经改变了狭窄、跌宕、汹涌的模样。窗外的河面，宽阔、辽远、平静……

民国时期，马边县长余洪先编著的《马边纪实》，曾经将"官帽舟"，称之为"官帽洲"，或许灵感来源于此？当年的县长余洪先，也曾经到过官帽舟？走进河边老百姓的茅屋，也曾推窗见水，产生了与我今日相似的感觉？

与中国大地上传统的古街一样，官帽舟的街道，灰砖青瓦，古朴清幽。清清淡淡的日子，带有几分孤独的伤感，有戴望舒先生"撑着油纸伞，轻轻走过雨巷"的愁绪。

著名史学家贺昌群的故居，便在这条清冷的街道上。没有古色古香的浓烈氛围，没有刻意的装潢修缮，甚至没有堂而皇之的金字牌匾。它与邻近的大多数房屋一样，简易平凡。不询问，不知是谁的房屋。

街道上的居民，见我站在门前踟蹰徘徊、询问，纷纷围聚过来，热情地告诉我关于贺昌群先生的一些传闻逸事。我敬重贺昌群先生，贺昌群先生的事迹，一直感动、激励着我。其实，关于贺昌群的动人故事，我比他们了解得更多。多年以前，我曾经有个梦想，写一部关于贺昌群先生的长篇传奇小说。我除了收集贺昌群的许多材料之外，还与贺昌群的孩子贺龄华同志联系上了，他曾给我寄了一本贺昌群的历史著作《魏晋南北朝史》，至今还珍藏在我的书柜里。后来，由于条件不够成熟，困难太多，加上自己才思钝锉，力不从心，宏伟的计划被搁浅了。我只写了一篇散文《誓将吾精诚，浇溉吾民族》，发表在《四川政协报》上，聊表对先生的敬意。

这时，街上围聚过来的居民越来越多，多数是岁数较大的老人，谈说贺昌群的故事，他们皆表情生动，满怀自豪感，丝毫不掩饰内心的骄傲情绪。

三

今日的官帽舟，所指范围早已超出临河而建的狭窄古街了。官帽舟的概念，发生了巨大的蜕变。古街坎上，是宽敞明亮的中心校。再往上推进，是别墅式的特色移民新村。高山坡上的村民，从高入云天的山巅上搬迁下来，住进了别墅式小洋楼。官帽舟以"前无古人"的时代精神，挥洒历史，酣畅淋漓。而我却特别羡慕每户门前的菜园，菜园里的蔬菜，鲜嫩滴绿，朝气蓬勃。

站在校园门口，已经无法看见官帽舟的古街，以及古街外的河水，却能够看见河对岸马美（美姑）公路上，车流络绎不绝。这是马边通往美姑、大凉山的通道，也是马边运输磷矿的主干道。这里车水马龙，烟尘滚滚。公路背面，有一道长长的山岭，顺着河流的方向，曲折蜿蜒。站立在建设乡中心小学大门口，远远望去，山岭之上，有三道小山峰，特别像古代大臣头上戴的"官帽"。中间为冠顶，两边为翎羽，栩栩如生。

官帽舟人都说，这是"官帽舟"名字的来历。因为有这顶官帽，所以官帽舟才能出"狠人"。

然而，一顶"官帽"，怎么与舟船扯上关系？到底是"官帽舟"还是"官帽洲"？

这个问题，一直困扰着马边的文史工作者。纵观今日马边的史志和相关材料，一律采用"官帽舟"。2006年，我主编《马边彝族自治县志（1994—2006）》，反复询问许多老人和参加过文史工作的老同志，却仍然没有找到明确答案。于是沿用了"官帽舟"的名字，编纂《马边彝族自治县志（1994—2006）》工作结束后，这问题搁置至今。

一次偶然的机会，我认识了居住在西街子的袁老师。在与袁老师的交谈中，发现他了解马边县城历史上的许多事情。我便有意识与他交谈马边官帽舟的困惑。袁老师非常明确地告诉我，既不是"官帽舟"，也非"官帽洲"。

我惊愕不已！

于是，我认真倾听袁老师关于官帽舟的历史和名字的一番阐述，终于让我明白了真相。

"踏破铁鞋无觅处，得来全不费功夫"。古话有解，诚信宜然。

袁老师已经退休多年，他断续零散的絮叨里，向我展示了官帽舟一段鲜为人知的历史，让我目瞪口呆。

袁老师的祖辈，是从湖北孝感迁来马边的，根据他家族谱所载，袁氏家族搬迁至马边的时间，大至在明朝崇祯年间，比湖广填四川还要早许多年。那个历史时期，李自成在陕西被洪承畴、孙传庭追着打，逃进了商洛山，陷于绝境。而张献忠打不过官兵，走投无路，在谷城（今湖北襄樊）假装投降，养精蓄锐。

袁氏家族是什么原因，千里迢迢到了偏僻的马边，不得而知。他们刚到马边时的"垦殖地"，在今日的袁家溪，当时离马边县城有三四十千米的山路。袁氏家族成了有史记载以来，袁家溪最早的土著居民。这便是今日"袁家溪"名字的由来。查阅《马边彝族自治县志》，有文载曰，袁家溪"境内有一山溪，清朝袁姓人在此垦殖，故名"。

2018年，马边乡镇机构改革，袁家溪合并到苏坝镇。

从县城出发去建设镇，要经过永乐溪电站，永乐溪电站的东面，是一大片平坦的土地，人称"土拱坝"。袁老师解释说，"拱"字，其实是"贡"字的谬读，真实的名字是"土贡坝"。土贡坝上，曾经修建了一座祠堂，称"远丰祠"。然而，远丰祠最先的名字却是"袁丰祠"，是袁氏家族的祠堂，也是当时朝廷贡品的仓储。袁氏家族当时也许是坐镇一方的父母官，或富甲一方的大户。

后来，因年代太久远，凉山的彝族逐渐往北方迁徙，彝族与汉族人的纠纷日益增多，袁氏家族逐渐向县城方向回流。如今，大多数的袁氏家族后裔，居住在县城西部的白岩山上。人们便在古体"袁"字，加了"之"底，袁丰祠便成了远（遠）丰祠。

袁老师的父亲，也是一位读书人，喜欢历史。他生前总爱给后人讲解袁氏家族的历史。关于官帽舟的地名，袁氏家族的族谱上，明确记载是"官木舟"三个字。

"官木舟"的来历，袁老师曾听他父亲讲过。很久很久以前，官帽舟是一块空旷的河滩。由于当时马边地广人稀，森林茂密，木材资源极其丰富。朝廷每年发布诏告，需在马边采伐大量的木材，并且源源不断往内地运送，以供朝廷使用。然而，以马边当时艰难困苦的交通条件，砍伐木材是非常不容易的事情，运送木材抵达县外州省，更是难上加难，堪比登天。

供奉给朝廷的木材，讲究特别多。首先是砍伐时间的讲究，一年之中春夏秋冬四个季节，唯有秋季才是最佳时机。秋季气候干燥，也是树木生长的成熟期。秋季砍伐的树木，木材成熟度高，纹理清晰，一般不会生长蛀虫，经久耐用。于是，每年秋天，县府最重要的工作，便是组织人力物力上山砍伐树木。然后，将砍伐的木材，从森林里搬运出来。

然而，当时的木材体积巨大，多数皆需双人合抱。如此巨木，怎么搬运出马边呢？道路崎岖艰险，没有宽阔的道路，没有现代社会的运输工具。于是，巨木便被堆放在官帽舟的河滩上，零乱如山丘。

▲ 钟灵毓秀的官帽舟

聪明的古人自有办法，他们启用了水路。于是，荒凉的河滩，渐渐成了堆积发散货运的重要码头。然而，砍伐完备，时令已进入秋冬，马边河里的水流，枯竭到了极点。极少的流水量，无法承载运送巨木的木筏。于是，堆放在河滩上的大量木材，必须等到第二年才能运走。春天来了，马边河里开始涨桃花水了，当时的县府，便开始疏浚河道、组织木筏。河水终于涨起来了。于是，马边河的水面上，源源不断、规模宏大的木筏浩浩荡荡。官帽舟河滩上大批的木材，被运送到县城，过荣丁，走利店、舟坝、黄丹，到清水溪，进入岷江。庞大的船队被称之"官木舟"。从此，这片堆放木材的码头，便约定俗成被称之为"官木舟"。

从此，苍凉荒寥的河滩，有了自己的名字。

听了袁老师的详细解释，多年来，"舟"和"洲"，跟"官帽"风马牛不相及的困惑，如今豁然开朗了。"官木舟"是再普通不过的词汇，然而，它描绘了一幅原始状态下的劳动景象。远方森林里，一株株巨木滚下山坡，古代无数强壮的男子，赤裸上身，搬运巨木，艰难地前行。他们挥汗如雨，步履蹒跚，一步步移靠河滩。艰难困苦的模样，让人想起俄国批判现实主义画家列宾的油画《伏尔加河上的纤夫》。

金色的秋阳，照耀在荒漠河滩上，劳动的号子，泯灭在奔腾的河谷里。或许，这就是一段历史的真实。

然而，山川巨变，沧海桑田。当年的官木舟，已经无法适应日益变迁的时代，曾几何时，马边的河面上，没有了官木舟的影子，也不见了繁忙喧嚣的码头。春天来临的时候，一些树木和野草，悄悄地冒出来了。官帽舟河滩上，邻水而筑的简陋茅屋，如小草一样，羞涩地冒出河滩，屹立在河水的边缘。不知道什么时候，"官木舟"的名字，逐渐演化，演绎成了"官帽洲"，或者"官帽舟"。

"官木舟"作为历史真实，反而变得不真实了。如淡淡的河烟的泯灭，如岁月风尘的一缕灰土。说有就有，说无便无。

四

如今的马边人，常把官帽舟的地名，与史学家贺昌群紧密联系在一起。贺昌群在史学界的辉煌成就，仿佛与他出生在官帽舟有密切的联系，与家乡山岭上那道"官帽"有关系。这是中国最普遍的传统文化意识。《三国演义》里的刘备，"幼时，曾贩履织席为业"。他家房屋的东南角，有一株五丈余高的桑树，枝叶繁茂，远看犹如皇帝的华丽车盖，过往行人猜测，奇树之下必出贵人。刘备幼时，与小儿玩耍，也曾指着那棵老桑树戏言"我为天子，当乘此车盖"。后来，刘备果然在成都建立了蜀国，当上了皇帝。

马边民间还有一传说，清光绪二十八年（1902），马边河发生了特大洪水，洪水的流速超过3700立方米每秒，这是马边数百年未遇的大洪灾，沿河淹死了数百人。那晚，天空黑墨，暴雨如注。突然，在官帽舟河湾里，迸出了两个大"灯笼"，光芒耀眼，瞬间，漆黑的河面，宛如白昼。汹涌的波涛，陡然间翻卷起千尺巨浪。一道黑魆魆的庞然大物，如山丘一样漂浮于滔天的洪水之上，电闪雷鸣之间，幻化如一道水柱，冲天而去……

民间谣传，洪水走蛟，成功则飞天成龙，吉星高照，失败则被电闪雷劈，血雨腥风。官帽舟的洪水走蛟，已然羽化而登仙了，这是多么吉利的事情啊！

官帽舟出"狠人"的传说，还有一个离奇的版本。官帽舟斜对面，如今是民建镇的永乐溪村，永乐溪村后山，是一个风水宝地，建有一座寺庙，古为"牛王寺"，后称"明王寺"，传说明朝皇帝朱允炆，曾逃难至此，建寺修行，故因此得名。

明王寺始建于明朝成化年间，《马边厅志略》载，明王寺在"盖其山、五马岗、为瑶坪、水派岗、黄茅埂"五山簇拥之中。《马边彝族自治县志》载："五山环抱，争奇夺险，状若龙形，称之为'五龙奔江'。"

明王寺的东岸，隔河有一座山，名曰"官斗山"。永乐溪、官斗山、官帽舟互为犄角，民间称之曰"吉祥三地"。传说当年明王寺繁荣旺盛，香客如云。这天，远方来了得道高僧，他高举铜镜，但见明王寺后山，金光万丈，瑞气氤氲。高僧惊呆了，大声疾呼，永乐溪要出"狠人"，至少要出二品以上的大官员。这个说法很快便不胫而走，传遍了马边河畔。官斗山有位大财主，自私偏狭。他知道了这事，内心便打起了小算盘，他请来高人指点，在官斗山向永乐溪后山方向修建了一座塔，连接永乐溪，修造一座桥。"桥是弯弓，塔是箭，箭箭射翰林"。他希望将永乐溪的好风水，改转到官斗山上来。他希望这个二品"狠人"，是他的子孙后代。

然而，由于风水先生水平不高，技术不够精，结果把永乐溪的风水，改转到官帽舟去了。

五

在众说纷纭的传说里，贺昌群喝着官帽舟的河水，逐渐成长。不知道当年的贺昌群，是否听说了民间沸沸扬扬的传说？是否有过遥远的想象，传说中的"狠人"与他有关？

根据《马边彝族自治县志》载，贺氏家族曾是官帽舟的名门望族。1912年，贺昌群的父亲贺季咸，曾经被选任为"四川省参事会议员"。当时，省参事议员不是行政职务，相当于今天的省政协委员。省上分配给各州县的省参事议员名额，最多不超过3人。每县能够当选省参事议员者，不是官僚，便是大户，抑或是德高望重的名流。

历史资料没有关于贺季咸的详细记载，然而，贺季咸能够当选省参事议员，他在马边绝非平庸之辈，自从贺季咸去世后，贺家的生活立即陷入窘困、潦倒之绝境，连贺昌群读书都无法满足，可以推测，贺季咸仅属当时一位威望较高的知识分子而已。

父亲贺季咸的去世，彻底改变了贺昌群的人生轨迹。母亲彭笃君靠喂猪、养蚕、做针线活，勉强维持一家人的基本生活。当时，即便贺昌群有走进课堂读书的理想，也仅仅是水中月，镜中花。

一件再小不过的事情，成为贺昌群人生轨迹逆转的契机。乡里有一位富翁办了私塾，他儿子贪玩，不思读书。为了让儿子安心学习，富翁想出了一个绝好的办法，他找到贺昌群母亲，商议不收学费，让贺昌群去陪读。贺昌群十分珍惜千载难逢的读书机会，他天资聪敏、读书勤奋，成绩优异，显示出天才的资质，深得私塾老师的喜爱。

"山重水复疑无路，柳暗花明又一村。"历史学家的传奇人生，自此扬帆起航。

贺昌群的叔叔贺永田，早年从马边搬迁到了乐山五通桥。多年来，经历过生意上的浮沉，已经在岷江沿岸，声名显赫，富甲一方。他在五通桥打造了川南最大的庄园"四名士第"，借用了唐朝诗人贺知章"四明狂客"的字号，以此彰显贺氏家族悠久的历史渊源。该庄园24个天井相连，气势非凡，蔚为壮观，被当地人称为"桥滩大观园"。

贺永田有个儿子贺昌溪，听说他的堂弟贺昌群聪慧过人，今后必成大器，内心惊喜，便有心要资助他。1918年，在贺昌溪的资助下，十五岁的贺昌群走出官帽舟、走出马边、北上成都，顺利考入了成都联中（后改名石室中学）。

后来，新文化运动的思潮，深深地触动了贺昌群灵魂，他毅然决然地加入了革命的洪流。并立下了"誓将吾精诚，浇溉吾民族"的铮铮誓言。

1921年，贺昌群在石室中学毕业。他与同学李一氓一起前往上海，并以优异的成绩，考上了上海沪江大学（现为上海理工大学）。然而，贺昌群在沪江大学一年后，一直资助他的堂兄贺昌溪不幸去世。贺昌群没有了生活来源，不得不辍学。

贺昌群被迫开始思考谋划生存的问题。人生再次走在了十字路口。

1922年，贺昌群考入了商务馆编译所，他在这里工作了近十年。商务馆涵芬楼的丰富藏书，成了他知识的海洋。正如高尔基所言"我扑在书上，就像饥饿的人扑在面包上一样。"涵芬楼的藏书，就是如饥似渴的贺昌群眼睛里的面包。

《马边彝族自治县志》载："夏日，群蚁肆虐；严冬，寒风刺骨；工余，筋疲力尽，他常常彻夜读书。"他博览群书，学识如天空大海一样宽广渊博。最难能可贵的是，他与沈雁冰、郑振铎、周建人、叶圣陶、胡愈之等中国知识界的顶尖精英，有了深层次的交往，他们成了一生的挚友。

当年的小小陪读郎，已不可同日而语了。他思考人生、思考社会，视角越来越广阔，又岂止局限于僻壤马边河滩之地的官帽舟？

此刻，中国正在酝酿着惊天动地的社会重大变革，无数志士仁人，在为中国的社会探索新道路，奔走呼号，流血牺牲。中原大地上，风云雷动，无数英雄，前仆后继，血沃中华。

中国社会怎么摆脱历史的轮回，如何建立一个蓬勃向上的社会经济体系，这些重大的社会命题，萦绕在贺昌群的脑海里，苦苦思索多年。

从此，贺昌群选择了终生治史的学术道路。

贺昌群参加了以沈雁冰为首的"文学研究会"。开始在《文学周报》《语丝》《东方杂志》《小说月报》上发表文章。撰写了《汉唐间外国音乐的输入》《语言的缺陷》《英国现代史》，以历史学的眼光、以放眼全球的视角、以人类共同体的方位，深刻、全面地分析中国历史和当今社会的诸多问题。

这期间，贺昌群曾东渡日本，他带着研究中国社会的重大命题，查阅了明清时期西方传教士在中国活动的著作和记载。

"他山之石，可以攻玉。"贺昌群试图从这庞大的资料库里，寻觅异域外邦如何看待、分析中国的真知灼见，走出"只缘身在此山中"的历史困局，以及自我宽宥的传统思维。

1931年，贺昌群担任河北女子师范学院教授，次年，任北京图书馆编纂委员。期间，他对汉简进行了考释，手稿多达16册。出版了《居延汉简》，发表了《唐代女子服饰考》《敦煌佛教艺术系统》《近代西北考古的成绩》《三种汉画的发现》等顶尖学术论文。他说"历史上凡能善自容纳吸收外来文化之时代，必为昌盛之时代，凡能容纳吸收外来文化之国家必为昌盛之国家，反之，则是'衰微之时代'，'覆败之国家'。"他在《魏晋清谈思想初论》中指出"圣王既无心而应物，其于天下之事，上而典章制度兴革，下而文教风俗之推移，皆因物随变，当事而发。"他甚至大声疾呼，要求重视敦煌艺术的保护，以及那些多种语言手写的经卷和古文书。

抗日战争胜利后，中央大学迁回南京。贺昌群担任历史系主任兼历史研究所所长。延聘了徐中舒、白寿彝、罗尔纲、缪钺、向达等一批史学家任教，教学阵容盛极一时。

1949 年，南京解放后，郑振铎推荐他出任南京图书馆馆长。1954 年，他调入北京中国科学院历史研究馆，先后任副馆长、馆长。

他的研究领域，由汉唐的政治制度和文化思想转移到封建土地所有制。他研究的课题，常常成为史学界有激烈争论的重大历史命题。1956 年，他发表《论西汉土地占有形态》，次年发表《论西汉土地占有形态的发展》，二十世纪六十年代发表了《关于封建土地国有制问题的一些意见》《秦汉间封建土地所有制的形式与农民地主的关系》。1964 年，出版了 30 万字的专著《汉唐间封建国有土地制与均田制》。贺昌群一生著述宏富，堪称一代史学大家。

他企图从历史学的研究中，寻觅国家强盛、民族繁荣、社会全面发展的道路，可谓用心良苦，披肝沥胆。

他在繁杂浩瀚的文史案牍里，寻找中国社会进步方向；挥毫宏著里，寻觅着中国社会变革的精神与源泉。在颠沛流离的漂泊生涯里，有多少时候，想起了官帽舟以及那些光怪陆离的民间传说。

然而，可以肯定的是，在他波澜壮阔的人生历程里，有千千万万个官帽舟。

六

人生如历史，波谲云诡，历史就是人生，瞬息万变。一次偶然的机会，30多岁的贺昌群，回到了阔别已久的故乡，度过了一段短暂珍贵的时光。

1937年，日军攻打卢沟桥，抗日战争爆发。贺昌群举家南迁浙江大学任教。然而，战事越来越危急，日寇大肆入侵，步步紧逼。贺昌群又随浙江大学一道，迁往江西泰和、广西宜山。沿途所见，皆是兵荒马乱、哀鸿遍野的凄厉场面，流离失所、妻离子散的难民，呼号转徙，抱头痛哭。

悲痛的惨景，深深触痛了贺昌群的心灵。"国破山河在，城春草木生。感时花溅泪，恨别鸟惊心。"毕生探索救国救民真理的贺昌群，"誓将吾精诚，灌溉吾民族"的钢铁誓言，犹响彻在耳畔。而眼前，却是疮痍满目，民不聊生。贺昌群的心里，在滴淌着殷殷鲜血，多少无言的悲恸，涌满胸怀。

"恨逐青山远，愁随细草坪，回天心事渺难寻。无奈断肠，何处着闲情。""情怀不忍上高楼，寒菊年年照眼秋，万叠故山云总隔，两行乡泪舞和流。"（贺昌群《南柯子》）

不知道当时的贺昌群先生，是否有古人"宁为百夫长，胜作一书生"的慨叹。

1939年，马一浮主持乐山复性书院，邀请贺昌群回乐山担任教务长。5月，贺昌群抵达乐山，参与复性书院的筹建工作。然而，不到两月，他发现自己与马一浮的教学理念分歧较大，很难合作。于是，他很快离开了复性书院。之后，贺昌群待在乐山，继续扎进历史的案牍里。8月19日，日本飞机轰炸乐山，贺昌群只得搬迁进乌尤山，着手写作《魏晋南北史》。

　　而此刻，遥远的故乡马边，正在发生一件史无前例的重大事件。行伍出身的董祝三，召集当地贤达，倡导在马边筹办一所中学。

　　而当时马边的教育现状如何呢？据《雷马屏峨纪略》载，雷波、马边、屏山、峨边四县，仅屏山有一所中学。马边的莘莘学子，读完小学，想要继续深造，除了去屏山，只能到叙府（宜宾），或者嘉定（乐山）。而马边到叙府的路程，长达二百多千米，到嘉定的里程，也有一百三十千米，到屏山一百六十千米。

　　由于路途迢迢，山隔水阻，不少学生继续求学的渴望，因之破灭。即使能够在外求学者，毕业之后，多数不愿意再回马边。马边的人才严重匮乏到了极点。

　　不久，筹办马边中学的事宜，便提交到当时的县府会议上，县上成立了筹备委员会。通过协调商议，确认了办学经费的来源：一是向盐商募捐；二是将货物过杆时的捐税，按照百分之二的标准抽收；三是利用马边县银行的公股余利。

　　统筹之后，一年拨给学校的经费，可达七八千元，"办理中学一般也足敷用"。紧接着便是修缮县城西街外的衙门和川主庙，作为校址。

　　然而，"万事俱备，只欠东风"，聘请谁担任马边中学的首任校长，却成了十分棘手的大问题。此时，有人想起了本土作家李伏伽先生，而此刻，李伏伽在"内江乡师"教书。当时，李伏伽脑海里还萦绕着童年时期的种种噩梦，心有余悸。他离开马边后，曾经三次回过马边，每次都让他伤心失望，不堪言说。

　　李伏伽在《旧话》里，描述过当时马边弱肉强食的社会状态：盛产鸦片，袍哥、地痞、"棒客"、烟客、嫖客遍布街头，许多青年沉沦于江湖之间。"我不相信在那样的地方，能干出什么好事来。"便回信谢绝了。

正在绝望之时，突然获知贺昌群先生居住在乐山，大家喜出望外。贺昌群出生于马边，高校教授，德高望重，真是不二人选。于是，马边县长宋际隆，亲赴乐山，盛情邀请贺昌群回报桑梓，归故里担任马边中学首任校长！

"欲将雨露润桑梓，惆怅天涯一童生。"（贺昌群《还乡见诸老昆弟》），贺昌群慨然应允，回到了阔别多年的故乡，流离颠沛多年的贺昌群，写下了感情真挚的诗句，突显了兴办教育，报效故里的志向和愉快的心情。

然而，贺昌群深知，当时马边的教育，"文风不振，人才零落，风俗败窳，青年弟子无力升学，不能负笈于通都大邑。"他深感任重道远，他的朋友丰子恺，送他漫画《移兰图》，以示勉励之意。他将其挂在办公室，作为座右铭。

丰子恺"移兰除艾，留青载德"的题言，正契合了贺昌群的内心。他要在家乡荒芜之"恶"土，刘除蛮横生长的野草，种上象征君子的"善之花"。

后来，贺昌群离开马边时，便将这幅珍贵的《移兰图》，写上跋文，转赠给了马边中学。

多年以前，我曾到马边中学进行过采访，有幸鉴赏了《移兰图》。《移兰图》悬挂在马边中学半山坡上的"留青园"里，激励马边教育事业的发展，激励着马边教育人的责任感，激励着马边一批批莘莘学子的好学上进之心。

然而，在贫困僻壤之地，要办好一所学校，哪里有那么简单。担任马边中学首任校长的贺昌群，面临诸多困难。路途遥远，师资难求，校舍破败，经费紧张。首开先河之困局，林林总总。为了办好这所学校，贺昌群可谓呕心沥血。

1940年，四川省政府组织的"四川边区施教团"到马边考察，肯定了贺昌群回馈家乡"数十年前所未有，自为边地之福"的创举。同时，也为学校能否继续创办下去深感忧虑。团长柯象峰真实记载了这份担忧。"马边处边远之区，地瘠民贫，受中等以上教育者甚少，擅长于边民教育之人才，更寥若晨星，故欲聘请适当教员充当教职，颇为不易。兼之待遇甚低，欲在数百里外聘请人才服务边区，匪特难觅，即使觅得而旅费一项之负担，已属不轻。"

这也是贺昌群内心深深的担忧。

"正三年，转徙有沉忧，零落又经秋。渐华年锦瑟，诗书事业，都付东流。万叠乱山寒月，极目望神州。枫冷江声转，那吟愁。料得渊明当日，想拂衣赋，何去何留。下西风黄叶，怎许不登楼。且安排，冰天奇骨，待几时，化作旧沙鸥。无人会，倚栏干意，笑看吴钩。"（贺昌群《八声甘州·自乐山返马边居南郊遣怀》）

炎帝教人种植五谷，以充腹饥；神龙亲尝百草，发明草药，为人治病；文王拘而演《周易》；仲尼厄而作《春秋》。人类社会每向文明迈出微小的步伐，用多少智慧先躯的泪水、奋斗、牺牲才能换来？

站在故乡的土地上，贺昌群挥泪离别，"浩荡离愁白日斜，忽收古泪入天涯。幽思一夜经风雨，化作飞魂绕落花。"

故乡啊，故乡！

七

天空明净，春和景明。

如今，古老的官帽舟，展示着新时代的姿态，徜徉在历史的长河里。贺昌群所研究的土地制度，社会状态和文化生态的构建等等，已经融入在中国社会变革的实践之中。

官帽舟的河面，平静安详。公路上车辆攘往，奔驰如故。一座连接永乐溪与官帽舟的钢板吊桥，横跨河水涟漪的马边河，成了官帽舟一道风景，步行者走在钢板吊桥上，发出"叽嘎叽嘎"的声音。河风徐徐，阵阵清凉，特别惬意。

一位八十高龄的老人，伫立在钢板吊桥的一端，深情地凝望远处的河面。他或许在沉思岁月，又或许在感叹沧桑，我不得而知。老人个子不高，须发苍苍，仙风道骨。看见他凝视注目的神态，我

▲ 官帽舟的钢板吊桥

总感觉，他有着官帽舟一种独特的精神内涵。关于官斗山请的道士、关于风雨交加夜晚"得道蛟龙"升天等故事，在老人的讲述中，益发离奇光怪，却又如此真实可信。

老人告诉我，张学军也是官帽舟的"大脑壳"（大人物）。

　　我当然知道张学军，他退休前曾任广东省检察长。他心系故土，回报桑梓，为官帽舟协调资金修桥、修医院、修建学校，为马边做了许多实事。眼前的钢板吊桥，便是他帮助协调资金修建的。

　　老人很神秘的样子，又告诉我一个传说，很多年以前，官帽舟来了一位懂风水的先生，在官帽舟游荡了几天。临走的时候，他告诉人们，官帽舟要出三个"大脑壳"。老人接着说，现在已经出了贺昌群、张学军。等着吧，官帽舟还要出一个"大脑壳"哩。

　　老人信心满满的样子，感染了我。我说，我敬佩官帽舟这片神奇的土地。

　　这时，太阳冉冉升起来了，河面波光潋滟。刚好有几个学生，迎接着朝阳，背着书包，从桥面上走过来，朝气蓬勃，充满青春活力。我仔细地打量他们，突然，脑海里想起十分有趣的问题，民间传说第三个"大脑壳"，会不会在他们中间？

大风顶探奇

　　我多次筹划着再去一趟永红乡，重新攀越一次大风顶，领略这座巍峨的大山，雄傲西南的壮阔宏大、伟岸天际的独特魅力。然而，由于种种原因，迄今仍未成行。

　　沿马边河滔滔河水，逆流而上，穿越建设、苏坝、烟峰、高卓营四个乡镇，方能抵达永红乡。

　　如今，从县城到永红乡公路的里程缩短至50余千米。然而，在永红乡还没有通公路之前，要到永红乡，需攀越茫茫的大风顶，那可不是一件容易的事情。

　　沿途有个地名叫"倒马坎"。当时，是马边县城到永红乡的必经之处。那一段道路之狭窄，酷似羊肠子，更似一根白颜色的麻绳，用浆糊粘贴在悬崖绝壁上。路外，是千仞绝壁，深不见底。如果不小心往外瞥视一眼，立刻会有天旋地转的感觉。古人牵着马儿，经过此地，皆小心翼翼，胆颤心惊。如线条一般的道路，人虽能贴着山壁擦身而过，但体积较大的马儿，却无法侧身。肚皮常常抵触到石壁，翻倒于万丈悬崖之下，故称"倒马坎"。当时，路经"倒马坎"的商旅行人，在距离倒马坎还有十千米的地方，便断了马儿的饲料，让马儿处于饥饿状态，肚皮收缩，方可避免翻倒于万丈悬崖。

　　"倒马坎"隔河对岸，名为"油榨坪"，乃是古代朝廷重要的军营驻所。明朝时期，朝廷在今县城设马湖府安边厅，在今日烟峰镇所在地建烟峰城，驻营朝廷的军队镇守边关。"清朝道光十九年（1839），四川总督宝兴率提督齐慎至马边调查，将绥定协改为马边协，中军都司移驻三河口，设左、右营。左营驻三河口、右营驻油榨坪。"（《马边彝族自治县志》）龚静染在《昨日的边城》中写道："油榨坪右营遗址，现在还留着当年的城堡残迹，城堡建在一座山顶上，长达数十米的城堡用石头整齐垒成，站在旧城堡上，视线极为开阔，四周大山里的动向一览无余。"张云波在《雷马屏峨边区之夷务》中载，"清代鼎盛之秋，油榨坪为大场，作倮倮交易所。"

　　据油榨坪为最南端的军事城堡，以及商业贸易集市的记载，呈现出一段真实的历史：或许，油榨坪是一段历史的界点，油榨坪以南的永红乡境，当初属于明清时期朝廷管辖的"盲区"，是中原王朝万里长城之外的塞外异域？

　　如今，我在马边生活几十年了，在我的印象里对永红乡没有特别深刻的记忆。在马边各乡镇的历史记载中，永红乡仿佛一杯白开水，无盐无味、无色彩、无话题。既没有重大的历史事件记载，也没独特的风土人情，让人情牵梦萦，甚至没有可口的小吃，让美食者絮絮叨叨、难以忘怀。

　　《马边彝族自治县志》载，永红"现乡名系1958年形势而名"，亦轻描淡写。以今天的观念而言，似乎有几分庸俗，缺乏历史的厚重感。

　　永红乡，难道真是如此贫乏寡味？永红乡的历史，竟如此不见经传吗？

一

据《马边彝族自治县志》载，永红乡位于马边西南突出部位，东邻凉山州雷波县的罗山溪乡，南靠雷波县谷堆乡，西连凉山州美姑县瓦西乡，北接马边县高卓云乡。1955年建麦子坪乡、羊子桥乡，1958年两乡合并为永红公社，1984年建永红乡。

永红乡境内，有一条重要的河流，名曰"高卓营河"。高卓营河上游，有两条重要的支流，一条发源于大风顶的顶峰，冰雪融化的河水，颜色深蓝晶莹，闪耀着金灿灿的光泽，如一路流淌的金水，俗称"金河"；另一条发源于大风顶万担峡谷，咆哮的河水，闪闪如银，仿佛流淌的银水，俗称"银河"。金河与银河汇聚境内称高卓营河，向北奔高卓营、烟峰，在苏坝河口（如今，为官帽舟电站库区），汇入马边河。

金河和银河的名字，皆具美感，且诗意浓郁，充满美好的愿景。据《马边彝族自治县志》载，在永红乡境内，因为山高坡陡，河流落差较大，水能资源极其丰富。我询问水务部门，永红乡境内，如今所建电站多达五座。金河流金子，银河淌银子，源源不竭的水流，带来了充沛的电量。永红乡的历史，已经发生了翻天覆地的变化，永红乡早已不再平淡无味，它是流"金"淌"银"的好地方。

然而，永红乡最珍贵的宝藏，既不是淌着金子的金河，也非流淌白银的银河，五座小型电站，在永红乡境内，也无历史的波澜。真正首屈一指、独占鳌头者，乃傲然屹立于乡境内的大风顶。

迄今为止，永红乡境内的大风顶，是马边最神秘梦幻、最吸引世人瞩目、最牵动游人心神的秘境。1978年，大风顶被国家命名为"大风顶国家级自然保护区"。马边为此成立了专门的政府管理机构。西南边陲平凡的大风顶山，声名鹊起，跻身国家级领域，享誉日盛。

　　《马边彝族自治县志》载，大风顶"北起鸡公山，一直向南延伸，是马边与美姑、雷波交界的地方"。又载大风顶"东西宽 16 千米，南北长 35 千米，主峰摩罗哦觉海拔 4042 米，3000 米以上的山峰 43 个"。大风顶山体高大，巍峨深厚，被誉为"珍稀动物的乐园"，有"国家绿色基因的宝库"之美誉。大风顶上，有无数让人魂牵梦绕的自然风光，执着痴迷的人们，在此找到最深情的感情寄托；生活的忧伤和孤独，能在其博大的胸怀里，获得最美好的慰藉；诗人们的一往情深，也找到了如梦似幻的依恋。

　　著名诗人阿洛夫基，写诗抒写这份人间的真挚，"走在黄茅埂，与山对坐，与美丽与虚幻对坐，人沉默，山微笑。坐在黄茅埂，与一块石头对峙，看一眼像父亲，看二眼像母亲，看三眼像自己。黄茅埂，我们都想死在这里，和大山成为永恒。黄茅埂，我们都想飞，和风一起飞翔。黄茅埂，一阵风从那边吹来，接走了伤感的念头。""黄茅埂"为大风顶的山脊，民间也称大风顶为黄茅埂。

　　千万年来，在大风顶的峰峦叠嶂里，无数的珍稀动物生活其中，自得其乐，大熊猫、牛羚、小熊猫，多少人皆梦想一睹真容。这里还有中国特有的单属植物、被称之"植物活化石"的国家一级保护野生植物——珙桐，鸽花飞翔，漫山遍野。连香树、水青树、大王杜鹃、银鹊树、桦榛、黄连等国家二三级保护植物，林林总总，目不暇接。云海、奇峰、日出、晚霞……种种壮阔天际的画卷，不胜枚举，这些该是多少人内心的美好向往与眷恋。

　　然而，要攀登大风顶，亲历大风顶无穷的魅力，困难太多、危险系数太大。为了揭开大风顶神秘的面纱，发掘大风顶丰富的资源，2001 年 7 月，马边彝族自治县委、县政府，第一次组织考察团上大风顶。这是大风顶开天辟地以来，破天荒的一件大事。时任县委常委、宣传部部长的张三才，亲自担任队长，时任县委书记的邓顺贵，亲自谋划，并为考察队员助威壮行。五天四夜艰难跋涉，考察队员满怀惊喜，把大风顶的丰富与壮美，多姿多彩，以文案和照片等诸多方式，展示得淋漓尽致。大风顶的奇景，波澜跌宕，令人眼花缭乱，成为全县、全市乃至全省共同的财富和骄傲。美轮美奂的仙山奇观，莅临了烟火人间。

<h2 style="text-align:center">二</h2>

那年，我也有幸参加了大风顶旅游资源考察团。

那天，我们的车辆刚出县城，天色突变，风云雷动，天空下起了瓢泼大雨。客车挡风玻璃上的雨刮器，来回摆动，一直处于紧张状态。而我们的内心，却涌起了丝丝忧戚，如此狂风暴雨，海拔三四千米的大风顶上，该是怎样的洪流滔天，行走其上，又会是多么危险，多么艰难！

但我们不能退缩却步，继续冒雨沿马边河一路南行。沿途皆是暴雨倾盆，沿途的山坡上，奔流瀑布，万丈飞泻。马边河洪水滔滔，排山倒海。然而，当我们的客车抵达大风顶山麓，转过了斯泽拉达、牯努包这两个地方，再爬上一道山脊，暴雨却以山脊为界，戛然而止。眼前的景象，让我们目瞪口呆。天空艳阳高照，白云朵朵，天高云淡，蝉鸣声声。客车奔跑过的公路上，泥粒飞溅，尘灰满天。

大风顶上的天空，连一丝雨的气息也没有。

同样的天空下，如此黑白分明，我们不曾相信的事实，便摆在眼前。如今，我方始相信，大千世界，景况丛汇，无所不有。我们身处的世界里，果真有无数绚丽壮阔的奇观，出人意料。

公路走到了觉罗豁林场，便是尽头。休憩了片刻，整顿好装束，我们开启了负重行军的登山模式。我们手脚并用，刚爬上了第一道山脊，眼前闪现出一道自然的奇观。

一道东西走向的山脉，横亘在群山之中。山脊之南，云蒸霞蔚，雾涛汹涌，峰峦叠嶂，或隐或现。山脊之北，雨后初霁，清鲜如洗，珙桐、云杉，奇花异草，清晰明了，如诗如画。大风顶管理局的向导告诉我们说，这道自然景观，长年如此，当地人取名"阴阳界"。场景如此诡秘，名称如此惊悚。大家瞬间静默，惊愕得说不出话来。我脑海里却突然冒出一个大大的疑问，何为阴？何为阳？"阴阳界"会是天地之间的自然状态吗？大风顶上，这片阴差阳错的景致，是人间烟火的人世间吗？

怀着忐忑的心情，我们离开了"阴阳界"那道景观。前面杂草蛮缠，荒芜丛集，无路可走。徘徊之余，我突然想起鲁迅先生的名言："世界本没有路，走的人多了，也便成了路。"不知道当年的鲁迅先生，是否有过脚踏荒芜原野的奇特经历，才能在不经意中，概括出这样富有生活情趣，又饱含人生哲理的金句名言。此时此刻，我们真切地领悟了鲁迅先生这番话里的天才和智慧。

于是，我们执着"从没路的地方，踩出一条路来"。

时值 7 月，大风顶山下的各类植被，花开了，又花谢了。青杏满枝，果熟蒂落。而在大风顶山坡上，作为国家一级保护植物的珙桐树，花繁叶茂，绽放恣意。一望无垠的旷野里，宛如数以万计的白鸽，凌空飞翔。一眼望不见尽头的高山杜鹃，红花簇丛，鲜艳浓烈，如少女燃烧不绝的激情，肆意疯长，滚烫炽烈。

那晚，我们无比激动，睡在帐篷里，苍茫的原野，漆黑如墨，而内心的空洞，却无法填补。空旷浩瀚，没有丝毫的喧嚣。宁静寂寞的原始状态里，我们彼此呼吸的气息，甚至心脏跳动的声音，清晰而响亮。在这万籁俱寂的天地之间，一切偶尔发出的声音，皆纯净透明，毫无人间烟火里的杂念。我们感觉灵魂已经出窍了，仿佛被圣水洗涤了一次，洁净于空荡。不思金榜题名的狂喜、不慕魂牵梦萦的爱情。在黑暗里的夜空，在茫茫无绪的大地，朦胧之中，感觉自己如一株摇曳的小树，如一棵随风起伏的小草，不，此刻，自己什么也不是！

突然，天空狂风大作，裹挟万物，鲸吞波澜。紧接着雷鸣闪电，山崩地裂，暴雨如注。

为什么叫大风顶，这突兀而来的狂风，是否是大风顶在自证，千百年来的历史芳名，我们不得而知。然而，在风声鹤唳中，飞沙走石一般的状态下，我们真切地体会了大风顶的瞬息万变、如魔似幻……

次日，晨曦初现，大雾紧裹，伸手不见五指。眼前的大风顶上，再难见高山和峡谷，难觅悬崖与山峰，所有皆停滞于空无，茫然于时间，茫然于空间。天地唯我，没有绝对。我是谁，我从何处来，又从何处去？这些平时思索头痛的哲学命题，突然蹦跳出来，填满脑海。

我们只得原地停留，无法继续向前。向导告诉我们，看不见道路，迷失了方向，随时都有摔下悬崖的危险。擅自乱动，随时都会消失在深色厚浊的浓雾里。不一会儿，气温越来越低了，雨雾绵绵，窸窸窣窣。我们只得躲进狭窄的帐篷，浑身冷得瑟瑟发颤。我们隔着浓厚的大雾，大声呼喊彼此的名字，大声地说话，感知此刻彼此的存在，确认自己还存活于眼前的世界之中。我突然想起陈子昂的千古诗句"前不见古人，后不见来者，念天地之悠悠，独怆然而涕下！"不知道当年的诗人陈子昂，写这首诗的时候，是否有过这样天地孤绝、人类初痕般的心悸？

三个小时之后，大风顶上终于云开雾散了，我们不约而同惊声尖叫起来。原来，前方 300 米有道山埂，山埂上巍然屹立一个牧羊棚……

于是，我们一窝蜂地奔跑而去，在凄风苦雨、无所依傍的帐篷里，忍饥挨冻了半天，我们迫不及待地钻进了牧羊棚。牧羊棚虽然简陋，却也能够阻风挡雨，而且地面干燥，暖和温馨。我们乐观地称呼，牧羊棚是大风顶上的"五星级宾馆"。

这便是中国几千年来，安驻身心的那个家。温暖、宁静、安全、富有。此刻，我终于知道，在高天云雾之中，在大风顶上的牧羊棚里，家不是故乡的老树，不是村边的田野，不是城市高楼的窗明几净。此刻，这样的牧羊棚，真实无虚，是我们最"温暖的家"。人生幸福甜蜜的全部意义，皆聚集于此。

我醍醐灌顶，大彻大悟，幸福多么简单啊！

放牧的彝族老人，五十多岁。紫酱色的脸庞，饱经沧桑，双目深邃，十分热情。老人不顾我们的强烈劝阻，坚持宰杀了一只绵羊，特意招待我们。在大风顶的山峰上，喝上这一碗鲜味浓烈的羊肉汤，那是我这一生最好吃的一顿餐饭。多年之后，脑海里还珍藏着那份怀念，久不能忘怀。

老人喜欢喝酒，酒喝高兴了，他便讲起彝族的古老传说《阿惹妞》。一对彝族青年男女相恋，却被世俗的利益左右，被恶势力绑架，活生生被棒打鸳鸯。故事悲惨，催人泪下。在这温馨的牧羊棚里，聆听这段动人凄美的爱情故事，特别牵动人心，唤起人的情愫。故事讲完了，老人意犹未尽，他用苍老的声音，唱起彝族情歌《幺表妹》。

我的幺表妹出嫁了，她的身子被换了银子，嫁到大山遮眼的地方去了……阿惹妞，我找了你三百年啊，但找你不见你；

我恋你三百年啊，但爱你不见你。阿惹，阿惹妞妞，你化成蜂儿，追寻高高的山崖去了？你化成麋鹿，追寻茫茫的森林去了？你化成鱼儿，追寻清澈的江河去了？

我第一次听见这首幽怨深情的彝族情歌，在这人烟稀少、海拔3150 米的旷野，用最古老、质朴的大自然音符，唱出的天籁之音。

我想，长年累月在大风顶上牧羊的彝族老人，用他沙哑的嗓音，将《幺表妹》唱得如此情真意切，荡气回肠。或许，他的人生，也如诡谲多变的大风顶一样，充满了神奇。

三

在大风顶考察的第三天，见证了阴霾四合、宇宙混沌、天地洪荒的初始状态。而今，惶惑而荒凉的大风顶，突然浴火重生，凤凰涅槃，天空迸裂出一轮金灿灿的太阳，硕大无比的火球，瞬间燃烧在大风顶的天空。明媚温暖的阳光，空气清新，明净透澈，一眼千里。远处的群山，横躺竖卧、逶迤磅礴、绵延横亘。躔岩嶙峋，一片紧接一片，倏忽跌宕，巨波大澜。清澈透明的云雾，一会儿缠绕

▲ 大风顶的高山杜鹃与茫茫云海

徜徉，一会儿倏动飞翔，如流水一般，濯洗山峦。一眼望不到边际的高山草甸，宛若星河牧场。飘逸的羊群，云彩般倏忽驰动，自由自在。一群群健壮的牦牛，鲜亮神俊，纵横驰骋。数十万亩高山杜鹃，如巨幅画卷，鬼斧神工。十万亩高山草甸，万顷碧波，晶莹翠绿，卷着淡淡的轻风，叠涌层层的细浪……

万里江山，看得人眼花缭乱。

站在如此巍峨高阔的地方，心绪也宏伟起来。我们欢呼雀跃。遥望无垠的远方，我们迸发出内心的呼喊，想要成为"飞天"，冲向宇宙太空。

如今，回忆当初热切的感受，我感觉脑海空乏，语言苍白，词汇无味。大风顶的壮阔大美，不是靠语言能够描述的；大风顶的天然魅力，不是靠文字所能够展示的。夜晚，我们犹自兴奋，夜不能寐。我们围坐熊熊燃烧的篝火旁边，滔滔不绝，感慨良多。大海一样辽阔、苍穹一样深远的大风顶，带给我们无数惊喜交集的故事，永远说不完。神奇的大风顶，随时都会弹跳出令人震惊的画面，随时会响起天籁一样的乐章，让你的心速拉升，激动不已，让你的感情，跌宕起伏。

后来，我们又遇见另一位放牧的彝族老人，他告诉了我们一个秘密：前面海拔 4000 米的山峰上，有一个鲜为人知的"月亮海子"。

眼下，我们的位置，已抵达海拔 3500 米的山峰上了，这样高绝之处，居然还会有"月亮海子"？大风顶保护区的向导，也感叹说他也是第一次听说。为了寻找"月亮海子"，我们继续往上攀登，爬了一座又一座山峰，翻了一坳又一坳，牧羊人所说的"月亮海子"，仍然躲藏在山峰之间，躲藏在云海之间，躲藏在蓝天白云之下，迟迟不肯显露真身。

我们又寻找了两个多小时，自我感觉，呼吸有些急促，心跳在加速。向导说，我们已抵达海拔 4000 米了！

天啦，我们爬上主峰了？我们激动，互相拥抱，对着茫茫的群山尖声呼叫。在这大山与天空接壤的地方，头顶苍天，脚踏大地。山登绝顶我为峰，"前不见古人，后不见来者"，睥睨天下，慷慨悲歌。

突然，远处有人高声呼喊："发现'月亮海子'了！"我们寻声下坡，果见一个天然湖泊，面积大约 4 千平方米，湖水清澈，波光潋滟……

这便是多姿多彩的大风顶。

四

走下大风顶主峰，进入最神秘的峡谷——万担坪峡谷。

万担坪峡谷，是永红乡境内银河的发源地。千百年来，马边山区流传着一句古老的谚语"打开万担坪，世上无穷人"。民间传说，万担坪峡谷里，藏着数以万计的金银财宝。

很久以前，有一个姓王的神仙，来到了万担坪。姓王的神仙，懂得冶炼金银的技术，他把万担坪那些银白色的石块，冶炼成了白花花的银子。他点石成金的本领，立刻轰动了整个永红乡。当时，永红乡的村民，欢呼雀跃，集体踊跃，参与了矿藏的开采冶炼，在王神仙开办的冶炼厂里，打工挣钱。长年累月，地里的庄稼没人耕种了，土地荒芜了。而万担坪冶炼的银子，却堆积成了小小的山丘。无限的银子，却换不来有限的粮食，永红乡境内爆发了饥荒。人们饥肠辘辘，饿死人的事件时有发生，缺少粮食供应，成了十分重大的社会问题。

于是，王神仙遭到了部分村民的围攻，神仙也斗不过"地头蛇"，他只得移驾别离。然而，万担坪的银子，他却无法全部带走。神仙只得用冶炼银子的 24 口大铁锅，罩住山丘似的银子。他一去之后，再没有回来。后来，那些罩在万担坪的银子，成了二十四座山峰，数以万计的银子，消失得无影无踪，也成了万千人的希望与梦想。

此刻，我们都心潮澎湃，站立在这充满传说与希望的万担坪峡谷的沟口，仿佛进入了梦幻世界一样。想象着传说中冶炼银子的景况，恍如隔世。我们被万担坪大峡谷神秘的传说吸引了，纷纷要求走进峡谷，探究银子的秘密，寻觅令人怦然心动的传说奇迹。

然而，背行囊的民工却极力阻止："这大峡谷不能去！曾经有人去了，再也没走出来……"大风顶管理局的向导也附和说："不能进去！"我们愈觉惊讶，执意要前往探究。向导带领我们，站上一个高处，指着峡谷里的道道山峰解释说："这峡谷内，真有 24 座山峰，传说是神仙遗留的大铁锅罩住的银子。每座山峰的形状都十分相似，宛如诸葛亮的'八卦阵'。进去过的人，几乎都会迷失方向。宁愿在山脊上多转一天，也不能进大峡谷冒险！"

大风顶遗留的历史杰作，激起我们无限的向往，而我们只能望而却步，只能无端遐想。或许，这也是传说的另一种延续。我们叨念着万担坪诱人的故事，在向导的坚持下，在万担坪峡谷的山脊边缘，多绕行了一天，在大风顶多住了一夜，尽享夜色风光。

万担坪的传说，仿佛美丽的歌谣，成为马边崇山峻岭里、群众心尖上，久远的希望与梦想。

五

在大风顶考察的五天四夜里，我们的内心始终藏着一个深切的企盼，希望获得一份珍贵的幸运，那便是在茫茫的森林里，能够有

▲ 大风顶上的大熊猫正脸照

机会见一眼憨态可掬的大熊猫！

资料显示，中国独有的动物种类大熊猫，在地球上生存了 800 万年，被誉为动物界的"活化石"。而中国考古学考证的结果，证明了人类最早的祖先——元谋猿人，距今也不超过 170 万年。

我们在大风顶上考察的那些天，我脑海始终萦绕着一个有趣的问题：在大风顶茫茫的原始森林里，什么时候开始有了大熊猫？不过这问题至今无解。

然而，在马边大风顶上，至今却还流传着"熊猫仙子"的优美传说。

很久很久以前，大风顶山麓的娃子（奴隶）马黑，幼年时给奴隶主严王罗罗家放羊。马黑到了十七岁，一天，他听见林中传来一阵凄惨的尖叫。马黑循声前往，却见一只熊猫幼崽，摔伤了腿。心地善良的马黑，见熊猫幼崽十分可怜，便把它抱回了牧羊棚，给它包扎好伤口，并采集了中草药，给熊猫换药。他见熊猫幼崽体质太弱，便用羊奶喂养熊猫幼崽，挽救了熊猫的生命。马黑十分喜爱这只熊猫，他给熊猫取名"美美"。熊猫美美在马黑的精心照料下，伤口很快痊愈了。马黑便将恢复健康的熊猫美美，放归了山林。

又过了几年，马黑二十多岁了。这天，山林里走出一位袅袅婷婷的年轻姑娘。马黑一眼瞥见她，便有种十分熟悉的感觉，内心涌动着亲切和温馨，然而，他却想不起这姑娘到底是谁。姑娘却笑着告诉马黑，她叫阿西美美，居住在后山的森林里。从此，阿西美美每天准时出现在马黑面前，帮助马黑牧羊，他们经过一段时间的相处与接触，便很快相爱了。

然而，娃子没有自己安家（结婚）的权力。娃子要安家，必须经过主人的准允。于是，马黑与阿西美美，一起去见严王罗罗，请求同意他们成家。严王罗罗见阿西美美生得十分漂亮，立刻起了歹意，欲强行霸占阿西美美。他立即指挥家丁，强行将阿西美美关在他的屋里，择日强娶阿西美美。

晚上，阿西美美逃了出来，然而，很快被严王罗罗发现了。严王罗罗带人去追，马黑和阿西美美慌忙往山里奔逃。他们翻过了珙桐坡，又穿越了箭竹林，爬上了黄茅埂，眼前却是万丈悬崖，无路可逃。严王罗罗带领家丁，把马黑和阿西美美堵在悬崖边缘，逼迫阿西美美，跟随他回去结婚。阿西美美说："你让我吹一曲口弦吧。"说罢，掏出口弦，吹奏了优美的旋律。声音悠扬，如泣如诉，缓缓地绵延在遥远的群山里。一会儿，数百只大熊猫、黑熊、野猪从远处飞奔过来。在场的人们，从来没有见过如此多的野生动物，个个目瞪口呆。严王罗罗也吓傻了，慌乱命令家丁开枪。这时，阿西美美的口弦，发出了尖厉刺激的声音，随即狂风大作，呼啸狂卷，把严王罗罗和家丁全部卷下了万丈悬崖……

原来，阿西美美便是当年被马黑救了的熊猫仙子。

从此，人们便把熊猫仙子吹起大风，惩治严王罗罗的黄茅埂山，取名为"大风顶"。

六

远古的神话里，熊猫是一种凶猛异常的神兽，是这个地球上最早的动物之一，不知何时，变成了今天的温良恭俭，憨厚可爱。

大熊猫高贵温良、憨态可掬的形象，在人类文明进步的几千年漫长历史中，记载并不太多。马边大风顶上生活的大熊猫，一度被认是作家笔下的"丑小鸭"。

如今，大熊猫已成为中华民族的象征，成为世界和平的使者。我常常想，在偏远的马边，是大风顶造就了大熊猫今日的辉煌，还是大熊猫造就了大风顶今日之闻名遐迩？

然而，大熊猫走出大风顶，走向世界的艰难历程，其传奇的色彩，却令人意想不到。

据《科学世界》杂志记载，1910年，英国人布鲁切尔夫妇到中国各地，从事动植物调查，在那个混乱动荡的时代，马边道路偏僻崎岖，土匪抢劫，险象环生。这样恶劣的区域环境，他们怎么会千里迢迢，奔赴马边，徒步上大风顶上，进行科学考察？我们找不到历史的任何记载。

然而，他们很幸运，他们在大风顶上有了惊人的发现，有位当地土著居民，正在出售一张动物皮，皮毛黑白相间。他们从皮毛上就能够想象出动物可爱呆萌的模样。布鲁切尔夫妇从事动植物调查几十载，他们的踪迹遍布世界各地的森林和原野，他们见过的动物，何止成千上万？但是，他们从来没有见过这样可爱的动物。

　　村民告诉他们，这个既像猫，又像熊的动物，被称为"猫熊"。当时，布鲁切尔夫妇已经清楚地意识到，他们有了世界级的历史发现。当地人称之为"猫熊"的动物，将使世界动物的宝库中，增加一个举世瞩目的珍贵物种。世界动物的历史，将会划过一道闪电一般夺目璀璨的光芒。

　　布鲁切尔夫妇迅速买下了这张"猫熊"皮，这是他们不远千里到大风顶考察的最大收获，也是他们到中国考察的最大收获。或许，这也是他们夫妇在全世界奔波一生，走遍世界森林原野的最大收获。

　　他们如获至宝，把大熊猫皮带回了英国，做成标本，在大英博物馆展出，立刻引起了轰动。于是，"大熊猫"的称谓，如一道光芒万丈的闪电，如朝晖里的旭日，横空出世了！在中国大风顶莽莽的森林里，藏匿行踪的大熊猫，踱着憨态步子，历经800万年，终于莅临"人间"。

　　中国马边大风顶上，发现珍稀动物大熊猫的消息，立刻成了震惊全世界的一道惊雷。

　　"心宽体胖浑天成，慈悲为怀吾性情。憨态可掬出自然，黑白分明不混淆。"（高瑞《熊猫赞美诗》）姗姗来迟的大熊猫，瞬间成世界生物界的焦点，当时，世界许多生物学家，以毕生见到大熊猫为自豪。

　　大洋彼岸的美国生物学家鲁克斯，便是其中之一。1936年，他历尽千辛万苦来到中国，唯一目的，便是寻找一只活着的大熊猫。

　　他到了当时仍然偏僻、混乱的马边，攀登上了茫茫的大风顶，在原始森林里，他寻找过多长时间，以及有多少奇特经历，我们不得而知。然而，他是幸运的，他踏破铁鞋，历尽艰辛，终于在大风顶的森林里，找到了一只大熊猫幼仔。

　　喜出望外的鲁克斯，把大熊猫幼崽带出了茫茫无垠的原始森林，带下了巍峨的大风顶，带出了古老的马边县境。他要将这只珍贵的大熊猫带回美国。

然而，他在上海出关检查中，却遇到了阻碍。当时，海关人员并不认识大熊猫，甚至不能肯定世间有大熊猫这个物种。然而这位海关人员敏锐性强，他虽然没见过如此可爱的小动物，他还是大胆地判定，眼前的大熊猫幼崽，是一种珍稀动物，他坚决不允许鲁克斯将大熊猫幼仔带出中国。

鲁克斯满怀郁闷，他跋山涉水到中国寻找大熊猫，终于如愿以偿，这是多么珍贵不易呀，如今却在海关受阻，难道要就此罢休吗？他已经看出，海关人员并不认识大熊猫。而当时的中国，正处于内忧外患、烽火连天，谁会重视当时未曾扬名的珍稀动物出境与否。

鲁克斯在上海停留了几天，他突然灵机一动，想出了一个绝好的办法。他买来几瓶墨水，把大熊猫幼仔的毛色，全部染成了黑色，弄得乱糟糟的。他甚至把熊猫的毛发也剪得参差不齐，坑坑洼洼。表面一看，特别似一只又脏又臭、邋遢不堪的小狗崽。这次，他终于成功了。当时遇到的海关人员，根本不曾注意这只臭气熏熏、长相丑陋的"小狗狗"。

鲁克斯通过瞒天过海的化妆，顺利地过了海关。举世瞩目的和平使者，全世界人民共同的珍宝——大熊猫第一次走出了中华的国门，却是一只平凡脏臭小狗狗的扮相，真是历史的一种幽默与滑稽。

七

中华人民共和国成立后，大风顶上大熊猫悲悯的故事、尴尬的窘况，终于画上了句号。马边大风顶上的大熊猫，洋洋洒洒，走进了自盘古开天以来，最壮丽辉煌的时代。大熊猫成了国宝，成为中华民族的象征，成为世界和平友谊的使者和吉祥物，倍受尊宠。后来，马边大风顶的熊猫，频频现身，创造了无数的惊喜和荣耀，成为熊猫界的"贵胄之家"。

1975年，马边大风顶的熊猫公主"贝贝"，与卧龙大熊猫自然保护区的熊猫"迎迎"一道，带着中国人民对和平友谊的美好祝愿，被中国政府赠送给墨西哥，在墨西哥引发了轰动。"迎贝"组合来到墨西哥后，立即成了动物园中最闪耀的"大明星"。

二十世纪八十年代初，它们的孩子"托维"出生，成为中国境外第一只出生并成功存活的大熊猫。媒体争相报道它的趣闻趣事，它出现在各类新闻报纸、电视、广告中，一夜之间家喻户晓。"托维"开放与公众见面时，参观的人群排起千米长队，每人只能观看1分钟。还有音乐家为"托维"创作了专属歌曲《查普尔特佩克的熊猫宝宝》，由墨西哥当红歌手演唱，唱片销量高达100多万张。

之后，大风顶还走出了被誉为"英雄熊猫母亲"的"苏苏"，"苏苏"产仔"科比"，"科比"出生时正值1992年巴塞罗那举办奥运会，前国际奥委会主席萨马兰奇为其命名，与当年的奥运会吉祥物同名。2008年北京奥运会的"福娃晶晶"的祖母，便是大风顶的"苏苏"。

马边大风顶的魅力，常常与大熊猫联系在一起。大熊猫享誉海内外，又常常与大风顶相关。

穿越一次大风顶，便受到一次灵魂的洗涤。

当年我们的考察，没有亲眼目睹大熊猫的真容，成为我隐藏内心深处的遗憾。什么时候，能再上一次巍峨壮丽的大风顶，在风光迷人的原始森林里，或许能够获一次珍贵的机会，目睹一只胖胖肉肉、温温顺顺、憨憨厚厚吃着竹子的大熊猫。

明王寺趣史

天下名山僧占多。

"五峰环抱，状如石垒之台"的山西五台山，是文殊菩萨的道场，早在隋唐时期，已经声名远播。享有"五朝恩赐无双地，四海尊崇第一山"美誉的浙江南海普陀山，乃观音菩萨的道场，秀林葱郁、气顺脉畅、碧波荡漾。素有"峨眉天下秀"之美誉的峨眉山，是普贤菩萨的道场，唐代诗人李白诗赞："蜀国多仙山，峨眉邈难匹。"以"东南第一山"著称的九华山，是地藏菩萨的应化道场，峰峦突兀，奇峰叠出，怪石嶙峋，溪泉飞瀑。

西南边陲的马边，山川河岳，风景如画。然而，真正享有"佛地仙山"美誉的殊荣者，一是劳动镇石梁村的宝华山，石梁大佛在悬崖边屹立了千年；二是民建镇永乐村佛城堡的明王寺，惊险离奇的传说，人们津津乐道。

一

先说说宝华山。宝华山地处马边县北部，位于今劳动镇的石梁村。山势壮阔，逶迤雄峻，林木茂盛，风光异样。多年以前，我跟随朋友一起开车至珍珠桥。然后，从宝华山的背后开始攀登，徒步山路，历时四个多小时，去拜谒悬崖边的石梁大佛。

沿途羊肠小道，皆已残败，荆棘丛林，蛛网密布，可谓步履艰难。爬上顶巅，旁有陡峭绝壁，荒芜的草丛中，隐隐露出一道石梯，梯步陡峭，恍若民间斜放的楼梯。顺着陡峭的石梯，渐渐往下，二十米之后，梯断无路。悬崖深不见底。迷茫之中，突见侧旁有石柱立门。门楣刻有对联，曰"以为红尘飞不到；此间明月照将来。"山门上方刻有"蓬莱仙境"四字。

对联为阴刻文字，布满无穷的沧桑。驻足片刻，仔细读着这几个文字，陡然间，消除了身体上的精疲力竭，心境仿佛融入了久远的历史岁月，世间无边无际。

跨进了山门，一道宽六七米，长三十余米的狭窄"巷道"，仿佛悬挂在悬崖峭壁之上，摇摇晃晃。据当地人介绍，这里便是当年的宝华寺。曾经香客如云，香火鼎盛之时，每日的朝山民众多达3000人。

如今，庙宇已不存在，寺庙的水池、绝壁上搭建房屋的坑穴，和尚起居生活的痕迹，依稀宛在。

巍然的石梁大佛，屹立我们头顶的绝壁之上，俯视着悬崖下的群山。

据《马边彝族自治县志》载，这座屹立悬崖的石梁大佛，"是宋代摩崖石刻，为一尊站立式接引佛，佛身高达7米左右"。大佛塑像造型优美，面目慈祥，彩饰金身，至今仍鲜艳夺目。

我们站立悬崖边上，双腿总是情不自禁地战栗。仰视了石梁大佛的威严之后，转身往外看，万丈悬崖，堪比峨眉舍身崖，壁立千仞，触目惊心。

然而，胆大者，则能享受不一样的风景。在晴空万里的日子，悬崖绝壁之下，无数的山峰，微若豆粒，无数的田野，细若棋盘。车行人流，如蚁如尘。仿佛站在九天之上，俯瞰芸芸人世间。

山门一关，断舍离，绝境亦世界；往下瞭望，贪嗔痴，众生皆苦难。

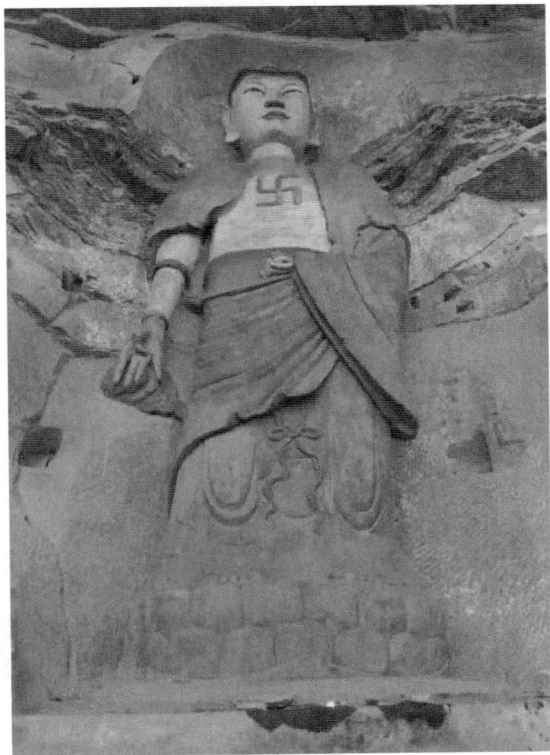

▲ 劳动镇宝华山悬崖绝壁上的石梁大佛

二

民建镇永乐溪的明王寺，是迄今为止马边境内保存完好的最大的古刹。每年菩萨的诞辰日、涅槃重生日、坐莲日，四面八方的朝拜者络绎不绝。

那年，我刚从区乡调进县文化馆从事文学创作及辅导工作，报道的第一天，正逢农历六月十九日，观音菩萨涅槃重生日。我惊喜万分，立即跟随同事前往永乐溪拜谒、采风。

永乐溪离马边县城六千米左右，我们驱车抵达之后，步行穿过了永乐溪小街，跨过一道小溪，便开始爬山。道路狭窄，沿途皆有村民的房舍。茅屋低檐，青砖木瓦。院坝菜畦，锅碗锄犁。鸡鸣狗吠，充满人间烟火。

从四村八邻赶来的信众，背篓携筐，陆陆续续行走在这条通道上，人流如织，拥堵羁绊。早行的抵达者，点上了香蜡纸钱，在虔诚地磕头作揖。鞭炮声声，掺杂着烧纸的气味，播撒在朦胧的空气里。

烟雾缭绕之中，一座奇异的城堡，突兀地出现在我的眼前。

巍峨耸立的城墙，皆是方块条石砌合拼扣，严丝合缝，气势恢宏，磅礴壮伟。残缺的城垛上，遗留着历史的苍茫。高耸的石柱门上，镌刻着一副对联"名垂宇宙，望重千城"，横楣为"佛城堡"。阴刻的文字，斗笠大小，乃清朝道光年间的墨迹。历经风雨洗刷，斑痕点点，沧桑之感，扑面而来。

我爬上了高高的石梯，站上明王寺内的地坝，天宽地广，日光朗照。内心的郁结，豁然释放。强烈的愉悦感，如潺潺而来的溪水，缓缓入心。俯瞰永乐溪畔，片片田畴，梯田沃土；农舍毗邻，错落高低；炊烟袅袅，鸡犬相闻。远处的马边河，飘若浮云，缠绵婉转。山峦叠嶂，蔚然锦绣。山畅脉顺，紫气氤氲。缕缕仙气，汇聚明王寺。

忙忙碌碌的信众们，满怀内心的企愿，烧香磕拜。院坝里的香火灶里，装满了人间愿望。是对平安无灾的憧憬？对升官发财的企盼？还是纷杂的人间，无数遥不可及的觊觎？

清朝时期，马边通判周斯才著有《马边厅志略》，称赞明王寺所处的山川地貌，"盖其山、五马岗、为瑶坪、水派岗、黄茅岗，五山环抱"，雄踞"五山环抱"之势；"争奇夺险，状若龙形，称之为五龙奔江"，夺"五龙奔江"之灵异。明王寺，被誉为马边不可多得的风水宝地。

作为明朝时期马边最大的寺庙建筑，明王寺极具文物价值和历史价值。据省内的专家考证，明王寺的建筑，为仿古单檐歇山顶、抬梁穿斗结构。飞檐琉瓦，画栋雕梁。明王寺内大雄宝殿中三尊三身佛、十八尊罗汉，都是明朝正德年间的文物。

1989年，明王寺被马边县人民政府公布为县级文物保护单位；1998年，被乐山市人民政府公布为市级文物保护单位。

离开明王寺，回头遥望，我脑海里突然闪现一个疑问，门楣上写着"佛城堡"，而民间为什么叫"明王寺"？

三

民间有传说，明朝建文皇帝继承爷爷朱元璋的皇位后，担心皇位不稳，着手削藩大计，他的叔叔燕王朱棣，因此在燕京（今北京）起兵反抗。明朝建文四年（1402），"靖难之役"之后，燕王朱棣攻破皇城南京，夺得皇位。朱棣四处搜寻建文帝，欲置之于死地。眼见建文帝性命难保，在这紧要关头，太监王钺捧出御匣说："当年太祖（朱元璋）升天之前秘赐，面谕不到万分危急，不得开启。"遂启匣，但见一袈裟，一伽蓝，一剃刀，一度牒。建文帝领悟了太祖旨意，带着近臣逃出皇宫，剃度为僧。并按照伽蓝图指引的方向，躲进云南、四川、贵州等地。

建文皇帝一行化名逃到偏僻的马边永乐溪，但见群峰耸峙，苍翠如黛，山峦起伏，云烟滚涌。五条龙脉，源自峨眉，逶迤盘旋而至。紫气东升，灵气暗涌，真乃仙山福地。遂捐白银三千两，托随行"金海和尚"主持，在宝地上修建寺庙，名曰牛王寺，寓意"朱"失去左右手，为"牛"，"朱王"失去文臣武将遂为"牛王"。到了明弘志年间，重修此寺，当地人为纪念建文皇帝在此隐居避祸，便把牛王寺改明王寺。

《马边彝族自治县志》载，明王寺始建起于明成化初年（1645），旧称"五龙山牛王寺"。弘治年至正德年间，修建三清殿、东岳殿，并打造石神佛，改称"明王寺"。嘉庆四十三年（1564），扩建天王殿、钟鼓楼；清道光年间再建文昌殿、灵池、佛城堡。形成"城堡环寺建，寺在堡中藏"的建筑格局。此时，处于鼎盛时期，又称"名望寺"，故而佛城堡门楣刻着"名垂宇宙，望重千城"的对联。

县志里的这段文字，似乎回答了我的疑惑。明王寺的修建，经历了漫长的时间，明朝成化年间称"牛王寺"，明弘德年间扩建，改名为"明王寺"。到了清道光年间，继续扩建，并修建城堡，曰"佛城堡"，寺名"名望寺"。

民间的文化，总是植根于历史的现实。真实中有荒诞，荒诞中又有真实。建文皇帝落难的版本很多，争议颇大。然而，浩如烟海的史籍资料中，有大量线索，强烈证明，建文皇帝逃出京城后，流落在西南地区为僧。建文帝曾经到过湖北、湖南、四川、云南、贵州一带。明王寺的历史记载，与民间传说有着惊人的吻合。几百年来，深藏偏僻山区的普通古刹，掩埋在岁月里的神秘真相，难道真的与明朝皇帝有关？

四

远看是堡，走进是寺。和平时候，晨钟暮鼓，佛香袅袅，庇佑心灵，濡养一方百姓；战乱发生时，紧急避难，救民于水火。或许，这便是清朝时期，在明王寺环围修城堡的一个重要原因吧。当时，频繁的战争，混乱的社会状态，明王寺担当着历史的大任，危难时刻，让民众躲进城堡，解救众生于祸患水火之中。

据村里老年人讲，历史上的明王寺，曾经无数次庇佑过永乐溪附近村民，一次又一次躲过灭顶之灾。譬如，1932年，四川各地军阀混战，驻扎马边的守军，奉命大量内撤。彝族诺火家支头人，乘隙扩张，大肆骚扰。焚烧油榨坪，袭击三河口，攻烟峰，占领走马坪，直抵永乐溪、官帽舟一带。形势万分危险，永乐溪、官帽舟附近的村民，纷纷逃往明王寺的城堡里躲避，才能幸免于难。而来不及躲进明王寺的200余人，便被残酷地杀害了。

五

2001年，明王寺突然爆出了一个特大新闻，震惊了马边、震惊了乐山、震惊了四川乃至全国。

明王寺内大雄宝殿和三清殿，共有17尊石佛，其中大雄宝殿有4尊，三清殿有13尊。这17尊造型奇特的石佛，一直都悬托在寺庙的梁、柱上，这种悬托石佛像，在数以万计的佛教寺庙中，已属极为罕见珍贵了。多年来，业内人士曾经到此考查、研究，有过种种猜测和遐想，然而，一直缺乏具有说服力的结论。

因为这17尊石佛，皆悬挂半空中，人们的视力有限，难以看清石佛雕塑的许多细枝末节，加上岁月的剥蚀，石佛像也显得十分模糊，很难鉴别。悬托石佛中藏的惊天秘密，始终未被发现。

后来，三清殿的悬托石佛被盗了，警方将这些石佛追回后，存放在县文化馆。县文物工作者在清理佛像的尘灰时，无意之间，发现了悬托石佛掩盖了几百年的"庐山真面目"。

这17尊悬托石佛像，有11尊与其他的佛像有几点不同：一是其他的佛像都戴冠穿靴，身着铠甲，而这些佛像却是赤脚、光头，前方只蓄一小撮头发，酷似彝族男人头顶的"天菩萨"。二是佛像服饰的花纹图案，极似彝族男人服饰的花纹图案。三是彝族石佛像的左耳上戴有一个耳坠，正与彝族男人自出生后，长者会在他左耳坠处穿个孔，稍长一些后便会带上耳坠的风俗惊人吻合。

几百年来，明王寺悬挂在梁柱上的悬托石佛，难道是彝族人的石佛？

然而，古代大小凉山，彝族群众只相信世界上有鬼神，不相信世界上有佛。明王寺里发现的彝族悬托石佛，乃石破天惊的特大新闻，震惊了大小凉山，也震惊了中国佛教界，彻底颠覆了古代大小凉山彝族群众的信仰、传统的文化思维。

淹没在茫茫群山里的古老凉山，千百年来，彝族人坚守的信仰，是真实的吗？

明王寺发现了彝族悬托石佛，这在全国乃至全世界，皆是令人震惊的消息。明王寺的珍贵价值，在匆匆忙忙的历史长河里，果真被湮灭了几百年之久？

明王寺发现"彝族悬托石佛群"的消息爆出之后，时任县委书记的邓顺贵高度重视，批示要做好深入细致的研究，做好深度的宣传报道，全面发掘马边的文化旅游资源。时任县委常委、宣传部部长的张三才，亲自上阵，带领宣传部一班人，一次又一次地深入到明王寺观摩研磨，深入到民间进行大量的采访。查阅大量的文史资料和佛学相关的内容。并多次隆重地邀请了市、省上文物专家莅临马边，进行研判鉴定。最后，由我执笔，撰写了《马边发现彝族悬托石佛群》的新闻，在《乐山日报》头版头条首次刊出，立刻掀起了巨波大澜。

▲ 明王寺的彝族悬托石佛

　　《四川日报》《民族杂志》等全国各地几十家重要报纸和刊物，争相转发了这条消息。新华社在新闻网的五个栏目滚动播发。新华社记者苑坚，据此撰写了《十一尊彝族悬托石佛惊现四川马边》的通稿："就在海内外把关注的目光投向刚刚结束第一阶段维修工程的乐山大佛时，四川省乐山市所辖的马边彝族自治县明王寺新近又发现11尊彝族佛像。这种悬托于大殿半空的佛像，在佛教寺庙中极为罕见。"

　　一时间，马边明王寺的彝族悬托石佛群，惊艳全球。默默无闻的深山古刹明王寺，一举成名天下知。

　　然而，彝族悬托石佛的面世，与小凉山千百年来，彝族构筑的信仰体系、文化体系的变化，有什么千丝万缕的关系？

　　历史专家李方认为，悬托在佛殿里的不是彝族石佛，而是彝族石像，原因有三：首先，多年来石佛悬于半空，且周围没有供台，显然悬像不是供人参拜的，所以说不是佛。其次，石像头上的发型似彝人男子头上的天菩萨，左耳有耳饰，如彝族男子一般都穿左耳，忌讳穿右耳，这与彝族男子的装饰一致。最后，彝族人日常生活中总是将祖先的灵牌或神的牌位，悬挂在楼上的屋梁上，而陌生人和妇女是不能到楼上去的。他们将最珍贵的东西悬挂起来，这一点似乎和石像悬托有异曲同工之妙。

　　查阅《马边彝族自治县志》，历朝统治者对民族地区在政治上皆实行羁縻统治，对边疆民族地区，实行了不同的管理体制和统治策略，即尊重少数民族"以其首领为都督、刺史，皆得世袭。"尊重民族的政治基础和文化习俗，不干涉民族内部事务。明王寺放置有彝人特点的悬托石像，或许正是这种时代政策背景下羁縻统治的形式再现。但问题是彝族不信佛教，为什么要塑造有彝族特征的悬托石像置于寺庙中呢？

　　另一位历史专家姚军来马边考察后，意见却大相径庭。他认为大殿里悬托的佛像不是彝族形象，而是4尊童子像。查阅有关童子像的资料，最明显的标志就是童子像都要打胎记，有打在头上、手上、脚上……

　　然而，明王寺的悬托石佛像几乎都找不到标志性胎记。再从形象上而看，其体貌、体型都是成人状，没有孩子的童真意趣。同时，悬佛不止是在大雄宝殿中有4尊，在后面的三清殿里还有13尊，一座小小的寺庙里，悬挂这么多的童子像，其包含着什么深刻寓意？

　　历史光怪诡谲，现实扑朔迷离。无数的悬念丛生，几百年来的谜团，等待着答案。

六

马边明王寺发现彝族悬托石佛群的重大消息，迅速扩散。明王寺彝族悬托石佛群的独特魅力，被中央电视台等上百家媒体轮番转播和渲染，闹得沸沸扬扬，震惊中外。沉寂几百年的马边明王寺，突然闪烁出耀眼光芒，彝族悬托石佛群成为历史难解的千古之谜。上千种猜测，上万种臆想，始终没有足够说服力的材料，解读清楚明王寺的谜团，彝族悬托石佛群成为业界人士关注争论的焦点。

一时间，来马边明王寺的香客陡然增多，明王寺的研究价值，陡然倍增，明王寺对于小凉山彝族文化的进一步探讨研究，价值无可限量。马边明王寺，更加热闹喧嚣，人流摩肩接踵，香火兴旺。

然而，上帝开启了"潘多拉的魔盒"，带给了人类希望，也释放了人世间的邪念。明王寺彝族悬托石佛，其独特罕见的文物价值，也让不法之徒看见了其昂贵的经济价值，产生了贪婪邪恶的念想。

2006年8月18日凌晨，永乐溪对面的官斗山上，天空刚露鱼肚白，一抹晨曦，洗浴青绿山野。明王寺文物管理委员会的副组长、村民姚孟君（化名）拿起锄头，走出家门。与往常一样，他每天清晨出门，第一件事便是到明王寺巡察，确认明王寺安全无恙之后，他才能够心安理得走向自家田地。

远远望去，明王寺的上空，一团阴沉的乌云，凌空孤旋，徘徊聚合。姚孟君觉得奇怪，一种不祥的预感，立刻涌满心头，凭他多年对明王寺的管理经验，他知道明王寺出大事了！

他急忙放下锄头，向明王寺奔去。三步并作两步，爬上陡峭石梯。明媚的阳光照耀着大门，铁锁完好地悬挂在古老厚重的大门上。其他地方也无损伤和攀爬的痕迹。他急忙取出钥匙，打开寺庙的大门，穿过天王殿，直奔大雄宝殿。眼前的场景，让他惊呆了，朝阳的光辉，正斜斜射进大殿，大殿里3尊明代石佛像的头部，不翼而飞了！姚孟君打了一个激灵，脑袋也全懵了。明王寺内静悄悄的，死一般地寂静，连虫鸣鸟叫的声音也没有。他走出大殿门外，顺着墙壁反复查找，也没任何盗匪作案的行迹。姚孟君颓然地坐于殿外门坎上，他听见了自己内心猛烈跳动的声音，仿佛战鼓的擂响。他思绪很乱，愣了好会儿，才掏出手机，心情沉重地向县文物管理部门、公安部门报案。

消息传开，受到惊吓的不仅是马边群众，也惊动了省、市文物主管部门。各级相关领导亲自过问，市、县相关领导严厉要求公安机关迅速破案。

马边县公安局立刻成立了专案小组，勘察侦破明王寺被盗案件。公安人员发现，除了明王寺北面的围墙有翻爬痕迹外，找不到其他任何行窃时的蛛丝马迹。案发现场，盗匪没留下一根绳子，没有留下任何作案的物具，甚至连烟头都没留下。

大殿正中的3尊石佛像，皆是整块巨石雕刻而成，精雕细琢，一气呵成。3尊佛像，皆是明朝时期的历史文物，具有极高的艺术价值。然而，盗贼要在极短时间内，将佛头完好无损地取下来，而不留任何痕迹，却绝非易事。公安局的同志发现，石佛颈项上留下的伤疤，整齐光平，毫无损伤。既无锯齿割裂的迹象，也没刀錾斧挫的印痕，这样完美地偷走菩萨头像，需有一定的专业水平，甚至懂得一些文物保护方面的知识。

公安专案小组按照此思路，缩小锁定犯罪嫌疑人的范围，把全县懂文物知识、搞石雕的两类人员，进行了拉网式排查，最后锁定了几个嫌疑人，经过反复询问和取证，皆因缺乏足够有力的证据和作案动机，被一一排除了，盗窃案件仍然没丝毫线索浮露水面。

最后，专案组不愿意相信的事情成了现实。偷走菩萨头像的犯罪嫌疑人，不局限于马边县域内，那在哪里呢？公安干警一脸茫然。

侦破明王寺被盗案的工作难度，全面升级，案情越来越复杂，越来越扑朔迷离。

马边彝族悬托石佛的消息在媒体曝光后，影响广阔而深远，远远超出了人们的想象。茫茫大千世界，芸芸众生，范围如此广大，涉及人员众多，犹如大海捞针。

专案组的同志继续调整思路：盗贼如此顺利盗走马边明王寺菩萨头像，而不留蛛丝马迹，在马边甚至明王寺附近，是不是应该有内应？于是，他们把寻找内应、顺藤摸瓜，作为破案突破口。他们联系乡及村委会有关人员，把明王寺一家一户的情况，进行彻底摸排。然后，对游手好闲之辈，逐一进行传讯。

然而，他们还是失望了，一丝可疑的线索也未发现，侦破工作进入死胡同，案情彻底陷入僵局。

正一筹莫展之际，荣丁镇派出所接到村民打来电话，说下溪乡的珍珠桥头，有几个可疑的人，好像是偷摩托车的盗贼。

接到报案时间，是晚上九点左右。暮色苍茫，山月朦胧。干警迅速出警，直奔珍珠桥。只见桥头上围聚一大堆群众，叽叽喳喳，议论不休。人们围聚的地方，有三人跪拜在地下，不断作揖磕头。人声嘈杂，嗡嗡轰鸣，听不清他们说的是什么。

民警走过去，吵闹的声音才静了下来。跪在地上的三人，鸡啄米似地一直在磕头，口里不停地叨念："菩萨放过我，菩萨放过我！"

民警把他们带回派出所，同时，也将几个围聚的群众，带回派出所录口供。

民警首先询问了一些在场的群众，有位中年男人说，今天赶集见他们在桥头上鬼鬼祟祟的，且面容陌生，知道不是本地人。再看他们的摩托车，有一辆居然还没牌照，于是，怀疑它们是偷摩托车的。

后来，便问他们是干什么的，他们立刻惊慌失措，战战兢兢，哆哆嗦嗦。于是更加怀疑是偷摩托车的盗贼了。村民们一声呼叫，立刻围聚过来，不想他们一见这阵式，立刻跪在地上磕头，口里叨念要"菩萨放过他们"。

派出所的同志连夜审问，他们四人是犍为人，分别叫赵蛮子（化名）、尹四儿（化名）、彭三儿（化名）。还有一个吴六儿（化名）看见情况不妙，提前跑脱了。

以下是民警审问的记录：

赵蛮子：我们不是来偷摩托的，清水溪有位龚老板（化名），说下溪街背后还有座寺庙，寺庙里还有几尊菩萨像，让我们先来看看，合适就偷回去。我们四人是骑着摩托车过来的。我们不知道下溪的寺庙在哪儿，让吴六儿先去侦察踩点。我们便在珍珠桥头等他，他去了好半天没回来。天已快黑了，赶集的人说我们是偷摩托车的，我们便紧张了，连忙打电话给吴六儿，让他回来。这时，天已完全黑下来了，我们看见了一双眼睛，好像是明王寺菩萨的眼睛，一会儿有，一会儿又消失了，一会儿有，一会儿又没有……

尹四儿：我也看见了，是明王寺的菩萨，是正中的那尊像，眼睛一直盯着我……

彭三儿：我见他们跪在地上，直呼菩萨，我也跪下了。

真是踏破铁鞋无觅处，得来全不费功夫！

民警们难以置信，侦破了大大小小不少案件，没有以这样独特的形式告破的；接受不少罪犯投案自首的，没有以这样离奇形式的。

七

明王寺的菩萨显灵，帮助公安干警成功破获了明王寺被盗案件的消息，不胫而走，立即在全县传播开来，一时间，成为马边群众津津乐道的话题。

明王寺的菩萨像被盗事件，也给了当地干部群众十分重要的启示，起伏跌宕的案件，虽然有惊无险，被盗文物失而复得。是否也在告诫人们，年久失修的房屋，房倾墙塌的明王寺，是一座不可多得的神圣寺庙，具有不可复制的人文价值，应该引起高度的重视。

县委、县政府把修缮打造明王寺的工作全面纳入议事日程。文物部门竭尽全力，向上级申请将明王寺纳入各级文物保护单位。继1998 年明王寺被乐山市人民政府公布为市级文物保护单位后，通过多年的艰辛和努力，2012 年 7 月 16 日，马边明王寺又被四川省人民政府公布为省级文物保护单位！

从此，因年久失修、濒临倒塌的明王寺，纳入了省级文物保护单位，成为四川省彝族地区唯一集佛教、道教、儒教为一体的寺庙建筑，是研究历史哲学与神庙等方面关系，"三教合一"在少数民族地区形成脉络等课题不可多得的实物，具有重要的学术价值。

特别是明王寺内的悬托石佛像，更是举世罕见，是研究佛教在凉山彝族地区传播，研究佛教与少数民族原始宗教融合，研究彝汉杂居地区及历史和文化交流的重要实物资料和文献资料，具有极高的艺术价值和建筑研究价值。

按照《中华人民共和国文物保护法》《中华人民共和国文物保护法实施条例》等法律法规。2014 年四川省文物局批复了《关于马边明王寺维修保护设计方案》。马边明王寺，历经阴霾，终于迎来了明媚的春光，在省、市、县多方共同努力下，明王寺启动了全面修缮工作。竭尽全力，恢复其原貌，彰显其精神。

马边将以永乐溪明王寺为轴心投资数亿，建设"大明月照"永乐光辉特色小镇，使其成为马边旅游发展的一张重要名片。

后来，我随县文体广新局同志多次前往明王寺，明王寺恢复修缮工作开展得如火如荼。在凛冽寒风里，伫立于大雄宝殿外地坝上，天光明净，灿烂怡然，雄阔豁达……

我想，明王寺将以全新的姿态，进入一个崭新时代，明王寺的菩萨，将重回庙堂，慈悲怀善，祛除贪婪与邪恶，德化风尚，佑民众安康。大德其光，普惠人间烟火中的愿望。

小凉山彝族文化与儒、释、道三教合一的传统文化，梦幻般的完美融合，开出善良之花，将遍布崇山峻岭里，鲜艳瑰丽，色彩芬芳。

记忆挂灯坪

马边高卓营乡街道的背后，有一座大山叫"夫山"。登上了夫山，是极其宽阔的坪坝，极目远眺，无绪无尽。然而，在峰峦层叠的小凉山，所谓的坪坝，其实并非坦荡如砥，一马平川，坪坝仅是夫山峰顶部分的缓坡地带。俗话说，山外有山，天外有天。夫山继续往前延伸，还有一座更加巍峨天际、雄伟宏阔的巨大山系，那便是傲然屹立的国家级自然保护区大风顶了。

夫山上的坪坝，有一个极富诗意的名字——挂灯坪。

然而，在被称之为挂灯坪以前，它的名字叫

▲ 今日的挂灯坪

165

"麻竹足木"，是彝语竹林深处的意思。

关于挂灯坪的故事，那是一段让人不愿提起的不堪往事。与二十世纪三十年代法国天主教神父密龙到马边传教有关。密龙是他的法国名字，他还有一个充满慈爱和善意的中文名字谢纯爱。

从相关历史和资料，以及众说纷纭的民间传说中，我的灵魂无数次与这段往事发生过交际。每次内心都会波澜跌宕，战栗忐忑。这样倍受煎熬已经有许多年了。总是苦于没有合适的机会，迟迟没去挂灯坪。然而，我脑海常常浮想出这样的场景，在夫山的挂灯坪上，有一座哥特式尖顶的教堂，教堂钟楼的瓦阁上，悬挂着一盏"圣灯"，长年不灭闪烁着夺目的徽光。夜幕四合的时候，周围的山坡、沟谷里的民众远远遥望，灯光如星星一样闪耀，永不熄灭。身材高大的神父，总是身穿宽大黑袍，头戴威严法帽，俨若神人地矗立在楼阁上的神灯边，凝视漆黑如墨的旷野群山，温馨、神圣、庄严……

初夏的天空，灿烂明净，青翠的群山，草长莺飞。我有幸跟随著名摄影家何卫前往高卓营乡采风。

高卓营是彝族聚居区，位于马边县城西南，乡治距县城40余千米。2000年撤乡并镇之前，曾是大院子区治所。夫山曾经是高卓营乡的村名，近年经过两次合村并组，现已归属大河坝村，昔日的夫山村变夫山组。我们驱车过了高卓营街后，公路突然变得特别纤细柔软，如纸张上的线条，在深涧和峭壁的苍茫碧绿里，随意延展。几经周折，我们终于登上了夫山，眼前的景象，阳光灿烂绚丽，天空白云飘逸。大地辽阔平坦，草被润泽。天高云淡，空气清新。陡然之间，让人身心轻快，明净爽朗，愉悦畅达的心境，立刻毫无保留地融入水色天光之中了。

瞬间，我仿佛明白了当年天主教神父谢纯爱置身马边，乃至偏僻的挂灯坪的某些心境。

166

　　天主教在中国的传教历史，从来就是纠葛太多、风雨不断。1926 年，谢纯爱到了马边，正式建立马边天主教堂，他也成为马边的第一任本堂教父。谢纯爱来马边之前，马边已有天主教，但仅属于犍为天主教堂的一个分堂，由一名叫黄文清的法国神父创建，称之为"公济堂"。期间，坊间有一件关于"爆花滩金鸭儿"的传说，马边本土作家李伏伽在自传纪实小说《旧话》里，这样描绘这个传说："马边河呈 S 形从县城流过，至中坝场口，河流转弯处是一个大滩，人们传说那里是一个深潭，一到月明人静的深夜，便有一对金鸭子在水上游放，天一明它们就钻进了水里，后来有个外国神父到马边来传教，把这宝物盗走了。从这以后，那儿就出现了一个大滩，从远处望去，很像绿带上缀的一朵雪白的花，所以叫爆花滩。"

　　黄文清是来马边传教的第一位神父，他是否盗走过一对金鸭儿，并且改变河水的流淌形态，无法考证。毕竟，传说终归是传说，只能一笑置之。历史资料显示，当时在犍为的谢纯爱，虽然掌管马边教务，之前却未曾来过马边，诡异的传说肯定与他无关。

　　执着的谢纯爱，用极短时间学会了彝语，而且还能够利用彝族谚语，畅快表达内心的思想。他甚至能够走进高山峻岭里，与目不识丁的老彝民顺畅地交流。他编纂了《彝文教会经典》和《彝法文辞典》，甚至想将这些资料出版成册，希望对彝区宏大的传教事业，有长远的帮助和影响。与此同时，他还开展了大量的社会性工作，针对当时马边的教育、医疗极端落后的状态，开办了学校、设立了简易诊所。据《马边彝族自治县志》载："创办经言学校，招收教徒20 余人学习文化，又购置药品数十种，免费为教徒及县人治病，对穷困教徒，借给小款，不收利息。使教徒增至 100 多家，数百人。"

　　二十世纪三十年代的小凉山马边，医疗条件极端恶劣。彝族人得了重病，便是请毕摩（彝族传统宗教中的祭司）打鸡、打猪、打羊、打牛。彝民患上麻风病，家族里的处理方式普遍是劝说其跳水自杀，或者将其丢弃在荒无人烟的深渊，或者把他捆绑起来，放进幽深黑暗的洞穴，让其自生自灭。谢纯爱在乡下找到了两个患上麻风病的彝民，把他们带进县城，亲自给他们洗澡、敷药、打针，挽救了他们的性命。人人避之如瘟疫的麻风病人，居然被洋教士谢纯爱医治好了，这在当时马边山区，无异于晴天惊雷。谢纯爱赢得了彝民的尊重，或许，至此关于神父盗取金鸭子的传说，也渐行渐远了。

一心想把天主的爱带给彝族山区的谢纯爱，结识了高卓营乡的彝族村民水普说格。他在水普说格的陪同下，去彝族聚居地区考察了两个多月。最后选定在水普说格的故乡，距离马边四十余千米的夫山顶上，设立马边天主教分堂。

1931 年，谢纯爱登上了夫山，眼前是一大片无人耕种的荒野，遍布箭竹、荆棘和灌木丛林。谢纯爱选择了前有垭口，后有深山老林，地势相对坦荡一些的地方，作为建立教堂的基地。他以 70 锭银子的价格从水普说格、水普先家、水普木牛家买下了十余亩土地。从县城雇请了 20 余名泥木工，很快修建了总共八间砖木结构平房作为教堂。哥特式尖顶的建筑风格，高耸的钟塔直刺天空，典雅华贵，完全迥异于彝民居住的瓦板房。彝族人称之为"洋房子"。

从此，荒凉的麻竹足木，有了一座独具一格的洋房。那高耸入云的钟塔上，长年累月悬挂着一盏明亮的灯，村民称之为神灯，彝人也开始称麻竹足木为"挂灯坪"。

如今，我们是驱车登上挂灯坪的。挂灯坪已经改造成了农业产业园区，层层梯土，全是规划栽种的经济作物，足足有一千多亩。间伐过的杉树林，杉树逾显玉立挺拔。缝隙之间，新栽的幼苗，嫩绿蓬勃的样子，仿佛能够听见其生长的声音。纵横交错的园区的硬化道，银白如线条，呈十字延伸出去，贯穿挂灯坪的东西和南北。

▲ 谢纯爱修建在挂灯坪上的教堂旧照

在这充满现代农业元素的挂灯坪，我们如盲人一般，举目无序，搜寻民国岁月遗留荒野的屐履印痕。我们翻查了草木掩映的块石，捡拾塌陷于草丛和泥地里腐朽的木条，试图寻觅曾经矗立的哥特式建筑的一砖半瓦。然而，我们失望了，沧海桑田，掩盖了山川河流的前世今生，泯灭了一段虔诚敬业的精神。再后来，我们幸运地邂逅了阿比甘部夫妇。他们俩都是本地彝族人，年龄五十岁左右。阿比甘部告诉我们，他爷爷当年是从美姑县过来的，曾经在洋教士手下做过零活。阿比甘部并不知道洋人的法文名字叫密龙，也不知道密龙的中国名字叫谢纯爱。

阿比甘部夫妇非常热情，放下农活给我们带路，沿途说了许多我们想要了解的情节。他很小的时候，曾经见过教堂完整的屋基。之所以现在毁坏无遗，无踪迹可寻，是因为挂灯坪一千多亩竹林，经历了多次的土地整理，铲除了千年的箭竹、荆棘、丛草，改造成了层层梯地，栽满了适宜高山生长的冷杉，已经有许多年了。我们跟随他们的脚步，返回了坪坝中央，在他们夫妇的带领下，我们查看了当年遗失在草丛与泥土里墙基的残骸，以及房屋立柱浑圆的石墩。一些条石上，錾纹清晰可见。

谢纯爱为天主教堂顺利建成而陶醉，他坚信在落后的彝区，能够构建庞大的天主教世界。然而，他的梦想就在四年后随着其生命的结束而消逝了。

伫立在当年修建教堂的这片土地上，背后的大风顶山，高大雄伟，屹立天际，不知道是不是千年以前的模样。举目四顾，一片茫然，心有忧戚，感慨万千。历史太过深沉繁杂，多情应笑我。长歌当哭，我竟然有些潸然。

何卫是著名的摄影家，这些年来拍摄的作品感动了许多人，也经常感动我。她航拍的挂灯坪的画面，充满现代气息的农业产业园，气势磅礴，深情而壮美，令人浮想联翩，荡气回肠。今日之挂灯坪，已经摆脱了贫穷与愚昧，彝区发展早已翻开了崭新的历史篇章，摆脱贫困的彝族人民，过上了愉悦的幸福生活。

我总算从历史的泪痕走出来了，神父和他的教堂消失了，挂灯坪的神话还在流传。闪烁的神灯灭了，心灵的那盏神灯，还闪耀在眼前。

荞坝荣光

在马边工作与生活，眨眼之间，几十年很快就过去了。回首过往，因种种因缘巧合，时事牵连，工作与生活中，常奔波于全县的各大乡镇之间，然而，多年来去荞坝次数却是最多的。

马边荞坝镇地处县境东部，黄连山以东地区，是马边重要的分水岭。如今是曾经的荞坝乡、靛兰坝乡、老河坝三乡合并的大镇。继续往东，是宜宾市屏山县的中都镇，往北是荣丁镇的石梁和沐川的利店，向西接壤建设乡和劳动乡，向南为民主镇。

荞坝镇的秀美山川，无疑是马边人心目中的美好向往。旖旎风光，优美传说，梦幻典故，相比而言，荞坝镇是最多的。荞坝镇所体现的吸引力之强盛，对于喜欢旅游的人，无疑是难以抵御的魅惑。多少年来，一有机会，我便想到荞坝去，融入荞坝那山清水秀的自然环境，尽情地享受壮美秀丽的风俗小景。荞坝秀美娟丽的山水，驻留于我心底，令人难忘。

一

关于荞坝镇"荞"字，民间及文史资料上，皆存不同的说辞。

171

1994 年出版的《马边彝族自治县志》中，所用的是"莜"字。县志载"莜坝"之名，最早出现于明正德元年（1506）之前。不知道是什么原因，2000 年以后，马边所有关于莜坝的"莜"字，在正式文件或是在民间资料全都变成了"荞"字。于是，2006 年，我在主编第二本《马边彝族自治县志》之时，全部换成了"荞"字，沿用至今。我询问过许多相关人员，皆摇头不知原因，或许这属于约定俗成。

▲ 荞坝人家

关于荞坝镇名字的由来，《马边彝族自治县志》载："清乾隆至民国初年为莜（荞）坝乡，因乡治建在盛产莜（荞）麦的坝上，故名"。然而，民间有些传说，却比官方史志的记载更加详细精彩。

相传，三国时期，小凉山区土著居民孟获叛乱，形势危急。蜀国丞相诸葛亮，为迅速平定南方之乱，亲自率领蜀汉大军，奔赴凉山征讨。蜀军在金沙江边的蛮夷司（今新市镇）登岸，往西进军中都镇。然后沿黑水河（今荞坝河）西进。当时，行军的道路，皆在黑水河河谷地带，蜀军艰难前行。"五月渡泸，深入不毛"。烈日当空，酷热难当，士兵挥汗如雨，苦不堪言。

疲惫不堪的蜀军，行走至荞坝沟口，突然发生了一件震惊蜀军的奇异事件。晴朗的天空下，士兵听见了天崩地塌般的山洪奔涛的声音，士兵们大惊失色，还未回过神来，只见满河沟的山洪，高如山岳，奔腾咆哮迎面而来。来不急躲闪的士兵，瞬间便被卷进了滚滚洪流。即便是智慧过人的诸葛亮，一时间，也没想明白，发生了什么重大变故。

然而，山洪很快便退却了，逃到河岸山坡上的士兵，个个狼狈不堪，一脸茫然，惊悸恐慌不止。诸葛亮正欲找村民询问。突然听见了山坡上，有人在高声吟唱"易涨易退山溪水，一反一复小人心。"原来，一小时之前，黑水河上游突然下了暴雨。由于黑水河山谷特别狭窄，短时间水位便猛烈地上涨，高过人头。猝不及防的蜀军，虽然保住了性命，但所有的粮草辎重，皆被山洪给卷走了。

蜀军忍着饥饿，抵达荞坝地界，寻找到了一平缓的山坡，暂时安营扎寨。当晚，荞坝下了一夜的暴雨。诸葛亮忧心如焚，夜不能寐。此次南征，直接关乎蜀汉王朝北伐中原、匡复汉室的宏图大略。如今，蜀军刚刚登陆金沙江岸，便遭遇如此稀罕的怪事，难道南征有违天意，汉室将遭祸难？"一声声、一更更，窗外芭蕉窗里灯。"一种不祥的预感，顿时涌上心头。

然而，"山重水复疑无路，柳暗花明又一村。"诸葛亮迷蒙中，终于等到天亮，他走出帐外，却见雨霁天朗，天高云淡。忽见漫山遍野都是荞麦，金灿灿的全都熟透了。诸葛亮大喜过望，大声道："部队有救了，汉室可兴也！"蜀军的粮草因而得以完全补充，忧虑了一晚的困厄，顷刻化解。蜀军临走之际，诸葛亮站在荞坝的山岗上，满目的群山，苍翠嫩碧，空气清鲜，流荡着无比的愉悦。诸葛亮感慨万千道："此地佑吾，是名荞坝。"随即，他让士兵拿出地图，标注上"荞坝"二字，荞坝之名，由此而生。

历史记载和民间的传奇故事，有非常完整明确的同一指向，那就是荞坝此地，曾经是主产荞麦的地区。然而，如今荞坝的山坡上，早就不见了荞麦的踪影。农民的田野里，到处都是郁郁葱葱的庄稼，漫山遍野盛开着金灿灿的油菜花。

查阅所有文献资料，我没有发现荞坝当年种植荞麦的明确记载。出于好奇，我曾询问过不少耄耋老人，他们也没给出确切的说法。后来有机会参加了屏山中都的"夷都"油菜花笔会，有专家考证，荞坝河下游的中都镇，历史上被称之为"夷都"。早在三千多年以前，乃古蜀国鱼凫之子的封地，据此推论，汉以前的古蜀人，主要居住地乃以中都河界为核心，辐射马边、沐川、屏山、雷波等地。三国时，诸葛亮南征告捷，在金沙江北岸设马湖县（今雷波黄琅）和安上县（今屏山新市镇）。沐川五指山以南、乌蒙山以北、小凉山以东、叙州以西的地区，皆为彝族安氏族团长期占据。直到东晋南北朝时期，朝代更替频繁，烽烟战火频频，中原王朝无暇顾及达陲。安氏族团之川西南夷与越西部族，几乎与中原中央王朝隔绝，各自为王，成为西南地区的主宰。直到唐朝时期，安氏以马湖地区统治者身份，归顺了唐朝。史料始将安氏族团称之"董蛮"或"马湖蛮"。

在这段历史时期，安氏家族为维护西南地区的社会稳定发挥的作用举足轻重，统领沐川、马边、屏山等地，金沙江以西至荞坝烟遮山。当时所辖居民，总体以彝族先民为主。历史记载，三国时期，荞坝河不名荞坝河，也不叫黑水河，而名曰"彝溪河"。一条河流的名字，代表着不同的时代。彝溪河这几个字，很明显具有彝族文化元素，侧面佐证了当时荞坝地区的居民群体是彝族。

荞麦是一种产量极低的农作物，荞坝种植荞麦的历史，极有可能在唐宋以前，当时居住在荞坝地区的主族是彝族先民。彝族谚语曰"广大人世间，母亲受尊仰；辽阔庄稼地，荞麦是主粮。"深刻道出了荞麦对彝族的价值和意义。唐宋以后，随着内地汉族人逐渐迁入，汉族人带来了先进的生产力，逐渐改变了种植荞麦等单一的生产模式。内地的小麦、油菜等农作物，逐渐在荞坝大面积栽种。产量不高的荞麦，便逐渐退出了荞坝的历史舞台。因此，荞坝因产荞麦而出名的历史，极有可能追溯到唐宋朝以前。而马边仅仅几百年文字记载的历史，种植荞麦的时代，已经在荞坝的历史缝隙里匆匆滑过，而荞坝的名字，却长远地留存在荞坝人的心灵深处，成为不可磨灭的历史记忆。

二

多年以前，因工作关系，我无数次地陪同省、市各级领导和专家去荞坝镇，临时充当过无数次的向导。徜徉于荞坝岚光山色里的景点，皆呈玲珑精致、小家碧玉之美。无数幽深厚重的历史古迹、悠悠缓缓的民间传说，绚烂而丰饶。烟雾袅绕的烟遮山、茫茫林海的黄连山森林公园、红石岩壁上的"汪公路"遗迹、战火硝烟的三国古战场遗址石仗空、神奇灵动的穿牛鼻休闲公园、荞坝镇的古街、会步村的优美传说，无不体现着荞坝的吸引力。晒鼓坝、荞坝的贡茶传奇，洪溪岩的永赖同功千古绝唱，老河坝的秋池贡笋……独具特色的自然资源、历史文化，滋润了荞坝山峦里的春色，孕育了性格敦厚、为人朴实的荞坝人家。

如今，马边人对荞坝的秀丽山水情有独钟。每至周末，三五家人相邀，开车去一趟荞坝，品荞坝贡茶的浓郁芳香、吃荞坝生态鱼的鲜艳味美、欣赏山坡上翠色欲滴的林木景色、呼吸遍布山峦里负氧离子，成了马边人今日的时尚。"有朋自远方来，不亦乐乎"，于是，相约游玩之处，马边人往往首选荞坝。

荞坝的资源充足，处处是灿烂绚丽的美景，处处皆可演绎精彩的故事，令人惊讶和留恋。然而，黄连山森林公园、荞坝贡茶的故事，却是这似锦繁花山坡上最灿烂、最夺目耀眼的一处景致，如驻留于我内心深处的一抹春光。

荞坝镇街在马边县城向东 30 千米。荞坝片区与马边县城之间，相隔一条巍峨绵延的烟遮山。烟遮山南北走向，是两大水系的分水岭。山脊以西，沿途沟壑溪流汇入山麓的沟河，一路奔驰，在县城东光桥处，注入滔滔马边河，然后继续向北奔流，在犍为清水溪汇入奔腾的岷江。山脊以东，域内所有沟谷，千回百转，汇集到荞坝河，继续呼啸而东，沿途经靛兰坝、荞坝、中都，直抵金沙江边的新市镇，汇入翻滚着巨浪的金沙江。

关于烟遮山的名字，历史上有两种说法，一曰"胭脂山"，一曰"烟遮山"。我翻阅马边现存的文献和史稿，用胭脂山称谓的也不在少数。然而，关于其称谓的出处，却渺不可考。而《马边彝族自治县志》所载，皆选择使用烟遮山一名。"横看成岭侧成峰，远近高低各不同"。或许，不同称谓，是因为选择了不同的角度吧。选择烟遮山，乃侧重烟遮山山顶常年云雾缭绕，烟雨迷茫，不易窥视"庐山真面目"的奇特景观吧。

翻过了烟遮山，便是荞坝镇地界了。荞坝河谷直抵屏山县中都镇。历史上的中都镇，是进出大小凉山的一道重要门户，历代军事势力进出大小凉山，首选囤军练兵的最生重镇。三国时期诸葛亮南征，明朝时期平定撒假、安兴、杨九乍"三雄之乱"，皆曾屯兵于此。中都镇境内，自古经济繁荣，历史文化厚重，资源富集。元朝、明朝初期的沐川长官司，曾设置于此。中都镇的繁华盛大，民间曾用"上有成都，下有中都"来进行描绘。荞坝与中都一衣带水，荞坝的社会关系、贸易往来、百姓的生活习俗和风尚，受中都、屏山等相对发达地区的影响较大。在一定的历史时期，荞坝境内的文明程度，远远胜于相隔烟遮山的马边县城。至今，马边人普遍感叹，荞坝的百姓性格温和、为人敦厚。荞坝的区域人文历史，倍受马边全县人称羡。

烟遮山东麓，有地名曰"伸马路"，如今是一片平坦的粮田，郁郁葱葱的田野里，马新公路如一道笔直的线条直线穿过。传说这片粮田曾经是个池子，称之为"黑龙池"，传说中黑龙池乃荞坝河的源头。《马边厅志略》载："黑龙池，去城东五十里，在烟遮山下，池阔约一里，中有神物，明初有夷氏娶新妇，路经池畔，一时，阴物迷空，风雨大作，水雹齐发。亲迎人夫俱被打散，约二三时，天复晴明，其新妇已莫之所之。至三日后，复于池畔得见，询之，云与神物交媾，赐有黑龙帕一幅，且嘱云可生三子，后果孕，年余，一胎举三子。今壅积久，渐填平。惟中丈余，积水窅然，深不可测。"故明朝时期，荞坝河又被称为黑水河。一条河流的名称，代表一段历史的记忆。

很多年前，我曾经与几个朋友一道，前往今日荞坝镇的水平溪村，察看了明朝万历十六年（1588）闵家的"九棺坟"。据当地退休的老支书讲，"九棺坟"墓前，曾经矗立着一块石碑，碑上刻有"檐牙高啄"几个字，气势雄壮。坟墓前有很高的双头桅杆和威猛的石狮，皆是很精致的建筑。显示出当时闵家人的富裕。那天，我们几个人壮着胆，钻进了"九棺坟"墓穴内，心惊肉跳地当了一回"盗墓贼"。墓室里一片漆黑，在电筒灯光照射下，九个棺墓，一字品排向内延伸，每个墓穴内皆有石门，门上有对联。墓中所有的条石、石板，錾纹清晰，精巧玲珑，工艺已臻完美。根据"九棺坟"的豪华壮丽，有关专家曾推断，清末至民国时期，荞坝境内社会经济的发展水平，不是烟遮山以西的马边县城所在地域可以比拟的。

2018年，我参加县委脱贫攻坚督查，我们小组的督查区域便是今日荞坝镇所有村组。我们小组的人跑遍了荞坝山山岭岭里所有村庄。荞坝所有村组房舍前后，摆放整齐清洁，绝对不是临时抱佛脚。村里几乎是老年人，50岁以下男女，极为少见。询问村民，年轻人大多数都在外面打工，而且皆有不错的收入。打工的青年，大多数都在外面买了房子。与马边其他许多乡镇比较，这是远远超前的。

三

我们所说的烟遮山，其实是黄连山系往南部的延伸部分。烟遮山往北，宽约6千米的黄连山脉，蜿蜒绵延18千米，最后直抵沐川境内利店镇。黄连山系的大部分地方，平均海拔均在1000～1500米，最高处1906米，是影响马边山区的重要山系之一。

周末，朋友相约去黄连山看风景。驱车沿马新公路上了烟遮山，在烟遮山的山脊处，向北驶入林区公路。公路宛如一条长蛇，缠绕于半山腰上，沿途弯弯曲曲3千米，便进入现今马边最大的万亩人工林场——黄连山森林公园。当年林场场部的房屋，矗立在青翠的山峦间，浅灰色的土砖墙壁，有石灰水粉刷的标语"谁烧山，谁坐牢"，字迹斑驳，历史久远。一辆陈旧的皮卡车，停靠在破碎零乱的水泥坪坝上，略显孤单与寂寥。我们的小车刚一进地坝，两位守林工人立刻走出门来，有几分慵懒的样子，询问我们是不是需要进

178

林场参观。

二十世纪八十年代的黄连山林场，可是另外一番繁荣、盛大景象，它曾经是马边发展史上的重要符号。当时，木材采伐是马边县域经济的支柱产业，"木头经济"是县级财政主要收入来源。

那时，我在民主镇小学教书，从县城来回坐客车，必须经过烟遮山，每次我都会目睹当年运载木材的盛大热闹景象。蜿蜒斗转的烟遮山公路，尘土冲破天空。当时流行的东风牌大卡车，满载着又粗又壮的巨木，在沿途的公路上，发出挣扎式的轰鸣和嚎叫。车流如织，一辆紧挨着一辆，从烟遮山的顶峰，排到了山麓。整个烟遮山上，九曲盘旋的公路上，烟尘斗乱，砰然硝烟，浓烈而狂暴，让人遥想起古代战争里惨烈厮杀的战场。当时，我满脑子都是忧国情怀，曾经思虑到资源是有限的，这样砍伐会否持久？很快，有知情者指正了我的担忧。林场工人一边在砍伐参天大树，一边在栽植幼苗。一语惊醒梦中人，我方知自己是杞人忧天。

时光荏苒，一晃几十年。当年栽植的小杉树苗，如今已经是参天大树了。成片的杉树，挺拔笔直，葱茏繁盛。茫茫林海，摇身成为惹人喜爱的绝美风光，成为全县人首选的休闲游玩的森林公园。沿途皆是绿油油的植被，空气里弥漫着甜淡的清香。

站上森林公园的瞭望台，群山环绕，铺天盖地的绿意，如澎湃激昂的海洋，气势磅礴，碧海长天，震颤着枯竭的心灵，洗涤着现代社会的烦闷。微风轻轻拂拭，我突然听见一种奇怪的声音，缥缥缈缈，悠扬绵长。林场工作人员解释说，这是林海呼啸的涛声。阵阵涛声，是环绕远处的山峰，次第传过来的，一浪紧随一浪，一波随着一波，不同韵律的音调里，能够感受到山峦起伏叠浪的形态。

此刻，我紧闭的心扉，豁然敞开了，久违的激情和渴望，仿佛从遥远处飞奔浪涌而来，不知不觉回归于体内。心旷神怡里，满眼皆是一望无涯的苍绿，阳光般的喜悦和温暖，如诗如画的长卷……

每年冬日，正是欣赏黄连山雪景的最佳时期，我常常跟随着游人，以仰慕雪景的心情，站在杉树林中，体验古人"踏雪寻梅"的心情。我无数次站上过瞭望台，雨雪霏霏，踩踏深厚的积雪，迎接呼啸的寒风，领略黄连山绝妙的雪景。曾经的千里碧浪，瞬间幻亿为茫茫雪域高原。"北国风光，千里冰封，万里雪飘。"忍不住吟诵气势磅礴的诗句，甘于平庸、甚至略感卑微的心思，陡然间荡起英雄豪迈的浪花。

当然，也有些时候，会想起《红楼梦》"好似食尽鸟投林，落了片白茫茫大地真干净"的悲怨凄怆，于是满目萧然，悲伤蔓延开来。

四

有一次，适逢一位五十多岁的守林老工人，他古铜色的脸庞上，写满岁月的沧桑。他很自豪告诉我，他在黄连山林场工作了几十年，对于黄连山的情况，了若指掌。他说黄连山上珍贵的木料很多，在省、市乃至全国都有一席之地。"1976年，伟大领袖毛主席逝世，党中央决定在天安门广场修建毛主席纪念堂，在全国各地征集优质木材，最终选择了黄连山的香樟木。"他很自豪的表情，甚至有些激动的语调，代表那个时代中国人民对毛主席最普遍、最真挚、最崇敬的感情。他边说边指着山坡上一株挺立的香樟树说，就是这种树木。我被他的激情感染了，怀着无比崇敬的心情，抬头仰望坡上的香樟树，挺拔高耸、枝繁叶茂。

一时间，黄连山的所有荣光、香樟树和守林人的骄傲与自豪，皆聚集在那株参天大树上，我真有些不相信他说的是历史的真实。天下名山何其多，天下林场何其多，天下的香樟树又何其多，偏僻山乡黄连山的香樟树，何以入选，拔得头筹。

回家之后，第一要务便是查阅《马边彝族自治县志》，"香樟，树形美、枝叶茂、主干高，溢香滴翠，质地华而实，韧而坚。切面光滑，花纹美观，不翘不裂，油漆后色泽发亮，味芳香持久，能够杀虫防腐，系优质材。1977年党中央修建毛主席纪念堂，所有樟木材大多采自马边黄连山林场。"当年黄连山的香樟树，以其卓迩不凡，一举夺魁。这是偏远山区多么伟大动人的荣光啊。试想，马边这样偏僻的山乡里，每天都在发生着多少的故事，又有多少具体的事物，有多少历史的事件，能与北京、党中央、毛主席这些闪耀着光芒的词汇，紧密连在一起。

再后来，我又读到了《马边文史》中退休干部徐加达撰写的《朱德与马边兰草的故事》。朱德元帅如此卓尔不群、功勋万代的历史人物，居然知道四川有一个马边，还知道马边有名贵的兰草，马边何其有幸，乐山何其有幸，四川省又何其幸运！

五

在荞坝悠久的历史长河中，神圣而美好的乡村记忆，还有"荞坝贡茶"的传奇故事。

传说，古代一云游僧人游至荞坝，但见青山绿水，云天祥瑞。红尘净土，茶园满坡。天人空性，和光同尘，僧人便不思云游了。于是，僧人结草为庐，种茶为乐。"从来名士能评水，自古高僧能斗茶。"僧人居住在荞坝，以茶为媒，广结善缘。盏茶会友，真名士自风流，荞坝茶叶渐渐声誉鹊起。

这是民间关于荞坝茶叶最早的传说。

查阅《马边彝族自治县志》，明清时期，荞坝茶曾经是宫廷的贡品，有过无比高亮的历史荣光。多年来，我独爱一杯香甜甘美、韵味十足的荞坝贡茶，我也曾无数次寻找机会，去荞坝境内品茗一杯荞坝贡茶。抿一口香气四溢的荞坝茶，一股甘甜的味儿，会淡淡萦绕在喉咙，沁人心脾，久久难散。我也曾经在网上查阅过关于茶叶的资料，似荞坝贡茶一样，能够喝出甘甜味儿的茶叶，鲜有记载。或许这便是历史上荞坝茶，独占鳌头、名扬天下的重要原因吧。我曾经私下里猜想，为什么在马边山区，唯有荞坝境内的茶叶，才会拥有如此纯正、甘甜的味道。而这种甘甜的味道，是明清其成为宫廷贡品直接原因吗？

　　茶叶村位于荞坝街道下场口的一片山坡上，是民间关于荞坝贡茶传统意义上的生产区域。"山茶相对阿谁栽，细雨无人我独来"。眼前是一片缓缓的浅山，梯次分布的茶园，叠翠展绿，绿色如茵。山还是那座山，泥土还是那些泥土，这片山坡的茶园，能够找出古代茶园的影子吗？

　　民间关于荞坝贡茶的传说故事，生动毕现，妙趣横生。有一位村民指着山坡上绿浪翻涌的茶园说，所谓荞坝贡茶产地，便在眼前这片缓坡上。他关于荞坝贡茶的说法，让我们大吃一惊。他说当时生长荞坝贡茶之处，所指并非这大片山坡，而是山坡上某一块土地，只有簸箕一样大小。这团簸箕大小的土地生长的茶树，必须与众不同，方可堪称"贡茶"。在村民绘声绘色的叙述里，我眼前浮现出这样的场景：风和日丽的春天，沉睡了一冬的茶树，次第展冒新芽。春晓时分，绿油油的山坡上，晨烟轻拂，朝晖氤氲。一抹朝阳，破云吐辉。村里最美丽的姑娘，焚香净身，纤纤玉手采摘着鲜艳欲滴的嫩芽……

　　我有位朋友的老家在茶叶村。多年以前，我因慕名荞坝贡茶，亲自前往茶叶村，希望探寻其中某些奥秘。那时正是二十世纪八十年代末，茶叶村没有通公路，我们从沿着茶园的道路，盘旋而上，寻找生长荞坝贡茶簸箕一样大小的那片土地。但是，我失望了，传说终归传说。质朴如水的村民，无法指出传说中那片神奇的土地。

那一天，我却惊讶地发现，茶园里的所有泥土，我们脚下的每一寸泥土，乃至整个茶叶村山山岭岭，全是红色的沙土。这会不会是荞坝贡茶里回味无穷的天然甜味的来源？坐在朋友家坪坝里，煮一壶传说中的荞坝贡茶，立觉口舌生香、甘甜袅袅，不搀任何杂质，余味绵绵。

我们的讨论，终于到了茶叶村的土质话题上。有位村民的说法，虽然荒诞嬉戏，却是石破天惊。他猜测茶叶村的泥土，来自仙界，诸如玉皇大帝蟠桃园里的泥土，因某种特定的原因，从天上泄露到人间。

至今，我还清楚记得，当年我站上茶叶村山坡上，辽阔的视野，明净的天空，清鲜的空气，莫名其妙感觉到肺腑通透，心旷神怡。这么多年来，这种奇特的感觉，至今没法忘却，令人印象深刻。

去年，我因工作原因，又一次去了茶叶村。茶叶村的山坡上，密布的公路已修建了很多年，家家户户的房前舍后，到处都是修剪整齐、错落有致的茶园，水泥路如蚯蚓一样，蜿蜒进了每个角落。村干部告诉我，当年那团充满传奇色彩、簸箕一样大小的土地，已经找着了，我大吃一惊，不敢相信。于是，在村干部带领下，我们爬上一道道石梯，远远望见山坡上矗立着一个凉亭，"荞坝贡茶原产地保护区"的字样赫然在目。这便是历史上生产荞坝贡茶的那片神奇土地？条石砌围了一亩红色沙地，碎石和土堆，崖壁与沟壑，几株苍老的古茶树。整个花园如编辑剪裁的一个大盆景，仿佛久远历史记忆的一小段章节，沧海桑田里一小节视频的播放。

山川河岳的记忆如初，映阶碧草自春色。企业家们用商业模式复制的传说，这是传说中那团神奇的土地吗？岁月里找不到依据，历史也没有留下答案。

六

马边荞坝民间，还广为流传一段近代的故事，为充满传奇的荞坝贡茶，再添了传奇。

1959 年初春，茶叶村的粟支书家，来了五位外地口音的客人，他们是省上派来传授采茶、制茶的技术人员。这些从省上来的干部，个个表情凝重而神秘，让村民们狐疑不已，一时间村里弥漫着紧张而神秘的气氛。

省上专家到偏僻山村教村民摘茶、制茶，村里按照他们的要求，挑选了 10 位 16 至 18 岁的未婚姑娘，简称"十大姐"。还挑选 2 名未婚青年小伙子，对他们进行严格的采茶、制茶培训。诸如采茶前沐浴净身，五采五不采，即采嫩芽、壮牙、健康芽、同色芽、晴天芽；不采虫芽、病芽、老茶、紫色芽、露水芽。采茶定格在上午 10—12 点和下午 4—7 点等等。

诸多环节古怪而诡秘，让村民迷惑不解，他们甚至想到了某种神圣的宗教仪式。神秘沉闷的采茶、制茶工作历时一月，终于制成了银针 48 斤，毛峰 100 斤，炒青茶（荞坝茶）180 斤。最后的工序是请"十大姐"将茶叶分装进精致陶瓷罐。当罐上贴上"献给毛主席，献给党中央，热烈庆祝解放十周年"条幅时，村民们简直不敢相信这是真的。迷惑一月的村民终于恍然大悟，茶叶村立刻成了欢乐的海洋。茶叶送到县政府后，县里还举行了欢送仪式，县文工团唱着歌跳着舞，把茶叶送抵乐山。至今，荞坝村民一谈起这段历史，满眼的自豪，毫无掩饰的意思。

2000 年，我曾在《马边民族报》编辑部当记者，亲自搜寻挖掘过这段具有历史意义的事件。带着发掘马边茶叶历史珍贵的资源愿望，我多次深入茶叶村。一谈到敬献茶叶，村民仍然津津乐道，乐此不疲。他们对当时"十大姐"和二位制茶男青年的名字，如数家珍。有一次，还带领我们采访了当时健在的部分"十大姐"，回忆起当年的采茶情景，这些六十多岁的老人，个个老泪纵横。采访中村民告诉我们，那年 12 月，粟支书收到了中央办公厅发来的感谢信。

2001 年，马边有关部门设法找到了当年制茶的小组长范老先生，并热情邀请他再回了马边。范先生的详细叙述，解开了村民心里几十年的谜团。1959 年是中华人民共和国成立十周年大庆。为迎接这盛大节日，四川省委、省政府要选十个有影响力的产品。因荞坝茶叶在明清便被列为贡品，入选"十大产品"之一。制茶小组接到命令后，立即马不停蹄，从成都出发，晚上抵达犍为的清溪。然后，从清溪步行，翻山越岭 120 千米，走了 3 天才赶到马边县城，因为当时这项工作是秘密进行的，整个过程一般人都不知道。

40 多年过去了，当年英姿勃发的范先生，如今已 74 岁高龄，早已满头白发。范先生看望了"十大姐"的部分成员，遥想当年神秘而又神圣的采茶情景，大家感慨万千，那种神圣而光荣的历史感，涌满全身！

七

荞坝贡茶的故事，是闪耀在荞坝红色热土上一束绚烂夺目的光。荞坝贡茶已成为荞坝区域代言，品质享誉全国。在经济市场的大潮里，关于荞坝贡茶的乡村记忆，仍然清晰如初，回荡在茶叶村的山坡上，在马边茶叶历史的长河里书写了浓墨重彩的一笔。

沐浴着充满喜悦与幸福的春光，我又一次到了荞坝茶叶村。坐在古色古香的茶亭里，我想到了苏轼关于咏茶的诗句"磨成不敢付僮仆，自看雪汤生玑珠。"我想，滋味香醇、甘甜悠长的荞坝贡茶，是值得起古人这样的称赞。"活水还须活水烹，自临钓台取深清"。于是，我们亲自端起茶壶，各自去取水，烹禅煮佛。慢慢细品，坐听山坡上吹拂而来风声，"人间有味是清欢"。

然后，我们走进簸箕一样大小的神奇茶园，晒着太阳，慢慢细想古代关于茶的故事和诗句。"酒困路长惟欲睡，日高人渴漫思茶。敲门试问野人家"。怀古之幽情，渐渐弥漫开来，安逸、绵软、轻柔、恬静、悠闲、天高云淡。

大小凉山第一寨

获悉"凉山第一寨"开寨迎客的消息，我心里便痒痒想去。恰逢县委常委、宣传部部长周启梅，常务副部长、著名诗人阿洛夫基前往参加开寨仪式。于是，我便借此机会，随车前往。

凉山第一寨在马边彝族自治县烟峰镇，距离县城 26 千米。从马边县城到烟峰镇的公路，是全县磷矿运输主干道，多年来，各类大货车排着长龙，沿途烟尘滚滚。这不，我们出城才几千米，刚到官帽舟，便遭遇堵车了。好在沿途安排了交警，总算把堵车的问题落

▲ 凉山第一寨全境图

187

实解决。

刚过苏坝场镇，马边最大的官帽舟水电站屹立眼前，库区的大坝横亘于半山腰上，气势磅礴，巍峨雄壮。

爬上电站主坝，进入库区，则是高峡平湖，山河新貌。汪洋的库区，水波荡漾，淹没了马边河流淌的历史轨迹。原来的公路，沿着马边河的河道，直抵烟峰山下，如今，曾经的公路泯灭在汪洋的水域之中了。

烟峰山下曾经有一片河滩，是三河口河与大院子河的交汇之处，人称"河口"。河口是一块平凡的滩地，然而它有其特殊价值和意义，真正的马边河，是从这里开始的。往右是三河口河，通往梅林镇和三河口镇方向。直走过桥，翻越烟峰山，抵达烟峰镇、高卓营镇和永红镇，以及通过暴风坪，抵达国家级自然保护区大风顶。

当时，河口居住着二十余户人，房屋简陋，生活贫穷，让我常常想起电影里渔民在海边搭建的简易住棚。如今，电站淹没了河口，居民异地搬迁，住上了别墅式的新房。

1999年，马边开始投建的官帽舟水电站，是马边河流域水电梯级开发的龙头企业，也是马边唯一列入国家大中型水电站管理的高坝引水径流式中型水电站。官帽舟水电站，曾经是马边人民殷切的期盼，寄托着改变马边贫穷落后面貌的梦想。然而，电站的主坝明明在苏坝境内，为什么叫官帽舟水电站呢？

当年，我在县委部门工作，知道官帽舟水电站建设，充满艰难曲折的漫长历程。官帽舟水电站最早的方案，蓄水主坝在官帽舟，总库容3.6亿立方米。电站装机12万千瓦，年均发电量4.81亿千瓦小时，对马边河下游洪水流量，具有较好的年调节能力。然而，由于占地面积大，经济指标差，实施难度偏大。历经了多年后，总是没法达到验收标准，难成夙愿。最后，不得不重新调整设计方案，将蓄水主坝上移至苏坝，总库容量，总装机，年均发电量大大降低。直到 2015 年，历经十多年的官帽舟水电站，终于正式开始蓄水发电。虽然此时官帽舟水电站，已非当初的官帽舟水电站，而官帽舟水电站的名称，却沿用至今。

我们沿着库区公路，曲折婉转，很快抵达了烟峰山脚下。蜿蜒而上，便是即将举行开寨仪式的"凉山第一寨"。

一

"凉山第一寨"山门，兀立眼前。深幽黑黛，苍远暮合。初眼一瞥，让我陡然想起大漠黄沙、"龙门客栈"这些地域性强的特殊词汇。想起小凉山历史的遥远，荒凉，原野，沧桑。

如今，躲在小凉山深处的古老山寨，又该有一番怎样的异样风情？

"凉山第一寨"依托于 2013 年修建的"烟峰彝家新寨"，这是国家脱贫攻坚以来，马边的重点工程项目。作为国家级贫困县，如此依托异地搬迁项目修建的村民集居点，遍布马边崇山峻岭。然而，烟峰彝家新寨，却是四川省最大的彝家山寨，居住着 400 余户彝族家庭，是马边文化旅游发展的希望。每年，全县开展彝族火把节活动，烟峰彝家新寨是吸引县内、外游人的重要载体。如今，利用烟峰彝家新寨，更上一层楼，打造"凉山第一寨"，也算是物尽其用，因地制宜。

然而，烟峰山上飘着细雨，淅淅沥沥，丝丝缕缕。迷蒙缠绕的烟雾，开始从四面的山坡上，飘荡过来。街道清幽，如彝乡柔柔愁绪的历史。沿途房屋的装潢，充满彝族文化建筑的元素。屋檐角瓦，画栋雕梁，彩色的灯饰，流光溢彩。彝族服饰，非物质文化展播台，各种彝族文化的内涵，皆囊括其中。身穿彝族服饰的小姑娘，在古街上彩蝶翩跹。凉山彝人的风采，引人注目。"凉山第一寨"，仿佛穿越了彝族文化的时空隧道。

沿途的门市，精巧、典雅、别致，彰显着古寨的现代文化元素。规模宏大的游乐场，是马边迄今最大的儿童游乐场所，节假日的时候，家长们带孩子到此游玩，生意十分火爆。

坐进彝家茶馆，主人十分热情，给我们展示功夫茶。马边是"中国彝茶之乡"，而烟峰是"中国彝茶"的源头。

相传，明朝时期，地球上独有一株千年"彝茶树"，生长在烟峰群山的丛林里。前不久，马边青年才俊田涯坤先生创作了长篇小说《彝茶传奇》，对彝茶这段鲜为人知的历史，进行了气势磅礴的展示，马边彝茶，突起惊雷。如今，坐在彝茶诞生的地方，品茗香气浓郁的彝茶，身心仿佛融入烟峰古老的历史里了。到了"中国彝茶之乡"的马边，到了千年古彝茶的源头烟峰镇，不品一杯香气浓郁的彝茶，便好似没有真正到过马边，不知丰富多彩的彝族文化与历史。

马边每年的彝族火把节，几乎皆在烟峰镇举行。多年来，致力于彝族文化的探索与研究，让我乐此不疲。参加彝族文化的各类活动，每次都会有许多收获与感叹。古典朴素的

▲ 凉山第一寨古街道

彝族历史与文化，能够追溯到人类起源的某些特定的情态，风俗习惯。总会让我心潮起伏，神思恍惚，仿佛洞穿了某些不可言说的生命哲理。多年来，我总是把人生想象得神圣、高洁、真切、美好。我往往对自己求全责备，常常徒增烦恼。彝族文化的天然与诗意，让我释然，让我摆脱这种桎梏，摆脱了思维困顿。

爱就爱吧，恨就恨吧。想笑便笑，想哭便哭。许多圣人生活在遥远的春秋战国时期。儒家的孔子、道家的老子、佛教释的迦牟尼，他们生活的最高境界、生命最辉煌的历史光芒，与平庸凡俗的我有关吗？世界本是寂寞的，生命本是平淡的。一朵小花盛开了，一株小草枯萎了，没有突兀跌宕，没有波澜壮阔，没有惊天动地，没有电闪雷鸣。

我曾经帮扶的贫困户，便在烟峰镇梅子湾村。当时，梅子湾村大多数村民，陆续搬迁到彝家新寨居住了，而我帮扶的其中两户，属于他们的住房，还迟迟未建成。他们的旧居，在新寨背后巍峨高耸的山巅上。我每月会到烟峰镇来，看望我帮扶的贫困户。只要走进彝家新寨，便能强烈感受，乔迁新居的村民，荡漾在新寨里的幸福气息。我顺着新寨的柏油公路，穿过别墅一样的幢幢房屋。走到新寨背后，开始往山坡攀爬，累得气喘吁吁、热汗淋漓、双腿打战。彝族村民生存状态之艰难，我有感同身受的切身体悟。

霏霏细雨，不知道什么时候停了。我站在新寨公路上，在空山新雨后的一抹亮色里，新寨背后充满神秘和诗意的两座大山，曾经是我历尽艰辛，努力攀登的目标。

二

烟峰镇地处马边西南部，东邻苏坝镇，西界凉山彝族自治州美姑县，南接高卓营乡，北壤梅林镇，是彝族聚居乡镇。

据《马边彝族自治县志》记载，烟峰在"明朝就有汉族先民在此屯垦。明万历十七年（1589）筑烟草峰石城，设守备司。""清乾隆二十九年（1764），烟峰建乡镇。"1952年建烟峰彝族自治乡。1984年复乡制为烟峰乡，如今为烟峰镇。

马边民间流传这样一句话："先有烟峰城，后有马边城。"有人以此为据，推断古代建烟峰城的时间，早于马边厅城。《马边彝族自治县志》载，马边厅城的建设，缘于明朝万历年间，平定撒假、安兴、杨九乍"三雄之乱"后，朝廷在赖因寨建厅城，马边自此纳入明王朝"縠中"。朝廷派驻官员、派驻军队，首次对马边实施行政管辖。

难道明朝马边首任同知汪京，在修建县城之前，先修建了烟峰城？或许，在更早之前，在马边厅城名赖因（彝语"牛棚"）的时候，烟峰已经是一座城池？

带着疑惑，我查阅过《马边彝族自治县志》，查阅过清朝周斯才所编纂的《马边厅志略》，查阅民国马边县长余洪先的《马边纪实》，均没有发现明确的记载。然而，"明万历十五年（1587）撒假、安兴、杨九乍反叛，袭扰烟峰、赖因、荣丁等处。""明万历十七年（1589），建马湖府安边厅于赖因，汪京任同知。""明万历十八年（1590），建成新乡镇和烟峰城。"等历史记载，明确无误传达了两条信息，一是修建马边厅城的同时，也修建了烟峰城；二是修建的是"烟峰城"，而不是"烟峰寨"或"烟峰堡"。马边所有的资料表明，明朝时期，马边能够称之为"城"的地方，唯有"马边厅城"和"烟峰城"。

然而，修建马边厅城的同时，为什么会在离县城几十千米的高山小镇，去再修建一座城池？"烟峰城，早于马边城"，虽然没有历史记载足以证明，而民间却总是口口相传，一说再说。难道烟峰的历史里，还隐藏着不为人知晓的某些玄机？

马边山区，因为地理位置荒僻一隅，山恶路险，土匪、兵痞、棒客的横行，曾被称为"人间险恶"之地。烟峰的地理区位，正好处于彝族与汉族区域的交界点位，对于古代马边广大的居民而言，历史上的烟峰，仿佛神秘莫测、生死难料的金三角地区。

历史进入民国，代表封建皇权的最后一位皇帝溥仪，也被赶下帝王神坛。而古老的大小凉山，苍凉的土地上，历史还滞停于奴隶社会时期。因此，这个地方成为民国时期，中华民族一段最幽深的"秘境"。当时，不少志士仁人、各类民间机构，纷纷组织大小凉山考察团，开启了艰难的凉山考察之旅。他们需要在大小凉山奴隶社会的体系里，实证人类曾经走过的奴隶社会的某种实物的具体状态。曾昭抡的《大凉山夷区考察记》，马松龄的《四川边地行纪》，马长寿的《凉山罗夷考察报告》，常隆庆的《雷马峨屏调查记》，纷纷出版，引起了轰动。考察团的成员，亲眼见证大小凉山当初的原始落后、弱肉强食的生存状态，纠纷与冲突不断，民不聊生，远远滞后于时代的步伐……

由于恶劣的生存环境、千年的奴隶社会，生产力的极端低下，凉山彝民群众整体处于饥不裹腹的状态，弱肉强食的生存法则，在所难免。历代王朝将西南的少数民族统称为"西南夷"，对少数民族的偏见，让灾难深重的边关冲突雪上加霜。黑彝奴隶主的残酷统治、故意扇动和挑衅，加剧了民族之间的隔阂与对立。

中华人民共和国成立后，民族之间的团结，空前未有。千百年来，兵戎相见、杀伐屠戮的历史状态，已经翻了新的篇章。平等、尊重、互爱，已经成为民族之间最基本的认知和常态。这样的历史巨变，我常常想起抗日战争时期，陕北延安地区发生的一件十分有趣的事情。传说，延安首演《白毛女》时，戏剧进入高潮，一位八路军干部，不忍看恶霸地主黄世仁对喜儿的百般虐待和折磨，他气愤至极，当场拔出手枪，向"黄世仁"演员射击，差点酿成严重的恶果。后来，我也观看了《白毛女》。戏剧里有一句十分经典的台词，我至今记忆犹新，"旧社会把人变成鬼，新社会把鬼变成了人"。而今，在中国共产党领导下，彝汉之融合，民族之团结，边关各族群众安宁祥和的生活状态，是何等的石破天惊，空前绝后，亘古未有！

<h2 style="text-align:center">三</h2>

明清时期，改土归流后，土著世袭自治管理的方式，退出了历史舞台。尔后，摆在每一位赴任马边的流官面前，绕不开的话题，便是治理边患。1934 年，中国科学院考察团常隆庆先生在《雷马峨屏调查记》写道，"任边职之官吏，能安抚夷人，即能四境晏然，政声卓著。否则，边地骚然，民无宁岁，而在职者，亦不能久安于其位矣"。《马边厅志略》《马边纪实》以及作家李伏伽的《旧话》，这些历史的资料，其中大量的篇幅，皆与如何处理彝务紧密相关。

明朝时期，马边首任同知汪京，在修建马边厅城的同时，在烟峰修建"烟峰城"，这是有迹可循的翔实资料。然而，在马边的历史典籍中，却没有烟峰发生大规模战争的历史记载，难道这是史书的某种遗漏？当时，大兴土木修建了烟峰城，而今的历史记载里，怎么缺少了边关军事重镇的价值支撑？

民国时期的马边县长余洪先编纂的《马边纪实》有载："清朝

道光十九年（1839）六月，四川总督宝兴率提督齐慎至马边调查后，拟定《筹议边防章程》，添兵额以资防御。马边等厅县原设额4113名，实形单薄，应增兵3600名，分驻马、雷、越、屏各厅县，妥为防堵。将绥协改为马边协。中军都司移驻三河口，设左右二营，左营驻三河口，右营驻烟峰。"

《马边彝族自治县志》亦载，"嘉庆八年（1803），黑彝三车、六儿、普色率4000余人焚掠三河口，波及县城和岗外、烟峰、迥龙、官湖等乡。""1917年，右路彝族诺火家支焚烧烟峰。""1926年，右路彝人围困烟峰，城中屯田营哨长张明山及民众200余人前往救援，被彝人诱至梅子湾全部杀害。"

这些残存的零碎内容，虽然涉及了烟峰，我们却不能够看出支撑烟峰军事重镇的历史价值。

清朝时期，朝廷为统治全国的军队，将军队统一编为正黄旗、镶黄旗、正红旗、镶红旗、正白旗、镶白旗、正蓝旗、镶蓝旗，称满州八旗。后又编汉八旗和蒙八旗。后来，清朝收编了明军其他汉兵，统称为绿营。《马边彝族自治县志》载，马边胁（今三九广场处）所辖的城存营、左营、右营、万全营，均为绿营，驻军在2000人以上。其中左营驻扎今三河口镇。而右营驻地，便是今日的烟峰镇所在地。

这便是历史上的烟峰古城，是朝廷军队驻扎、屯田的根据地。古老的烟峰镇，虽然没有重大的战争历史记载，却是一道牢固的安全防线，以安保的姿态，徜徉于马边的历史长河之中。

四

从"凉山第一寨"商业街出来，天空明净，充满"空山新雨后"

的清新、舒畅、惬意。

忽闻前方有弹奏月琴的音乐，于是，循声前往，原来是开寨活动中，彝族习俗"背新娘"的文艺展演。在一片欢声笑语里，一群身穿折叠裙的姑娘，簇拥着一位盖头巾的女孩子，款款走来。这时"显姆崩"（送亲队伍）将新娘从闺房背出，送到屋外右侧一棵树旁。男方迎亲的彝族小伙子，羞涩着渐渐靠近了，躲在房前屋后的彝族姑娘们，手持瓢盆、木碗，从屋里冲出来，将准备好的水，泼向迎亲的队伍。一时间，水花飞溅，欢声笑语不断。

泼水结束之后，男女双方的"选手"，开始"对歌"。我听不懂彝语，但知道唱词的大致内容，女方赞美自家的姑娘漂亮，配得上男方的小伙。男方赞扬自家的小伙精神，人品又好，新娘嫁给他家，不辱没新娘家的门庭……我在资料上看过翻译成汉语的一些唱词，非常诙谐、幽默。

女方唱道："为了养大女儿，妈妈脱了九十九层皮，不泼九十九桶水，不抹九十九把锅灰，哪能让你轻易背走新娘？"

男方回复道："我们翻越了九十九座山，趟过了九十九条河，走过了九十九条路，专程来接亲，不背回新娘怎么行？"

双方言辞，或犀言厉色，或深情温馨，或似火山爆发，或如微风拂水。你来我往，将婚礼的气氛推向了高潮。

观看者皆聚精会神，相信双方的对唱言辞，一定精彩绝伦。之后，又进行了摔跤比赛，吆喝声、嘶叫声一直不断。最后，姑娘们团团围聚在新娘身边，迎亲的小伙子们，便用厚实的身膀，努力将围聚的姑娘撞开，然后，一个身材高大威猛、满脸锅灰的小伙子，把新娘背走了……

一场特色的彝族婚礼，如此精彩纷呈，充满浓郁彝族的风情味，让人留恋，充满遐想。

五

烟峰文化广场内，暮色苍茫。高音喇叭里的音乐，环绕着鸣响。从彝族婚礼表演中走出来，我跟随拥挤的人流，进入了烟峰的文化广场。喧闹的人群，摩肩接踵，等待"凉山第一寨"开寨庆典。彝汉群众，欢天喜地，大声喊话，开怀大笑，这是非常自然、天经地义的事情。在这样喜庆的历史时刻，深山里的小镇，正在经历华丽的蜕变。

"凉山第一寨"的文化广场，处处彰显着彝族文化魅力。站在文化广场内，瞬间便被浓郁的彝族历史和文化所浸染。这个能够容纳上万人的文化广场，比县城里所有的文化广场都更加宏大磅礴。广场周围，是彝族八方右盘和十月太阳历图案，是彝族天文历史的文化代表。正中的火塘特别大，是彝族火文化集中体现点。崇拜火，敬重火，是彝族的古老传统。在彝族人看来，人是火造就的，没有火便没有人类。彝族人呱呱坠地，第一眼便看见了火塘，人老身死之后，还要将身体交给火焰，在烈火中完成"凤凰涅槃"。我曾经无数次地走过彝族朋友的家里，每家每户堂屋正中，最耀眼的便是烈火燃烧的火塘。火塘是彝族家庭里最受敬重的地方，看见彝族的火塘，便有与生命紧密相联的肃穆感。

然而，随着社会的高速发展，彝族群众逐渐住上了楼房，火塘渐渐成了记忆，让不少彝族人唏嘘留恋。因而，每当广场里举行篝火晚会，便是彝族人最盛大的集会。或许，他们在篝火的火焰里，找到了火塘承载的历史命运，找到了火塘遗留在他们内心的丝丝温馨。

文化广场右方，是 200 余米长的"七彩连廊"。蜿蜒曲折，婉约温情，是彝家新寨里百姓休闲之场所，也是非物质文化遗产展示长廊。红、黄、黑三种颜色是主调，七种色彩交错配置，如梦似幻。

我突然疑惑起来，彝族不是红、黄、黑三色文化吗？怎么取名"七彩连廊"？电话咨询马边县文化馆馆长、彝族文化学者蒋兴义。蒋兴义告诉我，"七彩连廊"是由西南民族大学的沙马拉毅设计的杰作。沙马拉毅是四川省民间文艺家协会主席，二十世纪八十年代便开发了"彝文输入法"电脑软件，是享受国务院津贴的专家。他是当今中国彝族文化当仁不让的权威。沙马拉毅认为，三色文化是彝族文化的内核，但是新时代的彝人，不能囿于三色文化的传统思维。彝族文化要走向全国，走向世界。听了蒋先生所讲，我突然产生了无穷的感慨，或许专家的想法是值得肯定的，一个民族具备开放的思维，才会有大格局。有了融入的思路，才会有大发展。有了传统文化突破的思维，才会站在民族的高度，有历史的大格局。

历史，往往沉积在岁月里。

在烟峰文化广场里，还有两个雕塑，引起过我的关注。一个是"展翅的雄鹰"，另一个是"支格阿龙射日"。这两个雕塑背后有一段神奇的故事。

传说，支格阿龙的母亲，坐在门前的地坝纺织，天上飞过一只雄鹰，掉下来三滴血，一滴落在她的头上，一滴落在她的衣服上，一滴落在她的裙子上。她十分奇怪，以为是凶兆，便去询问毕摩。毕摩预言说，神人即将出现。后来，她果然怀孕了，生下了支格阿龙，彝族神话里有了"创世英雄"。支格阿龙一出生，便不听母亲的话，他不让母亲抱他，不肯喝母乳，不肯睡母亲的身边。他整天大哭，惊扰了天界。天界派遣食人魔到人间，捉拿支格阿龙母子，母亲为救儿子，将支格阿龙从空中抛下来，掉落进了万丈深渊的龙巢里。在龙王的养育下，支格阿龙成了力大无比的英雄。后来，便有了"支格阿龙射日"的传说。从此，雄鹰便成了彝族人的图腾。

天色越来越暗了。参加"开寨"仪式的人，还在源源不断涌来，热闹的场面越聚越大，欢乐的气氛，越来越浓烈。"凉山第一寨"的开寨仪式开始了，彝族本土歌曲《赶梦》《故乡的河》等优美动人旋律，在黑色的云空中响起。

乐山市副市长、马边彝族自治县委书记沙万强，充满喜悦的声音，向全世界宣告："中国四川马边'凉山第一寨'，开寨迎客。"立刻掌声雷动，之后，便是惊喜若狂的欢呼和惊叫，是彝族歌舞动人的旋律，是彝族人千年的梦想和赞歌。欢乐的人群，围聚着火塘。篝火晚会开始了，在欢快的火焰里，历史走过了烟峰的远古时代，曾经有多少古人，有过生存于此的挣扎与呐喊，有过遥望星空的梦想与希冀，有过飞蛾扑火一样的奋不顾身……

六

烟峰有独特而神秘的历史，古代烟峰的历史和辉煌，不应该局限于马边的历史文献中。烟峰在马边历史上的价值意义，应该超出今天人们对于烟峰的认知。在文化广场的北端，高耸着一座瞭望台。因天色已晚，我无法登上顶端，领略"凉山第一寨"的灿烂夜景。两年前，我曾经攀上顶端，环顾四周，江山多娇，风景如画。大片的民房，错落有致，躺卧在苍翠的山岭里之中，宏大、辽远、深沉。四川省最大的彝家新寨，"凉山第一寨"的美名，绝非浪得虚名。

我又一次想起了清朝马边通判周斯才，他编著的六大卷《马边厅志略》，对于马边历史的重大价值，是不言而喻的，它填补了马边历史的"空白"。而《马边厅志略》里，收录了一位古人和他关于烟峰的诗。

于是，烟峰历史上一个重要的人物，终于姗姗来迟。

他姓王，名启焜，字东白，号南明，浙江嘉善人，当过监生，做过川东兵备道。乾隆二十九年（1764）任屏山县丞，派驻马边，筹划马边厅事宜。

王启焜站立云雾缭绕的烟峰城，美丽壮阔的景色，让他陶醉不已。他的脑海里，涌现着历史的烟峰，感叹这里发生的重大事件。站在古烟峰，他激情澎湃，创作了《烟峰城杂咏》十三首。

这是迄今为止，马边乡镇被古人诗赞最多的地方，因为这十三首古诗，烟峰历史，绚丽、神秘、异彩。

"湿翠青葱暝色涌，空城寂寞笼轻岚。振衣烟草峰前立，积雪连天指剑南。""左插云偏烟草花，右遮半面抱琵琶。双双高挽青螺髻，淡远峨眉晕晓霞。"古代烟峰奇瑰壮丽的景色，跃然纸上。

"当年设险垒重关，旌戟森罗控百蛮。今日太平风景好，野棠花落古城间。""茯苓琥珀满凉山，泸水支流似玦还。圣代渐摩遗教远，春风先渡八家蛮。"是对边关"彝务"严峻形势的内心忧虑。

"西南魑魅昔纵横，千里连营犄角成，当日木瓜群鼠窜，论功应教播州兵。""全师轻入虎狼群，弱卒投戈势忽纷。白骨问谁马革裹，可怜失律李将军。""方略犹传李广才，威师更怖郭旗来。穷首涂戏真堪击，三宝云梯歼巨魁。""边地重收不合围，书生约法布军威。于今残堞苍烟里，谁识渝州张指挥。"文中讴歌了播州兵、马革裹尸的李将军，以及渝州张指挥。大量的笔墨，讴歌了献身边关，为百姓安定局面，流血牺牲的前线将领的事迹，这些英雄豪杰的身影，在烟峰的历史中若隐若现。

《烟峰城杂咏》十三首诗，每首都隐藏着一段神秘的历史，每首诗都饱含了一段难以言说的深情。王启焜的诗，留给人许多猜测和遐想，古老的烟峰，历史泯灭了多少感动天地的故事，淹没了多少血战疆场的千古英雄。

于是，两位英雄将军的形貌，兀现在我们面前，一位是"失律李将军"，一位是"渝州张指挥"。

然而，王启焜诗里的李将军是谁呢？我查阅《马边厅志略》，明朝万历十五年（1587），撒假、安兴、杨九乍"三雄"之乱，朝廷派李献忠率三千明军征讨。叛军头目假撒假意投降，将李献忠部队诱入彝区腹地。李献忠信以为真，被叛军引诱至山谷。几千叛军将朝廷军队碾压在山麓之内。一时间，乱箭如麻，李献忠进退维谷，被逼进死谷，最后全军覆没。"全军轻入虎狼群"的李将军，应该是被叛军所杀的李献忠。李献忠的全军覆没，宣告朝廷军队第一次征讨的彻底败北。当年，李献忠将军身陷重重包围的地方，难道是烟峰境内的某个沟壑洼地？

第二年，四川巡抚徐元太、监军李士达、马湖府通判汪京，带领五万大军，浩浩荡荡奔赴马边，开启了卓有成效地平定"三雄"战役。诗中所言"论功应教播州兵"，则指明万历十六年（1588）正月，撒假由木瓜袭击主帅李应祥所在的播州、杨应龙率兵破之这件历史事件。张指挥，名张颐南，南明人，以秀才入军累功，署马边守备。他善战骁勇，屡破黑彝叛军骚乱，并与之禁约"不动干戈""我毋尔凌，尔毋侵我"促成了马边山区的和平安宁。

据《马边厅志略》载，烟峰城北曾有石碑，碑刻"马塞青烟"四字。周斯才注释说，这是"万历十七年（1589）烟峰之镇"。我没有寻觅到石碑遗迹，然而，我相信"烟峰之镇"四字，蕴含的历史价值。"马塞青烟"石碑，让我想起了"车辚辚、马萧萧"的古代战争场景，想起狼烟四起、马革裹尸、尸横遍野般血腥的岁月。这进一步证实了我对烟峰古镇历史泯迹的猜测。全军覆没的李献忠将军、英名远播的张指挥，这些响亮的历史人物，为什么会出现在《烟峰城杂咏》里？莫非当年的这些残酷的战役，惊天地泣鬼神的惨烈厮杀，烟峰便是主战场？

此刻，烟峰文化广场对面的山峰，突然钻出一轮皎月。月光似水，雾晖漫涌，轻纱烟笼。"千山啼破子规魂，飞尽鸟绒花雨昏，有客分纵寻九堡，碧云青峰十三墩。"眼前这道美丽的风景，是诗人笔下当年的风景吗？王启焜创作这首诗，不知道是不是站在今天的文化广场的位置，遥望对面秀美的山峰，产生的强烈诗情。

达体舞的旋律，还在热烈回荡耳边。烟色里的群峰，幽凉而深情。这片激烈的热土，这片深挚的山峦，这片幽深的历史，步伐依旧。烟峰，作为边关安宁的生死线，马边历史上，一个必不可少的军事重地，历史却如此隐隐约约。多少付出，多少牺牲，多少泪水，默默无言。

"青鞋布袜一微官，尽进崎岖九折盘，眼底苍凉余故垒，题诗留与好山峦。"

这是王启焜《烟峰城杂咏》的最后一首诗。这既是王启焜戍边艰难岁月的真实写照，也是对这片好山峦的深情迷恋。

穿越石丈空

距马边县城 26 千米的马新公路边，汩汩淙淙的荞坝河，悠悠缓缓。隔河对岸，一道幽深的沟壑，向黑茫茫的山峦深处延伸，一条百步九折的羊肠小道，辗转盘旋钻了上去，仿佛钻进了远古的历史隧道。这里便是马边人津津乐道的三国古战场的遗址——石丈空，一个"一夫当关，万夫莫开"的天堑之地。

古代的商贾行旅，从马边县城出发，翻越烟遮山，一路向东的出行，必须攀爬石丈空这道天堑。明朝万历年间，马边首任同知汪京，带领赖因寨村民和永宁军，沿着这条线路，加宽路基，铺筑石板，建成了"汪公路"，仍然无法绕避石丈空这道人间天险。

今天，马边到新市镇的公路，其中有很长一段，与当年"汪公路"所包含的路程吻合。然而，到一个叫观音塘的地方，当年的汪公路，便穿了观音塘的捷径，直奔石丈空。而今的"马新路"却改变了方向，继续沿荞坝河凿山劈崖，弯曲缓行到石丈空山麓，直接避开了石丈空天堑。如今，宽阔的水泥公路上，车来攘往，一派现代文明紧张快速的节奏。古代观音塘到石丈空的那条捷径，车隆隆、马萧萧了上千年，如今卑处偏隅，成了一段荒疏的记忆，遥远而沧桑。

周末，风和日丽，相约朋友去穿越这段废弛已久的历史。我们把车子停靠马新公路边，以步行者坚定的姿态，去追寻幽幽古道里的历史忧伤。

修建于明朝的"汪公路"，其实并非现代意义的公路，《马边彝族自治县志》载，汪公路宽一米左右，是用红色的石板铺成的人行大道。当年汪京修建这条路，一是因为马边山路太过坎坷崎岖，人们的出行太过艰难；另一重要原因便是抢修一条官方驿道。赖因寨（今马边县城）首次被朝廷钦定为马湖府安边厅，荒芜的赖因寨，破天荒地有了朝廷四品官员管辖，并驻扎军队，镇守治安，因此必须确保朝廷军马粮草辎重的通畅、顺利、及时。

一条狭窄的人行道路，被称为"汪公路"，马边民众却铭记了几百年，这正是马边恶劣的自然生存环境里，照进的一丝曙光。

如今，古代红色的石板道路，早已无踪无影。摇晃着响铃的马帮铁蹄的屐屧，步履匆匆的古代行人的足迹，皆被乡村水泥路覆盖淹没。然而，这段幽深、狭窄的山野，如一段缓和柔软的河套，没有乱石云空、地裂山崩的惊恐，没有巍峨峥嵘的横绝逆折。这里的山丘，浅浅淡淡，水碧山青。田野弥漫翠色，村庄恬静淡然。小溪纤纤细细，悠闲自在。碧毯似的山野里，山花嫩黄、半紫，遍地都是。乡村公路如耀眼的线条，在沟壑和田园之间缠绕，偶有车子的喇叭声，惊飞了闲散的鸡鸭。农民漂亮整洁的小洋楼，坐在门口的老年人，在幸福地小憩着。

荞坝山水的美丽，不是大红大紫的艳丽富贵，不是惊为天人的奇绝惊心，更不是雍容华贵的芳华繁茂。它是一种恬静自然的悠闲愉悦，是潜藏在草丛里小花朵的惬意，是温柔女人的一往情深。日出日落，春来暑往，千百年来，荞坝美丽的村庄就这样悄悄地美丽着。生活在这里的农民，默默地享受着净心的幸福。十多年前，四川省作协秘书长殷世江先生，带着作家们来此地采风。作家们纷纷羡慕如此山水，如此静谧、如此浓郁的人文情怀，能够弃秽清浊。殷世江先生曾说，等他退休后，要到荞坝租住几月，平平心，静静气，吐故纳新，享受身心愉悦的恬静。可是，天有不测风云，人有旦夕祸福。后来，传来先生病逝的噩耗，岂不悲怆。先生曾聘请过省上作家来马边辅导讲座，牵线建立马边儿童文学创作基地。如今，一晃又是多年了，想起当年作家的意气风发，想起先生的那份企愿。如今都是尘封往事，心里不禁有些戚然、凄怆。

不知不觉便走到称为"叫化坟"的地方。朋友指着路边一座荒凉的坟茔说，这是传说中的"叫化坟"。这是一座很大的坟茔，刚好处于山嘴上，与背后的山丘紧密相连。野草繁杂，荆棘丛生，蛛网交错。几朵嫩黄的菊花深藏其中，像眨巴的眼睛，好奇地盯着草丛外面的阳光。

传说很久以前，有一家三口逃荒，流浪至此，老叫花不幸病死路边。突然，天空电闪雷鸣，暴雨如注。洪水冲垮了山坡，泥石垮塌挤压下来，堆成了小山丘，刚好掩埋了老叫花的尸体，成了天然的坟茔。很多年后，这坟茔来了一位峨冠博带的官员，跪哭于坟前。原来，小叫花高中了进士，被封了大官。中国民间这样的传说有许多，版本基本雷同，情节大同小异，这是中国阴阳学的传统杰作。或许，也是广大的穷苦人对美好生活的寄托与向往吧。

过了"叫化坟"，便是观音塘。观音塘是一凹形平坝，隐藏在山丘之中。中间有一道石壁，石刻有观音佛像、佛教教义，图案皆漫漶模糊。或许，这便是观音塘名称的由来。然而，刚一踏进此地，我脑海里便产生莫名的幻觉，总觉这里藏龙卧虎，隐隐有千军万马在此埋伏。古今中外的战争史上，许多震惊中外的战役，无不与埋伏有关，智慧过人的将军，常常能洞察秋毫，敏锐地嗅出某些重要的地形区域，对整个战役胜利产生决定性影响，或者让整个战局发生颠覆性的逆转。先贤孟子曾言"天时不如地利"，或许，三国时期的石丈空之战，南人的军队大多数隐藏聚集于此，轮番上阵，奔赴石丈空，抵御诸葛亮西进凉山的蜀军？又或许，这里曾经是诸葛亮屯兵之处？

过了观音塘，石丈空就在脚下。

多年来，我满怀寻古之幽情去石丈空，每次都开车沿马新公路到石丈空山脚下，以入进马边行者的姿态，气喘吁吁地往上攀登。然而，今天截然相反，我们以古人离开马边的行程，一步一步走下石丈空。

石丈空地形的鬼斧神工，其险绝和惊悚，是马边人津津乐道的话题。古代商贾客旅来也匆匆，去也匆匆。叛军把这里变成硝烟和战场。剪径的棒老二赤膊上阵，横握刀棒，据险强收买路钱。一道雄关，写满了杀伐与血腥，演绎着鲜血和泪水。

我们终于下到了沟口。

上有大山压顶，下有万仞深壑，仅一米宽度的山路，狭窄如丝，望之双腿打战，心胆俱裂。有十余丈长的一处栈道，我们只得战栗着双手，搀扶崖壁，贴身前行。民间传说，曾经有个人肚皮太大，不幸把自己顶下了悬崖。因而曾有"要过石丈空，不能吃太饱"的笑话。李白《蜀道难》中描写的画面，似乎就在我们的脚下。我脑海立刻闪现这样的场景，在路的那边，剪径的棒老二横刀立马，过路的行人战战兢兢。《马边彝族自治县地名录》有如此表述："石丈空，此处有一岩路，行人缘岩而上如在虚空，故名……"

这便是石丈空地名的来历。

我突然疑惑起来，传说中诸葛亮的"山羊战术"，遭遇悬崖边一米宽的栈道，真的能够发挥作用，能够一举攻破石丈空？如果三国时期，石丈空真有过这样一场让人铭记千年的战争，或许，"山羊战术"绝对不是取胜的最重要法宝。

过了天然栈道，地势逐渐开阔起来，丹霞地貌的悬崖上，有巨大的标语："一切为了社会主义"。红底黑字，字体特别大，即便千仞云霄，远看也醒目赫

▲ 深山里的石丈空古栈道

然。如此陡峭绝壁，历经半个世纪的标语，流畅的字迹，快意昂扬，一个时代昂扬的精神，还驻留在山河之间。

标语下方，镌刻有碑文《石丈篇》，却是明朝万历年间存留的遗迹。碑文的字迹很小，我们攀爬乱石和草丛，越过两道坡坎才能够抵达碑文下，抬头凝望，字迹清晰可见。

《石丈篇》

陈禹谟

序云："马边道中山名石丈空者，上题'凿开天险'，其岩畔有铁枪若干，插置石隙，相传孔明所藏。尔时南人矢不反，遂示以韬兵不复用耶！余时阅武过此，有概于中，爱赋《石丈篇》。"

来登石丈空，天险足称雄！

一时低回留，良钦蜀相风。

207

德威乘叛服，南人绝内讧。

岩畔藏锋镝，坦然推赤衷。

信可孚豚鱼，精感殊族通。

邈矣卧龙迹，仰止意何穷。

蠢兹遗孽在，陆梁倚深丛。

出入诡难测，筹边亟守攻。

龙湖正错壤，震邻且震躬。

谁渡五月泸，载竖七擒功。

虎窟歼余种，麟阁表元戎。

顾言各努力，此日蚤索弓。

这首五言古诗，有对石丈空历史争战、悬崖绝壁"凿开天险"的心灵震撼；有"蜀道难，难于上青天"的强烈喟叹，有诸葛亮"七擒七纵"，攻心为上的宽大胸怀和格局的赞美；有对边关消除叛乱，休战太平日子的殷切企盼。

作者陈禹谟，何许人也？为什么会提诗悬崖绝壁，在洋洋洒洒的诗文里，牵连了马边多少历史的钩沉。

▲ 石丈空崖壁上的《石丈篇》

资料显示，陈禹谟是明朝江苏常熟人，万历十九年（1591）举人。授河南获嘉教谕，官兵部司务，累升兵部郎中，迁四川佥事，备兵川南。陈禹谟一生致力西南边关安定，屡建战功，有"书生治戎，兵略精通，威行西蜀，天焦纪功"的美誉。清道光年间，入选苏州《沧浪亭五百名贤像》。陈禹谟从政期间，边关混乱，战事频繁。撒假、安兴、杨九乍袭扰马边烟峰，赖因（今马边城），荣丁等地的"三雄"之乱虽已平定，然而，边关危机并未真正解除，战火和纷争，仍然频频爆发，边关民众苦不堪言，民不聊生。

明万历四十一年（1613），马湖府兵备道陈禹谟巡察边关，他从马湖到新市镇，经中都，沿黑水河一路西进马边。在野毛溪对岸的洪溪崖上，汪京书写了"永赖同功"四个字，让陈禹谟感慨万千。汪京与陈禹谟生活在同一时代，留在马边的轨迹，却相差三十余年。

这是陈禹谟第几次到马边，史书上没相关的历史记载，在马边历史记载里，陈禹谟到马边的痕迹，便只有遗留石丈空崖壁上的《石丈篇》了。

耳朵里塞满了诸葛亮的故事，脑海浮现着纷乱的三国时代烽火连天的场景，陈禹谟攀登上了石丈空。

大山巍峨，如一道天然的屏障。峰峦屹然，刺破了云天。巉岩枯藤，隘口如颈。此刻，金戈铁马的杀伐之声鸣响耳畔，心潮澎湃的陈禹谟，横槊赋诗《石丈篇》，成了历史的见证，是马边历史一道重要的符号。

而今，石丈空的悬崖峭壁上，《石丈篇》所载"凿开天险"这四个恢宏大字，已经不见了。悬畔洞穴里"诸葛所藏铁枪若干"的记载，也因山体无数次的坍塌，年代久远，无可考证。然而，《叙州府志》有清楚记载："石丈空岩绝壁广数十丈，相传武侯南征过此，投三戥于岩上，仿佛有形，壁间多名贤题咏。"

《石丈篇》是马边有迹可循最早的历史记忆，它把马边有史可陈、有文字可载的历史，直接追溯到奔放豪迈、逐鹿中原的三国时期，偏居一隅的马边，因之见证了三国时期的历史纷争。

223年，执意为结拜兄弟关羽、张飞报仇的蜀主刘备，征伐东吴，兵败夷陵，病逝。蜀国大臣朱褒、雍闿、高定等叛变，南中豪强孟获叛变。此刻，北有曹魏大兵黑云压城，东有吴国孙权虎视眈眈，南有三郡伺机叛乱，蜀汉政权岌岌可危。感恩于"三顾茅庐"而三分天下的诸葛亮，矢志报知遇之恩。于是，历史演绎了诸葛孔明南征的种种精彩片段，在马边荞坝山区，关于诸葛亮南征的传说，一代代流传，虽然支离破碎，语焉不详。

难道2000年前，天才的蜀国丞相诸葛亮，果真到过马边？在刀劈斧削的石丈空关隘，指挥过一场殊死的战斗？

据史料记载，当时带领蜀军进入马边者，乃老将黄忠。蜀军沿彝溪河抵石丈空，南人占有利的地形，居高临下，垒滚石檑木击之。蜀军经过九次进攻，伤亡惨重。此刻，坐镇黄琅的诸葛亮，亲赴石丈空。足智多谋的诸葛亮迅速定下计策。他安排蜀军购买数以千计的山羊，羊角挂着灯笼，羊尾拴上鞭炮。深更半夜，突然鼓角齐鸣，喊杀声震天。蜀军点亮羊角上的灯笼，点燃羊尾巴上的鞭炮。受了惊吓的羊群，拼命往山坡上猛冲，南人在岩上不断抛下滚石横木，仍然无法阻挡拼命冲撞的羊群。满山坡闪耀着明晃晃的灯光，爆裂的鞭炮，雷吼的战鼓，士兵的冲杀。迷信的南人以为天兵天将，无法阻挡，仓惶弃石丈空而逃，故民间又有"石仗空"之称谓。

历史太过久远，民间传说的这场精彩战斗，没有留下珍贵的文字记载。当年诸葛亮南征途中，是否到了马边，成了一桩历史的悬案。

据《汉书·百官公卿表上》载，"汉有蛮夷曰道"。蜀曾在黄茅岗山脉以东的小凉山区新设三县，即今屏山县新市镇建安上县，在今雷波黄琅建马湖县，在今马边县境内建新道县。"建兴三年（225），诸葛亮率主力，溯金沙江抵安上县登岸，经新道县抵越西，围叟帅高定。"这段珍贵的资料，侧面佐证了这幅巨大的历史画卷。

陈禹谟亲临石丈空遗留的墨迹，以历史的姿态，肯定了石丈空乃三国战场遗址。一首《石丈篇》，让纷纭的传说，变得更加真实可信。或许，在整个南征的系列战役里，在石丈空上演的"山羊战术"，仅仅是诸葛亮大海一样宽广的智慧里的一滴水珠。或许，在众多的战斗中，石丈空一场殊死战斗，如茫茫峰峦里的嶙峋一角，如随手采摘的一朵小花，激不起历史的波澜。

一首《石丈篇》让陈禹谟与马边结下了不解之缘。五百余年来，《石丈篇》还完好地存留在石丈空的悬崖上，成为马边最珍贵的历史遗存。

走下了石丈空，完成了一次历史性大穿越，我蓦然醒悟，为什么诸葛亮的传说，总在偏僻的马边山区，一说再说，长久不衰？纷争滋扰和骤起的烽烟，永远是边关的主题。饱受蹂躏的边关民众，渴盼平安稳定的生活，诸葛亮成了内心深处的依赖。山还是那座山，河还是那条河。诸葛亮的"山羊战术"，汪京"凿开天险"的雕刻，陈禹谟的《石丈篇》，千百年来，传唱在马边的历史云烟里，锦绣了河山，塑造了灵魂。

往事越千年，石丈空依旧是千古雄关。

今天的石丈空，已经成为一道历史景观，供游人瞻观。历史的遗迹，幻化为生活里的艺术。在无限的时空里，马边开启了辉煌盛世的历史篇章。著名诗人牛放有诗云："石丈空诸葛挥师南征，马蹄之声犹耳，仰望历史天空，空！也不空。"

世外梅林

2022 年 8 月，西南地区经受了难遇的高温酷暑。我在马边生活工作几十年，从来没有遭遇如此烈火炙烤的恶劣天气。《马边彝族自治县志》载，马边历史上"夏无酷暑，冬无严寒。平均极端超过 35℃ 为 1.5 天"。然而，2022 年马边日最高气温，屡屡超过 40℃，甚至有一天创造了高温排名全国第三的历史记录，堪称数百年罕见。

我给朋友丁忠云先生打电话，邀请他一同到梅林镇走访。出人意料获得两个惊喜，一是丁忠云刚参加工作期间，在梅子坝乡中心校教书五年（如今为梅子坝村），梅林镇的地理典故、风土人情，皆烂熟于心。二是梅林镇梅子坝村的风坡溪组，这片青绿漫山、诗意盎然的山坡上，时任宣传部常务副部长、我多年的老朋友阿洛夫基，在此呱呱坠地，茁壮成长。自然纯净的热土，诗意浓郁的山水，释放了藏匿于凡胎俗体里的灵魂。他墨蘸人生，活成了精彩的诗人。

一

梅林镇在马边的西南部，镇街距离马边县城 40 多千米。早晨八点，我们便从县城出发。天出奇闷热，县城东部的莲花山上，太阳像一团燃烧的火焰，一道道夺目的光芒，针针如刺，肆虐暴力，毫无忌惮。

我们驱车沿马边河逆流而上，一路往南，半个多小时，便到了苏坝的白杨槽村。再往前走几千米，便是著名的油石岩隧道。

马边山高峻峭，沟壑深谷，路途崎岖。然而，马边县境内的国道、省道、县道以及众多的乡村公路，几乎没有开凿隧道。据我所知，迄今为止，只有烟峰山脚下，因官帽舟水电站库区淹没，修建有长300米左右的隧道。另外，便只有梅林镇的油石岩修建了全程1120米的一条隧道。

为什么单单在梅林镇的油石岩，花巨资修建一条这么长的隧道？

如今，油石岩隧道，隆隆的大货车，穿梭其间，呼啸而过。来往的小型轿车，一路轻烟，飘逸进出，风驰电掣。可是，外地来马边的驾驶员，并不知晓这里曾经发生了一件悲惨的大事，曾经震惊了全国。

油石岩隧道未修建之前，公路在隧道背后的河边上。几千米的奇葩公路皆是从悬崖上鉴刻出来的。车行其上，头顶上的巨崖，高耸壁立，到处有看起来会随时滚落而下的乱石；公路坎下是三河口河，河水奔涌流淌，仿佛要把公路冲成空中楼阁。

该条公路自1993年通车以来，常常有小石头掉落、小塌方现象，过往的车辆、行人皆习以为常了。然而，悲惨的大事件，往往是在岁月里渐渐啸聚，再如席卷大地的狂风，瞬间爆发，天崩地裂。

2016年3月8日，乐山市公路局局长王川、市公路局农建办主任苏建荣、马边公路局副局长李志强（省交通厅下派扶贫干部）等一行七人，前往马边与峨边交界处的三河口镇，勘察小凉山精准扶贫交通项目——峨马路线。

峨马路线，起于峨边县城，经613林场公路、马边金家沟、

S103 线到达马边县城，全长约 127.3 千米。项目建成后，将首次实现两县直接互联互通，缩短峨边至马边的路程约 40 千米，并将为岷边、马边两县丰富的资源外运提供极大便利。

那天，正是三八妇女节，九州大地上，中国男人都在思索，如何陪伴好妻子、孩子，度过愉快的节日。给辛苦一年的妻子，以加倍的慰劳温馨。然而，为了尽快推进马边交通扶贫工作，这一天，王川和苏建荣只能面带愧色，向妻子、孩子道别。这一去，却成了生命永远的诀别。

早晨 8 点半，他们从乐山市出发，一路风驰电掣，直奔马边。那时，马边高速公路还在启动修建之中，从乐山市到马边，走国道 348 线，需历时 3 个多小时。

县政务中心大门的监控显示，他们 11 点 30 分抵达马边彝族自治县交通局，10 分钟的短暂接洽之后，他们又出了政务中心大门。据交通局知情的同志回忆，他们出门后，在一家超市里，购买了一些面包、饼干和水，便马不停蹄，继续往南，前往三河口镇。

马边县交通局工程股副股长邓兵，那天一早提前抵达了三河口，做好前期的准备工作，等待王川一行的到来，便投入道路勘察的工作。时间已经到了下午 1 点钟，王川局长一行仍然迟迟未到。邓兵先打马边交通局随行人员的手机，可是手机打不通。他又继续打了几个人的手机，奇怪的是他们一行人的电话都无法接通。正当邓兵焦急万分，四处打电话时，突然传来惊天噩耗，王川、苏建荣等 7 人所乘的车辆，在马边县梅林镇境内油石岩，被垮塌岩体全部掩埋……

这是多年来马边扶贫史志上最凄厉、最阴霾的一天。来自省、市、县几位扶贫干部的鲜血，染红了油石岩山岗。

江河哽咽，大地悲恸。

　　油石岩的山体垮塌，是马边扶贫道路途中最悲伤的历史记载，是马边环境恶劣、条件艰险的悲凉画卷最真实的写照，是马边扶贫人士的牺牲付出、顽强拼搏的精神缩影。

　　"一石激起千层浪"，七位英雄的牺牲，引发了许多人的悲恸，也感动了许多人。纷纭繁杂的世界，许多人噙着热泪，重新审视国家扶贫攻坚战略的积极作用，全面拓展了当今扶贫工作的深刻价值和历史意义。

　　每次开车进出油石岩隧道，我总会突发奇想，油石岩这段悲壮感人的历史，不应该如此沉默。梅林镇应该竖立一个高大的石碑，使之成为无声的呐喊，让牺牲和热血的扶贫历史，永远铭刻在山峰与江河之间。

　　转瞬之间，我们的车穿过了油石岩隧道。我们在一个宽敞的地方停下车，回望錾刻在悬崖峭壁上的公路，悬崖千仞，山岳压顶；

▲ 刀劈斧削的油石岩公路

绝壁深壑，乱石嶙峋，望之心惊胆战。

过了油石岩隧道，往前几千米，便是梅林镇黑桃坪村委会，公路的坎上，是梅林镇著名的马儿山。爬到半山腰上，有一巨大的溶洞，人称"沙腔溶洞"。

很多年以前，我在苏坝区中学教书，有年春天，我们曾经带领一班学生春游，参观过沙腔溶洞。溶洞径口不大，仅有五六米左右。我们打亮电筒，渐渐进入溶洞内，洞腹里却宽敞宏阔，足有三十平方米。洞内潮湿，冷气凛然。冰凉的溶液，淙淙渗透，滴落在头上和脸庞上。悠悠的声音，清脆异响。倒悬的钟乳石，晶莹剔透，妙趣横生。溶洞里的世界，诡谲纷呈，神形缥缈，令人眼花缭乱、应接不暇。

在马边这片山水里，我没有见过这样宽大的溶洞，也没有见过如此壮丽绚烂的钟乳石。几十个中学生，满怀惊喜，如一群调皮的猴子，一窝蜂似呼啸而进。

然而，溶洞内的侧洞特别多，大洞套小洞，小洞再套更小的洞，洞洞延伸，如参天巨树密密匝匝的枝杈，无穷无尽。学生们活蹦乱跳，兴致勃勃，纷纷钻入密密的侧洞，一会儿，便见不到人了。

怎么会出现这样的情况？

站在空空荡荡的溶洞内，当老师的我们很快忧虑不安起来了，这些小溶洞有多深？有无毒蛇和猛兽？有人说，沙腔溶洞可以穿透马儿山，与建设乡水碾坝的凉风洞相通相连。

任由这些学生四散乱钻，我们到哪里去找他们？遇到危险怎么办？我们越想越怕。于是，隧洞里响彻着我们几位老师歇斯底里的呼喊。一场愉快的春游活动，让当老师的我们苦不堪言，精疲力竭。

梅林镇山高坡陡，狭窄崎岖，全县各乡镇，无出其右。梅林镇政府办公大楼，只能修在镇街坎上的陡坡上，寸土寸金，足见梅林镇之维艰。然而，梅林镇却得天独厚，拥有一个绝妙的天然溶洞，这是马边其他乡镇无法企及的，是大自然对梅林镇丰厚的馈赠，是上天对梅林镇的公正与慷慨。

我们停车，询问村干部，皆言知道有溶洞，因入口隐蔽，又极度危险，很久没人上去过了。

如今的梅林镇，由沙腔、梅子坝、挖黑口三个乡镇合并而成，改名梅林镇。梅林镇政府驻地是原沙腔乡政府驻地。街镇所处直辖村，名曰"鄢家碉"，名字很奇特，心想，该有历史典故或者传奇的故事？询问之后，方知臆想太多。村民说很早以前，这里居住的汉族鄢氏家族，为防强盗、土匪的抢劫杀戮，曾于此修建一座碉堡，人称"鄢家碉"，故得名。这与马边许多地方相似，譬如苏坝地名缘于苏氏家族，袁家溪地名缘于袁氏家族。然而，如今的梅林镇，已没有鄢氏人居住。我突然想起马边县城有个街巷，曰"鄢家巷"，且现今有鄢氏人居住，不知道他们的历史渊源，与梅林镇的鄢家碉，有无承继和脉源。

二

梅林镇的梅子坝村委会，曾经是梅子坝乡政府驻地。从梅林镇街道往三河口方向，十千米左右处，横跨三河口河，便是一望无际、郁郁葱葱的山坡。梅林镇镇长李晓超等一行陪同我们，驱车沿弯曲陡峭的山坡，盘旋攀登。山坡上植被丛集，青绿浓郁，翠碧欲滴，毫无旱情焦灼之虞，哪怕此刻温度已经高达40℃，烈日炎炎似火烧。

我们驱车爬上了山顶，眼前却是一个很大的坪坝。梅子坝的"坝"字，估计缘于此。坪坝上有上千亩的酸梅，一拢拢酸梅树，权枝四叉八散，束束仰天。一望无垠的酸梅林，一直往远处延伸，

▲ 世外梅林

直抵山麓。

酸梅林前面的公路旁，新修建了一个亭榭，古色古香，是当今流行的"打卡地"。我也赶个时髦，与年轻的镇长一起打卡留影。大家便议论说，凉亭虽然修得好，但好像有点什么遗憾。丁老师提出应该有副楹联，增加一点文学与历史的韵味儿。于是，李镇长邀请我帮忙写两句。我没有现场作诗这样的能力，且修炼不够，总怕贻笑于大方。然而，中国历史上关于梅树的许多故事，却源源不断地流进脑海。

我想起了《三国演义》中刘备与曹操"煮酒论英雄"的典故。刘备兵败，穷途末路。身不由己，假意投靠曹操。他每天种菜浇灌，做凡人俗事，掩饰胸怀天下、逐鹿中原的宏图大志，以防止被曹操谋害。一天，曹操邀请刘备到梅园喝酒。席间，曹操问刘备，当今天下，谁是英雄？刘备心里一惊，继而遮掩支吾，假装糊涂，顾左右而言他。然而，曹操却单刀直入，一针见血，一字一句地道"天下英雄，唯使君与操耳。"曹操的话，犹如晴天霹雳，惶恐不安的刘备，霎时间，心脏都快从身体里蹦跳出来，一双筷子滑落在地……

我还想起了北宋著名隐逸诗人林逋，后人称之林和靖，他"通晓经史百家，性孤高自好，极喜恬淡，勿趋荣利"。林逋隐居西湖孤山20年，终生不仕不娶，唯喜植梅养鹤，自谓"以梅为妻，以鹤为子"，远避官场与市嚣。成语"梅妻鹤子"的典故，便缘于此。他撰写的"疏影横斜水清浅，暗香浮动月黄昏"两句咏梅的古诗，也成了千古绝唱。

瞬间，我脑海里突然闪出了"坪上煮酒英雄史，世外梅林深情地"两句对联。虽然对仗不太工整，韵律也没那么考究，但意境妥帖，适合眼前景致。梅子坝上的大片梅林，难道不就是曹操煮酒论英雄的梅林？难道不是林和靖关于梅花的千古诗章吗？

三

梅子坝名称的由来，与漫山遍野的梅树有关吗？梅子坝的历史上，又有多少典故与传说？

带着这些问题，我们走访了原梅子坝乡彝族退休职工吉拿五一。

吉拿五一今年已经72岁，从小便在梅子坝长大。他告诉我们，梅子坝这片土地，曾经分为两大块。以如今的凉亭为界，以北为梅树林，以南便是铜厂。

《马边彝族自治县志》记载，清乾隆年间，马边境内建铜矿二十余个，持续开采矿四十多年。然而，当时梅子坝的铜厂有多大规模，是属于官办还是民办，皆不得而知。据吉拿五一的讲述，清朝末期，梅子坝上的居民，汉族居多，他们来自什么地方，因何缘由，背井离乡到梅子坝居住，也无人知晓。他们凭着聪明才智，在梅子坝生存。烧砖筑房，开采矿石，冶炼铜矿。如今，梅子坝村小学的地址，就是当年的铜厂厂址的遗迹。大片梅林背后，是高大巍峨的麻足罗觉山，半山坡上，当时开采矿石的山洞，至今犹存。其中，最大的矿洞有四个，洞口宽三四米，径深上百米。其余的小洞无以计数。当年铜厂的繁华喧闹，可想而知。

山坡依旧，茂密的树木和杂草，覆盖严实，已经很难寻觅古人踩踏的道路痕迹。然而，在梅子坝枯草茂盛的山坪上，依稀存留着的坟茔，却成了当年居住梅子坝汉族人的历史遗留。

岁月沧桑，坟茔裸露，一道道青色土砖，暴露在蓝天白云之下。在吉拿五一并不清楚描述里，我眼前闪现一幅这样的历史画卷，当年的梅子坝，居住过一群汉族人，他们的祖辈，或来自遥远的汉族地区，梅子坝曾经有他们的梦想，给予过他们幸福而又辛酸的生活。他们在这里奋斗、在这里满怀期望地生存，有过一代又一代的漫长人生。百年之后，梅子坝依旧翠碧，青山依旧沉默，荒草中的枯茔，在无声地诉说。不知他们远走他乡的子孙们，是否还记得遥远的梅子坝，他们祖辈曾经奋斗和流泪的地方，曾经寄托过他们家族的希望与梦想。

吉拿五一还说，梅子坝居住的彝族，其实是从大凉山搬迁而来的，时间大约在清末至民国年间。他说，他爷爷那一辈，便居住在梅子坝了。我们据此推测，应该是二十世纪二三十年代吧。彝族大举迁徙的历史，在马边比比皆是，高卓营的雷公坪、油榨坪，三河口附近的农村。当年汉族人居住、遗留的枯坟野冢，随处可见，见证着一段特殊经历。在老人的言说里，民国年间，大小凉山的彝族人民，曾经有过一次大规模向北迁徙，大量的彝族人民，成了马边崇山峻岭里的土著居民。

吉拿五一说，关于梅子坝的名称来历，缘于彝语"眸子"。眸子的汉文翻译是"拴马的坝子"。滑稽的是，山坡上有大片大片的梅子林，而"梅子坝"的名字，却与梅子树完全无关，让人啼笑皆非。让擅长臆想的诗人作家，无言以对。

梅子坝的名称，缘于彝语"眸子"的推论，如果符合历史的真实，那么，古代汉族人居住期间，现在的梅子坝，不应该叫梅子坝。

岁月淹没了真相，荒草萋萋，屏蔽了历史的声音。

吉拿五一带着我们参观了原梅子坝乡政府驻地，我们在沿途农户的屋檐坎边，看见不少过去烧制的青砖，灰土粗糙，苔痕瘢伽，让人想起秦砖汉瓦的古老厚重和历史渊薮。

我们跟随丁老师故地重游，走进他曾经工作了五年的小学。伫立校门口，遥想当年冶炼铜矿的繁华喧闹，令人感慨万千。当年铸镕金铜的场所，变成了塑造灵魂的校园，这难道不是历史的巨大升华吗？

梅子坝村曾经是马边县城通往三河口、美姑的重要通道，是重要的战略关隘。清朝时期，马边通判周斯才在《马边厅志略》中记载，清康熙十九年（1680），吴三桂余党攻陷马边城。清军副将管游击事李宏鉴，奉命进剿，连续获胜，很快收复了马边县城。然而，吴三桂的余党，退往三河口。李宏鉴因连连取胜，滋生骄傲情绪，他错误判断敌人的势力，只带了少数士兵，孤军追击。在"深箐"中"为贼所陷"，直至"边战阵殁"。

李宏鉴孤军直入密林深处，兵败阵亡的事迹，历史记载的粗略不详。《马边厅志略》所言的"深箐"，乃指三河口一处深山密林，却没有具体的地址。于是，我突发奇想，李宏鉴当年孤军深入、战死沙场的深山密林，会不会就在梅子坝这片土地上？

根据《马边厅志略》的记载，李宏鉴埋藏于今天建设乡的黄茅埂村。之前，我曾经多次想前往拜见英雄的坟茔，询问建设乡工作的干部，皆不知在何处。徒留多少凄怆、叹惋、无奈。

李宏鉴死后两年，马边山区又发生了一件历史大事件。一个普普通通的将军的牺牲，惊动了中国历史上赫赫有名的帝王。

据《马边厅志略》载，康熙皇帝亲自为李宏鉴撰写了祭文："宏鉴，赋性忠勇，才能称职，捐躯报国，效力师中。奋不顾身，力战阵殁。联用悼焉。特颁祭葬，以慰幽魂。呜呼，聿昭不朽之荣，庶享匪躬之报，尔其有知，尚克歆享。"表示对李宏鉴的悼念。

在《马边厅志略》中，查阅到这段历史，我惊讶不已，脑海里冒出一连串的疑问。康熙皇帝是何人，他亲自给牺牲边关的将军写祭文？李宏鉴又是谁？难道他不仅仅是马边历史记载中，轻描淡写的人物？后来，我又翻阅过马边其他历史资料，但没有找到任何答案。

吉拿五一还告诉我，1957 年 7 月，黑彝奴隶主叛乱溃败之际，叛乱首领黑彝木干，率残部逃至梅林镇的鸡公山，而解放军部队便驻扎在梅子坝，炮轰对面的鸡公山。

瞬间，我的脑海里疑惑重重，温馨如斯的梅子坝，果真曾与纷飞的战火联系在一起了？难道当年李宏鉴将军牺牲的地方，真是今日的梅子坝？

四

梅子坝大规模种植酸梅的历史，却要从二十世纪八十年代说起。

马边是四川酸梅五大原生资源地之一，被称为"世外梅林"的梅林镇，是马边酸梅重要的生产基地，有上百年种植酸梅的历史。为了充分发挥马边酸梅的优势，二十世纪八十年代初，马边县委、县政府大力提倡，在全县发展酸梅产业。然而，由于马边太过偏僻的地理区位，酸梅的销售价格极端不稳定，甚至还出现无销路的年份，造成极大的经济问题。

时任马边县长的宁坪，多次前往三河口调研，希望为马边酸梅找到新的出路。她通过调研，向县委提出依托四川省"星火计划"，扩大酸梅种植规模。实施以三河口片区为核心，向四面辐射的全县产业发展规划。然后，引进资金办酸梅厂，解决马边酸梅生产、销售之间的矛盾。

县长宁坪亲自执笔，向县委写了报告，建议成立"马边酸梅饮料厂建设指挥部"，抽调有关技术人员组成工作组，筹建酸梅饮料厂。县委很快批准了报告，大力宣传动员群众种植酸梅树的活动，便轰轰烈烈地开展起来了。

然而，如何引进资金、人才，如何创办酸梅饮料厂呢？

带着这个问题，县长宁坪多次率队前往成都、重庆、广州、深圳等地学习考察，希望能够引进资金和人才。在深圳利比多奶制品公司的养牛场，宁坪主动帮助工人轧草、喂奶牛，总经理陈爱国深受感动，最后他下定决心也帮扶马边投资建造酸梅厂。重庆市食品科技开发中心也大力支持马边建厂，派出技术人员到马边，指导建厂事宜。据《马边彝族自治县志》载，"1987 年 10 月，县内新建酸梅食品厂，厂址在东光村（城南一千米处）。1988 年主体工程竣工，总投入 115 万元，有厂房 2066 平方米。"马边酸梅饮料生产投产，产品受到社会各界好评。1988 年，在成都召开的国际食品推销会上，马边酸梅饮料荣获金奖。

马边酸梅饮料厂的投产，极大地激发了马边群众栽植酸梅树的积极性，马边酸梅种植面积大增，梅子坝、沙腔，三河口等地成为主产区。农民种植的酸梅树，每年每株可带来 200 ～ 300 元的收入，当时，占村民家庭年收入的 70%。

后来，鉴于马边偏僻的地理区位等因素，且国家政策也发生了巨大的变化，马边酸梅饮料厂的道路，步履维艰，市场风险步步紧逼。《马边彝族自治县志》载："1993 年，县成立'四川马边野梅饮料有限公司'，由西南农业大学食品学系研制生产'小凉山牌'野梅全天然保健饮料。全年生产野梅浓浆 15 吨，野梅饮品 76 吨，总产值 40 万元，总销售收入 46 万元，上缴利税 3 万元，全员劳动生产率 19047 元／人。"1996 年该公司因资不抵债，由法院宣布破产。

马边酸梅饮料厂的破产，马边酸梅销售的链条轰然断裂了。梅林镇的酸梅销售，再起波澜。销售困难状态，回到了原点。

资料显示，2008 年，马边酸梅大丰收，收购价却一路跳水，从过去每公斤 2 元多，降至七八角。为维持生计，不少村民只能砍掉酸梅树，栽种其他农作物，2016 年马边酸梅种植面积，萎缩约三分之二，马边酸梅产业的发展，进入了历史的最低谷。后来，我以酸梅发展产业的风波为素材，创作了一部中篇小说《有火的地方一片红》，小说对当前农业产业发展进行了深层次的反思，得到了认可，刊发在《天津文学》杂志上。

2017 年，马边县委、县政府通过"6+X"、东西部扶贫协作政策加大对酸梅种植的投入，一定程度上调动了老百姓的积极性。马边酸梅资源日益丰富，总面积 54989.8 亩，而主产区梅林镇，种植面积占全县的 40.9%。酸梅产业逐渐表露潜力，成为当地林业产业经济新的增长点。东西协作项目中，用马边酸梅生产的"马边青梅酒"，已经在马边的市场上销售。

马边酸梅发展的春天，来了吗？

然而，村民告诉我，2022年马边市场上，酸梅收购价格再次掉入历史的低点。我们走进酸梅种植户家里，不少村民不愿意低价卖掉酸梅果，他们将酸梅果放烘灶上烘干，等待着价格上涨。

看着村民焦急的表情，我大惑不解。

于是，打电话询问了马边新农公司的董事长李恒标先生，李先生在电话里向我详细介绍了情况，一是马边酸梅总产量每年已达2000多万斤，东西协作生产的酸梅酒，每年仅有10吨的需求量，虽然对马边酸梅产值增长，有促进积极意义，却只是杯水车薪。二是马边酸梅树严重老化，结出的酸梅果，果小、肉薄、籽大，作为原料生产青梅酒或者其他饮料，成本太高。三是马边正在引进推广日本品种"南高梅"，果大、肉厚、籽小，将逐步对马边传统酸梅树种，进行更新换代，改造升级。同时，全县正在筹划建造酸梅精深加工生产企业，对马边的酸梅进行精深加工，推进马边传统产业酸梅的大发展。

听了他的介绍，我只有一声叹息。

诗人阿洛夫基的诗曾写道："风坡溪是个小小的村落，以神和灵命名，生长含泪的故事和苦苦的歌谣，年年岁岁仰卧于云中的黑土地。"起落跌宕的酸梅产业，多少代人苦苦的期待，如今却成了村民心口的痛。

走下梅子坝，公路上遇到一辆三轮，车胎爆了，挡在路上。车上满盛着烘干的酸梅。颜色黑乎乎，有浓烈的炭火味。我拿起一颗，稍微擦拭之后，放进嘴里，轻轻一咬，酸酸甜甜，口舌生津。

炽烈的太阳，高悬在梅林镇上空。凶狠的目光，喷洒着火焰。

田野里的庄稼，却绿意盎然。

五

吃了中饭后，我们继续顶着烈日，沿挖黑河，前往挖黑口村。挖黑河发源于美姑县，是马边河的重要支流。我们所走的公路，俱是从半山腰上开凿出来的，山高奇峻，河谷幽深。坐在车上往山上看，壁立高悬，往下看沟深万壑，会有晕眩的感觉。在梅子坝工作了五年的丁老师解释说，当年如果要去挖黑口，必须经过梅子坝。他还告诉我，沟对面的大山，便是我们上午去过的梅子坝。

挖黑口村往西，有一座高耸大山，名叫"鸡公山"。鸡公山背后，便是凉山的美姑县树窝乡。传说，树窝曾经是大名鼎鼎的三国历史人物孟获的故乡。

《马边彝族自治县志》载，明朝"三雄之乱"的头目之一撒假，乃腻乃（今挖黑口）人，曾经自称为孟获的后人。瞬间，在梅林镇的土地上，我脑海里弥漫着波起云涌的历史风云，许多家喻户晓的三国故事，浮现眼前。

站在历史的角度而言，孟获是大小凉山一个重要的历史人物。以莽莽的大小凉山而言，孟获乃一位盖世英豪，他的命运维系着大小凉山的安全。蜀汉后方疆土的稳定，没有他便会海潮翻涌，波浪滔天，最终生灵涂炭。

我终于理解了蜀国丞相诸葛亮苦心孤诣地留下了"七擒孟获"这一千古传奇的原因。不知道孟获幼小时候的生活，是否曾有过盖世英雄的心态。或许，他曾是大小凉山狂野不羁的天之骄子。鸡公山曾经是他训练士兵的校场。

高耸入云的山峦，湮没无闻的深涧大壑，还是三国时期大小凉山硝烟弥漫的山川吗？

鸡公山孤峰耸立，酷似雄鸡，引颈长鸣，故得此名。当年，一场声势浩大的大小凉山黑彝奴隶主叛乱，经历了一年艰难困苦的决战之后，平定叛乱的战役，终于进入了尾声。《马边彝族自治县志》载，1956年反动奴隶主发动疯狂武装叛乱，但节节败退。1957年7月，峨边黑彝木干率残部退守鸡公山，企图倚靠鸡公山的险要地形，困兽犹斗。黑彝木干嚣张之至，以为可以凭借鸡公山的天堑，苟延残喘。他们疯狂嚎叫"你有机枪大炮，我有高山老林"。蚍蜉撼树，千古笑谈，成了千年的奴隶制最顽固的历史悲鸣。

消灭黑彝木干的残部，是马边乃至整个凉山平叛斗争的最后胜利。巍峨的鸡公山上，黑彝木干最后的幻想，眨眼之间，破碎成一股缥缈的云烟。在解放军的枪炮声里，黑彝木干的残余成了历史的粉沫。

从此，奴隶主退出了主宰大小凉山的政治舞台。大小凉山持续了千年的奴隶制度，彻底落下了帷幕。一种空前绝后的社会制度，如燃烧的火焰，点燃了古老的大小凉山。

如今，枪炮轰鸣的鸡公山上，早已告别了当年的血雨腥风。历史回归了平静，鸡公山依旧屹立在蓝天白云之间。

我们站立在鸡公山下阿苏达达家的院坝里，清楚地看见鸡公山的巅峰，巍峨耸立在云雾之间。当年黑彝木干的残余，便盘踞于此。与鸡公山遥遥相对的梅子坝山顶上，是追击残敌而来的解放军驻扎营地。

而阿苏达达的家，便在两山之下的木家湾的山坡上。

鸡公山下的彝族老人阿苏达达，今年已经77岁。身材单薄精瘦，古铜色的脸庞，饱含沧桑。他头顶帕子，满脸精神。听说我们到来，老人手里还拿着一把镰刀，急忙从坡上赶回来的。

梅林镇人大主席吉言哈格，陪同我们在木家湾采访。他告诉我们，鸡公山的名字，在大小凉山上如雷声在响。鸡公山下的阿苏、阿罗两家，在大小凉山上，声望高远，备受敬重。

传说，很久很久以前，阿苏、阿罗家支的祖先，在同别家支作战中，勇猛刚烈，剽悍善斗，威赫的战功，响彻了大小凉山。如今，遍游大小凉山的任何一座高山、任何一条河流，只要有人提及"鸡公山下阿苏、阿罗家"，彝人都会竖起拇指，内心敬服，顶礼膜拜。

阿苏达达告诉我们，那一年，他才十二岁。在他的记忆里，他的爷爷阿苏洪基手握一枝枪，是很威武的。黑彝木干残部占领了挖黑地区，收缴了爷爷手中的枪。并用破布将他捆裹起来，准备将他杀害，后来被阿苏家族的人救走了。

当时，叛军首领黑彝木干，到了挖黑口，便大肆叫嚣："汉族的军队，来的时候跟洪水一样凶，走的时候跟洪水一样干（枯）。"意思是说，解放军现在来了，以后会走的，他们想从思想上蒙骗彝族群众。叛军强行裹挟沿途村民，逼迫他们一起走。"不跟他们走，他们要用剪刀剪脚杆，用火烧房子。"在叛军的淫威下，村里所有人被带上了鸡公山，阿苏达达和母亲以及两个姐姐，也被强行裹挟进人群中。有一名叫阿志罗志的青年，坚持不愿意跟随黑彝木干走，被拖走了家里的3头牛，烧了他的房子，还把他抓起来，押解到了鸡公山的半坡上，把他杀害了。

解放军来了，在梅子坝的山顶上，向鸡公山开炮。枪炮声音特别响亮，在山坡上飞蹿，轰隆隆的声音，在头顶上密集旋转。

每隔四五天，黑彝木干便逼迫裹挟的村民，下山背粮，因为解放军看见背粮食的是老百姓，他们便不会开枪。阿苏达达也被逼迫回家背过一次粮食。解放军果然没有开枪炮。

后来，黑彝木干从鸡公山逃跑，那些不愿意随他逃跑的村民，全部被杀害了。阿苏达达的母亲和两个姐姐，就是在那时被杀害的。

六

12岁的阿苏达达和另外两个表妹，当时正在远处的林子里，他们亲眼看见，那些不愿意随黑彝木干一起走的村民，一个个被杀害。他们害怕极了，幼小的身体，躲藏在草丛里瑟瑟发抖。茂密的草丛，保护了他们，他们没有被凶残的叛军发现，躲过了劫难。

他们沿着鸡公山跑下来，远远望见解放军冲上山来。他们当时并不知道什么叫解放军，他们只知道，这是汉人的军队，和彝族人是不一样的。他们并不知道，解放军是人民的军队，是来保护他们的。他们惊慌害怕，撒腿回跑。解放军在后面追赶着他们，一路都在呼喊什么，但是他们听不懂。他们只想拼命逃跑，不想被抓住。他们知道，这些解放军手里有枪，如果解放军对他们开枪射击，他们几个小孩子随时都会没有命，他们别无选择，只能拼命地逃跑。

然而，解放军一直在对他们喊话，却一直没有向他们开枪。后来，解放军也没再追他们，他们反而觉得奇怪了，悄悄地转回来，远远地看那些解放军战士。解放军战士们没有管他们，他们点火煮苞谷面饭。此刻，他们觉得饿极了，已经两天没有吃过饭了。正在这时，远方的解放军向他们招手，比划着手势，喊他们过去吃饭，这下他们终于明白了，解放军没有恶意。饥肠辘辘的他们，已经忍受不了身体的饥饿，他们过去端起碗，一口气吞了几大碗饭。

阿苏达达回忆说，后来黑彝木干被解放军消灭了，大家终于放心了。再后来，解放军还在他们家里居住。阿苏达达回忆说，那时候，解放军中有一个炊事员特别关照他，经常拿东西给他吃，所以他至今记得，他的名字叫杨明方。

阿苏达达其实不善言辞，他的话不是太多。但他道出的细节，成为凉山平叛中，管中窥豹的历史真实。这便是黑彝奴隶主发动叛乱时期，遗留在民间最基本的历史真相。

阿苏达达的话语里，黑彝木干的残暴、凶恶，让人不寒而栗。而解放军的形象，却是如此和善可亲，温润了大小凉山上的每一座山，每一条溪河。

七

夕阳西下，苍翠浓碧的鸡公山上，霞光万道。

阿苏达达三个孙女都很漂亮，我们坐在院坝里谈说历史的时候，她们也坐在那里，深黑的眼睛里，一直盯着我们，饶有兴致地听我们的谈话，在她们的目光中，我感受到的有惊奇，也有疑惑。阿苏达达告诉我们，大孙女在读大学，是政法专业的本科，二孙女今年刚考上大学，四川民族学院本科，最小的孙女今年刚刚考上高中。这让我们很惊讶，鸡公山下阿苏家的子孙，真的不同凡响。凉山的时代，在历经了千年的重叠复制之后，终于迈进了稳定平安的崭新时代。

临走的时候，阿苏达达的儿子也开着小车，要到乡镇上办事。漂亮的越野车，感觉阿苏家的生活真是越过越好了。

鸡公山下的彝族村民，今日的生活如此幸福。

梅林镇的山坡上，沿途馈赠给我们的皆是惊喜。

下溪山水间

下溪街镇地处三江汇集之所。马边河从南而北，滔滔奔流，从小街镇的正面流淌而过。雪口山河（金银河）途经下溪镇观音岩村，在街镇上场口，汇入马边河。大竹堡河在共和街社区中部、下溪街镇下场口汇入马边河。三条环绕下溪街镇的河，却无一条的名称与下溪镇有关。

下溪因处三江交汇，自古防汛压力较为繁重，历史上屡遭水患。据《马边厅志略》载，清乾隆五十九年（1790）水灾，下溪、镇江庙淹死 54 人。清嘉庆八年（1803），下溪涨洪水，淹死 41 人……下溪镇的镇江庙，原属镇江庙乡，2020 年 5 月撤销乡置，区域划规下溪镇。传说，每年这里总遭遇洪灾，冲毁房屋和庄稼，群众苦不堪言。于是，便在河边修建过一座寺庙，希望镇住汹涌的洪水，故名"镇江庙"。从而，逐渐演化成了地名。

下溪这名字，与奔腾而来的雪口山河有关。据《马边彝族自治县志》载，清朝乾隆时期，雪口山溪称上溪，下溪正好地处雪口山溪的下游，故名下溪。清乾隆建乡、建场，始有"下溪乡"的名字。1940 年更名为新政乡，1951 年，因街镇是金银河（今雪口山河）与

231

大竹堡河两溪交汇之处，因而更名为"双溪"。1981 年，恢复"下溪"之名至今。

一

下溪镇的观音岩村，地处雪口山河的下游，村庄的名字，缘于雪口山河所经的一道陡峭绝壁上，屹立着一尊庄严慈目的观音菩萨雕塑，被称之为"观音岩"。观音岩的绝壁上无任何字迹，不知道修建于何年。已经八十高龄的老村主任老罗告诉我说，他爷爷幼年的时候，便听老一辈人讲，崖壁上有尊观音菩萨塑像。自古以来，很多村民去观音岩，烧香跪拜、放鞭炮挂红。

如今，我们几个人站在岩壁下反复查看，崖壁上除了观音菩萨塑像之外，确无任何雕刻的字迹。老罗还告诉我们，下溪镇自古以来，居住以汉族为主，吃斋念佛的信士居多。山岭里的悬崖岩壁，菩萨的塑像不少。村里修建的寺庙也很多。譬如河对岸山顶上的笼子背村，便有安子寺、福田寺、垒罗寺三座寺庙。

观音岩村委会外，是滔滔流淌的雪口山河，河流往下，坎上有大片纵横阡陌的粮田。这里曾经是一道奇特的大自然景观：雪口山河的流水，无法浇灌坎上这片田土。然而，奔腾滔滔的雪口山河，继续往下至蚂蝗沟，蚂蝗沟的河水，汇入雪口山河时，受到雪口山河水的阻挡，受阻的河水，立刻改变方向，折而返西往上倒流，直接冲入这一片干旱的土地。干枯荒凉的泥土，变成了良田，因之，此处名为"倒流水"。

如今，"倒流水"的自然景观，已经不复存在。取而代之的是高山引水、喷流灌溉等现代科技手段，靠天吃饭的原始状态，渐渐退出大自然的舞台。伫立在这片原野上，庄稼丰茂，一片绿意，想

232

象着当年河水倒流,冲向田野的景象。在我的脑海里,这既是一道激动人心的自然风景,更是天意的慈善与眷顾。

观音岩村有座著名的山,海拔 800 米左右。因山顶上四周高、中间低,如一个天井,故名"天井山"。传说,天井深不可测。天井里有一股清澈的泉水,汩汩外冒,总能蓄满天井。天井水清澈发亮,宛如明镜,身影可鉴。天井山上住着一位姓王的人家,穷困潦倒,饥寒交迫。这天,天井山来了一位风水先生,说天井山上有处风水。王姓人兴高采烈,将风水先生邀请至家,热情款待,希望风水先生指点迷津。风水先生说,这道风水我虽看准了,却不能说。王姓人家立刻询问原因。风水先生说,说了我眼睛会瞎,后半生无所依托。王姓人家立刻叩头承诺,侍奉风水先生的后半生,如孝敬亲生父母。

风水先生告诉了王家风水宝地之后,果然双目失明,成了瞎子。然而,渐渐发达起来的王家,开始怀疑是不是白白养了风水先生,之后,他们开始把风水先生视为累赘,安排风水先生做活。因为风水先生眼睛看不见,他们便安排风水先生像蒙住双眼的牛一样,围着碾槽推磨。风水先生苦不堪言,边推磨边吟诵经文。悲泣之声,让人不忍卒听。后来,他的徒弟云游至天井山,他突然感觉,心头被铁锤击打一下,悲泣的感觉,立刻涌遍周身。他已感觉到了师傅就在附近。师徒相见之后,抱着痛哭。徒弟知道了师父的遭遇,便询问师父,天井山的风水,可不可以改变。师傅让他在天井外层的大石上,錾一个小窝凼,里面点上一盏灯。一周后,天井的一角,突然崩裂了,露出一道水槽,天井里的泉水,哗然消失,一对金鸭子,冲天而起,飞向了远方。

如今,站在天井山上,那道干枯的天井,依然如旧。杂树和野草填满了荒芜。微风从远方吹来,满是岁月的苍凉。看不见传说中

233

清澈如镜的井水，失去了正道良心的王家人，自然受到了惩罚，早已不知所踪。然而，天井山的传说，在观音岩村乃至下溪镇，却是家喻户晓的。知恩图报的传统美德，千年不变的公道人心，被村民代代相传，口口相授。平凡的天井山诱人的历史传说，如一泓山间清泉，滋养着村民的心灵。

后来，天井山又以一场枪炮轰鸣的战争，再次展现了公道人心。据《马边彝族自治县军事志》载，1950 年 6 月，国民党"反共救国军川滇游击总队"师长贺盛华，在团鱼溪（今屏山夏溪团结村）被解放军围歼。狡猾的贺盛华却侥幸逃脱，他带领 300 余人，从民主窜逃至马边下溪、雪口山一带，继续作恶，抢掠老百姓，无恶不作。在解放军的多次追剿之下，残匪 20 余人，终于被包围在了天井山上。7 月 14 日，拂晓，天空细雨蒙蒙，解放军向天井山发起猛烈进攻，击毙土匪 2 名，俘虏 20 余人，缴获长短枪 89 支，子弹 200 余发。天井山一战，匪首贺盛华成了光杆司令，只身逃到马边县城以南的乱山子，被当地彝民生擒，交给马边县大队归案。

不可一世的贺盛华，在马边横行作恶多年，天井山成了他的葬身之处。天井山这块充满着道义的土地，邪恶再次遭到了严厉的惩罚。马边轰轰烈烈的平定叛乱的历史，大大小小的战斗，数以百计。平凡的天井山歼灭战，成了一抹不经意的历史浪花。

二

观音岩村对面，雪口山河以南，有座巍峨耸立的大山，名叫"笼子背"（又名陇子背）。

我知道笼子背这座山是 2009 年，当时我正在主编《马边彝族自治县志（1994—2006）》。在编纂之中发现，马边历史上至今有两

▲ 笼子背吊桥

个未解开的谜团。一是三国时期，蜀国在犍为郡与越西郡之间，设立了新道县。《三国志·蜀志·李严传》载"先主拜严为犍为太守，建安二十三年（218），越西夷率高定遣军围新道，严往复救，贼皆败走。"有史家推断，蜀国新设的新道县，应在犍为与越西之间，直线范围最近的马边境内。至今，却无资料佐证，无遗迹可考。二是北宋英宗治平二年（1065），朝廷在马边河沿岸，设赖因寨、荣丁寨、利店寨、笼篷寨，在沐溪河岸设沐川寨，史称"犍为五寨"，归属为成都府嘉定州犍为县管辖。"犍为五寨"中所对应今日的马边县城、荣丁镇、利店镇、沐川县城，四寨皆有据可考，唯独笼篷寨，消失得无影无踪，至今尚无定论，成为马边又一个历史悬案。

南宋时期，学者李心传著《建炎以来朝野杂记》载"伐木于赖因，筑堡于笼篷"，因宋朝时期，马边山区到处都是林木，伐木筑寨的地方，一定离寨不远。"隆兴初，夷都蛮复寇赖因，诏用冯当可提点本路刑狱公事以往制之，当可筑堡于笼篷。"赖因失守，在

235

赖因以北筑新寨堡，以此加强犍为南境的防御。由此推断，笼篷寨应该不会太远。

于是，有专家推论，宋时笼篷寨的位置，笼子背应该是首选，居于赖因寨与荣丁寨之间。"笼篷"与"笼子"又有谐音之嫌。马边县志的工作者刘允枢先生，曾担任首部《马边彝族自治县志》的主编。对此，我们多次讨论这话题，却无证据支撑结论。我主编《马边彝族自治县志（1994—2006）》时，笼篷寨具体地址，仍然是未解的谜团。

后来，我曾经专门驱车，到下溪镇察看笼子背这座大山。我甚至徒步登山，爬上过笼子背的山顶。

笼子背是马边河、雪口山河、笼子溪环抱的一座大山，站在马边河东岸，隔马边河的笼子背大山，是危峰兀立的绝壁悬崖，巍峨参天。而站在雪口山河北边，隔河的笼子背山，山形起伏，远远观望，酷似一头巨象，有鼻子有眼睛，栩栩如生。

然而，爬上笼子背山顶，眼前却是另外一番景象：山顶如坝，土地平展，铺陈远去，一望无际，足有上千亩土地。那时，我曾产生疑惑，这里是否曾经有过人类居住的痕迹？有过喧嚣热闹的人间烟火？有过马蹄声声？

笼子背是一座孤独的大山，四面峭壁，上山的道路，唯有两处，一是马边河与雪口山河的交汇处笼子背吊桥（至今，吊桥尚在）上山；二是马边河边的擦耳岩栈道。两处皆道路陡峭，是"一夫当关，万夫莫开"的偏狭窄口。我上山、下山的道路，便是经过这两道山口。当我从擦耳岩栈道下坡时，陡峭的道路皆是古代遗留的石梯，龇齿深痕，疑似千年。下了擦耳岩栈道，顺着马边河逆流而上，便可直通马边县城了。

观音岩村副支书邱发军告诉我，当年这两处曾经设有城门，管

▲ 笼子背山腰间的擦耳岩栈道，建于明朝，是马边出境重要交通要道。

控着笼子背行人车马的出入，如今，在地图上，还能看见马边河与雪口山河交界处，标注的"城门"二字。笼子背上古代修建的安子寺、福地寺、垒罗寺三座寺庙的遗址，至今仍然清晰可辨。凡此种种，足见当年的笼子背绝非等闲的山野之地。

我脑海里又一次闪出疑问，笼子背山难道真是唐宋时期的笼篷寨吗？

站在更加久远的历史角度考量，笼子背的地理位置，东北有荣丁寨，西南有赖因寨，笼子背乃是马边县城出入利店、茨竹坪与外界联系的重要通道。笼子背西面和西北面，则紧靠雪口山，并与三河口、峨边连接成片，是古代汉族地区西南防御夷匪的界线。垒罗寺古称累驴寺，传说此地陡峭，地形险恶，拉货上坡的驴子，爬上这道坡，也会被累死，故得名。这是一个重要的扼口，易守难攻。据《马边文史》载，1950 年平叛时期，解放军曾在这里打了一场阻击战，利用地形的险峻，成功阻挡了叛军。

宋朝修建"犍为五寨"，真实的价值和意义，便是防御夷匪的侵扰。五寨之中，利店寨、营丁寨、笼篷寨、赖因寨沿马边河一带，是古人沿马边河出行的重要通道的关口。笼子背的地理位置，正是在这些功能的中心点位之上，向北通犍为乐山，向南防御夷人的侵扰。

笼子背往西面，有山曰黄阴山，当地人俗称"小峨眉山。"明朝时期，汪京带领赖因人修建马湖府安边厅城，马湖府知府尹廷俊撰《建新乡记》曰："见赖因为山川全胜，地脉自峨眉正西，迤逦盘旋而至。环山面面皆拱秀，江水绕城下，如围带然。"风景如画的黄阴山，正是位于这道迤逦盘旋山系上。当地民间传说，黄阴山有一妖怪，每年农历的 7 月 7 日，妖怪必须到峨眉山参加"朝山会"。每当妖怪离开黄阴山，便有一道黑风暴雨，往峨眉飘然而去。朝拜归来，也是一路黑烟黑雨，顺着山脊飘然而来。黑风黑雨所到之处，天地昏暗，房屋损毁，树木顷倒。于是，百姓必须先在房门前立柱，上挂斗笠，方能防御风灾，避免损失。后来，人们在黄阴山与笼子背山，交界的地方，修建了一座寺庙，才镇生了妖魔，免受风灾之苦。

1945 年 9 月，刘仁庵调任四川省第五区行政督查专员兼保安司令，当时马边"山深密林，形势险峻，汉夷民众常有偷种烟苗的事情。不肖垦社，辄假垦社之名，而以种烟为实，且胁迫良民，种烟收税；内地居民则以武器、白银，潜赴边区调换，于是垦夷武力，日益趋雄厚，毒氛日炽，不可遏止。"（《四川省第五区行政督查专员兼保安司令刘仁庵查铲本区雷马屏峨各县烟苗工作报告》）刘仁庵带领一营士兵，奔赴马边铲烟。他们所走的道路，正是传说中妖怪朝拜峨眉山的道路，利店、营丁、大竹堡、笼子背、擦耳岩，顺着马边河西岸，经龙陀沟、关田坝，直到马边县城。这便是当时走马边，最捷径的路线。

笼篷寨，你在哪里？难道今日的笼子背村，果真是宋朝时期的笼篷寨吗？

三

下溪镇的黄金坝，在全县有不错的知名度。询问黄金坝名称的来历，村民皆摇头，一句直白的话，自古便是这名字。千百年来，大竹堡河裹挟着镇江庙河的洪流，一路奔来，在此处堆积成冲积扇，形成的黄金坝，成了下溪镇最大的一片沃土。然而，这构不成黄金坝名望很高的理由，我询问了半天，仍然没有结果，多少有些让人茫然和失落。

从下溪镇到黄金坝，公路里程仅仅几千米，这里却是大竹堡、镇江庙交通的枢纽，紧锁着大竹堡和镇江庙的咽喉。如今，黄金坝房屋密集，人口密度较大，处处透着商贸的气息。后来，下溪镇的中心校，从下溪街迁往黄金坝，集市繁忙而紧张的气氛愈发强烈。

黄金坝曾经有座白马庙，传说寺庙后面有望江岩，每当小麦成熟的时候，人们总会看见一匹白马，从岩壁踏空飞下，吞噬地里的小麦。那白马行踪飘逸，恍若仙马，人们又不敢驱赶它。于是，在此建座寺庙，曰"白马寺"。

到了清朝咸丰年间，白马寺被改建成一所村办学校，不时有儿童朗朗的书声传遍山野，有孔孟圣贤之风，吹拂在山间。

在白马寺小学的教书先生，20多岁模样，身材瘦小，双目炯炯。身穿浅灰色长衫，虽然陈旧，却干净整洁。模样精悍，却充满书卷气息。教书先生姓邱，名连山。据《马边彝族自治县志》载，邱连山乃犍为孝姑人，本姓易。自小父母双亡，被同街的屠夫邱二收留，取名邱连山。邱连山个子瘦小，说话口吃，但聪明伶俐，喜欢学习，邱二便送他读了几年私塾。后来，因家庭经济日益捉襟见肘，邱连山只得辍学，帮助家里谋生。

邱连山二十岁的时候，为了谋生，跟随挑夫，从犍为到了马边，在下溪乡黄金坝帮人干活。然而，谁也没有料到，这位身材瘦小、说话结巴、其貌不扬的年轻人，会胸藏山川壑岳，后来成为黄金坝上"第一能人"。之后，在平凡如斯的黄金坝，掀起了历史的风云，威震马边、沐川、屏山。

当年，邱连山到黄金坝，正赶上村里成立私塾。读过几年私塾的邱连山，成为当仁不让的候选人。从此，邱连山以教私塾聊以为生。

邱连山教书认真，对儿童既耐心又严格，深得家长们和村民的信任，慕名而来的孩子越来越多。于是，村里便将私塾移到宽敞一些的白马寺。多年来，被传说光环笼罩的白马寺，瞬间成了一所热闹纷繁的小学校，几十个学生在此欢蹦乱跳，朗朗书声，让千年的传说，又新增了特殊的价值和意义。

邱连山不仅教书认真，而且处事得体、张弛有道。说话虽然口吃，却能吐唾沫成钉。村民家但凡有点事，都要找他拿主意、想办法。年轻的邱连山，逐渐成为黄金坝人的主心骨。一晃几年，貌不惊人的邱连山，受到了无比的尊重和爱戴，在黄金坝乃至下溪、荣丁等地，威望越来越高，极具号召力。

中国几千年的封建历史，惊人的重复，屡屡呈现。当年陈胜、吴广大泽乡起义，首创了中国农民起义的先河。然而，这样相似重复的历史，却在平凡的黄金坝上，惊雷般地爆发了。首领便是身材瘦小、说话口吃的教书先生邱连山。《马边彝族自治县志》曰"邱连山起义"。

黄金坝历史上的"邱连山起义"，其实，缘于一件非常细小的事件，与人们生活必备的食盐有关。

马边地处偏僻，崇山峻岭，荒无人烟。人们生活的食盐，皆是挑夫从犍为或乐山挑进山里的。悬崖峭壁，路途崎岖，土匪肆虐，层层盘剥，九死一生。因运输成本极高，市场上食盐的销售价格远远高于内地。有史可载，内地到马边，乃至凉山彝区的汉族商人，甚至民国时期到凉山进行考察的学者们，往往将盐巴、针黹、铁器等小凉山的紧缺物品，赠送当地居民，以此顺利进入大小凉山。当年，食盐在这里被视之如黄金、白银。

清咸丰十年（1860），江苏吴县的吴广生上任马边厅同知。吴广生上任之后，大肆敲诈勒索，增加了盐税，人民生活雪上加霜。他还对食盐进行控制，各乡镇设专卖店，任意提价，盐价一涨再涨，屡屡创新高，马边一片哗然。一时间，民怨沸腾。

此刻，大清政府已经危机四伏。太平天国运动正风起云涌。忠王李秀成率军佯攻杭州，直抵天津，洪秀全调集大军围攻上海。四川李永和、蓝朝鼎起义，转战南北，起义的浪潮日益高涨。这样的形势下，愤怒的黄金坝农民，仿佛受到了鼓励，他们开始秘密串联。于是，有知识、有才干、威望极高，年仅26岁的邱连山，被公推为首领，打出"打富济贫，铲除贪官土豪，为民除害"的口号，邱连山带领农民军，在黄金坝揭竿起义。

这天，下溪街上逢集，邱连山带着三百余起义军，奔赴下溪街上，迅速包围了乡团防局、粮仓和盐店。捉拿了罪大恶极的土豪，缴获了几十只土枪土炮。并将粮食、盐和其他财物，发放给了附近的农民。血雨腥风的鏖战，生死对决的烽烟战火，从此拉开了帷幕。

在邱连山的指挥下，起义军迅速攻破了荣丁。攻下第一大财主曹百万的城堡，把作恶多端的曹百万，押解到荣丁街凤定桥头，公布罪行后杀掉。把财主们的粮食，分给了附近的农民，受到大家的积极拥护。

此刻，邱连山的队伍不断扩大，他一鼓作气，带领起义军，挥师南下马边厅城。马边厅城"文武相顾尽失色，边城束手空忧叹"。吴广生组织官兵拼命抵挡，然而起义军士气旺盛，势如破竹，很快攻破了马边厅城，吴广生逃走。人们见起义军劫富济贫，为民除害，纷纷加入起义军的队伍，起义军队伍很快发展至五千余人。

消息传到了叙州府，知府大惊，立即撤职吴广生，派屏山知县黄汉章到马边主持工作，并命令黄汉章歼灭起义军。黄汉章带领清军火速赶往沐川汛（今沐川县城），调集各乡团安排部署，妄图扑灭起义军。而邱连山却带领起义军，挥师荣丁，经烂池子，直扑清军驻守的万全营（今沐川茨竹）。沿途一百多千米，起义军所向披靡，清军皆望风而逃。万全营是清军驻守的一个重要军事要塞，有五百余人驻守。起义军抵达后，立刻包围了万全营，在猛烈攻击之下，守备张廷杰受伤，偷偷逃跑。全体官兵闻知后，皆缴械投降。

此刻，邱连山瘦小的身躯里，激荡着英雄气概。他知道，黄汉章正在沐川汛四处调集各乡团勇，起义军必须在黄汉章兵马聚集之前，赶赴沐川汛，方能获取战略上的先机。于是，邱连山带领起义军，马不停蹄，从茨竹坪南下，经五圣场，星夜兼程100多千米，出现在沐川汛外。部分清军和各乡的团勇，没想起义军如此速度，逃跑的逃跑，缴械的缴械。沐川汛成为起义军的重要军事据点。

距离沐川汛90千米的龙华寺，是清军驻守的平安营。驻守都司听见起义军奔赴龙华寺的消息，大惊失色，事先逃跑了。起义军抵达龙华后，五百官兵不战而降。拿下平安营，起义军士气高涨，直抵屏山城。当时，屏山县隶属叙州府，管辖今日屏山、沐川、马边等地。如果攻破屏山，起义军便会继续挥师，直抵叙州府。屏山危如累卵，叙州府岌岌可危。叙州知府立刻调动各路大军，带着优良的武器和装备，从四面赶来，赴援屏山。清军用喷火器射烧起义军的大营，起义军一阵慌乱，又被清军大炮远距离袭击。起义军的刀剑不及枪炮，武器装备力量太过悬殊，损失惨重。起义军只得撤退回屏山，却又屡次遭遇沿途清军围剿。最后，起义军被重重围困于犍为清水溪。

嘉定知府史致康，曾在马边任过同知，他便以老乡身份，亲自赶赴清水溪，与邱连山进行谈判。谈判中，史致康首先承认黄金坝起义属于官逼民反，吴广生负有不可推卸的重大责任。同时，也指出"数万蜂聚民何堪"，否定起义；最后，强调了起义军已走投无路的严峻现实。为了"刀头免蘸群黎血"，邱连山接受了招安。

一场轰轰烈烈的农民起义运动，自此画上了句号。历史没有记载，邱连山接受招安以后的情况，他是否又回了黄金坝，在白马寺的私塾继续教书，不得而知。当年，陈胜曾经有"燕雀安知鸿鹄之志"的宏大抱负，他自立为王，建立大楚政权，喊出了"王侯将相宁有种乎"的时代声音。然而，邱连山瘦小的身躯，虽然也激荡着英雄的性情，但他没有谋划天下的宏图大略，吞古纳今的远大志向。他肩挑人间的道义，高举匡扶民生的旗帜，仅仅属于贫苦农民能够生存下去的一种可怜的抗争。是芸芸众生最基本的生存意义的挣扎。仅仅是对现实的不满，要讨回一点点人间公道，如此干净、纯粹、无私。

当史致康定性黄金坝起义乃官逼民反的时候，不知道那时的邱连山以及淌过血与火、当时还活着的义军们，他们内心，是饱受委屈的情感，还是失败煎熬的痛苦？接受招安，诠释了普通农民，生存下去的生物学意义。

如今的黄金坝，平和而安详，幸福的人们，灿烂的笑容，诠释了人间正义的历史价值。邱连山在黄金坝的历史，如匆匆过客，一晃而过。

四

在下溪镇的历史上，叛匪郑荣山的匆匆旅途，则截然相反。一愣神的抉择，成了终生的遗憾，演绎了下溪历史又一幕人生悲剧。

郑荣山乃下溪镇阴兴岩人，民国年间，郑荣山出生在阴兴岩山麓。阴兴岩过去为一个村，现合并为石龙门村的一个组。村民告诉我，阴兴岩的地名，原为"阴戏岩"。如今，搜索地图，仍然沿用了"阴戏岩"三字。据当地老人说，清乾隆年间，马边境内盛行采矿业，全县大小采矿点有20个。阴兴岩采矿点，便是其中之一。某天，矿点的老板心情高兴，雇请了一个戏班子，让大家晚上看戏。戏台在山崖旁一个巨大的石板上，至今，这个宽大平整的石板依然存在。当晚，矿工以及附近的村民，兴高采烈地聚集观看。那场戏演得好，大家看得津津有味。到了半夜，戏终于完了。矿工和百姓渐渐散去。可是，刚走没几步，突然觉得有些不对劲，背后出奇地寂静，毫无声息。大家不约而同，回头一瞧，戏台上黑漆漆的，刚才那些灯火，那些穿着花绿的男女演员们，陡然之间，全都突然消失了。瞬间，人们背脊发麻，大家立刻明白是怎么回事了，老板请到了阴间的戏班子了，大家看了半夜，居然看了一场"阴戏"。于是，人们惊叫着一哄而散。第二天，老板便封了矿，远走他乡。听说，他将冶炼的铜板，全都埋在了阴兴岩的山洞中。从此，这里便被称之为"阴戏岩"，之后，演化成了阴兴岩。

据相关资料显示，郑荣山出生在阴兴岩的一个农民家庭，父亲郑平安是当地的"保正"，相当于今日的村长。郑荣山自幼聪明伶俐，行为举止，颇受当地称道。他喜欢舞枪弄棒，书读到小学便辍学了。他天生一身好武艺，翻山越岭，长途跋涉，步履如飞。攀树跳跃，纵沟跨涧，灵活敏捷。十几岁便被当地人称为"英雄好汉"。

那年，镇江庙闹土匪，惯匪邓天寿四处抢劫，县府指令保正带领壮丁前往捉拿。郑荣山毫无畏惧，提枪在手，冲锋在前。只要看见土匪邓天寿，他便紧追不放，吓得郑天寿见崖跳崖，见沟跳沟，再也不敢到镇江庙作案。郑荣山过人的胆略，天生的勇猛，引起了下溪乡绅们的注意，下溪乡的联保主任（乡长）聘他当训练壮丁的教练。郑荣山既重视瞄准射击，更注重行军跑步的速度，他不负重望，很快培养了一支行为敏捷，能征善战的队伍。郑荣山的血气方刚，猛勇迅烈、朝气蓬勃的精神气派，受到下溪民众交口赞誉。

1942年，郑荣山22岁，被民国县府任命为下溪乡长。担任乡长后，他虽然威望很大，前呼后拥，然而他不欺压乡民，而且对下溪的社会治安管理，措施得力，治理有方，与当地乡绅和百姓关系，也很和谐。郑荣山以有为青年的良好形象，再次受到民国县府的关注。1946年，县府委任郑荣山为马边县保安中队长（警察中队）。郑荣山上任后，履职认真，每逢县城赶集，他会亲自带领浑身穿黑制服的武装队伍，到县城的街上巡逻，被称之为"黑儿队"。

从人性本质而言，郑荣山一路走过的历程，皆体现出有为青年奋斗的历史。他不是土匪，也非为富不仁的恶霸，更非地痞流氓。当时，"三枪"横行的旧马边，在弱肉强食的丛林法则里，郑荣山步步升迁，而没有为非作歹，鱼肉民众，非常难能可贵。

1949年，"民革"成员王传猷奉命回马边，与中国共产党党员陈文治、华文江、胡立恕取得联系，成立了"川西南军区游击队"。通过进步人士的开导，郑荣山接受起义。把"黑儿队"的长枪大部分交给了解放军第10军30师88团安营。川西南军区游击队第六纵队委任他为17队支队长。郑荣山得到了解放时期党组织高度的信任，而且也委他以重任。

然而，历史却给郑荣山开了一个天大的玩笑，在时代的大潮里，郑荣山的命运，发生了怎样惊天的逆转呢？

郑荣山起义一月之后，为什么会突然反水，成为与人民为敌的叛匪呢？

这与国民党 72 军的营长陈超有关。

据《马边彝族自治县志》载，1949 年，国民党 72 军官兵在宜宾起义。当时，驻扎在宜宾龙华的 72 军 233 师 698 团 2 营的陈超，却违逆历史潮流，坚持反共立场，拒绝起义。他策动已经起义的一个连反水，拉走轻重机枪、六〇炮等武器，打着保安 15 团旗号，自任团长，并迅速拉拢恶霸、土匪们入伙。此刻，坐镇西昌的胡宗南，喜出望外，立即高抛"绣球"，委任陈超为"川康滇游击第一纵队总司令"。当上总司令的陈超，挑动已经起义的马边抗建垦社总经理吕镇华反水，组成"反共救国军"，并任命吕镇华为军长。在乐山带队起义，被解放军整编为解放军营级干部的舟坝人许华章、被任命为川西南军区游击队的黄丹人周开富，听信了陈超、吕镇华的花言巧语，接受了国民党的委任状，带领部队反水。陈超和吕镇华纠结 4000 余人，在雷马屏沐肆意骚扰，袭扰解放军，甚至攻打县政府，声势非常浩大。

此刻，回到阴兴岩的郑荣山，密切关注着这些情况。眼前的形势，让他的内心产生了动摇，故乡关于"阴戏"的传说，以异样的模式，摆在他的人生面前。他不知道，自己看见的是一场历史的"阴戏"：国民党日落西山，已经退出了历史的舞台，而陈超、吕镇华仅属于阴暗角落的跳梁小丑。自此，郑荣山清白的人生道路，跌入了泥沟，污垢满身，奇臭无比。

据当地村民回忆，郑荣山回到阴兴岩不久，嚣张至极的吕镇华部带领匪徒四处袭击，并向马边县城步步逼近。马边的天空上，乌云密布，风雨欲来。

这天，驻守下溪的解放军孙道，率领征粮小队到镇江庙征粮，郑荣山得知消息，带领人员预先埋伏，在镇江庙夏山坝偷袭，向解放军打响了罪恶的一枪，打死了 2 名解放军战士。而此刻，陈超、吕镇华纠集一千土匪，向马边县城发起了疯狂的进攻。

土匪的叛乱，蚍蜉撼树，很快被平息。

郑荣山被押解到了黄金坝，公开审判，执行枪决。他的人生，在最关键的一步，跌入了深渊，可悲又可叹。不知道他回到阴兴岩的时候，脑海里是否有过反复思量，在革命的大好形势下，在革命的滚滚洪流里，怎会有飞蛾扑火一样的决策。不知道被押解到黄金坝公开判决的那一刻，他内心是否有过痛心疾首的后悔。是否想过，他曾经看见的现实世界，与阴兴岩令人惊惧、背皮发麻的"阴戏"传说故事，有着令人惊讶的相似。

五

太多的民间故事，珍藏在下溪镇的山水间。

下溪镇宣传委员王巫祥告诉我，下溪镇每个村都有许多传说。由于时间关系，只能有所选择去往其中二三个村。在他一路陪伴下，驾驶员小杨一路驱车，我们马不停蹄赶到了石龙门村陈汉小组。

石龙门村副支书严永军告诉我，明朝万历年间，石龙门村陈汉小组境内，出了一个翰林学士。陈汉小组境内有一座墓穴，据说是明朝翰林学士陈林的坟茔。据当地人说，墓内空旷，硕大无比，里面曾有不少珍宝。因屡屡遭遇盗墓贼，留下了许多惊悚的传说。

相传，陈林幼时，立志考取功名。他天资聪颖，以院试第一、乡试第二、会试第三的成绩，于隆庆三年（1570）直接进入殿试，由于思维独到创新，受到保守派高拱排挤，后经张居正从中斡旋，调入翰林院，师从张居正。陈林聪颖，深得张居正赏识。万历十年（1582），张居正病逝，朝堂之上权力争斗，愈演愈烈。陈林以尽孝为由，返回故乡，潜心研究茶叶，集雨露之精华，吸天地之灵气，研制出"白素针"茶叶，享誉遐迩。陈林毕生嗜茶如命，高寿正寝。后人为祭奠陈林的功绩，遂将村子命名陈翰村。

青山依旧在，草木一岁一枯荣。此刻，站在陈汉组的公路边沿，坎下的坡地，杂草丛生，淹没了墓穴废墟，凄凉而久远。许多思绪，慨然涌来。民间的传说源于民间，对于石龙门村人而言，辈辈代代的希望，便在这片土地上，便在这些传说里，真实与否，并不重要。

而高山深谷里的石龙门村，云雾深处溪水明澈，生产的茶叶，得天地之精华、享雨露之甘美。当年，陈翰林隐退高堂，脱离了纷争，正是明智之举。"冯唐易老、李广难封"，即便是他的师父张居正，权倾朝野，锐意改革，一人之下，万人之上，最后也难逃被朝廷抄家、儿子被逼死、尸体差点被人从坟墓拖出来鞭抽的悲惨结局。伴君如伴虎的朝堂之上，有多少功成名就者，得以寿终。

回归江湖，犹如皈依心灵的家园，犹如还生命于泥土。手掬一杯精美之香茗，看山川之盎然，思人生之况味，难道不更有一番妙趣？

古寨三河口

　　我脑海曾有过这样的臆想，马边三河口的历史是野蛮血腥，争夺杀掠的，这里曾经哀鸿遍野，每一片山岭，皆冒着战争的狼烟。

　　我分析产生如此强烈感觉的原因，首先是三河口的地理位置，地处全县最偏僻、路途最遥远、最困顿艰难的区域，与小凉山核心腹地美姑彝族自治县接壤。其次，民国时期，中国大地上掀起了考察大小凉山的热潮，一拨拨考察人员，惊险离奇、出生入死的种种生死传奇，清楚明白撰写在各类考察记里。这些珍贵的资料，一定程度上揭开了大小凉山神秘的面纱，成为民国时期人们认识大小凉山唯一的窗口。尤其是小凉山腹地美姑彝族自治县，在各类考察记里，匪夷所思的惊险事件，频频出现。

　　然而，凉山州美姑县的姑娘，俊俏水灵，这是公认的。如今，凉山彝族自治州，每年举办国际火把节，选出的"女神"几乎年年都有美姑县的姑娘。这让人们产生过美好的联想，众多美丽的姑娘，是否与"美姑"这样充满诗意、令人遐想万千的美好名字有关。

　　其实不然。

　　民国时期的中华大地，战火纷飞，硝烟弥漫。大小凉山也乱象丛生，许多残酷的历史案例，源头往往与小凉山腹地的美姑县有关联。有时候，我竟然突发奇想，《三国演义》中"火烧藤甲兵"的惨烈事件，该不会发生在美姑县和三河口之间，某一段不为人知的山谷里？

一

多年前，我第一次去三河口，内心竟然有些许忐忑不安。

不知道什么原因，什么时候，马边彝族自治县最大的三个彝族聚居区，有了约定俗成的规矩。每年，苏坝的"五一"劳动节，高卓营的"六一"儿童节，三河口的"八一"建军节，空前热闹。那天，我上三河口，恰赶上"八一"建军节，三河口赶集的人数众多，街上拥挤热闹，堪称全年之最。然而，这样重大的聚会，却是一种自发的市场行为，没有政府的精心组织，甚至没有任何社会团体的介入，更没有载歌载舞的欢庆表演。村民家家关门闭户，万人空巷。满街人头攒动，摩肩接踵。彝族村民满怀热情，仿佛全年需要购买的物品，今天必须一次性买完。全年需要汇总的开销，今天必须集中于此刻一次性花完。各地的商贩，敏锐地嗅出了难得的商机，大大小小的摊位，往往摆到街道外，占用公路几千米，形成人山人海的宏壮奇观。

这样的盛大景象，我幼小的时候，在故乡仁寿见过。仁寿人口众多，这是全国有名的。那个年代，物资匮乏，每年春节前，最后一场逢集，是农民置办年货的"末班车"。街场上总会出现因拥挤而踩伤老人孩子的传闻。

改革开放后，这样的景象，渐渐销声匿迹，这样宏大的乡镇集市场面，已经退出了历史舞台。然而，偏僻的马边三河口，历史还在重复。我曾反复询问知情者，这样齐心协力的聚集，这样疯狂的集中购买，与三河口的历史典故有关吗？与三河口的传统和习俗有关吗？与纪念伟大的文化巨匠或造福人类的彝族领袖有关吗？我没有得到任何肯定的回答。

此刻，眼前的宏大景象，真让人不敢想象。整个街道上，笑语喧天，村民选购实物时，脸上洋溢的喜悦，深深地感染了我，我揉搓着双眼，完全不能接受眼前的事实。我惊叹于今日的彝族人民，有如此的购买能力，有如此的激情。市场延续到了下午三四点，收获满满的村民，大包小包的货物，驮在背上，踏上回家的旅程。于是，满脸的幸福愉悦，遍布于三河口的山岭和溪壑里。来自县城或各个乡镇的商贩们，则坐车回城回家，带着鼓囊囊的钱包，笑盈盈的脸庞。

如此皆大欢喜的场景、安详和谐的气氛，我的思绪发生了彻底的扭转，这是我想象中的三河口吗？

然而，追溯过往的历史，三河口曾经疮痍满目，充满了无穷无尽的悲伤。

二

悠久的历史和传说，会让一个普通小城镇增添无穷的文化魅力和厚重的人文底蕴。小凉山深处偏僻的三河口，又该有多少壮阔的历史、动人的传说？

清朝嘉庆年间，马边通判周斯才撰写了一首诗《冈外行》，形象生动地描绘了马边县城到三河口，沿途的陡峭险峻："千岩万壑自邃古，木魅山精走豺虎。芟夷樵径乱山颠，置身榛莽惊日午。神鸟往迹浸湮世，柯斧谁寻伊何岁。苍虬颠倒卧烟露，为栋为梁都不计。中封柱痒'宗动'齐，谁开鸟道绝天梯。舍身蚁附魂飘荡，怕听鸣涧万仞低。世路险夷恒对待，畏途那意频遭殆。人力既竭鬼神泣，耸立不觉形骸在。欲下茑萝蹊几曲，卷石不堪容侧足。盘旋木末鸟呼人，似戒颠危审立躅。"

这首诗告诉我们两个重要的历史信息：其一是从马边县城到三河口，当时所经过的路程轨迹，并非今天从南门出发，经苏坝、沙腔到三河口公路所走的路线。而是从县城的西街出发，走水碾坝、翻二坪、过来斯岗，抵达三河口，路程的实际距离远比今日所走公路近一半以上。其二是当时的这条道路坎坷崎岖，行路太过艰难。周斯才在《建柔远堡碑文》中写道："濒临夷界，山势奇雄。巨壑奔湍，长鸣不息。"李白《蜀道难》中对川北秦岭的偏狭、凸凹、心胆俱裂之描写，不过如此。

偏僻的马边，有迹可循的历史，始于明朝万历年间。清朝顺治元年（1644），朝廷又裁撤了马湖安边厅，仅设"马边营"，隶属于屏山。乾隆二十九年（1764），四川总督阿尔泰请奏《分设马边疏》，获朝廷批准，又设置了"马边厅"。1914年，马边厅改设马边县。根据《马边彝族自治县志》载，清朝历任马边通判、同知的官员，总计103人。

铁打的营盘，流水的兵。在荒凉贫瘠的土地上，通判、同知皆如流水，滚滚东去。然而，风云激荡的马边历史里，在众多通判、同知中，周斯才当属翘楚。

其实，马边短短五百年的历史，充满传奇色彩的通判周斯才，他为马边民众做了许多有益的事情，却鲜为人知。

周斯才先后两次在马边为官，第一次为嘉庆6—10年，第二次为嘉庆11—13年。期间，他亲临三河口的次数，《马边厅志略》没有明确记载。《冈外行》吟咏了马边县城与三河口之间，沿途逶迤的道路，九折巉岩、瀑流喧豗、鸟道羊肠、桔槔轳轴，皆不可通。这条生死攸关的历史古道，当时，仿佛一条可怕森严的"阎王路"。古人从县城到三河口的一趟出行，仿佛大海边上的渔夫，出海打鱼时刻的心情，能否平安归来与家人团聚，永远不可能有肯定明确的答案。"人从万仞岗头立，云向千帆涧底还，寄语激流岩下水，殷勤好去到人间。"饱蕴深情的描写，感同身受的体验，足可见证，周斯才从马边的西城出发，走水碾坝，翻越群山，跨越溪谷，奔赴三河口的艰难行程，绝非一二次，或者三四次，那么轻描淡写、敷衍塞责。

三溪汇集的市场，在如今三河口街场坡坎下一千米处，是明朝时期所建的"水池堡"，乃朝廷囤兵戍边之所。后来，周斯才在《建柔远堡碑文》一文中认为，当时的三河口街场"乃在九皋之下，千仞之阴"。"山川丘陵，地之险也，入于坎窞，徽纆丛棘。"意思是地处水泽，深洼凹陷，四面是千仞之山，如捆缚攻击之略地。周斯才比喻说，如此地形地势，仿佛用绳子将人捆绑起来，放置丛丛的荆棘之中。既无力反抗，又无逃跑生还之策，更无坚守，可待援救的机会。

嘉庆八年（1803），"黑彝奴隶主三车、六儿、普色率领 4000 余叛军，焚掠三河口"（《马边彝族自治县志》）。汹涌的叛军，如朝山之众，从排甲岗处奔袭而来，叛军一路呼啸，沿着狮子头的山脚下，直抵达三河口街场。

当时，街场上居民仅三百余户，他们用预先准备好的鸟枪，痛击来犯之敌。一时间，枪声大作，声震山谷。于是，叛军假意退却，躲进四壁的高山老林之中，齐声作吼，不舍昼夜。声音震荡在三河口的上空，山呼水啸，住在城堡里的居民，心惊肉跳，犹如惊弓之鸟。"噼里啪啦"的枪声，渐渐稀疏，街场反击力量，再而三、三而竭。此刻，叛军再次呼啸下山，发起猛烈的进攻。可怜的三河口街场，完全丧失了还手之力，人们在惊溃之中，顷刻逃尽。于是，叛军纵火烧了三河口街道，熊熊的大火，到底燃烧了多少天，无从知晓。《马边彝族自治县志》记载，遍街"不遗一椽"，每一根梁木，皆烧成了灰烬。

修建于明朝的三河口街场，瞬间灰飞烟灭。三河口村民，四处逃窜，流离失所。然而，叛军并不就此罢休。他们气势汹汹，横扫烟峰、回龙、官湖等乡镇，直逼马边厅城。当时，马边厅城内，原本守兵仅三百多人，但因为平定匪患、以及分派在各个关卡，抽调出去的士兵已致大半。据周斯才《马边厅志略》载，此刻，马边厅城，仅有士兵 60 余人。浩浩荡荡 4000 叛兵，已经黑云压境了，山坡上，叛军疯狂的呐喊声，响彻山谷，马边厅城一片混乱。

马边厅城岌岌可危，杀虐之灾，毁城之厄，已经不可避免。"城中人心惶惶，不少人出逃。周斯才镇定自若，'命招乡勇，开仓碾谷，赈恤贫民，督修城垣，制造军械，手草露布，羽檄交驰。亲行街上巷，镇抚百姓。'稳住了厅城。"（《马边彝族自治县志》）周斯才临危不乱，他迅速派遣士兵化妆出城，四处求援。为了稳定民众的情绪，他命令迅速开粮仓，把粮食发放给城中百姓。他组织民众修筑城垣，迅速打造各种军械武器。为了稳定军心，他立即开始召集乡勇，紧急集训。虽是临阵磨枪，但不失为最好的应急举措。

周斯才这些看似平淡的举措，彰显了他誓与厅城共存亡的决心，可谓"雷霆之举，万钧之力"。惊恐万分的马边厅城，终因周斯才的大将风范、铁腕手段，及时平息了惊慌的情绪，并迅速形成了同仇敌忾、众志成城，共御来敌的誓死决心。一座仅有 60 余名士兵的空城，面对数十倍的叛军，因周斯才的卓越指挥，终没出现无法控制的崩溃。为援兵赶来，赢得了宝贵的时间。马边厅城免遭兵燹之毁，上千人性命之忧，顷刻化解。

困守多日之后，援军及时从四面奔杀而来，马边厅城之困，迎刃而解，叛军轰然崩溃。周斯才与雷波赶来的总兵张志林，带兵乘胜反击，直抵三河口、火石墩等处，一场惊天动地的浩劫，因周斯才的大智大勇，总算从容躲过。

这场叛乱中，岗外、烟峰、回龙三乡损失惨重，沿途百姓房屋被烧毁，到处是流离失所、呼天抢地的民众。周斯才极力安顿抚恤百姓，安排重建家园事宜，并向朝廷禀报，免除了三乡百姓三年的田赋。

三

后来，因为工作缘由，我曾无数次去过三河口，每次都会到三河口街上去闲逛逗留一番，感受古代三河口的悠久历史。街道很狭窄，两旁密密麻麻的门市，玲珑精巧，日用百货和饮食蔬果，堆积拥挤、不堪重负。那些饭馆的桌椅，常常摆到了街沿口，过路的行人，无论吃饭与否，皆可坐下小歇一会儿，老板都一脸热情。街上的老板，大多数是身穿彝族服装的居民，也有个别是汉族，他们彼此友好的样子，已经完全融合。老板们忙前忙后，招呼应酬，左右逢源，八面玲珑，皆是行家里手的"生意精"。偶有闲暇，他们或看电视，或玩手机，甚至几人打堆，在门市前摆上小方桌，搓小麻将，乐呵呵的。笑声从未间断，太平、闲适、和谐、又融洽。这样的时刻，我总会情不自禁想起三河口的历史，想起枪炮屡屡、血肉横飞的古代三河口的争夺杀伐。想起那样的岁月里，三河口街上的居民，如何惊心胆寒，慌不择路，四处逃窜。

如今，三河口的彝民，皆竖起大拇指，称赞共产党"瓦几瓦"

（好得很）。迎面走来一位身穿彝族折叠裙的姑娘，身材高挑，面如桃花，款款步态，风情万种。我与她搭讪，却居然是一位汉族姑娘，说是因为喜欢穿彝族的服装。

三河口街道的背后，是如今三河口镇政府的驻地。我在马边工作多年，全县所有的乡镇都去过，唯有三河口镇政府驻地所处的地形，端庄宏伟，格局高远，酷似一把奇大无比的坐椅，横亘在天地之间。

民间有传说，三河口区公所（未撤区之前）的位置，清朝时期，曾经是州官居住之地。清朝时期，朝廷在三河口设置了"后营都司公署"。当时，最高军事长官叫"都司"。明朝称为"兵备道"，或"总兵"，清朝为绿营的武官，属于正四品官衔，相当于今天的正厅级干部。

当年周斯才智破黑彝奴隶主三车、六儿、普色率领的 4000 叛军的叛乱后，摆在周斯才面前的，是如何重建三河口新场镇。是继续建在三条小溪交汇的原场镇处，还是另觅适合的地方，成为大家争议的焦点。

▲ 今日之三河口，清朝周斯才迁建的"柔远堡"所在地

据《马边厅志略》载，当时绝大多数人仍然坚持在原址上恢复重建，理由是另觅他处，"以为不便"。而周斯才则坚持认为，原来街场的位置，"乃在九皋之下，千仞之阴"。他进一步指出"溪沟之侧，四面崇岗，隐然如环，绝地也"。在众多的争议之中，周斯才在三河口"审度地势"考察一月，最后力排众议，坚持"应于山之大麓，川主庙其旁建堡兴场，方得地势"。在启动修建的时候，周斯才还不辞辛劳，亲自"督饬筑堡"，加快修建新的三河口场镇。

嘉庆十年（1805），三河口的新街镇，矗立在周斯才的面前。周斯才如释重负，他心怀惊喜，亲自著《建柔远堡碑文》，记叙建设"柔远堡"街镇的来龙去脉，他饱醮笔墨，描绘了新三河口场镇的面貌。

▲ 清朝修建的三河口的"柔远堡"城门

"堡成，凡二百七十丈，坐东而西，高居深拱，众峰在目，正西觌面，耸立霄汉巍然矗云者，为狮子头。其右云峰，淡荡迤逦排列者，为麻柳霸。其左嵚崟欹侧天宇豁开者，为扇子坡。迤西而南则水池堡也，凭高俯瞰。"

碑文洋洋洒洒，才华横溢。

周斯才力主建成三河口街道后，并取名为"柔远堡"。"柔远堡"的地名，明显强调了三河口街场军事重镇的历史作用。《建柔远堡碑文》里，三河口作为军事重镇的性质，一目了然，毋庸置疑。

四

今天，我们从县城到三河口的公路，是沿马边河逆流而上，经建设镇，过苏坝镇，经梅林镇，共 50 余千米，公路修建于二十世纪七十年代。当年，周斯才从县城西街出发，经老水碾坝、紫弄埂、大坪溪、石梯子、泥湾坪、丁木湾，菜坝子、火石墩、核桃坪、来斯岗，然后到三河口。仅这些刁钻古怪的名字，也会吓得你一身冷汗。而今，大多数马边人，皆对此闻所未闻。

这条古道，如今已经基本废弃。这天，怀着好奇的心情，我相约登山的驴友，去体验了一次清代周斯才到三河口所走的道路，希望能够感受古人走到三河口时，曾有过的心境；能够感受，当年叛匪从这条狭窄的、荆棘丛生里的山路上，风尘仆仆的癫狂。

我带着复杂的心情，沿途搜寻铭记在内心的历史残片。"高岿摹顶"的石梯子，要攀援而上，必须手脚并用。"石栈云梯"的泥湾坪，天然的栈道，悬崖突兀，脚踩深壑，只闻溪吼，不见沟谷。爬坡扶壁，攀扶崖沿。战战兢兢，汗流浃背。有几个胆小者已经临阵脱逃，原路返回了。

我也战栗着双腿，总算爬上了大有岗。突然想起周斯才有诗《重经大有岗》云"悬崖嶙峋路几程，重来岩壑记分明。云深直向海心卧，山险还如梯上行。漫讶飞身依木末，偶然洗耳听泉声。蛮方敢说居巷陋，待欲知津问隔耕。"时过境迁，如今更加荒草萋萋了。我们过了二坪，再次翻上一道山岗，举目四望，天高云淡，很远的地方无数的羊肠小道，如蛇如蚓，蜿蜒而来。我惊疑地询问，"这里是不是来斯岗？"同行者惊讶地反问"你怎么知道的？"我想起周斯才有诗《来斯岗》云"飘渺群峰望里惊，来斯天险客难行。俯从绝顶看前路，云海横铺万岭平。"我告诉他们，清嘉庆年间，新筑三河口"柔远堡"后，朝廷曾在"柔远堡"设"后营都司公署"。当时的"都司"，乃朝廷四品大员，因为每次的来往，必经过此岗，故名"来斯岗"。

过了来斯岗，三河口便近在眼前。

我们完成了一趟历史的旅程，终于走进三河口残缺的古城墙。当年雄伟壮观的气势，依稀可辨。如今"二百七十丈"的城墙，唯一保留完整的只有南城门了。城门高4米，宽3.8米，横竖的条石，雕刻精致。门框嵌合，呈拱圆形，左右门柱上，刻有青龙、北虎图案。古朴的风格，大气恢宏，又不失精致庄严。城门两端残留的古城墙，皆是条石砌裹，内填泥土。城墙垛口、城门等列军事设施，一应俱全。今日的三河口街道，已经不是当年周斯才力排众议，重建的三河口街场。掩埋在岁月深处的古城墙，以及现今依然的南城门，将我们的记忆，带回那段战火纷飞的日子。

当年，三河口街背的山坡上，有一座寺庙曰"川主庙"，寺庙前有株高大参天的古楠树，虬枝苍劲，睥睨群山，见证了三河口的战乱与烽烟，见证了走进三河口的人们，来来去去，如野草一般枯了又荣，荣了又枯。为了三河口民众的安危，周斯才似乎已殚精竭虑、心力交瘁。这一天，他站在了这株古老的楠树面前，日从东边的山峦升起，月亮从西边山峰后降落，周斯才突然生出万千感叹。"拔地参天岁月长，几回系马托孤芳。羡君只作空山老，不管人间栋与梁。"（周斯才《三河口庙前楠树》）此刻，身心疲惫的周斯才，是不是觉得很累了。他是羡慕古楠树，没有争端烦恼，可以过着平静如水的日子，还是期盼着古楠树，所见证的三河口，何时才能够走出轮回千年的战争与杀伐，走出无休无止的血与火的岁月。

"周君莅马边久习其山川风土，谙其险阻情伪，知所先后为民捍患兴利，浚沟渠，筑城堡，劝农桑，崇学校，尤兢兢以牧夷为重，威以镇之，恩以抚之，讲信明义以导之，使夫汉夷率服，内外安宁。"（《马边厅志略·方积序》）

这是当时四川提刑按察使、建昌道台方积对周斯才的看法，纵观周斯才在马边的作为，我深以为然。

五

沉浸于马边县志和文史资料中，皓首穷经已多年。在卷帙浩繁的资料堆里，许多看似不经意的历史点滴，总让我扼腕长叹，甚至潸然泪下。发生在三河口蔡坝子悲壮惨烈的历史往事，便是其中之一。

2019年，我参加了全县脱贫攻坚督查，工作之余，我带着异样的心情去了蔡坝子。

蔡坝子是当年从马边县城走水碾坝到三河口的必经之道。我去蔡坝子走的是二十世纪七十年代修建的从马边到三河口的公路。马三公路过沙腔五千米处，右转便进入去二坪乡（已撤并）的公路。山越来越高，越来越陡峭，沟谷越来越狭窄。清澈的小溪水，迎面潺湲，公路低矮，离溪水特别近。车行六千米之后，穿过一道狭窄的谷口，地势豁然开朗。两道山峦，向外弯曲，环拱形成一道堆满鹅卵石的河滩，山高谷低。

1950 年 1 月 20 日，中国人民解放军第 10 军 30 师 90 团 2 营进驻马边，标志马边解放。然而，轰轰烈烈的民主改革大潮，废除奴隶制、废除奴隶主阶级的土地所有制等政策，触犯了黑彝奴隶主阶级的利益，彻底毁灭了千年奴隶制最后的梦想。奴隶主们岂能心甘情愿放弃作威作福的权力与荣耀？大小凉山悄悄涌起了黑彝奴隶主的叛乱的暗流。刚刚解放的马边，风声鹤唳，狂风袭卷。

据《马边文史资料》载文《记三河口民改之初的一场血战》，作者宋希华是民改时期到三河口的县委工作组成员，是三河口平叛血泊中的幸存者之一，是那段风云突变的历史见证者。

宋希华文章回忆，为了加快推进彝区"民改"工作，县委组建了"民改工作团"，三河口团由孙殿生为团长、周启相为副团长。工作团于 1956 年农历腊月二十五日抵达三河口。随即，以王镇华为组长、宋希华、张少清（翻译）为成员的县委工作组，也赶到了三河口。轰轰烈烈的民改工作迅速在三河口展开。工作队分组奔赴各乡，召开群众会，说服广大群众参加民改。同时，集中奴隶主，对他们进行教育，动员他们参加民改，主动交出枪弹，解散武装，立功赎罪。2000 多名基层群众参加了会议。100 多名奴隶主表示接受民改。他们主动交出长短枪 300 余只，机枪 3 挺，子弹 3000 余发。三河口的民改工作迅速达到了高潮。

奴隶主阶级难道心甘情愿放弃自己权益，接受人民的改造？坚不可摧的千年奴隶制，便这样不堪一击，瞬间摧枯拉朽？看似大好形势的表象中，却暗藏着重大的危机，山雨欲来风满楼。

　　果然，盘踞在三河口四周山头的黑彝奴隶主，躲藏在深山里，一直在寻找机会。黑彝奴隶主乌抛大田、乌抛大珠在三河口纠集1000余人，突然冲出深山老林。开枪向三河口工作团射击。寂静的三河口，顿时吼叫声响彻山谷，枪炮声震惊四野。

　　面对突然冒出的上千名叛军，来势汹汹围攻三河口，仅仅百余名工作团成员，瞬间，不知该有多么惊讶，难以置信。短暂慌乱之后，他们立即镇定下来。凭借当年周斯才亲自饬督修建的三河口"柔远堡"的有利地形，迎头痛击来犯之敌，连连打退敌人的多次进攻。叛军于是改变战略，他们在饮用水的源头下毒，甚至切断了三河口水源。砍断电线，切断工作组与县城的联系。眼前严峻的形势是，指挥部与外界失去了联系，饮用水断绝，弹药严重不足，凶残的叛军随时可能冲破防线，攻破三河口。

　　工作团生死关头，不得不选择突围！工作队采取声东击西的策略，先派小分队猛攻敌营。然后，在夜色的掩护下，边打边撤，终于突围成功。

　　然而，在众多的叛军围追堵截中，突围成功的工作队被打散了。狡猾的叛军，在地势险要的蔡坝子设下埋伏。黑夜中，工作队大部分人员，被围堵在锅底一样的蔡坝子内。前面是1000多米高的大油杠山岭，后面是悬崖中的狭窄沟口。工作队进退维谷，四面受敌。悲壮激烈的战斗，一直持续到天亮，弹尽粮绝之时，工作队队长李祯以及他的大学同学郭盛祥等同志，拉响了最后一颗手榴弹，集体殉国。

　　蔡坝子峡谷之中的遭遇战，王镇华、孙殿生等29名汉族干部、4名彝族干部、3名翻译、彝族民兵11人全部牺牲。47名干部的鲜血，洒满了乱石嶙峋的河坝，染红了淙淙的溪水。

　　"晓发羊肠路，停车且劝餐。怒溪吼山腹，弱鸟媚林端。谷口

262

春又冷，篱间花来残。诗情难遣兴，聊且付吟鞍。"这是当年周斯才路过蔡坝子，撰写的诗文。道路羊肠拮据，山腹溪沟怒吼，鸟鸣幽谷无奈，篱间草枯花谢。这些诗歌的物象，仅仅是一介文人，面对恶劣自然环境的呻吟与哀鸣。周斯才不会想到，百年之后，一群为三河口社会平安、为三河口人美好幸福未来，为摧毁千年奴隶制的壮烈汉子，在此鏖战荒野、血染蔡坝子。

这时，迎面走来了几位年轻的乡干部，他们并不十分清楚三河口这段悲壮的历史，我便告诉了他们，关于三河口的历史、关于周斯才、关于牺牲在蔡坝子的英烈和鲜血。他们也很感动，惊讶我对于三河口，以及马边的历史，了解得如此透彻，如此饱含深情。我知道这些青年，每人对口帮扶几户贫困户，联系有十余户非贫困户。在繁忙的工作中，他们还要时刻了解"贫困户""联系户"的生活，还要抽出宝贵时间，去解决他们的困难。如今，在国家脱贫攻坚的大战略中，三河口的彝族村民，绝大多数人从陡峭的山坡上搬迁到了公路边，修建了许多两层小洋房，三河口彝族人民的生活，已经今非昔比。

三河口有个金家沟村，树林荫翳，瀑布高悬，是绝好的旅游景点。去年，我随马边文联到此村采风，在村委会的村务公开栏，我发现了一件惊人事件。仅金家沟村，考上大学的彝族学生多达130名。在村委会村务公开"光荣榜"上，我们还看到了这些考上大学的孩子的信息。我们都无比惊讶，如今彝族乡村，能够成为百万元户，不算稀奇，然而，全村仅百余户人家，家家户户都有孩子考上了大学，这才是小凉山彝乡千年历史巨变。三河口的彝族人民，所过的幸福快乐的日子，紧跟时代前进的步伐，连他们自己都不敢想象，恍若梦中。

眼前，这些脸色黝黑，充满沧桑的青年干部，他们多数不是三河口人。他们来自县城、乐山，或者成都，甚至远在北京中纪委的干部，也常常将铿锵脚印，留在了马边三河口的历史征程里。

于是，我接着又给他们讲了一个动人的故事。当时，民主改革的工作队，突围后被打散了，队员查亚夫、韩光进两人，在敌人的追捕中，逃至二坪。万分危急之中，彝族阿妈吉拿阿枝，冒着生命危险，收留了他们，把他们藏在老林里，每天给他们送饭。叛军来到吉拿阿枝家，威胁说"哪家收留汉人，就烧哪家的房子，要哪家的命。"吉拿阿枝并没有被敌人的凶恶吓倒。她在家里挖了一个地洞，把两位干部接到了家，住在地洞中，直到平叛的解放军到来。

吉拿阿枝被称为"革命的好妈妈"。

这样风雨如晦的紧张时刻，吉拿阿枝还能冒死掩护民改工作队员脱险，或许，这便是民改工作本身的胜利，牺牲了的47位先烈，地下有知，也会欣慰。

六

三河口与峨边彝族自治县交界有一座山，名"药子山"。"药子山长约25千米，宽约10千米，平均海拔2500米，最高峰为药子山峰，3566米，3000米以上的山峰12座。"（《马边彝族县治县志》）三十年前，药子山是马边县最大的国营林场之一。如今，隆隆的采伐声已经消失了许多年。轰鸣喧嚣的繁荣景象，已成为历史。药子山回归了寂静，天然的原野和山峰，依然屹立蓝天与白云之间。如今，莽莽的药子山上，殷红的杜鹃花遍布山野。

关于鲜艳的杜鹃，我突然想起一个凄婉的传说，很早以前，古蜀国望帝杜宇带领人们开垦荒地，种植五谷。一群龙蛇鬼怪使用妖术，将夔峡、巫峡，堆成崇山峻岭，挡住滚滚洪水。于是，千里良田，成了污秽水域，百姓遭受罹难。望帝请鳖灵除鬼怪，放水救民。并主动将王位禅让鳖灵。鳖灵便是古蜀国的丛帝。后来，丛帝居功自傲，独断专行，欺压民众。望帝忧心如焚，化作杜鹃鸟，飞进了高高宫墙，高声鸣叫："民贵呀！民贵呀。"望帝就这样苦苦鸣叫，嘴角出了血。鲜血滴落地上，地面上生长出了一片鲜红的杜鹃花……

杜鹃啼血，声声凄厉。

药子山漫山遍野殷殷鲜艳的杜鹃花，火红似血，这不是牺牲在三河口的烈士们殷红的鲜血吗？

每年花季来临，药子山上，杜鹃花鲜艳如血，夺目闪耀。似炽烈燃烧的生命，如奔放激越的青春。而我则以为，鲜艳的杜鹃花，代表最伟大神圣的爱，代表最壮烈震撼的牺牲，代表最炽烈奔涌的情怀……

土门雪口

一

雪口山镇有一条最大的河，称"雪口山河"，纵贯境内，在下溪镇注入滔滔的马边河。雪口山河在历史上有个诗意浓郁的名字，叫金银河。金银河蜿蜒曲折，向西逆流上溯，抵达境内温水凼村的层子岩山。

层子岩山距雪口山乡镇 10 余千米。驱车抵达层子岩山顶，极目而望，一道巨大的断裂峡谷，将层子岩山一分为二，当地人称之为上、下层子岩。谷顶高悬插天，谷底俯冲深渊。晃眼一望，仿佛被一股巨大的力量，生拉活扯，崩裂了整座层子岩山。细观上、下层子岩的缝接处，曲折和凹凸之间，皆有惊人的吻合，令人不可思议。

村民告诉我，上、下层子岩，曾经是一座巍峨雄壮的大山。传说有一条巨大的白蛇，在此修炼了千年，终于成精，有了无穷的法力。民间有一种奇谈，千年蛇精，修成正果，需入海成蛟，方算功德圆满。然而，蛇精要入大海，谈何容易，必须凭借浩浩荡荡山洪，兴风作浪，洪峰滔天。然而，走蛟洪水翻滚卷集之处，势如破竹，乃是人间凡尘的一场惊天浩劫。

这年七月二十八日，月黑风高、电闪雷鸣、风雨狂暴。白蛇精御风乘浪，水击三千里。洪水吞卷万物，毁堤、断桥、卷房、裂山。瞬间天崩地裂，随着一声轰天的巨响，层子岩山，崩然断裂开了。

巨洪滔滔，卷聚土丘和巨木，咆哮谷吼，声震天宇，惊动了天空中的二郎神杨戬。杨戬立刻用天眼巡视凡尘人间。他看见了滔天洪水，卷聚如山丘，滚滚奔涌，立刻明白是怎么一回事了。白蛇精驱赶着巨洪，排山倒海、摧枯拉朽，直逼雪口山街镇。此刻，居住雪口山街镇的上千百姓的生命和财产，瞬间便会遭遇万劫不复。电光石火之间，二郎神果断从天空中弹下一粒仙石，准准地砸向了蛇精。

仙石砸向人间，立刻变成了一座巍峨的大山，将千年蛇精压在山底。汹涌咆哮的洪水，须臾之间，便收敛平和了起来，雪口山街镇的上千名百姓，终于免除了一场惨绝人寰的浩劫。

从此，被白蛇精拉崩裂断的层子岩，宽大的断裂带成了巨大的峡谷。据相关资料显示，谷顶海拔 2100 余米，谷底深 1200 米。层子岩山自此分成了两半，一个上层子岩山，一个下层子岩山。而压在白蛇身上的那座大山，便是雪口山境内的黄烟山。黄烟山离雪口山乡场镇，相距不过 3 千米。传说中的二郎神，如果稍微一犹豫，当时的雪口山场镇，便会立刻遭遇万劫不复。

如今，站在雪口山黎明村的地坝上，一眼便能够望见黄烟山。山顶上总会飘飞一团浓浓的黑色烟雾，或如一盏庞大无比的风灯，或如一只硕大无比、张扬翅膀的巨鹰。那样的时刻，黄烟山上阴云密布，阴风凄惨。传说，是压在山底的白蛇，用蛇身体上的龙珠、龙甲，炼成了三根金扁担，在黄烟山底撑出了稀许空隙，它还在黄烟山底继续修炼，阴风密布的浓烟，是白蛇修炼的吐气吸纳。

后来，有峨眉山僧人云游至此，见黄烟山袅袅紫烟，仙气缥缈，便在此修建了一座寺庙，名曰"黄烟寺"。寺庙建成之后要行大典，四面八方的高僧云集大殿。远近的香客，蜂拥到了黄烟山。晨钟暮鼓，敲击到一百次，突然地动山摇、乱石翻滚，寺庙轰然倒塌。一阵黄烟飘然而过，立刻火光冲天，寺庙化为灰烬。人们争相传说，是山底修炼的白蛇，受得了黄烟山的困压，却承受不了寺庙里的佛法，不能听寺庙敲击的钟声。雪口山镇的干部李应坚告诉我，至今黄烟山上寺庙的屋基，仍然清晰可见。

当年，二郎神"该出手时就出手"，拯救了雪口山的苍生。一个偏远的雪口山街镇，有了一段波澜起伏的历史。

据《马边彝族自治县志》载，雪口山镇位于马边县城北。清朝乾隆时期，因乡治在下溪之上，曾命名上溪乡。1940 年更名为上饶乡。1951 年名为建新乡。1952 年，分出岗坝联合乡、里坪联合乡、温水凼自治乡。1956 年石岗坝、李坪乡并于，始称雪口山乡，2020 年 5 月撤乡设镇，是为雪口山镇。

二

如今的雪口山河，蜿蜒曲折 25 千米。波光粼粼，层层涟漪。流水清澈，卵石累累，群鱼倏忽。近日，雪口山镇利用雪口山河水水流湍急的资源优势，开发了雪口山漂流，吸引了县内、外玩家的眼球，志趣于探险的游客，纷纷涌向雪口山。

僻居一隅的雪口山，从门可罗雀到如今的门庭若市。

雪口山镇的干部李应坚告诉我，雪口山民间传说，玉皇大帝派太乙真人到人间采集灵丹，太乙真人遍访了天下名山大川，来到了层子岩大峡谷。但见壁立千仞、地势奇险。峰峦林立，蔚然深秀。

山谷中烟雾蒸蔚，紫气氤氲。崇山峻岭里，树木参天，藤蔓匝地，林木葱茏，百花争艳。珍贵的药材，林林总总，不胜枚举。可谓山好、水好、资源富集，仙风道气，正是冶炼金丹的好地方。

于是，太乙真人便施展道家功法，建造炼丹炉，采集原料，启炉炼丹。一时间，层子岩峡谷里，火光冲天，巨石崩响，金光闪烁，夜色如昼。层子岩大峡谷里，仙丹的香味，渐渐浓郁起来。偶有清风，吹拂到峡谷之外，袅袅馨香，如桂如兰。村民中有好事者，跋山涉水前往谷口探窥，人还未进山口，便被沉郁的浓香，熏得天旋地转，昏迷过去。

太乙真人在层子岩炼丹的故事，在雪口山乡流传了千年。关于层子岩有金银宝藏的传说，版本较多。民间还传说，清朝时期，有位外国神父到马边传教，盗走了马边的许多宝物。前不久，我到劳动镇红椿村搜集资料，村民告诉我，红椿村有个白鹤岩山，传说岩壁有一对飞翔的白鹤，后来被一位神父在河对面的凤凰桥上施展法力，盗走了其中一只。从此，岩上只剩下一只白鹤，至今如此。乡干部李应坚告诉我，传说金银河边的黄烟山下，来了一伙盗宝的洋人，沿着金银河寻觅宝物的时候，发现了金扁担的秘密，他们盗走了其中两根。剩余了一根，之所以不敢盗取，是怕惊动了山底修炼的白蛇精，怕吃不了兜着走。李应坚还告诉我，如今，走进层子岩大峡谷，在微风吹拂中，常常能够感受到一股股悠悠的奇香，淡淡地飘荡在山谷里。人们说那是当年的太乙真人冶炼仙丹时，有仙丹遗留在峡谷中的石隙里，散发出的袅袅余香。

难道层子岩的传说，不是虚妄的故事，果真有无穷的宝藏。

附近的村民说，如今层子岩大峡谷里，遗留有大大小小上千个洞矿，星罗棋布，遍布山间。

历史上的层子岩，曾经是多少人内心的梦想和期冀。层子岩的历史，果真有太乙真人的仙踪足屐，隐藏着无数不为人知的盗宝秘密。

如今，层子岩已经走出了历史传说里种种迷茫，近年来，先后进入层子岩矿区的企业有甘洛电铅公司、大地矿业有限公司、恒业通公司，以及金乐公司。在现代最先进的开采设备和技术支持下，关于层子岩无穷珍宝

▲ 层子岩的矿洞遗迹

的传说，如金银河的流水，流淌了千年，逐渐淌进了滚滚红尘，融入了烟火人间。

三

雪口山镇的田耳湾村，有一地名叫流星坪。流星坪海拔 1900 米，是一望无垠的大草坪。土地平坦，视野无际。站上流星坪，漫山遍野的山茶花，恣肆汪洋，绽放如絮。浅草密集，藤蔓枯荣。俯视远处，群山纵横，如虎伏狼卧，形态万千。清晨，朝霞漫天，太阳从东边冉冉升起，缓缓冒出地平线。瞬间挣脱山峦羁绊，呼之欲

出，傲然当空。朝晖里的群山，立刻变得金灿灿的，辉煌耀眼，华贵缤纷。暮色四合时，晚霞弥漫，万里江山，层林霜天，太阳悄悄地归隐于西边的山林。夜色的脚步近了，浩瀚苍穹，繁星闪耀，一轮明月悬挂深空，冷寂的月亮，散发出凉丝丝的光芒。

伫立在流星坪上，观天空云散云聚，巡山河千奇百怪。太阳从东边升起，从西边落下。流星坪如此壮丽的景色，如此宏大高远的气魄，此景只应天上有。

乡干部李应坚告诉我，关于流星坪，还有一段缠绵悱恻的爱情故事。

很久以前，流星坪上一片荒芜，草蔓密布，太阳从坪上走过，日复一日；星星从坪上划过，年复一年。这里没有人烟，也没有名字。有一天，一龚姓大户，见此地视野高阔，草木盛茂，白天俯察群峰，夜晚仰望星空，乃难得的人间福地。于是，龚家人便结庐于此。从此，这里便叫"龚家坪"。

龚家有一小子名叫龚若玉，身材颀长，面若枣玉，温润如玉。眼眸明亮，深情如水。有一天，仙界的七仙女一起下凡间游玩，到了龚家坪。一见龚若玉，玉树临风，举手投足之间，英姿蓬勃，风姿绰约，乃人中龙凤。七仙女之中的碧儿姑娘，被龚若玉的美貌潇洒深深地吸引了，她很快坠入情网，不能自拔，不顾姐妹们的劝阻，执意留在人间与龚若玉双飞双宿，尽享人间的凡尘之乐。

碧儿摇身一变，成为一个清纯美丽的村姑，来到了龚若玉面前。龚若玉也被碧儿姑娘的美丽所吸引了。两人一见倾心，情投意合，言谈默契，心灵相通，仿佛前世缘定。他们双双坐在晨曦里，看朝霞缓缓旭日东升；坐在西下夕阳里，领会人间的晚情。两人耳鬓厮磨，卿卿我我，说不完的情话，道不尽里的红尘亲昵。在美好、幸福、甜蜜的日子里，日月在流星坪上，升起又落下。春天过了夏天，秋天过了冬天，对他们而言，皆在梦中。

碧儿姑娘下凡的消息，很快被王母娘娘知晓了，碧儿被天兵天将捉回了天庭，被关在思过崖，闭门思过。

碧儿姑娘的突然消失，犹如她的突然到来，皆是毫无预兆。龚若玉在幸福的时候，来不及思考其中的来龙去脉。龚若玉终日的生活，已被碧儿姑娘的爱情填满了。突然不见了心爱的女人，龚若玉仿佛失去了魂魄。他终日在草林间奔跑，寻找碧儿美丽婀娜的身影。他对夜色星空，呼唤碧儿的名字。"你随阳光追寻光明去了吗？你随白云飘到蓝天去了吗？你随春光滋润大地去了吗？"龚若玉以泪洗面，痛不欲生。关闭在天庭思过的碧儿，感应到了龚若玉欲罢不能的深情。她的泪水化成了流星雨，飘在龚家坪的天空。而往往这样的时候，龚若玉伤痕累累的心，仿佛获得了难以言说的慰藉。

从此，龚家坪的夜空，每晚都有流星雨从天空里飘飞而下。这样的时刻，龚若玉便会站立在流星雨中，丝丝细语，满是对碧儿姑娘的深情，情深似海的爱恋，不知道多少年后，上天终于被龚若玉的深情所感动了，龚若玉得到上天的帮助，得道升天了。

因为这段爱情故事，在雪口山广泛流传。于是，村民约定俗成将龚家坪名字，改成了流星坪。

雪口山的村民说，在月光皎洁的夜晚，有缘的人站立在流星坪上，虔诚地呼唤心上人的名字，天空就会有美丽的流星划过。那是你思念的心上人，从遥远的地方传来的回应。

流星坪优美绮丽的风光，值得留恋，是值得开发的好地方。在风景如画的草坪里，有牵动人心的爱情传说，唯美、悲壮、缠绵，令人感动。

于是，流星坪成为雪口山历史中最美丽、最动人的情怀，成为雪口山人间烟火里，最绚烂辉煌的一往情深。

多少年后，雪口山果真出了一个"仙女"，她便是马边山区家喻户晓的演唱家凉音（现名苏都阿洛）。

▲ 流星坪的秀美景色

2001年，凉音作为中央民族歌舞团的著名歌唱家，回到故乡马边。当时我在《马边民族报》当记者，我曾经采访了她，写下了《想为故乡唱支歌》，发表在各类报刊上，后来收于散文集《活得纯粹》里。凉音是雪口山长大的彝家妹子，她不仅如天仙般漂亮美丽，而且歌声清脆悠扬，透着马边山区的灵性，被称之为山区的"百灵鸟"。作为贫困山区走出的孩子，她初试锋芒，崭露头角的机会，全靠参加县、市等各类唱歌比赛，获得相关人士的青睐和认可。她在县、市各类演唱比赛活动，频频获得好评，渐渐展露才华，被誉为马边的"小歌唱家"。后来，她参加"四川省首届业余歌手大赛"，一举夺魁，荣膺第一名。于是，凉山彝族歌舞团捷足先登，率先签下了凉音。雪口山的山沟里长大的凉音，成为飞出山区的"金凤凰"。

再后来，凉音调到中央民族歌舞团，步入了向往已久的艺术殿堂。她活泼细腻、宽广清凉、音色甜美的歌声，响遍祖国的大江南北。国家级舞台频频有她美丽的身影、动人的歌声。而故乡雪口山的人们，每每在电视里看见歌唱家凉音，便会情不自禁地高声呼喊，"看，这是凉音！是我们雪口山最美丽的姑娘！"

迄今为止，凉音是雪口山这片土地上一个充满荣耀的名字。她悦耳动听的声音，是故乡人最亲切的声音；她的美丽和光耀，成为雪口山最美丽的记忆。

于是，我又想到，凉音的老家是不是在流星坪？雪口山出现了美丽而极具天赋的凉音，与流星坪上优美动人的传说，是否有一种历史的牵连，或者美丽的传承？

四

雪口山街背后，有座南北走向的山，每年冬季，山脊便成为大雪积压的分界线。西边的群山，雪域茫茫，千里冰封。东边的群山，却是草木葱茏，难以寻觅丝丝雪压山峦的痕迹。斜斜的山脊，犹如"雪口"，人们因此将此山称之为雪口山。《马边彝族自治县志》载"小溪流至乡治附近，一小山为冬季雪线，故名。"

只因一道关键的"雪口"，往西周天寒彻，往东，雪口山街镇，即便数九寒天，也充满丝丝温暖，是雪口山最好的宜居点。村民告诉我，雪口山线的山岔口的有一条小路，有泥土修筑的一座碉楼，设有城门，被称之为"土门"或者"土门子"。过往行人，必须经过土门进出。和土门并列的山脊的雪口上，左边小山峰为"大炮台"，右边的小山峰为"老营盘"。古代三河口、二坪、大有岗一线，以及温水函、峨边等地，要进出雪口山街镇，这是唯一关口。当年土匪入侵雪口山，进而入侵县城、下溪等地区，这里曾经是阻击敌人的主战场。雪口线上的三个据点，犹如英雄坚守职责，守卫关卡，肩负着雪口山乡场镇的平安与幸福。

在村民的叙述中，"土门雪口"的概念，在我脑海里萦绕成了一道十分别致的风景线。老营盘的瞭望台，大炮台上威武的大炮，一边白雪皑皑，寂静无声；一边人间烟火，尘土喧嚣。这无疑是雪口山一道最动人的历史风景。

历史上雪口山的街道，便是今日的黎明村集中点。民国时期，这个地坝称"油房坝"，有许多炸油的油房。据《马边彝族自治县志》载，1935年，国民政府曾经在此建立"彝汉交易所"。来自三河口、二坪、温水函以及峨边等地的彝族村民，将羊皮、药材等土特产，源源不断运往雪口山彝汉交易市场。内地的汉族商人，则用布匹、盐巴、铁器等工具，从下溪镇沿雪口山河逆流而上，抵达雪口山市场，与彝族人进行物品的交易。一时间，雪口山成为"十里繁华，烟花之地"。

当地村民告诉我一个笑话，说有一李姓商人，每每赶集收购物品之时，两夫妇总会大吵大闹，甚至大打出手。吵架到了高潮时刻，女人从屋里将秤砣砸向男人，男方则把外面的秤砣砸向里屋的女人。次次如此，人们便觉得奇怪，终于有聪明的人看出了端倪。原来，砸出来的秤砣重，砸进去的秤砣轻。卖货村民忠厚老实，还苦口婆心帮忙劝架。真应了一句古话"别人把你卖了，你还帮别人数钱"。而老板两夫妇，在佯装的吵闹中，不知不觉获得了"不义之利"。也应了一句古语"无奸不商"。一时间，李姓夫妇的伎俩，成为雪口山街场上不屑的笑谈。

民国时期，举国混乱。马边更是土匪猖獗、恶霸横行。雪口山的彝汉交易市场，渐渐沦为打砸抢、黄赌毒的罪恶场所。所谓的社会名流、各类打手、黑社会老大满市场招摇，一时间成为黑恶源头。多年以后，马边山区常常能够听见这样的慨叹，雪口山人剽悍，刚烈。我想，或许与当年那个彝汉交易市场所形成的风气有关。

如今，土门雪口，是雪口山有形象、有故事的一道标志性景象，对于雪口山街镇而言，土门雪口的历史价值，近似于古代的万里长城对中原大地的意义。村民告诉我，古代雪口山的土门雪口，如天堑鸿沟，令入侵的土匪，望而生畏。

1956 年，马边历史上发生了一件震惊全国的大事件，解放不久的马边，民主改革运动刚刚拉开帷幕，少数黑彝奴隶主开始了最后的垂死挣扎，一时间，整个马边山区变成了硝烟弥漫的战场。三河口失守、大院子失守，二坪菜坝子，解放军及工作队干部 47 人，惨遭杀害，壮烈牺牲。马边县城南端，最后防线的苏坝镇，一千多名叛匪，将三百多名解放军官兵、工作队员及民兵，重重包围在弹丸之地的走马坪。形势危急，千钧一发。

叛乱毫无征兆，爆发四面开花。几千叛军，汹涌而起。漫山遍野咆的枪炮声，惊悸全县。当时留守在马边县城的少量兵力，全部随工作队，分布在全县的各区乡。县城无兵可守，更是无兵可派。而马边位置偏僻，路途遥远，犍为、乐山的援军，短时间皆无法抵达。

雪口山成了马边县城西北端，最后的防线。此刻，雪口山方向的叛军，已从肖大坪、郑大坪、梨尔坪、天花水等地，直逼雪口山。惊风黑雨，命悬一线。如果雪口山失守，叛军定会继续进攻，将直接威胁到马边县城的安危。

雪口山与苏坝走马坪一样，皆肩负保卫县城的重大责任，已经危如累卵，到了火烧眉毛的最后时刻。

瞬间，土门雪口成了战火纷飞的殊死战场。

土门子工作组的组长阿不必喜（彝）正带领一个战士，以及雪口山的积极分子、民兵等坚守在土门子。他们在土门的碉堡内，拼命地射击不断汹涌而来的敌人。由于敌我力量悬殊过大，这一场艰难困苦的殊死战斗，死伤惨烈不可避免。无所畏惧的雪口山群众，积极踊跃参与土门雪口的保卫战，彰显了雪口山人识大体顾大局、勇猛刚强的斗争精神。在雪口山人齐心协力的支持下，阿不必喜沉着指挥，打退了敌人一次又一次的进攻。他们找来群众两床晒垫，裹成两支"炮筒"，架在山峰上，迷惑远处的敌人。当时，马边的叛军，最怕解放军大炮的威力，龟缩在附近山林里的叛军，远远地看见山坡上的"大炮"，大受威慑，误以为解放军有大部队驻扎在雪口山，不敢贸然的大规模进军，为战斗的最后胜利，赢得了时间和机会。

依靠土门雪口的天然屏障，队员们打退了叛军一次又一次的疯狂进攻。残酷的战斗，持续了三天三夜，对面山坡上围聚的敌人越来越多，队员们的子弹渐渐消耗殆尽。敌人愈益疯狂，土门告急，雪口山危在旦夕。

激烈的战斗进行到了第4天，战斗小组已弹药穷尽，陷入绝境。敌人越靠近土门关口，疯狂的呐喊声已经传进土门子碉堡里，让人心惊胆战。然而，队员们毫不畏惧，决心浴血土门雪口，以血肉之躯阻挡敌人。壮士赴难、视死如归，保卫雪口山，保卫马边县城。

正在这千钧一发的时刻，下溪镇土改工作队的喻学翰带领一个民兵班赶到了土门子，迅速加入了阻击叛军的战斗。下午，在水碾坝执行任务的乐山民警大队，赶来支援。山穷水尽的土门子战斗，突然有了转机，终于化险为夷。

至今，人们仍然称土门雪口左边那座山峰为"大炮台"，右边那道山峰为"老营盘"。土门雪口的保卫战，成了马边土地改革时期平叛战斗的典范，抒写了雪口山平叛战争的历史上一曲动人的赞歌。

我们开车到了土门雪口的山坡上，当年的土门子碉堡，因为修建公路早已被拆除了，曾经的羊肠小道变成了宽阔的公路。唯有雪口山的那道山脊线，起伏绵延在岁月的长河里，树木葱郁，苍翠盎然。农民的摩托车，急急忙忙地从公路上驶过。对面的山坡上，群山苍碧，许多享受易地搬迁政策的彝族村民，从更远的高山坡上搬迁下来，新修的房舍，袅袅的炊烟，太平而幸福的景象。

村民邀请我，冬季到来的时候，一定到雪口山来看"土门雪口"。

五

雪口山镇境内有拦马埂村，与今日民建镇的水碾坝村交界。历史上的雪口山到马边县城，必须经历头湾、二湾、三湾，民间俗称"过三道湾"。之后，必须翻越一道重要的山埂，山埂陡峭，道路崎岖。埂上的道路皆是青色鹅卵石，坚硬而滑腻，马蹄常常会打滑，稍不注意就会摔下悬崖。因此，马行此必止，故称"拦马埂"。

拦马埂村在雪口山的历史上很平常，并没有太多记载。然而，1941 年，一群马边籍的青年学生，怀着满腔热忱，爬上了这道陡峭的山埂，彻底打破了拦马埂村的寂静。从此，这片千年荒原，发生了重大的历史变化。

当时，这些学生在成都天府中学读书，他们之中的吴祖沛、唐廷华是天府中学曙光篮球队的队员。此时，正值抗日战争艰难困苦时期，在国民政府主导下，到马边开办垦社的热潮，一浪高过一浪。马边广袤的大地上，各种垦社组织纷纷登场，各种地方势力集聚马边。据《马边彝族自治县志》载，1939 年，国民党参军长吕超派其侄吕建华（川军旅长）率兵众到马边走马坪和玛瑙一带兴办"抗建垦社"，成为当时马边势力最大的垦社。此后，陆续建起农新、乐森、三民、通宁、烟峰、富华等垦社。到解放前夕，整个马边县境内共有垦社 17 个。

据马边县政协编纂的《马边文史资料》载，离休干部龚定海撰写的《马边建华垦社史略》这样描述，这群学生中领导人之一的吴祖沛，是土生土长的马边人。故乡马边轰轰烈烈的垦社风潮，吴祖沛是清楚明了的。吴祖沛和唐廷华关系较好，于是，两人便商议回到马边开办垦社事宜。之后，他们邀约了张希舜、张谓贤、孟履安、李立慎等十七名学生，组成股东董事会，在成都祠堂街张希舜家召开会议，制定办社章程。一个与马边雪口山拦马埂紧密相连的"建华垦社"，在成都悄悄地诞生了。

张希舜的父亲是成都防空指挥部副官长，他非常支持创建"建华垦社"。他还向四川省主席王绪缵报告了此事，获得了王绪瓒的高度赞扬。在他的热心推荐下，建华垦社还邀请了王绪瓒为名誉社长，邀请了成都警察局局长唐毅当副社长。

1941 年 1 月，这群斗志昂扬的年轻人，带着一颗颗火热的心，风尘仆仆地爬上了拦马埂。原始苍凉的山岭里，荆棘丛生，正值寒冬，寒风萧瑟，遍山皆是凛冽雪域。

据龚定海的文章记载，他们很快召集了 50 户垦户，并亲自为垦农搭建茅舍，解决临时住宿问题。他们与垦农同吃同住，一同拿起工具，开垦被冰雪冻得十分坚硬的泥土。他们下定决心，要将拦马埂的荒凉瘠土，开垦成沃土良田，播种下希望的种子，开出灿烂夺目的花朵，结出殷实丰硕的果子。

然而，贫瘠的泥土，艰难的耕耘，他们收效甚微，内心满怀的希望，一次次化为尘烟。他们不得不边垦荒种粮边经商，以商养垦，图谋未来。他们开办了门市，经营茶叶、烟叶、铁锅、布匹和盐巴等必需品。他们的生意兴隆，财源广进，既弥补了垦社的亏损，又极大地方便了当地群众，促进了当地经济的发展。三年时间，建华垦社发展了四个分场，垦户多达 400 多户。

吴祖沛、唐廷华等青年学生，他们一腔热血，最初的宗旨便是办好垦社，经营好正当的生意，报效国家。他们与马边众多垦社的想法，大相径庭。他们不种植、贩卖鸦片，虽辛勤劳动，但收效甚微，举步维艰。此刻，建华垦社甚至面临着生存压力的考验。然而，国民政府、参议会、彝务委员会，质疑"经商养垦"模式，借故生枝，派款勒索，让他们的窘况雪上加霜。各种黑恶势力欺行霸市，五花八门的巧取豪夺，让单纯的年轻书生瞠目结舌。当年善良美好的愿望，已被眼前的黑恶社会，撕扯成了粉沫碎片。一些股东心灰意冷回了成都。最致命的是马边的各大垦社皆有了军事武装。垦社之间，垦社与土匪之间，与各种黑恶势力之间，钩心斗角，互为倾轧，弱肉强食，独善其身的建华垦社，濒临无法维持的惨状。而建华垦社何去何从，成了摆在唐廷华、吴祖沛面前的严峻问题。

吴祖沛与唐廷华商议之后，由吴祖沛主持垦社工作，唐廷华回成都，考上军校。期间，唐廷华通过张希舜的父亲，从军阀陈兰亭处购买 40 支步枪，10 箱子弹送回马边，建华垦社从此迈出了坚定步伐，以武装保卫自身利益。1943 年，唐廷华从军校毕业，同学赵竟文的父亲将他推荐给雅安 17 师长刘树成，他求得步枪 10 枝，子弹 4 箱运回垦社。

1944 年 8 月，唐廷华回到了垦社。建华垦社地处彝汉交界，这时，兵痞土匪，鱼龙混杂，大鱼吃小鱼的恶劣状态，严重到无以复加的程度。坚持正当经商种粮的建华垦社，再次陷入生存绝境。在这片充满罪恶的土地上，出淤泥而不染，已属天方夜谭。1945 年，建华垦社又购买了两支捷克式轻机枪、两枝花筒式机枪、8枝步枪和4箱子弹，不断充实武装以自卫。如此先进的装备，在马边大震了军威。

然而，一个不幸的事件发生了。"1947年4月，马边城突然出现一声枪响，吴祖沛倒在了血泊中，据称是手枪走火身亡，但在坊间的猜测很多。"（龚静染《昨夜的边城》）吴祖沛的蹊跷身亡，成了建华垦社的重大损失。一个志向高远的青年，用他年轻的生命，捍卫了自己的理想，却牺牲了年轻的生命，在他内心深处的梦想，随着滔滔不绝的马边河，流向了遥远的地方。

没有了吴祖沛，建华垦社的工作重担全部落在唐廷华身上。

不久，一个叫任俊辉的眉山大汉加入了建华垦社，给建华垦社带来了一线生机。任俊辉身材高大，体力强壮，曾经在眉山县的保警中队当兵。唐廷华委任他当垦社队长。任俊辉是热血青年，他充满正义感，且拥有卓越的能力，在当时军阀混战、风云变幻的马边，为建华垦社撑起了一片天地，让风风雨雨中的建华垦社，燃起了一丝希望，苦苦支撑到了解放前夕。

六

1949年春，民革地下组织在马边开展活动，控制了马边自卫总队，并组建了游击队。任俊辉经眉山老乡游击队总参谋赖荣光的介绍，成了民革成员，并直接在民革总部任职。后来，任俊辉所领导的建华垦社武装，编入中国共产党领导的"川西南军区游击队"，任俊辉担任第三中队副队长。1950年，唐廷华回到建华垦社，他联合其他垦社和一些进步的武装力量，在拦马埂、沙溪沟等险要处筑土墙碉堡，帮助川西南军区游击队十六支队在累骆寺阻击土匪，帮助游击队十六支队顺利撤离到乐山。后来，马边叛乱平定后，建华垦社这支队伍，编入中国人民解放军三十师教导团，年轻力壮者，还加入中国人民志愿军，赶赴朝鲜，抗美援朝。任俊辉在朝鲜战场上，还荣立了三等功。唐廷华到乐山，受到了中共乐山专员马全忠的会见，被安排了工作。

风雨中的建华垦社，结束了一段艰难困苦的历史，从此，走向了充满光明的道路。

如今，乡村公路已经修上了拦马埂，车来攘往，一片繁忙。经历了风雨和血泪，从悲壮的历史中走来的拦马埂，庄稼和水果，漫山遍野。微风吹过拦马埂，粮食的香味、花果的香味，沁人心脾。

荣丁千年

一

那年，我师范院校毕业，突然收到学校寄来的支边通知书。一向坐自家门槛上，沉默寡言抽叶子烟的九老爷，听到了马边这个词汇，突然兴奋起来。他说你到马边县城，要经过"荣丁"，那可是一个水路码头，热闹得很。

九老爷是我家远房的长辈，当时，已年逾八十。他怎么会知道，马边有一个荣丁场镇？后来，我才了解，九老爷年轻时，曾经在马边做生意，留下过一段缠绵悱恻、纠心撕肺的爱情故事。当年，九老爷的爱情故事，我在本书《道路史》一文中已经有过详细的叙述。从那个时刻起，我仿佛明白了一个道理，支援边区教育，是上天安排好的缘份，冥冥之中的注定。

荣丁在马边县的最北端，2020 年沐马高速公路未通之前，马边外出乐山、犍为等地，荣丁是必经的要道。从马边出发，沿国道 348，走劳动、下溪，至荣丁，经利店、凤村、舟坝至乐山，荣丁，是马边必须的进出口。荣丁是展示给域外客人的，第一个马边场镇，素有马边"北大门"之称谓。

荣丁历史悠久，最早有荣丁记载的历史，可以追溯到宋朝。《宋史》载"熙宁、绍圣中，朝廷皆为徙赖因监押驻荣丁寨，而以县吏控截。"马边在宋朝时期，归属犍为县管辖。当时，"赖因寨，与乌蛮交界"，边界之间民族关系已经恶化。出于安全考虑，朝廷将防线内迁，让赖因行政办事机构，往内迁徙至荣丁。

荣丁在赖因寨通往嘉州犍为县府的必经道路上，离犍为县城相对更近，便于犍为县府不定时地派遣官吏督查管理。与赖因寨相比较，安全系数相对更高一些。因此，荣丁成为当时赖因寨临时办事机构的驻所。这是关于荣丁最早的史料记载。熙宁、绍圣，乃宋神宗、宋哲宗时代，时间段在 1068 年—1098 年之间，至今已有一千多年。

关于"荣丁"名称的来历，南宋著名学者、今四川井研县人李心传，所著《建炎以来系年要录》载"宋绍兴三十一年（1161）十一月，虚恨部袭击犍为县笼篷、赖因之后，又攻荣丁。制置使王刚宗遁，正将李毅发八州兵千余人来援，毅至荣丁寨，遣二校以四百人战。虚恨蛮闻官兵集，欲亟去，相望数里。"荣丁军民同仇敌忾，奋起御敌，共同击退了敌军，有"荣丁"之誉。当时的荣丁古人，引以为自豪，自赞"荣丁"。自此，始有荣丁之名。

没有历史资料表明，取名"荣丁寨"之前，荣丁叫什么名字？清代周斯才著的《马边厅志略》，亦载"宋绍兴三十一年，虚恨部攻克赖因，攻荣丁寨未克"这一历史事件。或许荣丁的称谓，真的缘于当年虚恨部入侵赖因、笼篷，袭击荣丁，荣丁军民团结战斗，守卫了荣丁寨的历史事件里的那份荣耀。

元朝至元十三年（1276），朝廷所设的赖因、笼篷、荣丁、利店、沐川"犍为五寨"，从嘉州划归马湖路沐川长官司，荣丁成为沐川长官司所辖。至明洪武四年（1371）荣丁寨与赖因寨同时升格为乡。明万历十七年（1589），荣丁乡隶属马湖府安边厅。清康熙元年（1662），朝廷裁撤马边厅，荣丁寨与赖因寨皆归属屏山县管辖。1942年，荣丁属于从屏山分出的沐川县。1955年，荣丁划入马边县。

历史变迁，沧海桑田。荣丁的名字，历经日月剥蚀、朝代更替而亘古未变。荣丁的历史，顽强、峥嵘、跌宕、不屈不挠。

荣丁千年，实至名归。

二

千年荣丁，以钢铁猛烈的形象，载入了马边的历史。多年来，在我的臆想中，古代荣丁一定是贸易繁华、车辚马啸、商贾如云。当年，九老爷所说，荣丁是水、陆码头的话语，常常让我产生无穷的遐想，在荣丁千年的历史轨迹中，有过多少轰轰烈烈的英雄般的过往。有过多少悲壮的重大历史事件。如今都已消亡，成了历史的尘埃。

马边河从南到北，滚滚而来，在荣丁形成了冲积扇，这片荒凉的土地上，最早的居民起于什么朝代，已无详细考证。千百年来，荣丁辈辈代代的村民，耕耘着这片土地，在这片土地充满希望地耕耘，在这里出生，在这里死亡，生老病死，默默无闻。之后，荣丁逐渐形成了古老的街镇，有了贸易的集散地。千年的荒凉河滩，千年的滔滔洪流，而今，已经河堤高筑，现代化水泥装点的滨河公园，整洁、鲜亮、洋气，将荣丁打造成了村庄里的"城市"。荣丁镇街高大的建筑群、充满现代化气息的街道，在马边的乡镇街道中堪称翘楚。

如今，荣丁的下场口，是马边荣丁电站的库区。行走在荣丁滨河公园里，想象曾经有过的码头，我内心突然有些茫然。关于码头的影子，早被岁月消耗殆尽。山川河岳依旧，繁华的码头却失去了历史的记忆。查阅《马边彝族自治县志》，反复搜索荣丁，关于渡口的记载，"荣丁渡，位于荣丁下场口，建于北宋时设渡。""裕平渡，位于荣丁场口。""1956 年 4 月 10 日，运输公司的木船队，从犍为清水溪首航马边。"

《建炎以来朝野杂记》载，"盖夷多巨木，边民嗜者赍粮深入，为之庸锯，官禁虽严而不能止也。板之在者，径六、七尺、厚尺许，若为舟航楼观之用，则可长三数丈。"明朝时期，马边彝族地区盛产楠木，因楠木生长缓慢，周期长，木材质量好，是造舟舰之良材。然而，砍伐量逐渐增多，楠木的数量急剧下降。于是，朝廷明令，小凉山区彝区的楠木，只能用于宫廷建设，被称之为"皇木"。有历史记载，明朝时期，朝廷每年在四川的伐木经费，高达数百万两白银。

《清实录》载，清朝年间，北京天坛的望灯杆，年久失修，需要更换。望灯杆是皇帝每年祭天，用来悬挂天灯的桅杆，必须使用木料质量最好的金丝楠木，且高达九丈九尺，直径二丈七尺。

这是朝廷的重大事件，是事关皇权威严的历史职责。然而，哪里寻找这样高大的金丝楠木呢？

正在此刻，四川永宁道台孟端在北京获知此信息，他急回四川，呈报四川总督阿尔泰。阿尔泰立即组织人力物力，历尽千辛万苦，在马湖山中采伐到"长九丈五尺以外的楠木二株，杉木一株"。运送到了北京，受到朝廷嘉奖。

没有资料显示，运送到天坛的巨大楠木，出自马湖府的具体地点，又是如何竭尽全力将如此巨大的楠木送往京城的。然而，作为马湖府安边厅的古代马边，当时，运送"皇木"出马边，唯有依赖马边河的流水。

马边县城往南六千米的官帽舟，曾经是朝廷屯积木材的码头，当年运载"皇木"的木筏，是官方独有的行船模式。因而，官帽舟最早的名字，应叫"官木舟"，本书《钟灵官帽舟》一文已有详细记载。以官木舟的传说进行推测，当时荣丁应该是一个规模较大的水运码头。

如今，荣丁镇解放街有古建筑曰"程厅院"。程厅院占地2亩多，现在居住着6户人家。程厅院的地面上，镶嵌着的石板，规则有致，门楣楼阁的建筑，端庄豪华。图案雕饰，精美细密。传说，荣丁一户程姓人家，有人考上了翰林学士，在京做官几十年，退休归隐回荣丁，朝廷念其一生功绩，乃拨专款为其修建厅院，让其颐养天年。然而，程厅院修至中途，却发生了意外。安排去运载官府

▲ 荣丁街镇上的程厅院

287

划拨银两的船只，在返回途中，船至荣丁南九千米的雷打石，船翻人亡，银子倒入了河中。

我突然想起，当年九老爷所说的关于荣丁是水、陆码头的话。或许这便是千年荣丁关于水、陆码头最后的记忆。

三

中国古典历史小说《三国演义》里，诸葛亮南征，"七擒孟获"的历史故事，在中华大地上家喻户晓。马边山区关于诸葛亮南征的遗迹和传说，更是比比皆是。至今，人们仍然津津乐道那些传奇的故事。

荣丁有民间传说，诸葛亮率军至黄丹镇北五里的铁炉沟，与孟获叛军进行第一次交战，蜀将赵云在此生擒了孟获，此乃"七擒孟获"之第一擒也。

荣丁有地名叫"晒甲坪"，据当地老人曹光华介绍，三国时期，赵云带兵从荣丁经上渡口，上铜鼓岩，下珍珠桥，爬下溪镇的笼子背村，向马边县城进军。人们根据晒甲坪的传说，推测三国时期的荣丁街那片平坝，极有可能是一片茫茫水泽，涉水而过的士兵，湿透了身上的铠甲。于是，赵云命令士兵脱下铠甲，一件件地摆开晒干，故有晒甲坪之名。

民间还传说，当年诸葛亮南征，蜀军进军的路线是从黄丹，经凤村到荣丁的马老、凤凰村，经过荣丁，南下赖因，深入大凉山腹地。至今，从凤凰村的新街，抵达沐川凤村的桂香桥，有一千米多长的官道，保存完好。悠长的石板道路，一路坎坷崎岖，蜿蜒斗折，钻山入林。

荣丁镇的浴平村，有地名曰"铜鼓岩"。《马边彝族自治县志》

载，"传说是诸葛亮用计击败叟帅高定的战场。"又载"汉建安时期，蜀主刘备建新道县于马边县境内。""建安二十三年（218），越西叟帅高定围攻新道县，诸葛亮派遣李严从犍为郡带兵驱赶。"历史恍若隔世，当时蜀汉所建新道县，在今日马边境内的何处，《马边彝族自治县志》没有明确记载。十多年前，我在主编县志的时候，反复查阅过省市相关资料，咨询过历史学专家，专家们分歧较大，至今仍然是马边历史上的千古悬案。

三国时期，李严任犍为郡守，从犍为到马边的进军路线，有专家推测，应该是从犍为清水溪，沿马边河溯流而上，到今沐川县的黄丹，沿舟坝、凤村、荣丁、赖因、美姑，到越西。犍为县历史学专家罗家祥撰文，此乃"沐源川道"西支干线。不知道在历经七年之后，诸葛亮大举南征，是否也经过此条进军路线。

诸葛亮南征凯旋，班师回朝，途经荣丁。山峨林秀，祥瑞氤氲。百姓安居乐业，夹道欢迎，感激诸葛亮功德，共贺天下太平。诸葛亮感慨万千，蜀军千里跋涉，远道征战，劳民伤财。自己呕心沥血，披荆斩棘，苦心孤诣，"七擒七纵"。不仅仅希望孟获能口服心服，永远忠于蜀汉朝廷，更是企盼从此边塞永熄纷扰的战火，边区免兵燹之乱，百姓免生灵涂炭之罹难。而今，"南方大局已定"，争端平灭，可叹可贺。于是，诸葛亮命令士兵将兵器铜锣藏于岩洞之中，表示从此罢兵免戈。他还命令士兵，在陡峭的悬崖上洞穴处，安置一面铜鼓，寓意"铜鼓息征"。意即边区不用战鼓，边塞凉山，再无战火和烽烟，蜀军不再千里迢迢的征战。于是，人们称此岩为"铜鼓岩"。

远望铜鼓岩，乃壁立千仞的丹霞地貌，鲜红的岩石，染皴层叠，鲜艳磅礴，宛如气势宏大的巨幅油画。村民告诉我，铜鼓岩的山顶，曾有一座古祠，名为"石鼓祠"，以示对诸葛亮卓著功勋的纪念。

而岩壁上安置铜鼓的洞穴，后人曾在此刻"连云洞"三字，民间有打油诗曰"石牛对石鼓，银子万万五。谁人能识破，买到成都府。"传说，洞穴珍藏着数不尽的银子，无人能得。因为洞里颇多玄机，至今无人破解。

▲ 荣丁镇裕平村的铜鼓岩

"铜鼓息征"的典故，如一段再现的历史，把我们带进了烽烟四起的三国古战场，见证三国时期，饱受战争蹂躏的古代边区百姓，期许太平、稳定的边塞环境。"山川皆效力，设宴运神奇。飞瀑三千丈，鸣征十万师。中权心作将，左纛尘为挥。铜鼓传丞相，声灵震四夷。"后人赞美铜鼓息征诗句，还在马边的民间流传。铜鼓息征这道历史的风景，仍然屹立在荣丁山峦间，屹立在民众真切的愿望里，如此清晰，如此耀眼，是荣丁历史上最灿烂夺目的一抹微光。

四

两年前的春天，我从荣丁街镇出发，向西爬坡上凤凰村，去感受荣丁那段古老的驿道，追寻荣丁茶马古道的幽幽历史。

跟我同行的镇退休干部安林富，边走边介绍，凤凰官道修建于三国时期，从荣丁镇出发，向东沿着小溪沟蜿蜒而下，抵今日沐川县凤村的桂香桥。全程皆由青石板铺筑的宽约 1.8 米的人行大道。《华阳国志》载，"赵云自江州分定江阳、犍为。"这与传说中，赵云带兵从清水溪进入马边河，在黄丹与孟获交战的传说，有着惊人的历史吻合。

从荣丁街至凤凰村，一路往上爬坡。如今，乡村通路，斗折蛇行，可通往各村各组的每一个角落。曾经坎坷的官道，因岁月侵蚀，已经面目全非。沿途的层层梯田，稻香阵阵，皆是现代农业的生机勃勃，诱人的旖旎风光。凤凰古道的幽远和沧桑，锈迹斑斑，成为脑海最初的臆测。

爬上山坡，有一石拱桥，是官道必经之处。桥端有一岩，地名"转子岩"。岩上有一株古老参天的黄角树，树旁有一口清泉，水满溢出，滴落坎下一块大石板上。"嘀嗒"声声，经年累月，滴水穿石，形成一个浑圆的石窠，酷似盛满了清水的一只饭碗。盈盈清澈，波光如泽。行走在凤凰官道上的古人，只要轻轻躬身，便可喝上一口冰凉的甘甜水。此地故名"一碗水"，后来成为一个生产小组的名称。岁月悠悠，有多少过往行者，躬身喝过这道甘泉，润泽过多少焦渴的心灵。不知道传说中诸葛亮的大军，行走在这条官道上，是否分享过这道甘甜？

如今，因乡村道路建设，"一碗水"这道奇特的景点，也如这段历史的官道一样，被岁月湮灭了。然而，"一碗水"带给人们的温馨，却存留在人们的心里，"一碗水"的功绩，还长存在凤凰村的山岭里。

我们过了"一碗水"，便进入了凤凰村的中心地段。眼前是一宽阔的坪坝，梯田层层，绿油油的稻苗，铺满坪坝。坪坝之后有一座高耸的大山，坪坝两侧也分别屹立两座山。站立村口，一眼望去，村庄为头，后山为胸，两侧酷似展翅的双翼。整个村庄犹如一只涅槃的凤凰，呈现着一飞冲天的姿态。

安林富告诉我，凤凰村有一个美好的传说。很早以前，一只凤凰栖息在山里的一株梧桐树上，而此刻，正是她五百年浴火重生、凤凰涅槃的日子。在熊熊烈焰中，焚烧的凤凰耗尽了所有能量，跌落村里，却被村里的小伙子救了。在小伙子的精心照料、细致呵护下，三个月后，凤凰重新获得新生，羽毛更加鲜亮、音色更加婉转嘹亮，神韵仙气，鹤立于山水人间。当时，荣丁正面临大旱天气，田野枯裂，庄稼面临绝收的危险。凤凰想要报答小伙子，小伙子婉言谢绝了。凤凰便祈求上苍，在凤凰村普降了一场大雨，解决了凤凰村的干旱问题。为了报答小伙子的救命之恩，凤凰展开双翅，以身之形体，绘制了今日凤凰村的形态，从此这里便称为"凤凰村"。

这样的传说，在中国的大地上比比皆是。人们对美好生活的向往，天下趋同。在人类社会饥饿的状态中，温饱便是最幸福的盼望，灾难之下，平安就是最大的祈求。在凤凰古道上，一路走过的古人，这样辈辈代代的盼望，持续了几千年。

我们继续往上，到今凤凰村双龙组的一个山坳处。安林富告诉我，这里曾经发生过一场战争。

我仔细观看地形，一个极平常的山坳口，毫无山岳险峻的军事优势，怎么会发生一场战争？安林富介绍说，1948年12月11日，以王传猷为司令员的"川西南军区游击队"成立。荣丁独立支队在喻国亮、黄永贵等的带领下，依仗这条官道，屡屡开展军事行动，打击国民党残部，歼灭残匪，推进了马边和平解放的进程。

然而，1950年2月，国民党残余陈超、吕镇华反水，石梁、荣丁两地的国民党残余和土匪，乘机叛乱。1950年3月2日，荣丁乡的匪徒杀害了荣丁乡工作组的干部唐茂清，石梁乡反动乡长何正元，诱捕石梁乡工作队长洪发昌和另外三名工作队员，严刑拷打，最后，将其全部杀害。国民党残余的疯狂反扑，不少革命同志光荣牺牲。1950年6月，喻国亮、黄永贵带领荣丁支队将国民党少将赖成梁带领的小股部队，包围在凤凰官道这段山坳上，歼灭了这股残余势力69人，成功俘获了国民党少将处长赖成梁、上校胡立命。

如今，曾经枪炮轰鸣的山坳，一片宁静。山坡上，竹林葱郁，花团锦簇。一阵山风吹过来，竹林的哨声，轻轻地飘进了山岗。

五

沿着充满离奇故事的官道，我们爬上了新街。

凤凰官道新街段，正处于靠近山顶的环线上，斜斜抹抹地绕行，地势相对平坦了许多。不知道什么时候起，人们便开始在平坦的官道两边修筑房屋，逐渐形成了很长的街道。据安林富介绍，当时的新街，客运来往，商贾云集。人们三五成群，熙熙攘攘。从清水溪运送的货物，沿着"沐源川道"，从这里经过。大批的搬运工人云集于此，靠搬运苦力而生存。那时，搬运工曾经传唱着一句著名的歌谣，"运不完的清水溪，填不满的马边城"。可见当时的新街，货物运载吞吐巨大。开饭馆的、开旅店等，应有尽有。一段时间，甚至胜过了繁华的荣丁镇街。安林富描绘的新街古时的景象，总让我产生一系列的联想，电影《新龙门客栈》里的镜头，常常浮现在脑海中。

如今，新街依旧在，古代新街的位置上，农民修建了楼房，一派崭新的景象。当年的茅草屋，木板壁头，小青瓦房，消失得无影无踪。宛如曾经的繁荣喧嚣，烟消云散了，偶尔，可见一些古屋的残址。

过了新街，便上了杉树顶了，这是古代官道的最高峰。站在杉树顶，极目瞭望，远处群山偃卧、珠盘错落。沐川县凤村乡，尽收眼帘。安林富指着官道旁一座坟茔说，这是一座"三棺坟"，埋藏着一个土匪头子和他的两个老婆。民间传说，此地乃官道必经之处，人们气喘吁吁，爬山上山，如在拱送。而远处瞭望，凤村乡的殷家坝，地势开阔，良田千顷，居住着许多人家。此处乃"白天有千人拱送，夜晚看万家灯明"之风水宝地。

凤凰官道剩余的道路，便是从杉树顶一直往下，走铜槽子。铜槽子的名字，缘于清朝时期，有人在此开采过铜矿。安林富介绍说，1949年8月，马边解放时期，解放军在此与国民党残余部队进行过一场殊死战斗，它的价值和意义，在于打响了解放马边的第一枪。只是具体详细的内容，不得而知。再往下几百米，凤凰官道的路边，有一块巨大石板，竖立在山壁间，行人用卵石击打，石板便会发出铛铛的响声。声音悠悠，如奏鸣的乐曲，人称"铛铛石"。我好奇捡起路边石块，轻轻敲击几下，果然发出悠扬悦耳的声音。沿着铛铛石再往北，便抵达凤村桂香桥了。

从杉树顶到桂香桥1.5千米的官道，至今保存完好。沿途古木参天，藤蔓缠绕，宽1.8米的石板，两边还嵌有条石，地衣苔藓，斑痕丛生。

古代风貌，幽深苍远，历史的故事，如岫如烟。

六

马边山区流传着一句耳熟能详的话语："天上有瑶池，人间有后池"。这个被誉为人间仙境的地方，便是荣丁镇的后池村。

后池村位于荣丁镇街西北方向的高山坡上，海拔 1500 米左右，长年累月，云雾缭绕。后池村属峨边、沐川、马边三线交界地，特殊的地理区位，让后池的历史跌宕起伏。

后池村曾是马边县城通往乐山的险扼要道，后池村的烂池子组，是古南丝路烂池子茶马古道的要冲，是荣丁境内并行于凤凰官道的又一条重要的历史驿道。古代荣丁到乐山，人们行程路线，往往是翻山越岭，尽量回避大江大河，深沟巨壑。从荣丁镇出发，便开始爬坡，走新桥、和平、烂池子，之后又下坡到沐川茨竹坪、沙湾的铜街子、福碌镇至乐山。

荣丁镇至烂池子的古道，现已经不见了历史痕迹。水泥公路掩埋的历史，如遗落在泥土里的尘埃。然而，在烂池子五坳子一段，尚有当初一段 200 米的驿道，保存尚好。那些屐齿的足迹，如雕刻般的屐痕，多少能够窥视出当年这条南丝路古驿道上，人流如织一般的繁闹与芳华。

三县交界的后池村，注定了历史的波澜起伏，岁月的崎岖凹凸。同行的安林富是荣丁人，满腹都是荣丁的历史和故事，在他的带领下，我们查看了烂池子茶马古道边的"毛家祖墓"。毛家祖墓位于后池村黄岩组，向东南一千米，是凤凰官道，向西北一千米处，便是烂池子的茶马古道。墓碑显示，此墓建于清光绪十四年（1888）。毛家祖墓的建筑规模宏大，主墓高达 2 米、宽 3.8 米，墓碑高达 4.8 米。因岁月风蚀，墓碑上主人的名字，已无法辨认。墓碑上个别孝孙的名字，依稀可辨姓"毛"。

碑上的"召书、印章"式的雕刻佳作，依稀可辨。碑柱有"遥闻岭上梅花香十里，近观墓前秋月照三更"，"雲上渺渺千里来龙结，泉水滔滔万年富贵藏"两副对联。墓碑右侧刻有一诗，曰："山高地厚万重山，末本水源德泽长。立家成业多侥幸，独受全业享荣昌。夷匪作乱遭困苦。勤俭锱铢敷盈苍，佳城巩固垂千古。"

我突然发现一个奇怪的问题，墓碑诗文，怎么会只有七句？我们不相信自己的眼睛，又认真细看了几遍，没错，真的只有七句。从小学习中国古诗词，有五言绝句、七言八句，皆是偶数。这样的七句诗，大家都第一次看见，莫非其中还另有隐情玄机？

后来，我查阅中国古典诗词，发现要写七句诗，非常困难，唐朝诗仙李白、诗圣杜甫，也未有过涉猎。而今，在马边荣丁后池村，一首七句诗，会不会有更多不为人知的故事，隐藏在历史的长河中？

墓碑上雕刻着龙凤、飞马、戒指、碉花、印章。雕刻有拿扇子的，有拿大刀、长矛、短剑的，有骑马飞奔向前冲的各类人物图谱68人。

墓碑高大，官貌威严。对联工整，墨笔酣畅。内容蕴含高远，气势磅礴。精致雕刻的图案，不同凡俗寓意。皆可推测，墓主地位显赫，出身贵胄、诗书之家。或许，毛姓墓的主人，曾经是皇亲国戚，抑或是派驻边关著名的文臣武将？

如今，后池村还居住着姓毛的人家，在新时代里，过着平淡而幸福的生活。安林富介绍说，以前毛家居住的房屋是两间二楼碉房，碉房四周有射击孔穴。后因一场大火，烧毁了碉房，也烧毁了毛氏家谱。安林富还说，1956年，毛家后人毛永贵，在雪口山平定土匪的叛乱中英勇牺牲。

英雄的血性，还流淌在毛家后人的血液里。

七

后池村的烂池子，四周皆山，环环相抱，中间有五百亩水泽地，长年淌水，如一凼稀泥烂池，故名烂池子。不知道什么时候，烂池子里的水，逐渐干涸，曾经的五百亩水泽烂泥，成了五百亩土壤肥沃的粮田。人们欣喜若狂，搬迁至此居住，住户越聚越多，逐渐形成了街市。据当地老人讲，民国时期的烂池子街道，长200多米，宽12米。

当年的茶马古道穿街而过，曾经有过盛世繁华。

《马边彝族自治县志》载，清光绪三十四年（1908），夹江人彭劭农，巴县人彭金门，合川人张孔修、杨耿光等一些留日学生，集股二万银元，带垦民深入烂池子、观慈寺开办乐屏垦社。从此，开启了烂池子历史的新篇章。彭劭农在解放后曾任四川省第二、三届政协副主席，不知道当初他们带着垦农，千里迢迢赶赴后池村，当时烂池子的状态，会是什么模样。是否已经有人在耕种？烂池子的街道，是不是已经有了足够的繁荣？

然而，马边土地开垦的第一轮运动，最早源于清朝乾隆年间。永宁道知府孟端奉四川总督阿尔泰的命令，率僚佐到马边测量荒地。历史没有记载，当时的烂池子，是否在孟端测量的范围内？那时的烂池子，是一凼稀泥烂水还是肥沃良田？

《马边彝族自治县志》载，乐屏垦社介入烂池子之时，烂池子称之为备边垦社。备边垦社创办于1901年，比彭劭农等到马边早了整整7年，创办人为刘绍培。《马边彝族自治县志》对拓边垦社的介绍，简略得只剩下创办人、创办时间以及垦社的名字。之前的来龙去脉，历史渊源皆不得而知。然而，乐屏垦社的介入，开启了烂池子历史的崭新开端。烂池子的相关的历史和资料，因乐屏垦社的发展壮大，逐渐增多了起来。

"1937 年 10 月，四川省政府拟定了开发雷马屏等县的三年计划，确定马边等 12 县为四川边区第一屯垦区，第一期开发地带是马边"（龚静染《昨日的边城》），随即，四川制定了《四川省政府垦荒大纲及实施细则》，从土地所有权、交通、水利便利，以及社会治安、低息贷款等方面，对承垦者予以奖励。瞬间，到马边开垦荒地的热潮，前所未有。国民党军政要员、社会的实业家、以及各地方士绅，纷纷加入垦社阵营。1938 年 11 月，国民党退伍军阀魏旅长、重庆和成都银行金融界人士吴晋航联合投资，将马边大竹堡的拓边垦社、峨边观慈寺垦社、马边荣丁烂池子垦社收并，统称"乐群垦社"。

从此，烂池子进入了更加辉煌的时代。

据当地老年人说，烂池子最繁华的时期，有 300 多户、1000 多名垦丁。200 多米长的烂池子街道，饭馆、旅馆、酒店、烟馆、茶馆，一应俱全。烂池子成为当时荣丁最繁华的商业之地。据历史资料显示，当时，烂池子设有练兵场，占地约 20 亩，四周有围墙。当地村民说，围墙原来总共有 24 个射孔，还有碉楼。如今，练兵场的围墙，仍有残垣断壁的痕迹，射孔可辨，练兵场 20 米长、2 米高的堡坎，保存完好。当年整兵训练的威武雄壮，隐隐约约，恍然在目。

八

1949 年后，马边的出境公路沐马公路，全县贯通。当年茶马古道的要塞——后池村，立刻陷入无人问津的困窘。历史上演了沧海桑田的轮回。曾经的辉煌，飘落在岁月的云空里，日益淡远，繁华的后池村，因其僻壤，不通公路，成了落后的代名词。

二十一世纪，国家实施扶贫开发战略，环境恶劣、贫穷程度高的后池村，自然进入了扶贫名单。

如今，宽大的乡村公路，在后池村的山坡上斗折蛇行，从荣丁镇街镇到后池村，再出沐川凤村的公路，成为新时期的"茶马古道"。穿破了历史的迷雾，徜徉在崭新的历史时空里。曾经的茶马古道，以现代技术的崭新姿态，抒写着壮丽发展的篇章。曾经贫穷的后池村，铸就了中国扶贫历史上的辉煌和典范。

朽陋的房屋不见了，泥泞的羊肠小道不见了，脏乱差的村庄不见了，村民脸庞上的愁苦不见了。落后的后池村换了历史的新颜，干净整洁，风景如画，美不胜收。"天上瑶池，人间后池"的赞誉，传遍了荣丁这片大地。

"看一眼，一眼万年，俯瞰整个荣丁。闻一下，沁人心脾，花香扰人心扉。"这是荣丁由人来已久的历史自豪感情。古老荣丁，满怀吞古纳今的宏阔志愿，延绵着千年的生命力，以豪情万里的凌云壮志，从昨天的乡村历史中走来，又走进了今天的历史乡村。

幸福向阳村

阳春三月，山花烂漫。

从马边县城出发，沿着彩带轻飘的马边河，一直往南前行约 12 千米，横跨马边河，沿马边河左岸继续南行，渐次缓坡约 3 千米，便进入了苏坝镇向阳村地界。之后，便在"之"字拐的公路上，蜿蜒盘旋。沿途的山坡上，梨花绽放，花枝摇曳，一坡梨花一处景，春光无限美。

也不知道拐过多少"之"字，终于抵达山

▲ 梨花盛开的向阳村

顶上的瓦房子组。扑面而来的是"千树万树梨花开"的盛大景象。上千亩梨树茁壮葳茂，铺陈于错落起伏的山峦，遍布于沟壑与坡谷

间，弥漫在农民的檐前屋舍。银白色的梨花，绽放如争春。"银妆素裹"的坡谷里，喜气洋洋的浓烈氛围，荡漾在明媚多娇的阳光下。

"仙姿白雪帔青霞，月淡春浓意不邪。天上嫦娥人未识，料应清雅似梨花。"古人描写梨花的诗句，常常赞美梨花白得像雪，象征洁白无瑕的恋情，象征人生最天然、最纯粹的时光。阳光灿烂的向阳村，圣洁、美好，堪称天上人间。

村支书李蓉告诉我们，二十世纪九十年代，向阳村的名字，享誉马边境内。当时，向阳村的"日本风水梨"，以口感好、品质优良而倍受市场青睐，向阳村以敢为天下先的勇气，开启传统农业产业向现代农业转型的先河，率先成为水果产业的示范村，一举成为全县的富裕村。

一

历史上的向阳村，1949 年前曾名"斯家坪"。1949 年后，为向儿坪乡政府驻地，后与阳汤坪村合并，各取原地名前一字，曰"向阳村"，沿用至今。

向阳村瓦房子组，地势高阔，地处向阳坡。一天之中，朝晖紧接夕阳，一直照耀着这片山坡。日照充足，阳光明媚。然而，瓦房子村有一个的致命缺陷，水源不足。粮食产量较低，村民只够糊口。即便是在二十世纪八九十年代，村民的生活水平，一直徘徊在贫困线以下。

三十年前，一个平凡的人，改变了向阳村的发展方向，从此向阳村走向富裕的历史征途。

这一年，苏坝信用社主任黄忠禄退休。他跨过铜灌溪摇摇晃晃的吊桥，沿着弯曲狭窄的羊肠小道，爬上山顶，返回家乡向阳村。

人生如梦，山川依旧。向阳村的山岭里，沟壑枯荣，漫山沧桑，一如他刚参加工作、离开瓦房子时的模样。火辣辣的炙阳，瘦薄的庄稼地，禾苗萎靡、稀疏单薄。村民们的生活，稼穑维艰。

60岁的共产党员黄忠禄，有一份不菲的退休工资，足够养老生活。然而，他突然失去了退休时的轻松愉悦，他心情沉重地徘徊在向阳村的土地上，脑海里始终盘算一个问题，如何改变传统农业耕作理念，发掘向阳村的优势，发展经济作物，让村民尽快走向富裕，过上幸福美满的生活。

从此，退休后的黄忠禄反而更忙了，村委会、乡政府、县级相关部门，随时都能够看见他忙碌的身影，咨询政策、筹集资金……一个退休的老人，脸庞上写满了岁月的沧桑，却如此古道热肠，他对家乡的痴情与执着，感动了许多人。后来，他还亲自从县城请专家，为向阳村的发展把脉献策。专家们也认同了他的想法，向阳村的山坡，日照充足，是种植水果最好的资源优势。在有关部门的帮助下，黄忠禄开始在向阳村实施发展梨树的规划。

然而，黄忠禄搞了几十年金融工作，如何种植水果，他却是外行。为了由外行变内行，六十多岁的黄忠禄，频繁参加县农科所的各类培训，从零学起，边学边干。他甚至自费到峨眉等外县农科院，在果木生产基地，义务劳动，学习实践，常常一去就是几月。

然而，千百年来，在泥地里拨弄庄稼的农民，让他们改变传统的耕作模式，何其艰难。大多数村民不同意在种植粮食的泥土里栽种水果。陪同我到向阳村的同事姚素容，曾经当过荣丁镇的党委书记，她告诉我，二十世纪八九十年代的马边农村，让农民在种植粮食的土地上，改种经济作物，他们立刻联想到忍饥挨饿的岁月，抵制的态度，毅然决然。

黄忠禄在向阳村瓦房子组全面铺开，种植梨树的计划，刚刚启航，便受阻搁浅了。当时，不知道满怀热忱的老人，心里是否有过丝丝的沮丧。

黄忠禄老人的儿子黄厚军，是我在苏坝工作时的同事，写这篇文章时，我电话采访了他。据他介绍，当时黄忠禄从峨眉引进了日本品种"丰水雪梨"果苗，率先在自家责任地栽种。两年之后，梨花盛开，果树飘香，硕大的水果挂满枝头。日本品种"丰水雪梨"，甘甜细腻、润泽汁浓，一进入市场，倍受市场追捧。市场价格高达每斤4元，比本地野生土梨，价格高过二倍以上。那年，黄忠禄一家的人均收入，超倍数碾压了村民人均收入水平。

榜样的力量是无穷的，徘徊的村民投来了敬羡的目光，逐渐改变了传统的观念，跟随黄忠禄栽种梨树。黄忠禄满怀热情，投入财力和技术，全方位支持村民发展。在黄忠禄的精心指导下，瓦房子村的"丰水雪梨"渐渐成片，瓦房子村民的收入，直线上升，退休后的黄忠禄，得到了组织和村民的高度认可，他被选为向阳村的党支部书记。

黄忠禄在向阳村当支部书记十余年，向阳村水果产业日益壮大，并且辐射到了其他村组。曾经荒凉的山坡上，到处都是盛开的梨花。金灿灿的果实遍布山林，每到硕果累累的成熟季节，农民的笑声，滚满山坡。向阳村成为马边农村经济发展的典型村，是当年农村经济成功转型的领头羊，名声大噪。

然而，向阳村的水果产业发展壮大起来了，又面临一个新的困境。村民的水果多了，将水果背到公路上，陡峭的山路成为最大的绊脚石，安全事故时有发生。村支部书记黄忠禄，看在眼里，急在心里，他又开启了跑乡、跑县，不遗余力寻求支持的模式。精诚所至，金石为开。黄忠禄老人颤颤巍巍的脚步，又一次感动了许多人。一条从向阳村到山麓铜灌溪公路边的石梯路，终于圆满建成。

至今，这条 1400 米的石梯道路，历经沧桑 30 年，依然如故。村支书李蓉告诉我，向阳村已将这条古道，全程增设了石梯栏杆，打造成了"乡村旅游漫步石梯道"，满足喜爱登山游客的爱好，信步登山，其乐融融。

于是，我们停车，沿着石梯，体验式步行了一小段。山坡上绿草如茵，仿古栏杆，古色古香。爬坡上坎，恍若立体公园。

今日登山游玩，还需拦杆保驾护航，可谓小心翼翼。然而，多年前向阳村的村民，却是背着一百多斤梨子，汗流如注，一步一梯、一步一颤地走下山来，何曾有过栏杆的精心呵护。往日何其酸楚，今日何其逍遥，天壤之别，感慨万千。

二

向阳村瓦房子组的背后，便是向阳村的斯家沟组。

相传，清朝初年，有一斯姓大户从外地搬迁至此居住，成为这里最早的居民。一条叮咚的小溪沟，自东向西，缓缓流淌。此条溪沟，遂称"斯家沟"。

后来，有梅州的刘姓人家，也搬迁于此。斯姓人家居住溪沟以南的坪坝上，刘姓人家则居住溪沟以北的坪坝上，两家遥相并立。然而，当初斯家人富裕，刘家势弱。斯家人昂首挺胸，刘家人低眉垂眼。

多年以后，斯家沟来了一位风水先生，为刘家人看准了风水。刘家渐渐发达起来，势力超过了斯家。刘家人便修建了一座高大雄伟的刘家院子。

于是，尖锐的矛盾便开始了。平静的斯家沟，立刻掀起了一段历史的波澜。

刘家院子的遗址上，如今，仍然居住有二十余户人家。当地村民告诉我们，当年的院坝里，曾经居住过三四十户人。

细观刘家院子的遗址，依着山势，有高有低，分了三四个层面。如今，村民在刘家院子的老屋基上修建的住房，仍然高低错落。"刘家院子"的老屋基，其实已经没有了踪影。大大小小的院坝里，铺陈的青石板，隐隐绰绰。阶檐坎的石墩，撒落在密集的草丛里，时隐时现。我们能够依稀想象，当年刘家院子的高端雄阔。

查阅北斗地图，或者高德地图，刘家院子的名字，果然醒目耀眼。让我们强烈感受刘家院子的真实性，不容置疑。村民告诉我，刘家院子有前院、后院、碉楼、戏台。四面八方开有48道门，人丁兴旺，长工佣人，多达上百人。发达的刘家人，逐渐趾高气扬起来。传说，如果马边县城县衙在头一天请一台大戏，第二天，刘家人必定在斯家沟请一台大戏，在刘家院子的戏台上公演，以炫耀富有，堪比县衙。

刘家院子往下溪沟边，有一块方方正正的巨石，大如一间三十多平方米的房屋。巨石的正中，有一个孔穴，立人可进，不触头顶。人称"水孔石"。"水孔石"继续往内走，有一暗道，直接通往刘家院子的后院。暗道深黑，无人敢进。斯家沟的村民，站在"水孔石"洞穴处，总会听见洞穴的暗道里，有敲锣击鼓的喜庆喧嚷之声，又称之"石锣石鼓"。

后来居上的刘家，繁荣发达势头，精进猛锐，势不可挡，渐渐超过了河对岸的斯家。然而，河坎下这条溪沟，仍然称之斯家沟，再也不用不低眉垂眼的刘家人，心里便起了疙瘩，想要将斯家沟的名字，改成刘家沟。

于是，两家人为争夺这条河的冠名权，争吵与厮闹，甚至互戏械斗，无休无止。

　　双方吵闹多年，问题始终未能解决，严重影响了当地社会的治安。这件事情传到了马边厅城，惊动了马边厅的同知（县长），于是，同知找来两家人商议，想出了一个绝好的办法——比拼哪家人的银子多。

　　那天，同知亲自坐镇斯家沟，在河边的鸡公石处，一场别开生面的豪赌开始了。刘家人和斯家人，分别用箩筐把银子抬到河边，在县长的亲自监督下，一家一块，轮比着往河里丢，哪家人银子先丢没了，便算哪家人输。附近的村民，聚集在斯家沟，呐喊助威，热闹非凡，远远超过了"请大戏"。

　　丢了一天，双方银子都还很多，难见分晓。丢了二天，双方仍然不肯罢休，银子还一箩筐往外抬，难言输赢。比拼进行了三天，溪沟边摆满了空箩筐，却不见双方抬银子出来了。暮色四合的时候，双方箩筐里的银子，仅剩余几块了。终于，见证胜负的时刻到了，沿河两岸旁观者，皆引颈屏息，心脏都快跳出来。刘家丢了最后一坨了，斯家也紧跟丢了最后一块。刘家的箩筐里，空空如也，然而，斯家人箩筐里，居然剩余一块！

　　刘家以少了一块银子的微弱劣势，输掉了具有特殊意义的"丢银子"比赛。斯家人以多一块的微弱优势，保住了斯家沟的冠名权。

　　飞扬跋扈的刘家人，无言以对。斯家沟终于没有改成刘家沟。

　　村民们皆疑惑不解，斯家不如刘家富裕，村民一眼明白的现实，然而，斯家怎么反而会多了一块银子呢？

　　多年以后，有人揭晓了答案。当时，斯家人白天丢了银子，晚上又悄悄安排人到水沟里捞回来……

　　然而，今日的斯家沟边、刘家院子旁，向阳村的历史，却演绎了新时代的传奇。

　　向阳村依托"东西部协作援马边项目"，兴建了迄今乐山市规模最大的标准化仿生石蛙养殖场，占地 10.5 亩。同行副支书王福军告诉我，石蛙，马边俗称"木槐"，生长在海拔 600—1300 米的山溪岩边。石蛙主要以食用昆虫蚯蚓等为主，天然生态。石蛙肉质鲜嫩，被誉是"皇宫御筵的名贵山珍""士大夫餐桌佳肴"，营养丰富，食之长寿，倍受市场欢迎，产品供不应求。

向阳村的石蛙仿生养殖场，成为向阳村集体经济的新引擎，成为向阳村又一道亮丽的风景，今日的斯家沟，成了向阳村全体村民的斯家沟。

参观完石蛙养殖场，站立在河边上，历史上光怪陆离的传说，还萦绕在脑海里，斯家沟还是传说里的斯家沟吗？淙淙的溪流，还是流淌千年的那道溪流？

三

1864 年，向阳村崇尚侠义精神，好打抱不平的"武秀才"宋仕杰，认识了一个影响他人生的重要人物，红灯教教徒高德芳。高德芳乃云南人，清同治三年（1864）高德芳到马边传习红灯教，宣扬反清复明的宗旨，信者日众。宋仕杰便拜高德芳为师，随他传习红灯教。

从此，向阳村的一介平民宋仕杰，开启了他轰轰烈烈的人生。

宋仕杰以红灯教"吞符燃灯育经，言人祸福"为由，聚集群众，开展反清活动，成为屏山、马边、洪雅一带的红灯教首领之一。熊熊燃烧的反清火焰，引起了官府的警觉，他们派兵捉拿了首领曹元芳，并大肆屠杀红灯教教徒。宋仕杰等被迫转移至四川云南边境地区，与云南红灯教首领"姚二神仙"联合，继续开展反清复明活动。然而，在清廷的强力镇压下，"姚二神仙"也兵败被杀。

无奈之下，宋仕杰回马边苏坝向阳村，随他而来的有教友朱芬、熊汶才、贺代宾，以及云南红灯教教徒彭老五、程星、马神仙等人。他们在向阳村歃血为盟，桃园结义，组织了"福教"。宋仕杰自任总教头，朱芬、熊汶才、贺代宾为副教头。他们托称神佛，降乩拜灯，刊印符咒，持斋送经。抨击清廷"饿死黎民苦众生"，要求教徒们"打成坨，炼成块，永不分离"。

宋仕杰起义筹备工作紧锣密鼓，磨刀霍霍。斯家沟刘家院子主人刘俸凯，出钱出力，义不容辞，成了起义军的高层。起义军以"抵御夷人侵扰"为名，在斯家沟坡上的铁炉湾，办起了兵工厂，打造兵器。短短几个月，宋仕杰在瓦房子、斯家沟、汤家坪、刘秀溪、大谷溪、大罗堰、老屋基等地为中心，聚集教众一万余人。

四

清同治五年（1866），秋高气爽，艳阳高照。宋仕杰起义筹备，进入了关键时刻，向阳村的山坡上出现了三个陌生面孔，一个游方老道和两个道童。他们远远望见一位身体健壮、皮肤黝黑的年轻人，正牵一匹高大的白马，走到3米多宽的溪沟旁，水流湍急，人不能过、马不敢跃。却见年轻人回转身，勒紧了腰带，蹲身抱起大白马，纵身一跃，人、马皆到了溪沟的对面，稳稳地站立。

老道等三人目睹，一下惊呆了，高呼"壮士"，黑壮的青年听见喊声，回过头来，见三人已至溪沟，亦不能过。年轻人回身溪沟，轻身纵跃，又跨过沟来，背上老道，两掖各抱一道童，又纵身跃过了宽阔的溪沟。

老道等三人，立刻明白了，眼前这位目光如炬、力大无穷的青年，正是大名鼎鼎的宋仕杰。真是"踏破铁鞋无觅处，得来全不费

▲ 宋仕杰家乡的老屋基一角

功夫"。老道等三人连忙施礼搭话,果然是宋仕杰。

宋仕杰邀请老道一行回家,在客厅落座。不一会儿,宋仕杰端来一个石碓窝,里面装满了茶水,轻轻地放客人面前,请老道三位喝茶。老道等三人木讷错愕,惊得说不出话。老道估算,那石碓窝至少有二百斤,而宋仕杰端在手上,宛如一个茶盅。或许,宋仕杰乃天人,有"拔山移海"的盖世本领。老道士内心暗暗抽了一口冷气。

老道说,他是青城山的天师,因仰慕当世豪杰宋仕杰,特来拜访,宋仕杰深信不疑。老道说他有两个道友在县城内,游明王寺去了。今天他来请宋仕杰进县城,共同商议"教事"。宋仕杰信以为真,便与老道一起,来到马边厅城。他们刚走到县衙门前,天上突然撒下一张绳网,将宋仕杰死死罩住,众武士一拥而上,把宋仕杰

309

铁链捆索，押入了大牢。

原来，宋仕杰举旗反清的消息，早已传进了马边厅城。马边厅同知彭名湜，深知此事十万火急，立即报知四川省总督府。四川总督骆秉章下令，不惜一切代价，将宋仕杰捉拿归案。然而，彭名湜早就耳闻宋仕杰武艺高强，只可智取，不可强攻。于是，便令县衙武士，化装成老道一行，前往向阳村，诱捕宋仕杰。宋仕杰防不胜防，果然上当。

宋仕杰乃朝廷重犯，必须押送至省城发落。县衙选用马边山区最坚硬的青杠木，为宋仕杰特制了一个牢固的囚笼。这天，押送的队伍刚出衙门，宋仁杰便运足力气，挣断了铁链手铐，抓住囚笼，"咔嚓、咔嚓"的声音里，青杠木四散乱溅，飞出了数米远。说是迟，那时快，宋仕杰紧随青杠木，飞身数米之外，拔腿便跑。数十名衙门武士，手执刀戟长箭，还未回过神来。宋仕杰飞影如矢，须臾之间，已抵南门，众武士弓箭齐发，宋仕杰随手扭下一扇铁皮门，挡在背上。箭矢如雨，"铛铛铛"地射在铁门上，纷纷坠落于地。宋仕杰飞奔到了岩鹰垴，取下庙门和灯杆，以门作筏，灯杆做篙，飞身过河，直奔向阳村。

五

宋仕杰回到向阳村大本营，他意识到了严峻的现实，清廷已经警觉，追查剿杀起义的战斗，已经悄然打响了。

揭竿而起，箭在弦上。

据《马边彝族自治县志》载，宋仕杰招集刘俸凯、何玉贤、周顺贵、朱芬、熊汶才、贺代宾等高层商议，同治五年（1866）9月3日起兵。义军分兵四路：一路由程星带领，攻打屏山杉树岗；二路由熊汶才带领，联络洪雅教首尹世山，攻打洪雅八面山和走马场；三路由朱二洸、熊友仕带领，攻打马边后营（烟峰）；四路为主力军，由宋仕杰亲自带领，攻占马边厅城周围的"存营汛"，进而拿下马边厅城。

宋仕杰带领义军，迅速占领了马边厅城制高点炮台山、真武山、观音阁，并将县城南门、西门、北门围得水泄不通。马边厅城同知彭名湜，也被困在县城内。然而，由于清军团练"环扎坚垒""登埠固守"，防守严密，宋仕杰率义军攻城20日，始终未能攻克。

此刻，四川总督骆秉章，已经调度大军，分赴屏山、洪雅，剿灭起义队伍，命令总兵周达武率"武字营"直奔马边。

宋仕杰鏖战马边厅城，久攻不下。焦急之中，不幸的消息却接踵而至，熊汶才联合洪雅义军，攻打八面山的战斗失利，程星带领义军，攻打屏山杉树岗失败。损兵折将的两路义军，铩羽而归，撤退马边。然而，清军则气势如虹，如凶猛的洪流，从四面八方涌向马边，士气高昂，锐不可当。

武器精良的清军，一拨拨抵达马边，马边厅城却迟迟攻破不了！战机已经逆转，义军被反包之势，已成雏形，形势危险到了极点。宋仕杰不得不下令，撤离马边厅城，退守大罗堰老屋基，重振兵力，图谋再战。

然而，清军乘胜追击，迅速围困了大罗堰老屋基庄园。宋仕杰指挥若定，命令弓箭手登上围墙，枪炮手进入石碉，迎头痛击。清军靠近老屋基城墙，义军便乱箭齐发，矢如飞蝗。枪炮轰鸣，弹如骤雨。逮住清军松懈的机会，义军突然冲出庄园，电光石火，大刀翻滚、戈矛横槊，短兵相接，天昏地暗。

战斗进入相持阶段，而清军如蝗如蚁，不断涌来。宋仕杰站立石碉中，见此状况，知道这样对峙，对义军极端不利。于是，他心生一计，何不请君入瓮，一举痛歼敌人。

清军又发动了新一轮猛烈的进攻，义军迎头痛击之后，便佯装退却。清军不知是计，一鼓作气，杀进庄园里。义军且战且退，渐渐把清军引入死胡同。突然，号角齐鸣，躲在内墙的义军，鬼魅一般杀出，将清军拦腰截成几段。清军如入迷宫，无路可寻。首尾不顾，阵脚大乱，成了刀俎鱼肉，任人宰杀。之后，义军打开庄园大门，鱼贯杀出，喊杀之声，震啸山谷，清军大败，退回马边厅城。

六

清军溃败回马边厅城时，总兵周武达带领三个营已抵达。屏山、乐山等地官兵，还在陆续到来。总兵周武达认为，清军实力雄厚，远胜于起义队伍。清军失败的根本原因，是地形不熟悉，对庄园的机关一无所知。

于是，周武达挑选了一名精悍的武将，化装成收山货的"商贩"，潜入了老屋基，跟山里的人闲聊，探听义军的情况。几天后，他回到马边厅城，向总兵周武达报告，村里人说，巷道转弯处、以及有门的地方有石磴，石磴上都刻着飞禽走兽和花鸟虫鱼。沿禽兽的头和花草所指的方向，便是生路，否则便是死路。庄园内几道大门口的石磴，刻着各种禽兽。其中，一道门口刻有龙和凤，称"龙凤门"，能够通往庄园各处，其余皆是死胡同。另有一道大门的石磴上，刻有大鹏，叫"通天门"，此门可出庄园。

周武达大喜过望。立即调集各路兵马，分三路攻打老屋基。第一路插向日坪，佯攻左翼；第二路由苏坝街翻火药库，佯攻右翼；第三路则为主力，由山货贩亲自率领，从铜灌溪直线而上，强力攻击"龙凤门"。

宋仕杰指挥若定，分兵三路，阻挡清军。突然，宋仕杰发现了清军的端倪，清军集中主力，强力进攻"龙凤门"。而且清军攻击的路线，避死门，走生门，准确无误。宋仕杰一下明白了，庄园的机密，已经泄漏，防御敌人的暗道机关，已经被破解了。义军大败，老屋基的庄园失守了！

宋仕杰失去了老屋基战略优势，损兵折将，节节败退。而此刻，清军又有八个营，奔赴了马边。据《马边彝族自治县志》载"清军团练集聚上万人。"清军兵力数倍于义军，他们围追堵截，志在必得。宋仕杰带领义军，被迫沿金凤山撤退，刚抵烟遮山，从县城围堵而上的大队清军，已经冲上了烟遮山半山腰。义军居高临下，滚石如雨，万箭齐发。清军一时无法招架，暴尸荒坡。

然而，敌我力量悬殊太大，义军子弹越来越少，刀剑长矛成了主要的战斗武器。几经周折，只得退守荞坝会步溪，驻守喻家寨的喻氏老房子。

喻氏老房子是喻氏族群入川时所建。背山面水，院中大院套小院，三合配四合，如一块整体。泥石为墙，坚固耐用。大院四周还筑有近7米高的石围墙，远远望去，恍若一个小镇。

清军如影随形，赶赴会步溪，试图将义军围而歼之。义军固守喻家老房子，清军屡攻不进，于是改用火攻。然而，围墙太高，火把无法投入。清军用竹筒装满火药，安上引线，从喻氏老房子的后山点火掷于院内，瞬间几个大院全部爆炸着火。义军不得已，突围杀出，至荞坝双溪庙（今双河村），驻军于红灯教徒冯国枢的"冯家堡子"。

冯氏乃荞坝豪门望族，明末清初张献忠之乱后入川，为防止匪患而建造的大院。四周的围墙，皆用条石所砌，将整个大院围成了一个碉堡，远看如碉，近看是院，人称"冯家堡子"。

冯家堡子坚固难攻，清军久攻不下，又故技重施，火烧冯家堡子。义军被动挨打，只得再次突围。然而，清军里三层、外三层，围堵得水泄不通。义军屡屡外冲，皆被挡回，形势危急到了极点。

宋仕杰深感情况不妙，大声疾呼"打成坨、炼成块，只有冲出去才有生路了"。喊声响起的瞬间，义军如获天神救助一般，吼声如雷、士气飞涨。鱼贯杀出，如狮似虎。

这场浴血奋战，教徒冯国枢被俘，被押到荞坝游街示众之后，殒命于河边的两颗大皂角树下。清军撤退之后，村民在冯家堡子大门侧外，挖了一个大土坑，掩埋了数百具义军的尸体，被称之为"万人坑"。

宋仕杰带领义军主力，逃出重围后，被迫退守最后的阵地，尖角垴大寨。11 月 20 日，清军主力攻破尖角垴大寨，义军将领和战士 1400 多人，横尸疆场。身受重伤的宋仕杰，后来被俘了，与其他义军将领一起，押送到成都后，被残酷地杀害了。

七

向阳村的汤家坪组，与民主镇大谷溪村相连。从金鸡嘴沿陡峭的山路，曲折而上，有一大片斜斜抹抹的坡坝，肥沃的土地上，居住着几十户村民。

当年，马边历史上兴起了开办垦社的风潮。据《马边彝族自治县志》统计，全县规模较大的垦社，总计有 17 个。而汤家坪的"中国抗建垦社"，是全县规模最大、实力最强的垦社。

汤家坪组的村民任凤枢，今年已经 80 高龄了，虽白发苍苍，却精神矍铄。我们坐他家的地坝里，听他回顾当年"中国抗建垦社"

的往事。

抗日战争时期，国民政府迁都重庆，国民政府参军长吕超，出资筹建"中国抗建垦社"，并自任董事长，委任魏弼周为总经理，吕振华为副总经理。中国抗建垦社以苏坝、民主等山岭为垦荒范围。鼎盛时期，垦荒面积多达 14629 亩，垦民多达 4300 多人。拥有机枪 40 挺，各类枪支 900 多只，是马边境内实力最雄厚的垦社，也是一支不可忽视的军事力量。

两个小时的自由交谈中，任凤枢老人谈得最多的，是抗建垦社的总经理魏弼周。

据任凤枢老人介绍，魏弼周是四川江安县人。曾在吕超的川军第五师任旅长。他到马边初建垦社时，当地彝民头人红扯儿，阻止垦民开荒，俘去了几个在边远地区耕作的垦民。抗建垦社为营救这几位垦民，与红扯儿经历了三十多天的械斗、枪战。

红扯儿也非等闲之辈，他纠集兵力一千多人，而魏弼周的垦丁则不到三百人。力量悬殊，可堪天壤。然而，魏弼周和他的卫队，个个枪法精准，弹无虚发。红扯儿胆寒心虚，不敢逼近。后来，垦社从军队里弄来一门大炮，魏弼周指挥炮兵，炮轰红扯儿。炮弹凌空，呼啸而去，红扯儿凭借天堑，构筑的军事堡垒，转瞬之间，轰然坍塌。红扯儿和他的士兵，惊慌失措，争先竖起了白旗投降。

这天，彝民头人红扯儿率领各部族的头人，与魏弼周谈判，为了震慑红扯儿等头人，魏弼周当众表演武艺。士兵牵来一头雄壮威猛的犍牛，魏弼周收腹运气，一声巨吼，掌击犍牛的头颅，犍牛瞬间倒地，口鼻出血而亡。全场众人，惊得目瞪口呆。路边有一石凳，两百多斤重，两个士兵吃力地抬到他面前，魏弼周双手抓举，抛掷于空中，又轻轻地接住，缓缓放在地上。然后，飞足一踢，两百多斤的石块，如一团小石头，滚出 6 米多远。人们屏气呼吸，大气不敢出。士兵又拿来一个鸡蛋，抛向高空，魏弼周抽枪射击，枪响蛋碎……

红扯儿等族部头领，个个张着嘴，无法合拢，惊疑魏弼周乃"天神"。众人皆心服口服，称魏弼周为"魏老虎"。于是，他们主动与魏弼周"喝血酒""钻牛皮"，约为兄弟，订立了互不侵犯、互相保证安全的"保山条约"。从此，中国抗建垦社的垦区，出现了空前安定的生产生活环境。部分彝族村民也加入垦社，成为垦民，开创了彝汉和平相处、利益共赢的大好局面。

与此同时，魏弼周还开设汉彝交易集市，推进彝族与汉族经济贸易往来，还兴办学校，教育汉、彝儿童。他还把彝族青年头人勾朴、哈朴等，送去重庆，由吕超保送入陆军军官学校学习。

然而，天有不测风云，人有旦夕祸福，1945年2月6日，魏弼周从宜宾乘"长远"号轮船，返乡过年，在南溪县境内的笡箕背险滩，翻船沉没，魏弼周和船上乘客近百人遇难。

80岁高龄的任凤枢老人，当时只有几岁，他看见过魏弼周，身材不高，络腮胡子，对人却和蔼可亲，心地善良。任凤枢老人还带我们参观了当年魏弼周居住的地址，看了垦社曾经的练兵场、跑马场，以及监狱地址。而今，皆成了村民的菜园，或者房前屋后。

任凤枢老人很健谈，他还说了垦社许多有趣的故事，从汤家坪垦社到铜灌溪桥头，十多千米的山路，搭建有路棚，雨天不会淋雨，艳阳天不会晒到太阳。从汤家坪到大谷溪，修建有十多千米的"马路"，可容纳两三匹战马纵横驰骋，并行不悖，是垦社的专用跑马场。垦社常出奇兵，洗劫"烟帮"（做鸦片生意的团伙），称之为"宰肥羊"。抢来的银子如粮食一样平躺堆放在堂屋，高过门坎。解放不久，汤家坪来了高个子，是垦社当年的会计，他看望了大家，走之后，汤家坪的人发现，一株大榕树下，有一个箩筐大小的坑凼。

方知他来汤家坪看望大家是假，来取他藏在树窝下的银子是真。

在村民的传说里，汤家坪的泥土，总会冒出银子，譬如张家的母猪在山坡上拱土，一不小心，会拱出了一两块银子。李家人挖地基修建房屋，居然挖出了一个坛子，装满了银子……

汤家坪泥土里，埋藏了多少银子，又有多少跟银子一样多的秘密。

如今，向阳村山岭里，炊烟缭绕，花果飘香。滚滚长江东逝水，英雄的豪壮气概，掩埋于起伏的山脉和皱褶之间，静静地铺在阳光之下。

八

向阳村悲壮豪迈的历史，在岁月里已经静默多年。叙说这些历史故事的老人，渐渐远去了。黄忠禄老人已经去世多年，向阳村的梨花却"年年岁岁花相似"，妍艳灿烂。黄忠禄带领村民修建的1400米石梯道，凤凰涅槃，成了吸引旅游的景观大道。行走在充满历史意味的石梯上，看山峦的起伏，赏梨花的娇艳，品茗沧桑岁月，异样的心情，立刻融入满山坡的春色里。

如今，向阳村那些银白色水泥公路，交错穿插，如丝如缕，如筋似脉，无论有多高的山巅，无论有多么险峻的沟壑，公路总会延伸到有人居住的地方。农民骑上三轮摩托车，进入果园采摘。载满梨子三轮车，直奔县城。当年，背一百多斤水果，战战兢兢、一步一趋地走下铜灌溪的历史，存留心灵深处的苦难记忆，不堪回首。

村民还告诉我们，因为快捷的交通，缩短了向阳村与县城的距离。向阳村很多村民已经在县城购买了住房。向阳村的村民，一脚踏在向阳村的泥土乡情里，一脚踏在高楼林立、霓虹闪耀的城市里。

　　既拥有城市的盛世繁华，也拥有风景如画的美好宁静，在农村和城市之间，幸福两栖。多少城市里的人，梦寐以求，称道不已。

后记

完成初稿，时令已经进入寒冬。

历时六月的采访、搜集、撰写，马边蕴含的历史与文化，如幽远而苍老的音声，在山岭与沟壑汇聚，源源流淌进我心灵的深处。如梦似幻，牵扯我与生俱来的那份真挚与多情。马边醇厚的风俗与人文，绚丽婀娜，风情万种，深情绵绵，款款而来。我总是被她吸引，成了马边这片热烈的土地的忠实"奴仆"。不分白天黑夜地折腾，欲罢不能似的欢喜、爱恋、攫取……

于是，便有了这本《马边乡村记忆》。

其实，欲言又止的话语很多很多，却早已隐匿于片只言片语之中了。然而，在写作过程中，我曾将其中的部分篇章，微信发给关心我、功底深厚的文学界朋友，他们皆惊诧，你对马边如此挚爱？如此眷恋？如此一往情深？

轮到我惊叹了。扪心自问，五味杂陈。多年以来，我曾经有过多少懊恼、烦恼、疑惑不安。

佛曰，不可说，不可说，一说就错。

一朵花的纵情绽放，需要经历冬天凛冽寒风的煎熬，才能迎来春天温暖的呼唤。以乡村历史记忆为线条，串起马边山川河流梦魇般的过往。这是对马边千百年来民间传说与文化的积聚与绽放，这是几十年来生活在马边情感的集中爆发。

作为平凡书生，我年轻时曾志向高远、抱负宏伟，渴望一页诗文而洛阳纸贵。钦羡"高力士提靴，贵妃侍酒"那般至尚的尊荣。然而，渴望了大半生、折腾大半生，撰写多年的文字，唯余半生羞涩。"初闻不识曲中意，再闻已是曲中人。"遗憾年年，心里的那份珍藏，成了心灵的表述方式，情感的深情方式，爱恋的热烈方式，如此而已。

我熟悉马边山区每一座山峰和河流，熟悉美丽山川孕育的亲切脸庞和乌黑的眼眸。用深情的目光凝视一片宁静的山水，一个默默无闻的村庄，站在文化的视角，与山峰交谈、与河流对话，与过往的历史、梦幻的典籍，水乳交融，是最酣畅淋漓的痛快、最心有灵犀的相知、最两情相悦的甜美梦幻。

这部书稿付梓出版之际，正是我在马边工作 40 年，即将退休离开马边的时刻。垂垂老矣，夫复何求？或许，冥冥之中，上天垂怜，突然给了我这次弥足珍贵的机会，把《马边乡村记忆》中这片充满挚爱的马边热土，作为人生的历史答卷。人生苦短，许多感叹，油然而生。

"闻鹅声，如在白门；闻橹声，如在三吴；闻滩声，如在浙江；闻嬴马项下铃铎声，如在长安道上。"（清张潮《幽梦影》）《马边乡村记忆》是马边历史上第一部聚焦乡村，搜寻乡村历史与典籍，民间传说故事，全面系统展示马边山区丰富多彩的文化盛筵，是马边 2000 多平方千米的崇山峻岭里，最久远的历史和记忆，是漫长而悠远的时空中，马边乡村最古老质朴的渴望，最亲切迷人的音声。

在此，我要感谢四川乡村文化艺术院，是他们出于自己的文化自觉和文化担当而启动的《四川乡村历史文化丛书》创作出版项目为我提供了这一次写作契机，感谢杨彪秘书长、李平主席、罗国雄

320

主席的鼎力推荐和高度信任，感谢阿洛夫基部长、历史学者文联辉、马边才女龚定平女士，以及许多关注我的朋友，为此书的撰写提供的友情帮助、提出的宝贵意见，感谢何为女士等朋友提供的插图照片，感谢各乡镇以及众多的受访者，为本书的撰写提供帮助。

2022.12 于马边